El club social

de las

chicas temerarias

El club social

de las

chicas temerarias

alisa valdés-rodríguez

traduccíon de mercedes lamamié de clairac

St. Martin's Press • New York

www.stmartins.com

ISBN 0-312-31812-X

10 9 8 7 6 5 4 3 2

Para Jeanette Beltran, la *chica temeraria* original,
en memoria de su madre, Aurea Beltran

agradecimientos

Gracias a Alexander Patrick Rodríguez, ángel humano, musa viviente, niño de miel y de crema de cacahuete, por guiar a Mamá a donde necesitaba estar y por recordarla que la vida sin risitas y balbuceos es una vida sin significado; a Patrick Jason Rodríguez por hacerme levantar y escribir, por cambiar los pañales mientras yo tecleaba, por creer en mi visión y habilidad más allá del punto en que la mayoría de las personas racionales se habría ido del pueblo en el siguiente autobús; a Nelson P. Valdés por llenar mi hogar infantil de libros e ideas, por escuchar mis escritos desde que yo tenía nueve años y responder siempre, no importa lo rudimentario de las cartas, con una seria señal aprobadora y palabras cariñosas de estímulo; a Leslie Daniels por creer en mi voz, por ser agente muuuucho más allá de la llamada del deber, por duplicar como editora y psicóloga, y por luchar con la gracia de una bailarina y el coraje de una actriz para que se escuchara a las chicas temerarias alto y claro—mientras subía a una cuna reforzada para alimentar al pequeñín; a Elizabeth Beier, la tercera de nuestro poderoso trío de lactantes, por acoger este libro con el entusiasmo de una animadora y la revisión de una filósofa; y a todas las almas maravillosas y enérgicas de St. Martin's Press que creyeron en una desconocida.

lauren

dos veces al año, todos los años, las temerarias nos reunimos. Yo, Elizabeth, Sara, Rebecca, Usnavys, y Amber. Podemos estar en cualquier parte del mundo—y, por ser temerarias, viajamos mucho—pero nos subimos en un avión, en un tren, en lo que sea, y volvemos a Boston para pasar una noche de comida, de bebida (mi especialidad), de chisme, y de charla.

Llevamos haciendo esto seis años, desde que nos graduamos de la Universidad de Boston y nos prometimos encontrarnos dos veces al año, todos los años, por el *resto de nuestras vidas.* Sí, es un gran compromiso. Pero ustedes ya conocen lo melodramáticas que pueden ser las universitarias. Y, eh, hasta n ahora lo *hemos conseguido, ¿saben?* Hasta ahora, la mayoría de nosotras no ha faltado a una sola reunión del *club social de las chicas temerarias.* Y es que, amigos míos, nosotras las temerarias somos responsables y comprometidas, que es mucho más de lo que puedo decir de la mayoría de los hombres que he conocido, especialmente Ed, el cabezón «texican».

Volveré a *este* tema en un minuto.

Aquí las estoy esperando, desparramada en un asiento de plástico anaranjado en la ventana del restaurante El Caballito, un antro en el vecindario de Jamaica Plain que sirve comida puertorriqueña que llaman «cubana», con la esperanza de atraer a una clientela más chic. No ha funcionado. Esta noche los otros únicos clientes son tres *tigres* jóvenes con cortes de cabello de moda con los delincuentes, jeans enormes, camisas de cuadros de Hilfiger, y aros de oro que brillan en sus orejas. Hablan en jerga y comprueban constantemente sus beepers. Intento no mirarlos, pero me pillan haciéndolo un par de veces. Miro a otro lado y examino las puntas de mis uñas acrílicas, de mi manicura francesa recién hecha. Me fascinan mis manos: son tan femeninas y *prolijas*. Con un dedo delineo el contorno del dibujo de un mapa de Cuba, impreso en el mantelillo de papel. Me demoro brevemente en el punto que representa La Habana, intento imaginarme a papá de colegial, con pantalón corto y un diminuto reloj de oro, mirando sobre el mar al norte y a su futuro.

Cuando finalmente levanto la vista, observo que uno de los jóvenes me está mirando con ansia. ¿Cuál es su problema? ¿No sabe lo patética que soy? Veo los automóviles que se mueven lentamente a través de la nieve de Centre Street. Los copos centellean bajo el resplandor de la luz amarilla de los faros de los automóviles. Otra tarde triste en Boston. Odio noviembre. Esta tarde anocheció a eso de las cuatro, y desde entonces está escupiendo hielo. Como si el recubrimiento de madera en las paredes y el zumbido del viejo refrigerador en la esquina del pequeño restaurante no me deprimieran lo suficiente, mis incontrolables suspiros empañan continuamente la ventana. Aquí hace calor. Y también humedad. Huele a colonia de hombre barata y a carne de cerdo frita. En algún lugar fuera de mi vista, supongo que en la cocina, alguien canta desentonadamente una conocida canción de salsa, mientras los platos caen con un ruido estrepitoso. Me esfuerzo por entender la letra, esperando que coincida con el alegre ritmo y que me saque del estado melancólico en que me encuentro. Cuando comprendo que se trata de un amor tan imposible que el tipo quiere matarse o matar a su amante, dejo de intentarlo. Como si necesitara que me lo *recordaran*.

Bebo de un trago mi botella de templada cerveza Presidente y eructo silenciosamente. Estoy tan cansada que siento el pulso en los ojos. Me arden cada vez que parpadeo bajo la sequedad de los lentes de contacto. Anoche no dormí, ni la noche anterior, y estaba demasiado cansada para sacarme las lentillas. También me olvidé de dar de comer a la gata. *Ups*. Bueno, está gorda; sobrevivirá. Es por Ed, claro. Sólo con pensar en él se me aprieta el pecho y me duele la cabeza. Se puede adivinar en que fase de mis condenadas relaciones estoy, por el estado de mis uñas. Uñas arregladas: mala relación, guardando las apariencias. Uñas descuidadas: una Lauren feliz que permite abandonarse. También se puede adivinar por lo gorda que estoy. Cuando estoy feliz, controlo la comida y me mantengo alrededor de una talla diez. Cuando estoy triste, vomito como un emperador romano y me encojo a la talla seis.

Mis pantalones Bebe, color lavanda de lana, talla ocho y bajos de caderas, esta noche me quedan holgados. Si me muevo en el asiento siento que el espacio dentro de ellos me roza. Ed, el cabezón «texican», escribe discursos (léase: es un mentiroso profesional) para el alcalde de Nueva York. También es mi novio a larga distancia. Según su contestador en el trabajo (logré entrar, no lo puedo negar) parece que está liado con una tipa llamada Lola. No es broma. *Lola.*

¿Qué es *eso*? ¿Y dónde está esa camarera tan lenta? Necesito otra cerveza.

Les diré lo que es. Es el universo que una vez más demuestra cuanto me *odia*. Lo digo en serio. He tenido una vida de basura, una niñez de basura, todo lo que puedo imaginar es basura, y ahora, aunque he hecho algo válido con mi vida profesional, toda la basura mencionada anteriormente vuelve en forma de tipos guapos y zalameros que me tratan como—lo adivinaron—*basura*. Yo no los elijo, exactamente. Ellos me *encuentran* con ese radar raro que comparten todos ellos. *Atención, atención, al frente de ustedes, a la derecha, muchacha trágica sentada en la barra, medio bonita, tragando ginebra con tónico, llorando sola, que acaba de meterse el dedo en la garganta en el baño, trátenla como basura. ¿Se enteran? Sí, trátenla como basura.*

Como resultado, soy el tipo de mujer que revisará la cartera y los bolsillos de un hombre y le dará un puntapié en el culo si me traicione. Dejaría de comportarme así, excepto que casi siempre encuentro evidencia de sus fechorías—el recibo de una cena en un oscuro bistro italiano cuando dijo que estaba viendo jugar a los Cowboys con sus amigos, o un trozo de servilleta de una cafetería con el número de teléfono de la cajera, garabateado en tinta azul, con la letra juguetona de las mujeres incultas y fáciles. Siempre hace algo furtivo, no importa quien sea él. Eso es parte de lo que sucede por amar el desastre que soy yo.

Sí, tengo psicoterapeuta. No, no me ha ayudado.

No hay ninguna manera que un psicoterapeuta pueda resolver la crisis de infidelidad crónica—sancionada por sus madres— de los hombres latinos. No es sólo un estereotipo. Ya me gustaría que así fuera. ¿Saben lo que me dice mi abuela cubana en Unión City, cuando le digo que mi novio me está engañando? «Bueno mi vida, sigue luchando por él». ¿Cómo va a ayudarme con *eso* un psicoterapeuta? Tu hombre te engaña, y estas mujeres tradicionales— que se supone son tus aliadas—te echan la culpa a *ti*. «¿*Well*?», pregunta abuelita con voz ronca en un muy acentuado inglés, mientras chupa su cigarrillo de Virginia Slims, «¿Has aumentado de peso? Cuando lo ves, ¿te arreglas bien o te presentas con esos jeans? ¿Cómo tienes el pelo? Espero que no te lo hayas vuelto a cortar. ¿Has engordado otra vez?».

Mi psicoterapeuta, que no es latina y usa elegantes pañuelos, piensa que mis problemas provienen de cosas como «el trastorno mental causado por el carácter narcisista y ensimismado» de mi padre, el diagnóstico que ella ha dado a la manera en que relaciona todo en su vida con si mismo, con Fidel Castro y con Cuba. Ella nunca ha estado en Miami. Si hubiera estado, entendería que todos cubanos exiliados mayores de cuarenta y cinco hacen lo mismo que Papi. Para esa gente, no hay ningún país más fascinante ni más importante que Cuba, una isla caribeña con una población de once millones. Eso es aproximadamente dos millones menos de los que viven en la ciudad de Nueva York. Cuba también es la meca a donde todos los exiliados más viejos todavía piensan que volverán «una vez que se caiga ese hijo de puta de Castro». Yo le llamo el engaño de las masas. Cuando tu familia vive una mentira tan grande, vivir con hombres que mienten es fácil. Cuando le explico todo esto a mi psicoterapeuta, ella me sugiere que me haga una «cubadectomía», y continúe con mi vida americana. En verdad no es mala idea. Pero como los hijos de la mayoría de los exiliados cubanos que conozco, no sé cómo hacerlo. Cuba es el tumor recurrente rezumando que heredamos de nuestros padres.

En estos momentos pienso que quizá un desliz con uno de esos gángsteres guapotes al otro lado del cuarto podría hacer el truco. Mira como comen con los dedos, el aceite con ajo de las gambas chorreándoles sobre sus atractivas perillas. Eso es *pasión,* una emoción que Ed, el estirado, que ríe entre dientes, jamás reconocería, aunque le costara la vida. Sabes, me podría tirar a uno de estos para vengarme. Eso, o podría comer papitas fritas bañadas en queso y donuts, y después ponerme bulímica hasta que los globos de los ojos se volvieran tan rojos como un dolor de corazón. O podría irme a mi pequeño apartamento y tomarme demasiados cócteles «destornilladores» hechos en casa, esconderme debajo de mi edredón de plumas blancas de ganso y llorar mientras escucho en mi tocadiscos Bose los aullidos de esa penetrante cantante mexicana, Ana Gabriel: ¿La de la madre china?

Oye, *necesito* pasar una noche con mis temerarias. ¿Dónde estarán esas chicas?

Esta noche también es especial porque (repiqueteo de tambor, por favor) es el décimo aniversario de la primerísima vez que nos juntamos las temerarias. Todas estábamos en primer año de la carrera de periodismo y comunicaciones en la Universidad de Boston, borrachas de infantiles cervezas de melocotón y arándano (eh, por lo menos no era Zima) que conseguimos con nuestros carnés de conducir falsos, jugando al billar en Gillians, un club oscuro y lleno de humo donde íbamos a bailar al palpitante ritmo de la reedición de *Luka* de Suzanne Vega, hasta que los gorilas nos echaran a trompicones y cayéramos sobre nuestros patéticos e ingenuos culitos. Todas ligamos esa noche y nos hicimos una camarilla. Ah, y también vomitamos. Casi se me olvida esa parte.

Nuestro profesor de periodismo para principiantes, el del pelo teñido de negro, medio calvo, nos dijo que era la primera vez que se matriculaban tantas latinas juntas en el programa de comunicaciones. Mostraba sus amarillentos y costrosos colmillos al decirlo, pero temblaba imperceptiblemente dentro de su apretado blazer de tweed. Le asustábamos a personas como él, como hacía todo lo que sonaba a «minorías», sobre todo en Boston. (Es posible que vuelva a *esto* en un minuto). Sin embargo, nuestro poder colectivo de intimidación en esta ciudad cada vez más hispanizada, con cada vez más latas de Goya, fue suficiente para hacernos mejores amigas, enseguida y para siempre. Todavía lo somos.

Algunas de nosotras temerarias no hablamos español, pero no se lo cuenten a mis editores del *Boston Gazette,* donde fui contratada, de eso estoy cada vez más segura, sólo para ser un cliché rojo-caliente-y-picante pimiento entre Charo y Lois Lane, y, donde, gracias a Dios, todavía no han descubierto que soy un fraude.

Soy una periodista bastante buena. Es que no soy una buena latina, por lo menos de la forma que esperan. Esta tarde un editor se detuvo ante mi escritorio y me preguntó dónde podía comprar frijoles saltarines mexicanos para la fiesta de cumpleaños de su hijo. Aunque yo fuera méxicoamericana (indirecta: quiero depilar con cera la ceja de oruga peluda de Frida Kahlo y soy completamente indiferente a las palabras «boxeo» y «East LA») no habría sabido algo tan tonto.

Ya se podrán haber imaginado—gracias a la televisión y a Hollywood—que una «temeraria» es algo bonito, con curvas, y extranjera, algo *súper* latino. Saben, como el nombre misterioso de un torturado y sangriento santo mártir católico o una preciada receta de una abuelita, bajita, gorda y arrugada, que hace magia erótica con el chocolate y todas sus hierbas y especias secretas, mientras los mariachis aúllan, Salma Hayek toca las castañuelas, y Antonio Banderas cabalga en un relinchante caballo blanco a través de los cactus, o como un cerdo con alas o una estupidez de ésas que se bordan en las mochilas, todo dirigido por Gregory Nava y producido por Edward James Olmos. Supérenlo de una vez. Es, como, así *no*.

El significado de «temeraria» es muchacha. La idea fue de Usnavys. Las temerarias somos listas y modernas en cultura popular. Pero es algo irreverente, ¿sabes? Somos la temerarias, las sin miedo. Las «sucias.» De acuerdo: quizá una estupidez. Quizá *nosotras* seamos estúpidas. Pero pensamos que es cómico, ¿de acuerdo? Bien, Rebecca no lo cree, pero ella tiene tanta gracia como las hemorroides de Hitler. (No se enteró de esto por mí.)

Examino mi reloj Movado, un regalo de un novio de antaño. El reloj tiene la esfera en blanco, como mi cara cuando el hombre que me lo regaló me informó que volvía con su ex. Ed piensa que ya no debería llevarlo; dice que le perturba. Pero yo le digo: Si *tu* me comprarías algo que valiera, lo botaría.

Es un buen reloj. Exacto. Predecible. No como Ed. Según el reloj, he llegado antes de tiempo. No tengo porque ponerme tan nerviosa. Lo único que necesito es otra cerveza para calmar los nervios. ¿Dónde está la camarera?

Llegarán en unos minutos. A pesar de mi problema alcohólico (lo admito), siempre llego temprano. Gajes del oficio de periodista—si llegas tarde pierdes la historia. Si pierdes la historia, te arriesgas a que algún blanquito envidioso y mediocre en la sala de noticias te acuse de no merecerte el puesto. *Es latina, lo único que tiene que hacer es mover el trasero para conseguir lo que quiera.* Uno de ellos dijo eso en alta voz una vez para que yo pudiera oírlo. Estaba a cargo de escribir la programación de televisión y no había escrito una frase original en aproximadamente cincuenta y siete años. Estaba convencido que su mala suerte se debía al programa de acción afirmativa, sobre todo después de que el director del periódico me pidió a mí y a otras cuatro personas «de color» que nos levantáramos durante una presentación en la sala de conferencias, sólo para decir: «Miren bien las caras del futuro del *Gazette*». Creo que en ese momento se sintió políticamente correcto, cuando todos esos ojos azules y verdes se volvieron para mirar con—¿qué era?—con horror.

Así transcurrió mi entrevista de trabajo: *¿Es latina? Qué... bien. ¿Entonces debe hablar español?* Cuando sólo tienes $15.32 en tu cuenta bancaria y tienes que pagar tu crédito de estudiante al mes siguiente, ¿qué se le puede responder a una pregunta así?, incluso cuando la respuesta es *no*. ¿Qué dices? «Eh, me fijé que su apellido es Gadreau, debe hablar francés ¿verdad?». No. Asientes y callas. Necesitaba tanto ese trabajo, que si hubiera sido necesario hablaría hasta *mandarín*. Con un nombre como Lauren Fernández, se imaginaron que el español formaba parte del paquete. Pero lo veo como un síntoma de esa enfermedad americana: el afán al estereotipo endémico e ilógico. Sin el cual no seríamos los Estados Unidos.

Reconozco que no les dije que descendía—más o menos—de la clase baja que llamamos «basura blanca», nacida y criada en Nueva Orleáns. Los parientes de Mamá son monstruos de pantano con las uñas manchadas de aceite y una oxidada lavadora verde olivo delante de la caravana, con el tipo de gente protagonistas de «Cops»: el tipo flaco como un gatito que lleva una semana muerto, recubierto de tatuajes con esvásticas y que llora porque la policía explosionó su laboratorio de metanfetamina.

Ésa es mi gente. Ésa, y los cubanos de Nueva Jersey, con zapatos blancos resplandecientes.

Por todo esto y mucho más, con lo que no los voy a aburrir ahora, me he convertido en una luchadora crónica, orientando toda mi existencia hacia una meta: triunfar en la vida—trabajo, amigos y familia—a pesar de mis circunstancias. Cuando puedo, me visto como si viniera de un medio completamente diferente y mucho más normal. Nada me emociona tanto como cuando la gente que no me conoce supone que procedo de una típica familia cubana adinerada de Miami.

A veces pienso que he logrado pasar al otro lado, donde habitan las personas equilibradas y «sin problemas»; y de repente aparezca un cabezón «texican» como Ed y me paralice nuevamente ante la certeza de que no importa cuán perfecta me vuelva, nunca seré tan importante para mi mamá como le era una pipa de hierba, no importa cuánto meta en mi 401(k), ni cuántos premios literarios traiga a casa. Tampoco seré tan importante para mi papá como la Cuba antes de 1959, donde el cielo era más azul y los tomates sabían mejor. Los hombres como Ed me encuentran, porque olfatean mi verdad oculta: Me odio porque nunca nadie se molestó a amarme.

Vuelvo a preguntar: ¿Qué tipo de psicoterapeuta puede ayudar a alguien como yo?

Sentada en la editoral durante esta entrevista, con mi traje azul marino de rebajas de Barami y mis zapatos de hace tres años con agujeros en las suelas, dije lo que querían oír: *Sí, sí, seré su pícara Carmen Miranda. Bailaré lambada en sus grises y tristes salones.* Pero lo que de verdad *pensé* era: *Contráteme. Ya aprenderé español.*

· · ·

Durante mi primera semana de trabajo, un editor pasó por delante de mi escritorio y dijo en un deliberado y penetrante inglés que todos acabarían usando conmigo, «Me alegro que esté aquí representando a su gente». Quise preguntarle que quién creía era mi gente, pero sabía la respuesta. Mi gente, según su criterio, eran estereotipos: morenos de tez y pelo, todos pobres e incultos, entrando en manadas por la frontera, procedentes de países «de allá abajo» con todas sus pertenencias centro de bolsas plásticas de comestibles.

Necesito otra cerveza. De verdad.

—Oye—llamo a la camarera—. Tráeme otra.

Se apoya en su enorme cadera apartándose el pelo largo y negro de sus bonitos ojos.

—¿Cómo?—pregunta y parece desconcertada.

Estaba viendo una telenovela mexicana en una pequeña televisión detrás del mostrador y parece que le molesta que la interrumpan con, fíjate, *trabajo.* Repito que quiero otro trago porque en español tengo un acento cerrado. Sigue sin entender. Coño. Sostengo la botella vacía al revés, y alzo las cejas. Inconfundible idioma de fanfarronería. Asiente y camina refunfuñando a la parte de atrás para buscar otra cerveza. Aprendí español, está bien, en el trabajo. Pero la camarera puertorriqueña sabe que soy un fraude.

Miro hacia la calle otra vez esperando la aparición de un «temerariamóvil» conocido. ¿Puede decirse mucho sobre un barrio por los carros que hay, no es verdad? Por éste hay un poco de todo. Desde unos pequeños y churrosos «lowriders» de Toyota y Honda con calcomanías de «Teme esto», o dibujos de «Calvin orinando» en la ventana trasera, rozando las alcantarillas con el hielo del motor (por favor, que alguien me explique porqué los puertorriqueños piensan que los «lowriders» japoneses son una buena idea en *Nueva Inglaterra*), y también los vagones de Volvo que transportan a alguna mamá a la farmacia para comprar medicinas para sus niños hiperactivos, mientras sus trillizos se arrancan mechones de pelo de la cabeza.

· · ·

Yo, bueno, yo no *tengo* carro. Podría permitirme el lujo, o sea, no se rían. He pasado la barrera de las legendarias seis cifras, gracias a ese pequeño premio literario nacional. Pero me acostumbré al transporte público de estudiante y me gusta sentir estruendo en mi vida. Además, en mi puesto conviene salir y escuchar cómo habla la gente.

Escribo una nueva columna semanal, misericordiosamente titulada «Mi Vida», pero ideada por mi jefe Chuck Spring como «Mi Vida Loca», como una manera de «conectar con los latinos o lo que sea».

Se supone que mi columna sea una confesión, el diario de una (latina) con «garra». ¿Preferiría correr al bosque con mi mono manchado y vivir como Annie Dillard, examinando la vida brutal de. . . . ¿quiénes viven en el bosque? ¿Las hormigas? *Hormigas,* que ver a Chuck Spring, saltando en mi dirección con esa cara tonta, disfrazado para asistir a otra reunión de su «Final Club» de Harvard, donde hombres de mandíbula cuadrada beben martinis y tiran monedas a las mujeres que hacen strip-tease? Sí. ¿Necesito este trabajo demasiado para huir o quejarme? Un sí doble, con una certeza encima. Así que lo hago lo mejor que puedo.

No es que no me aprecien en el *Gazette.* Chuck y los otros editores aprecian mi «diversidad» con tal de que piense como ellos y esté de acuerdo en todo. En lo que a mí respecta, puedo decir que la diversidad de la sala de noticias del *Gazette* significa contratar «jugadores de equipo», dóciles como perros apaleados, pero de tonos de piel, apellidos, y nacionalidades diferentes para negarles pequeñas cosas, como promociones. Significa enviar al único negro en el departamento de noticias a Haití, a cubrir «el malestar», aunque haya una reportera paquistaní-americana sentada a su lado que habla criollo haitiano; también significa darle a ella el título de ingrata y vitriólica si protesta. Ahora mismo no quiero hablar de eso. Ay, tengo una jaqueca.

Ahora mismo quiero cerveza. Venga. Venga.

Me está resultando algo más difícil coger transporte público, desde que el *Gazette* puso carteleras por toda la ciudad con mi cara pecosa, mi cabello rizado color castaño y una gran sonrisa, acompañado por la necia frase «Lauren Fernández: *Her casa is your casa, Boston*». Esto pasó, claro, cuando todos los censos anunciaron que los hispanos eran ahora «la minoría más grande» de la nación. Antes de que todos publicaran *esa* tontería en la portada de los principales medios de comunicación, les importaban los hispanos una chalupa de Chihuahua. No lograba que Chuck Spring se interesara en alguna historia de hispanos. Ahora que los hispanos parecen ser un buen negocio, *sólo* quiere que escriba sobre hispanos.

El dinero habla. A los hispanos ya no se les considera como una sucia amenaza extranjera, apropiándose de las escuelas públicas con ese exiguo y sucio idioma; ahora somos un *mercado nacional*. A quién *comercializar*. Por eso, yo. Mi columna. Y mis carteles. La avaricia provoca que las personas hagan locuras. La máxima fue cuando el departamento de promoción me *oscureció* la cara en las fotos, para que pareciera lo que ellos piensan es una latina. Ya saben, oscura. Cuando aparecieron esos anuncios en la Ruta 93 y en las estaciones del metro, las temerarias empezaron a llamarme. «Eh, cubana, ¿cuándo te volviste chicana?». Respuesta: cuando le convino al *Gazette*.

En honor de Usnavys, que fue quien bautizó a nuestro grupo, dejamos que eligiera el lugar para celebrar esa noche la cena de aniversario. Siguiendo su necesidad de volver a sus bajos orígenes y demostrar que ha llegado más lejos que cualquiera allí puede o quiere, escogió El Caballito, propiedad de un cubano canoso de cordial sonrisa que, chica, juraría es igualito a Papi. Eso significa que mide cinco seis y que es tan pálido que se le pueden ver las venas en sus arqueadas piernas, calvo, y con una nariz que recuerda al *Count,* el personaje vampiro de Sesame Street. Cada vez que veo a ese fulano me siento mal, pensando que soy el producto de siglos de entusiástica endogamia tropical.

A Usnavys—quien, vamos, tampoco es muy delgadita—también le gusta El Caballito porque el menú incluye, y no miento, *cuatro* diferentes platos principales, servidos en enormes platos plásticos. En uno te sirven la carne o el pescado; otro viene lleno hasta arriba de arroz blanco; en el tercero vienen frijoles negros o colorados, y, además, un plato de plátanos fritos grasientos, o «maduros», que sí son maduros, blanditos, y bien dulces, o «tostones», que son verdes, cortados en rodajas y fritos, los cuales son después aplastados, fritos de nuevo, y revueltos con ajo.

Plátanos refritos, si quieren.

Así es como tuvimos que explicarlo a Amber, porque cree que todas las latinas son como *ella.* Y que todas comemos lo que comía ella de pequeña en Oceanside, California. Piensa que a todas nos vuelve loca el *menudo,* una sopa que hacen *voluntariamente* con tripas, señoras mexicanas pequeñas, enjuagando el excremento de los intestinos de los cerdos en el fregadero de la cocina. Ay, no. Lo siento. Eso no es para mí. Piensa que la cocina mexicana de California tiene aceptación universal entre las latinas, así que los únicos plátanos que ha visto en su vida antes de llegar a Boston, eran los que su mamá compraba en Albertson's y los ponía cortados encima del cereal antes de llevarla a las practicas de la orquesta de su escuela en su minivan. (Tocaba la flauta.)

A estas alturas debería estar informada, pero no sé si lo está. Sigue restregándome la cara con todo ese movimiento chicano pasado de moda de la década de los años 70 de «moreno, y orgulloso de serlo», y ese recitar de la Costa Occidental de *«Qué viva La Raza».* Y cuando no me lo restriega en *mi* cara, se lo restriega a Rebecca. Rebecca es su causa. Amber es de película. Ya verán.

A veces hasta consigue un quinto plato en El Caballito, lleno de algo que los latinos caribeños llamamos «ensalada», un par de rajas de aguacate, cebolla cruda, y tomate; a esto agregas sal y aceite. Hay un motivo por el que, amigos míos, todas las señoras puertorriqueñas y cubanas que ves por la calle son tan anchas como un maldito autobús. Hay una razón por la que los cubanos de Unión City hablan de política, con esos dedos gordos como salchichas agitándolos en el aire. A los cubanos y puertorriqueños no les gusta la ensalada, pero les encanta la fritanga, sobre todo la carne que una vez gruñía. La gente de esas islas que uno creería han estado aisladas durante centenares de miles de años aparentemente piensan que la carne de puerco los hace fuertes y saludables. Hace tiempo visité Cuba para conocer a mis parientes, y mataron en mi honor un huesudo cerdito de triste mirada, mientras yo estaba horrorizada en el patio, y todos me preguntaban qué me pasaba. ¿No comes *carne*? *¡Te vas a morir de lo flaquita que estás!*

Papi dice que no puede acostumbrarse a la idea americana de la ensalada llena de «hojas» y «tan complicada como el infierno». Todavía hierve una lata de leche condensada para desayunar y se come la empalagosa pasta con una cuchara, a pesar de tener la boca llena de caries. Para la familia de mi mamá, amigos, es *bakinineggs* (todo una palabra y nunca uno sin el otro) con pan blanco, Coca (el refresco o el narcótico, no importa lo más mínimo), y un cigarro de mentol de guarnición. Está bien, de acuerdo. Ahora dejaré de hablar de mi papi. Mi psicoterapeuta estaría orgulloso de mí. Cubadectomía.

¿Y yo? Yo no sé de dónde demonios vengo. Prefiero una buena ensalada César. Y desayuno bagels con un poquito de queso crema y salmón. Ah, y soy lo que llamarían una *adicta* a Starbucks. Opino que ponen cocaína y éxtasis en sus brebajes, pero está bien y aunque se crean demasiado sofisticados para decir «pequeño, medio, y grande» lo cual me incomodó algún tiempo como a todos, ya lo he superado. ¿Si no consigo mi caramelo macchiato con leche descremada todas las mañanas—sí, dije *macchiato* ¿Y qué?—soy una inútil. Pero no se lo digan a mis editores. Esperan que sea como esas vivarachas abogadas latinas que tienen orgasmos mientras se lavan la cabeza en la corte en los anuncios de televisión. Esperan que alcance y agarre los mangos del cesto de fruta que llevo en la cabeza cuando no estoy en la sala de redacción, hablando de los frijoles saltarines mexicanos. Un desayuno latino de mango y papaya: ¡eh Macarena!

En realidad, todas las temerarias somos profesionales, no mansas sirvientas, ni prostitutas del cha-cha-chá. No somos mujeres pequeñas y silenciosas que rezan a la Virgen de Guadalupe con mantillas tapándoles el pelo. Incluso, no somos como las heroínas de las novelas de las autoras chicanas de la vieja escuela, ya saben cual; sirven mesas y ven viejas películas mexicanas en decrépitos cines del centro de la ciudad, donde hombres borrachos de whiskey se mean en los asientos, conducen desvencijados automóviles, y limpian retretes con uñas cubiertas de Ajax; sus pantalones de poliéster del Wal-Mart siempre huelen a tamales y siempre están tristes porque algún idiota con camisa de vaquero a cuadros, otra vez borracho, canta canciones de José Alfredo Jiménez en la cantina de adobe derruida, en lugar de ir a casa y arreglar la bombilla rota colgando del cable desnudo y hacer el amor apasionadamente como un hombre de verdad.

Órale.

Usnavys: Vicepresidenta para Asuntos Públicos de United Way de Massachusetts Bay. Sara: esposa del abogado corporativo Roberto Asís, ama de casa con dos mellizos de cinco años, respetados miembros de la comunidad judía de Brookline (sí existen las latinas «judías»; les debe dar vergüenza que se sorprenden) y una de las diseñadoras de interiores y anfitrionas mejores que he conocido en mi vida. Elizabeth: copresentadora del programa matutino de una estación de televisión en Boston y actualmente finalista para un puesto prestigioso de copresentadora de un noticiero nacional, anteriormente modelo de pasarela, evangélica (anteriormente católica), y portavoz nacional de la organización Cristo para los Niños. Rebecca: dueña y fundadora de *Ella,* la revista de la mujer hispana más popular en el mercado nacional. Y Amber: cantante de rock en español y guitarrista, quien espera su gran oportunidad.

Y *moi.* Con veintiocho años, soy la redactora más joven (y única hispana) que el periódico ha tenido jamás, pero no quiero presumir. Eddie Olmos puede irse a tomar el fresco, ¿saben a lo que me refiero? Las chicas han llegado, Eddie, así que mueve tu figura ridículamente ataviada a otro sitio.

* * *

¡Ay, Señor Jesús! Debería haber sabido que Usnavys se montaría un numerito parecido. Mírela. Se subió apenas a la acera con su sedán BMW color plateado (alquilado), manejando súper lento oyendo a Vivaldi, o algo parecido, a todo volumen, tronando por las ventanas ligeramente abiertas, para que todas esas mujeres pobres con todos esos niños y bolsas de compra de la tienda de noventa y nueve centavos, encogiéndose ante el viento y la nieve en la parada de buses, pudieran fijarse en ella. Ahora está abriendo la puerta, despacio, evitando el aire con su minúsculo paraguas negro para que no se le moje su maravilloso pelo. Está hablando por su celular. Espera un momento: Está hablando por su *minúsculo* celular. Cada vez que la veo, es más chico. O quizá ella cada vez esté más grande, no lo tengo claro. A la chica le gusta la comida.

Hasta dudo que esté hablando con alguien; quiere tener algo pegado a su oreja para que todos los de alrededor podamos decir, ¡guau, miren eso! ¡Qué puertorriqueña más rica! ¿Y cómo sabrían que es puertorriqueña? Es fácil.

Porque está gritando en español puertorriqueño (sí, es diferente) a alguien, real o imaginario, su suposición es tan buena como la mía, al otro lado del auricular.

Pero eso no es lo peor. Lleva puesto un abrigo de piel. *Ésa* es la peor parte. Un abrigo de piel grande, espesa, larga, blanca. Apostaría que todavía tiene por dentro la etiqueta de Neiman Marcus para poder devolverlo mañana y que le acrediten todo ese dinero en su pobres y abusadas tarjetas de crédito. ¿Y ese pelo tan precioso? Se lo ha alisado tanto que parece una galleta holandesa, recogido en un moño como si acabara de salir del plato de rodaje de un culebrón, la heroína, sólo que es demasiado oscura para que le ofrezcan ese tipo de papel. Pero no se te ocurra decirle que es oscura. Aunque su papá era un dominicano negro como un tizón, su madre ha insistido desde siempre que Usnavys es clara, y la prohíbe salir con «monos». Si hubieran enviado a sus antepasados africanos a Nuevo Orleáns en lugar de a Santo Domingo y San Juan, ella sería negra, ni siquiera mulata, pero mejor no entrar en esto ahora mismo. Como americana «latina», ¿será . . . blanca? No tiene sentido.

En caso de que esté preguntando por su *nombre,* se pronuncia así: us-NA-vis. Nació en Puerto Rico, y su mamá tenía metida en la cabeza la idea de irse con su hija de la isla y buscar una vida mejor en «América» (que, supongo, no creía que era donde ya estaba viviendo cuando vivía en Puerto Rico, territorio americano desde 1918). Quería que su hija fuera la típica americana de familia unida, porque entonces podría tener la oportunidad, usted sabe, la oportunidad de conseguir un buen hombre y una buena vida. Así que quiso nombrar a su bebé algo patriótico. En las lentas tardes (no hay ningún otro tipo en Puerto Rico, ¿de acuerdo?), la mamá de Usnavys solía ir a los muelles a mirar las naves americanas que iban y venían, asombrada que los marineros gringos usaran escobas y fregonas en cubierta sin avergonzarse. Eso, pensó, era la libertad. Hombres con fregonas. Y de allí surgió la gran idea para el nombre de su hija del nombre del barco: U.S. *Navy.* La «armada americana», muchacha. No estoy bromeando. Ése es el nombre de Usnavys. Pueden preguntárselo. De vez en cuando pretende que el nombre viene de un pariente lejano, usted sabe, que es taíno o algo así. Pero todos sabemos que a los amables, desnudos, y pacíficos taínos los liquidaron los españoles. Usnavys fue nombrada en honor de un portaaviones.

Ahora saca su llavero de Tiffany, apunta en dirección a la pequeña cerradura del automóvil, activando el silbato de la alarma. Suena tres veces, como para anunciar: ¡Bo-RI-cua! Un par de *tigres* del barrio caminan con sus botas de Timberland y sus hinchadas cazadoras y la miran fijo tanto tiempo, que giran totalmente sus cabezas sobre sus anchos cuellos. No la envidio nada. (Recuérdeme de nunca usar la palabra «envidia» en mis columnas.) Es la única de nosotras de Boston y la muchacha creció en una pesadilla convertida en realidad, en los proyectos de ladrillo rojo, cobrando subsidio. Vio como su hermano mayor—la única figura paterna que tuvo en la vida cuando su verdadero papá se largó cuando tenía cuatro años—moría de un tiro en el cuello cuando regresaba a casa de la escuela. Murió en sus brazos a los nueve años. A pesar de todo, ella tenía cerebro debajo de ese estirado y torturado afro. Un *tremendo* cerebro. Usnavys es tan lista que asusta. Se graduó entre las primeras de su clase de la escuela secundaria y estudió con una beca en la Universidad de Boston, donde éramos compañeras de cuarto. Se graduó de la misma con honores, y continuó con su maestría en Harvard, también becada. Ahora mantiene a su mamá; le compró un condominio en Mayagüez, y le dio su propia tarjeta de crédito. Todo a pesar de ser una latina pobre y prieta en Nueva Inglaterra, y que hablaba spanglish. ¡No me digan que no merece regodearse un poco! Esta mujer es mi héroe. Me gusta fastidiarla por su materialismo, pero sólo porque la quiero mucho. Sabe que es en broma. Y también se ríe de sí misma.

—¡Temeraria!—grito cuando entra por la puerta.

Me mira, sonríe distraída, y sigue charlando por teléfono. Ay, *perdón*. Todas las puertorriqueñas detrás del mostrador la miran con ojos de caballo cansado, y se ponen más desesperadas. El dueño mira por encima del periódico en español que está leyendo detrás de la caja. Examina a Usnavys de pie a cabeza y sube las cejas como diciendo *¿quién es esta maravillosa criatura que llegó del frío?* Levanta una mano elegantemente enguantada como si estuviera deteniendo el tráfico y me fijo en el diminuto bolso de Fendi que le cuelga del brazo. Lo ha coreografiado, supongo, para lograr el máximo efecto. Cuando viene de puntillas hacia mí, me fijo que con esta nieve lleva ¡unos puntiagudos zapatos Blahnik! Y son tan puntiagudos que te podrían sacar un ojo. Yo no sabría distinguir un par de zapatos Blahnik aunque me lo propusiera, es que me habló de ellos ayer. Son *blanco invernal con rayas doradas*. Tienen que ser estos. Escucho como puedo su conversación, y me maravillo que puede meter sus grandes pies en esos zapatos delicados y pequeños. Me recuerda a aquellos hipopótamos vestidos de bailarina que brincaban en *Fantasía*.

Antes, cuando dije que no hablaba español durante mi entrevista de trabajo, estaba exagerando un poco. Aprendí un poco, principalmente cuando mi papá se careaba o tenía algún disgusto. Lo bueno es que se careaba casi a diario como la mayoría de los cubanos y recibí bastantes clases de español, y como mi mamá le engañaba cada dos fines de semana hasta que finalmente la mandó a paseo, había suficientes disgustos para dar y repartir. En casa hablábamos inglés, sobre todo porque Mamá no tenía ganas de aprender el idioma de Papá, de la misma manera que no tuvo ganas de decir «no» la primera vez que mi hermano le pidió que le comprara marihuana. Cuando Mamá estaba en la cárcel, y mi hermano se había marchado de casa, Papá y yo hablábamos en inglés porque era más fácil y ya no se enfadaba tanto. Ahora que soy como la señorita Berlitz, el símbolo hispano de la colocación, Papi me habla sólo en español. ¡Ay Señor! Estoy hablando de él otra vez, ¿no? Perdónenme. Me crió enseñándome que él era la cosa más importante del mundo, después de Cuba; y como cualquier religión, la fe es difícil de superar, incluso cuando dudas en secreto de su veracidad.

¿Me pregunto si hay anestesia para la *cubadectomía*? Me refiero a otra anestesia que no sea cerveza.

Por lo que escucho, Usnavys está pidiendo a una de sus ayudantes que concierte una importante conferencia de prensa el próximo mes, y está detallando todo lo que necesita, enumerándolo con sus dedos meticulosos y regordetes. Casi todas las ayudantes que trabajan a sus órdenes son latinas, incluso las que estaban menos preparadas que otros solicitantes. Le digo que eso no es legal. Se ríe y dice que los blancos lo hacen siempre y que está reivindicando las injusticias del pasado.

—Mi meta—dice apuntándome a la cara—es hacerlo hasta que sean *ellos* los que necesiten acción afirmativa para poder trabajar para *nosotros*. ¿Lo entiendes?

—¡Uf!—dice, colgando y quitándose la chaqueta de una manera astuta, lo cual me indica que ha dejado la etiqueta dentro y no quiere que nadie lo note.

Debajo de la chaqueta lleva un traje pantalón aun más elegante, de lana verde pálida. Estoy asombrada que encuentre estos modelos en su talla, porque en los últimos cinco años ha debido fluctuar entre una talla dieciocho y una veinticuatro.

Pero no se confundan. Es *guapísima*. Tiene una cara delicada, con una nariz que otras mujeres pagarían dinero por tener, y unos ojos castaños grandes y expresivos que le gusta esconder detrás de lentillas verdes. Se depila las cejas con cera cada tres o cuatro días en un salón cerca de las viviendas subvencionadas (jura que las chicas que trabajan allí son las únicas que lo saben hacer) y su maquillaje siempre es perfecto, hecho que atribuyo a su constante e incontrolable impulso de sacar la polvera de Bobbi Brown en público, para que todos *sepamos* que una puertorriqueña ha triunfado. Come con la gracia y el apetito de un ciervo silvestre; pensarías que come hierba, pues está hambrienta a todas horas. Con nosotras se llama «la gordita», y se ríe. No la consolamos con mentiras diciéndole lo contrario. Su brazo superior es más ancho que el muslo de Rebecca.

Tal vez por siempre haber sido gorda, y hoy está más gorda que nunca, es la más sociable de todas. Antes íbamos a bailar y acabábamos en algún restaurante espantoso de pancakes abierto toda la noche, y al final de la noche, o más bien, cuando salía el sol, Usnavys había logrado que todos se hicieran amigos. Le vi hacer eso con un grupo de ajedrecistas silenciosos del Wentworth Institute de Tecnología y un grupo de mujeres bonitas de la Universidad Brandeis. Logró que todos acabaran cantando, contando chistes, y jugando charadas. Por eso prácticamente dirige el departamento de asuntos públicos, en la mayor agencia sin fines lucrativos del estado. Nunca conoceré a una mujer más amistosa, más inteligente, más organizada, y más amable—y, sí, materialista— que Usnavys Rivera.

Usnavys no tiene problema en conseguir hombres. De todas nosotras, ella es la que atrae a más hombres. Es distante con ellos y eso les hace desearla más. La siguen, la llaman constantemente, le ruegan que se case con ellos, y amenazan con matarse si no corresponde sus sentimientos. Y no estamos hablando tampoco de sinvergüenzas. Estamos hablando de doctores, abogados, y espías internacionales. Sí, espías. Ella no sale con menos de tres al mismo tiempo, pero no lo hace de una manera cutre. No se acuesta con casi ninguno. Los usa de apoyo y los enfrenta entre sí. Los hombres de Usnavys la siguen como cachorros. ¿Los quiere ella? No. Al único que quiere es a Juan Vásquez, aún cuando no lo admitirá en público.

No tengo nada en contra de Juan. Me *gusta* el tipo.

¿Pero las temerarias? No puedo decir que sientan lo mismo. Algunas «tem-

erarias» opinan que Juan, con su Rabbit de la Volkswagen—antiguo y conges-
tionado—no gana suficiente dinero para satisfacer los gustos de una mujer
como Usnavys. Juan dirige una pequeña agencia sin ánimo de lucro en Mat-
tapan que rehabilita y emplea a toxicómanos hispanos. Tiene un alto porcentaje
de éxito, como ha escrito en numerosos artículos en mi propio periódico. ¿Y
qué importa si no gana mucho dinero? Sé que en lo más profundo, Usnavys
siente lo mismo, pero tiene problemas que resolver con el dinero, como uno
podría adivinar con sólo ver el abrigo largo de piel blanca y el BMW. A Juan,
que es muy guapo pero bajito, todo eso le tiene sin cuidado. Una vez me lo
encontré en un evento de etiqueta para recaudar fondos para el candidato
demócrata a la alcaldía de Boston; se presentó con una camiseta negra deste-
ñida, con un esmoquin blanco dibujado encima, jeans negros, y zapatos tenis
altos y rojos, pero sucios de la nieve, y con una biografía que pesaba setecientas
libras del Che Guevara bajo el brazo. Usnavys, con un deslumbrante vestido y
joyas, hizo como si no lo conociera, aunque había pasado una noche del fin de
semana anterior en su casa. Terminó yéndose con un doctor argentino blan-
dengue y de rostro sudoroso, que había conocido en la mesa de quesos y patés.
Juan sólo había ido para ver a Usnavys; quería demostrarle que apoyaba al
candidato que ella invocaba a todas horas. Ni siquiera le devolvió su entusiasta
saludo con la mano. Cuando él se acercó y le dijo hola, con cabeza gacha como
un perro golpeado, pretendió no recordar quien era y se lo presentó al hombre
feo del paté como el «*Doctor* Hirám Gardel», dirigiendo a Juan una mirada
tan helada como Groenlandia, y marchándose contoneándose agarrada del
grueso brazo del *médico*. Así es como Usnavys y Juan se relacionan desde que
se conocieron en la universidad.

A continuación llega Rebecca, manejando cautelosamente en su nuevo Jeep
Grand Cherokee color vino. Todos los espacios en la calle están ocupados. Veo
como da la vuelta al restaurante tres veces antes de dejar el carro en el parqueo
de la tienda de comestibles de enfrente. No arma tanto lío como Usnavys para
salir del carro, aunque puedo ver por la manera nerviosa que mira alrededor
y se apresura a través de la nieve hacia nosotros, que no se siente *cómoda* en
esta parte de la ciudad. Sonríe como siempre, pero distingo el tigre malo que
lleva dentro listo para morder.

Rebecca ha estado aquí muchas veces, como todas nosotras, y aunque nunca
ha declarado que detesta este barrio—y otros parecidos—cualquiera con un

poco de sensibilidad lo comprendería, observando la expresión secundaria que pone cuando se menciona «El Caballito» como si le pusieran una pila de excremento humeante bajo la nariz y fuera demasiado cortés para rechazarla. Digo «secundaria» porque Rebecca siempre parece tener dos expresiones faciales—a que ven los demás, y la que veo yo. Los que la conocen piensa que Rebecca es una de las personas más encantadoras y motivadas del universo. Nadie—excepto yo—parece notar cuánto odia y teme Rebecca a *todo* lo que la rodea. Todos los que la conocen creen que es una filántropa maravillosa. Y lo tengo que reconocer, nadie sabe llamar la atención como lo hace Rebecca, con su ligera inclinación de cabeza y su preocupación falsa, y conozco pocas personas que donen tanto dinero como ella a los refugios para mujeres maltratadas y hogares para jóvenes huidos o pasa tanto tiempo dedicada a hacer labores de voluntaria, como leer a los ciegos, incluso con una agenda muy apretada. Pero la cínica en mí piensa que lo hace por sentimiento de culpabilidad católica y para ganarse el cielo. Demándeme. La gente piensa que Rebecca es esta «superlatina», un ejemplo de persona que sabe rodar la «r», pero yo pienso que es una política experimentada. Crecí rodeada por gente como mi mamá, y tengo antenas para lo falso y lo peligroso. De cualquiera forma le tengo mucha envidia a la manera como controla sus emociones y consigue amigos. Yo soy lo opuesto a eso.

Cuando corre por la calle protegiéndose los ojos de la nieve con una mano enguantada en blanco, hace una mueca de tensión. Sería bonita si no pareciera que sonríe siempre a través de un trago de zumo de limón. No me confundan: A Rebecca le gusta divertirse tanto como a cualquiera, con tal que esté todo listo, que se hayan respetado todas las reglas, y que todo sea absolutamente *seguro*. Efectivamente, a Rebecca Baca (o Becca Baca, como prefiero llamarla: ella *odia* ese apodo) le gusta divertirse—de una forma ordenada.

Me alivia comprobar que ha venido sola. A veces el retrasado mental de su marido, Brad, insiste en acompañarla en nuestras salidas. No me pregunten por qué. Le hemos pedido que deje de traerlo a las reuniones de las temerarias. Pero se presenta de vez en cuando. Es un tipo blanco, no es latino, alto, de Bloomfield Hills, Michigan, que lleva trabajando en la misma tesis doctoral en la Universidad de Cambridge, en Inglaterra, durante los últimos ocho años. No puedo recordar exactamente el tema, pero tiene que ver con la filosofía y severos autores alemanes con espesas cejas que están muertos. Si me preguntan, un manojo de estupideces inútiles. Se pasa un par de meses al año en Inglaterra, y el resto yendo a conferencias, leyendo, y escribiendo en Boston. Ocho *años*.

Espero que mi psicoterapeuta me perdone por mencionarlo de nuevo, pero Papi consiguió su licenciatura y su doctorado en seis años, en un idioma que aprendió cuando tenía quince, trabajando de conserje nocturno, criando dos hijos, e intentando comprender porque había tenido el infortunio de casarse con una psicópata vestida de Marilyn Monroe. No entiendo por qué le está tomando al guasón de Brad tanto tiempo en terminar la escuela. Se lo he dicho a Rebecca y me mira como diciéndome que no me meta en camisa de once varas. Mirada fulminante. (Recuérdenme no usar jamás la palabra «fulminante» en una columna.) ¿Porqué nadie más se percata de esa mirada? Si pidiera a las otras describir a Rebecca, dirían «buena y dulce». Yo no. Yo diría, «reina de hielo». Me da la impresión que Rebecca me tolera como se tolera a una mascota familiar que se orina en el suelo. Y aunque no tiene las agallas para librarse de mí, no sufriría si, digamos, alguien «descuidadamente» dejara la puerta abierta y me atropellara un camión de UPS. Viene a estas reuniones para ver a Sara y a Elizabeth. Sé que no es para verme a mí. Y Dios sabe que no es para ver a Amber.

Rebecca entra en el restaurante y se sacude los copos de nieve de su pelo corto, negro y brillante, y se lo acomoda. No sé cómo, pero siempre está perfecta. Un año nos arrastró a las temerarias a un seminario de etiqueta comercial en el hotel Ritz-Carlton, en la calle Newbury, para que aprendiéramos a usar un tenedor de pescado y a sacar del plato, hacia fuera, la sopa de crema de maíz. Es la única vez que he visto su cara iluminarse con alegría descontrolada. Estaba sentada en la primera fila, tomaba apuntes de todo, y asentía frenéticamente. Cuando la presentadora, una antigua debutante de mi ciudad, hacía una lista de las cosas que una profesional debe evitar si quiere triunfar, escribió «pelo por debajo de los hombros», en nítidas letras negras en el limpio tablero blanco, Rebecca se volvió y me miró como diciendo «ya te lo dije». Por muchos años ha sugerido con gran insistencia que las temerarias mantuvieran el pelo corto pero femenino y, en el peor de los casos, recogido en la oficina.

—Nadie te tomará en serio con ese peinado sin sentido, tipo Thalia—me dijo recientemente con la sonrisa cordial y amistosa que pone cuando critica algo, levantando mi largo y ondulado pelo como si estuviera tupiendo el desagüe del baño.

Me *gusta* mi pelo. Además, necesito el volumen para cubrir mi cara gorda y nariz redonda. Así que déjame tranquila.

No es necesario decir que el pelo oscuro de *Rebecca* está impecable, elegante y no demasiado corto, lo mejor que ofrece la calle Newbury. Resalta sus enormes y bellos ojos castaños que acentúa con un toque de rímel negro y una sombra de ojos malva. Siempre lleva pendientes diminutos y perfectos, y pañuelos clásicos anudados al cuello. Me recuerda a esa mujer que se casó con Benjamín Bratt, Talisa Soto. Sí. Pero con el pelo corto. Odia ir de compras y por eso tiene un comprador personal llamado Alberto que se las hace. Rebecca, que yo sepa, nunca ha llevado faldas por encima de la rodilla, y todos sus zapatos son de tacón bajo, como los que se pondría Janet Reno. Aunque sólo tiene veintiocho años, Alberto le compra la ropa en Talbot's o en Lord & Taylor. Es de apariencia conservadora, austera en sus emociones *verdaderas,* aunque las falsas las cuelga en el patio a la vista de todos.

El raro de Brad tiene una cara agradable, aniñada, y el pelo rubio corto y revuelto que juega en su favor. Es alto. Pero se viste como un vagabundo arrepentido. Si vieras a este fulano sacudiéndose por la calle, pensarías que está en libertad condicional y que su mala suerte empeora por minuto. Si pudiera, llevaría barba pero tiene una extraña pelusa rubia en parches, como un perro con sarna. Con su cara redonda, parece un adolescente, hasta que sonríe: entonces ves las patas de gallo y comprendes que este perdedor no va a ninguna parte, una marmota andrajosa dando vueltas sin parar en su oxidada rueda. Lleva gafas de montura metálica redonda, que siempre están sucias y torcidas como si se hubiera sentado encima de ellas alguna vez. Nos sorprendió que éste fuera el tipo con el que se iba a casar. Cuando nos lo presentó por primera vez, nos rascamos la cabeza e intentamos ser diplomáticas. Él trató de hablarnos pero lo único que salió de su pequeña boca fueron incomprensibles tonterías robóticas. En menos de cinco minutos citó a Kant, Hegel, *y* Nietzsche y lo hizo mal. (Sí, las temerarias también hemos tomado cursos de filosofía.) Le corregí, y no le gustó mucho; miró como perdido, levantó la vista al techo, inclinó la cabeza y se puso de pie dando una vuelta alrededor, sentándose de nuevo. Lo único que podía pensar era, *telegrama a mí misma:* «Dahmer, punto. Jeffrey, punto.» Cuándo Amber, quien nunca oculta sus sentimientos dijo:— Pero, chico, ¿qué demonios haces? ¿Girando sobre tu propio eje?—contestó que sufría de la vista y que tenía que hacer eso para mantener el *equilibrio.*

—Sólo me funciona un ojo—dijo con voz electrónica—y cambian sin advertencia.

Estáááá bieeeen. Yo pensaba, Becca, muchacha, te quiero como a mi propia hermana, o por lo menos como a mi prima carnal—de acuerdo, quizá como a una prima lejana—pero, *¿qué* le ves a este tipo?

Tardamos unas semanas más en sonsacarle que el rotatorio Brad, era, Bradford T. Atkins, hijo de Henry Atkins, un rico terrateniente del centro de los Estados Unidos, constructor de centros comerciales en serie que comprenden cadenas de cafeterías chic, bares de zumos, y cadenas de alquiler de videos. Brad, al parecer, es la oveja negra de la familia Atkins, y estudió en Cambridge porque su viejo le construyó una biblioteca a la universidad cuando no pudo entrar por méritos propios. La fortuna del viejo se rumorea en más de mil millones de dólares, y Brad puede heredar un tercio cuando el viejo estire la pata que puede ser en cualquier momento, porque Henry anda por los noventa. Entretanto, Brad, que dice desprecia los bienes materiales y opina debemos «dar muerte a los capitalistas», vive feliz con los intereses de un fondo que le proporciona $60,000 al año sólo por respirar con la boca abierta. Rebecca me dijo que no es tanto como antes. A Brad le daban $200,000 anuales antes de casarse. El viejo y su esposa castigaron a Brad por casarse con una «inmigrante», rebajándole poco a poco la pensión. Así que Brad, con todo lo raro que es, viene a nuestras reuniones, se sienta cerca de nosotras escuchando boquiabierto nuestra conversación como si fuera Jane Goodall, y nosotros los malditos gorilas, y tomando apuntes. Apuntes, chica. Al parecer, le fascinamos sobre todo cuando hablamos español. Creo que por eso a la que más mira es a Elizabeth. En cuanto ese monstruo oye español, se ruboriza y parece que oculta una erección. Loco de remate. Estamos esperando que Rebecca se lo quite de encima, pero con más de $333 millones en el candelero, puede ser difícil.

Después de la universidad, Rebecca trabajó de redactora en la revista de *Seventeen,* y hace dos años lanzó su propia revista mensual, *Ella,* que se convirtió rápidamente en la revista con más ventas entre las latinas de veinte a treinta años de edad. Ya está ganando mucho dinero, y por lo tanto, no necesita nada de Brad. Yo lo mencionaría, pero Rebecca siempre ha sido muy reservada, una mujer que se precia de autocontrol, una persona calmada y calculadora a quien nunca he visto ni perder el temple ni bailar. Proviene de una establecida familia de Albuquerque: esa ciudad con nombre risible que sólo escuchas en Bugs Bunny. Son el tipo de personas que han vivido en el suroeste de los Estados Unidos desde antes que los peregrinos se posaran en Plymouth Rock. O sea, mexicanos—o mejor decir, españoles—que no llegaron a este país, sino que los absorbieron. Habla un español anticuado y torpe, como si alguien hablara el inglés de Chaucer en el medio de un guateque universitario. A Elizabeth y Sara les divierte. La familia de Rebecca es del norte de Nuevo México y son personas suspendidas en el tiempo, hablan el idioma antiguo y llevan mantillas en la cabeza.

También insiste en que le digan «española». Dios te proteja si la llamas *mexicana.* Jura que puede trazar su árbol genealógico hasta la realeza española. No soy antropóloga pero sé como lucen los nativos americanos. Y Rebecca Baca, con sus pómulos altos y culo plano, es la pura personificación. Si eligieran a una de nosotras para encarnar a una latina en una producción de Edward James Olmos, sería *esta* mozuela, ¿de acuerdo? Y no importa que Amber le suelte esa mexicanada de «somos indias, y no hispanas ni latinas» y todo eso sobre Aztlán y la guerra santa indígena contra los pinches gringos. A Rebecca no le convence.

—Yo soy española—dice serena y paciente esbozando una dulce sonrisa—de la misma manera que en este país hay franceses e italianos, yo soy española. Respeto quién eres y lo que crees, y te apoyo en lo que haces. Pero intentar reclutarme para la causa mexicana tiene tanto sentido como perseguir al coreano dueño de la tienda.

Ni le preguntes por ese pelo negro y liso, la piel castaña, y una nariz que parece salida de una pintura de R.C. Gorman. Fruncirá su delicada y aguileña nariz, como hace cuando la gente maldice o grita, y dirá con una sonrisa y un exasperado suspiro: «Moros, Lauren. Tenemos sangre mora». Y eso, amigos míos, es todo.

Rebecca camina derecha a la mesa sin mover las caderas. Usnavys se tambalea para darle uno de esos abrazos que te dejan sin respiración.

—¡Temeraria!—grita Usnavys.

Rebecca sonríe avergonzada y no contesta. Más bien, golpea con tiento a Usnavys en la espalda como si le ofendieran su gordura y su agitación, y les dice:—¡Hola Navi! ¡Hola Lauren! ¿Cómo están?

Usnavys no nota el desprecio. Pero yo sí. Siempre. Usnavys ve lo mejor de las personas. Yo, supongo que lo peor. Rebecca no ha dicho la palabra «temeraria» desde la universidad, aunque viene a nuestras reuniones. Piensa que es inmaduro. Me hace sentir peor de lo que normalmente me siento, porque me encanta decir «temeraria» y debe significar que soy lo más inmadura que hay, o lo que sea, hombre.

Rebecca cuelga su chaquetón en un gancho de la pared, arrugando la nariz ante la suciedad de la pared. Me percato de nuevo que es diminuta, apenas cinco pies de altura, con muñecas delicadas como de gato. Me atrevería a decir que es anoréxica y elegante al estilo de una serie de David E. Kelley. Lleva un traje pantalón de lana gris oscuro, con discretas joyas en plata que se ven que son caras. ¿O serán de platino? Sus diminutos aretes tienen rubíes incrustados. Me asombra que existan pulseras tan pequeñas. Cuando nos reunimos, nunca come más que un plato de sopa o de arroz blanco, y a veces la mitad, y no bebe. Yo no soy grande, pero lo sería si no me metiera el dedo de vez en cuando en la garganta. Flaca no es exactamente la palabra para describir a Rebecca. Es tiesa, muscular, delicada, y feroz, toda a la vez. Y saben, a pesar de nuestros comentarios sobre lo horrible que supuestamente pensamos debe ser estar tan flaca, la verdad es que estoy tan condicionada como cualquiera y la envidio. La envidio a rabiar. Rebecca es todo lo que yo no soy: diplomática, ecuánime, sensata (quién sabe lo que realmente piensa), comprometida con una dieta saludable y un plan de ejercicio, generosa con su tiempo y fondos, y buena con los números. Yo sólo pienso en mí. Y me devuelven los cheques. Quizá sí, le tenga celos. Probablemente. Los hombres nunca se cansan de Rebecca, ni deciden que necesitan espacio.

Pero sobre todo me gustaría tener una mamá como la de Rebecca. La señora Baca nunca llama a *su* hija desde la cárcel, pidiendo dinero para la fianza, como hace la mía. La madre de Rebecca fue a su graduación, estaba presente, y no sólo presente, sino bien vestida y con olor a perfume Red Door, con un ramillete de flores para su hija y con verdaderas lágrimas en los ojos. «Estoy orgullosa de ti», recuerdo que le dijo a Rebecca. ¿Yo? Yo buscaba a mi padre entre la muchedumbre donde había encontrado otra confiada víctima para hablarle de Cuba, A.C. (antes de Castro) el resto de la tarde. Interpretando de nuevo el papel de extranjero fascinante, se olvidó totalmente de mí. Mamá no fue; dijo que vendría. Cuando la llamé después, contestó el teléfono en Houma (se mudó con mi abuelita el año pasado) con voz de sueño y se disculpó.

—Cariño, se me pasó—dijo.

Podía escuchar los grillos por el teléfono.

—Pero ahora que tienes un título, pensarás que eres mejor que yo.

En mis momentos de calma, cuando nadie me ve, me gustaría cambiar de familia y pasado con Rebecca, pero nunca me casaría con Brad.

No es sorprendente entonces que ese magnate británico de software pensara que la idea de Rebecca de empezar una revista fuera tan buena que le entregó un cheque por dos millones de dólares para iniciarla. ¿Qué es eso? ¿Pensabas que su lujoso y millonario futuro marido pagaba las facturas? No. También le pregunté eso. Al parecer Brad pidió el dinero a sus padres, incluso pidió un préstamo, pero cuando les dijo para lo que era, le contestaron:—Bradford, querido, a esa gente, no sé cómo decírtelo, mi vida, pero no les gusta la *literatura*. Esas personas, los latinos, sabes, no pueden leer. Es botar el dinero.

¿Esas personas? No sé cómo Rebecca puede aguantarlo. Pero ella tampoco supone que es una de «esas personas». Es española, ¿recuerdan? Ella desciende de loth reyeth y de lath reinath ethpañola.

Nos sentamos a esperar que las otras lleguen, tomando café cubano fuerte en vasitos de plástico. Usnavys pide un par de aperitivos, fritos, claro. Rebecca abre su cartera de Coach y saca un par de ejemplares del último número de su revista, con Jennifer López vestida de ejecutiva en la portada. Es una buena publicación. Me pregunta otra vez cuando voy a escribir para ella, y le explico, de nuevo, que pertenezco a la plantilla del *Gazette*.

—Señorita Scarlet, mi *señol* no me permite escribir *pa'* ninguna gente—digo.

Sonríe tensa y se encoge de hombros. Usnavys intenta suavizar la situación y sugiere que apostemos en vano cuál «temeraria llegar, porque sabemos que la próxima» que va a cruzar el umbral es Sara, con Amber pisándole los talones. Elizabeth siempre llega retrasada a los eventos en la tarde, porque para ella es medianoche. Tiene que levantarse a las tres de la mañana para preparar el programa matinal y cuando llega la tarde, normalmente está acurrucada y dormida debajo del edredón. Pero hace una excepción por las temerarias.

Sara aparece la próxima, transitando por la helada calle a un millón de millas por hora, en su resplandeciente Land Rover verde metálico. Siempre anda con prisa. Si tuvieras que hacer todo lo que ella hace, también tendrías prisa. Sara es ama de casa, pero está tan ocupada como el resto de nosotras.

Cuando escuchas su calendario: llevar a Seth y Jonah, su trabajo voluntario, clases de educación para adultos de Harvard (cómo apreciar el vino; cómo preparar el sushi; el diseño de interiores), te das cuenta que tiene un horario repleto.

La manera en que conduce—como una loca—y frenando ruidosamente, representa la forma que Sara se mueve en el espacio. Sara, con todo su encanto y belleza, es torpe. Nunca he conocido a nadie que haya aterrizado tantas veces en una sala de emergencias. Su madre me comentó que Sarita era así «desde que le salieron tetas». Y ahora que tiene dos hijos pequeños, olvídate. La mujer está cubierta de rasguños y cortes de arriba abajo, propinados por uñas minúsculas y un surtido de caros y didácticos juguetes de madera que no precisan pilas. Torpe, bonita, ruidosa, y encantadora. Y a pesar de todo esto, puntual. Así es nuestra Sara.

El avión de Amber se debe haber retrasado. Estoy impaciente por escuchar la historia; con Sara, una historia no es tan sólo una historia. Tiene el don de la narración, algo que percibieron todos nuestros profesores en la Universidad de Boston. Opinaban que debería haber sido periodista, así de increíbles eran sus relatos. El único problema era que la mitad de lo que contaba no era *verdad*. Algo prohibido en el periodismo. Sara exagera. De acuerdo, bueno, miente. ¿Está mejor así? Es cubana. ¿Qué esperan? Nos gusta exagerar, el pez crece cada vez que contamos la historia. Teje un cuento con drama y tensión, lo infunde con misterio e intriga, aun cuando esté hablando de comprar cortinas para el estudio de arriba.

Estaciona al lado de Rebecca en el parqueo de la tienda de comestibles y sale del Range Rover. Amber salta del otro lado con aspecto de la mujer ideal de Marilyn Manson. ¡Qué *monstruo*! Cada seis meses, una de nosotras le paga el billete de avión desde Los Ángeles, y las temerarias la recogemos en el aeropuerto Logan. Amber no puede permitirse el lujo. Le tomamos el pelo y nos dice:—Pronto harán cola para pedirme un autógrafo.

No se ríe cuando lo dice, porque ha descubierto «el movimiento mexica»: los mexicanos y méxicoamericanos que insisten en llamarse «americanos nativos»—y específicamente aztecas—en lugar de hispanos o latinos. Amber ha perdido totalmente el sentido de humor que tenía. Sara se ríe y habla, gesticulando con las manos para matizar como todo cubano, mientras cuenta sin lugar a duda algo increíble. Sigue hablando alto, como siempre, cuando llegan

a la mesa y nos abrazan y gritan lo de «temeraria». Las dos no podrían ser
más distintas si lo intentaran. Casi me da risa.

Sara Behar-Asís se viste como su ídolo, Martha Stewart. Así es como siempre se viste. Pensarías que le gustaría andar por su enorme casa en sudaderas
o así, pero juraría que no funciona si no está *coordinada.* Se vuelve catatónica
o algo parecido. Incluso en la universidad, Sara vivía para la coordinación, y
su familia—antiguos barones del ron cubano—le pasaban una cantidad para
comprarse ropa superior al sueldo anual de profesor de mi papá. Me alucinaba.
Siempre aceptaba sus prendas usadas, y todavía me regala de vez en cuando
algún suéter de cachemira.

Esta noche está perfectamente arreglada, coordinada hasta el colorete rosa
de sus mejillas, aunque hasta crea que va informal. Toques de mascarilla ocul-
tan un par de tajos bajo un ojo; brutal, dice, cuando Rebecca le pregunta por
la última aventura de sus hijos con los palos de golf infantiles. Parece la perfecta, cuidadosamente informal y colosalmente torpe mamá de los suburbios,
que sólo viste Liz Claiborne. Lleva pantalones amplios de lana beige, un suéter
de cuello alto blanco, cubierto por un suéter tejido de cable en amarillo pálido:
un color que describiría como «lavado con limón». No lo puedo asegurar, pero
le veo una costra roja en la piel debajo del cuello del suéter, el último recuerdo
de nuestro nefasto viaje de esquí a Nueva Hampshire con nuestros hombres.
Mientras Roberto y Ed se tiraban por las pistas de diamante negro, riéndose y
dándose palmadas en la espalda como hacen ese tipo de hombre, yo me aco-
bardaba en las pistas azules mirando horrorizada como una ambiciosa Sara,
envuelta en un traje rosa pálido, caía como un trapo mojado por encima de
los promontorios y se estrellaba contra unos pinos helados. Incluso se estrelló
contra una familia de cinco, pegando al más pequeño entre un coro de gritos
paternales. No es lo que llamaría una mujer de aire libre. Después de caerse
por media montaña sobre su garganta y cara, los esquís se separaron en el aire
como dos antenas viejas de televisión. La recogí y fuimos al refugio a tomar
chocolate caliente y a ver una competencia de aeróbic en ESPN el resto de la
tarde. Esta noche, lleva botas de excursionismo elegantes, aunque nunca haya
ido de caminata y, con suerte, nunca irá, igual que su SUV nunca saldrá de la
carretera a menos que otro lo maneje, y con una chaqueta de cuero negra. Su
pelo rubio con mechas se parece al de Martha. El mismo color, corte, y estilo.

A pesar de su falta de gracia, es difícil no envidiar a Sara. Se casó con

Roberto, su novio de la escuela secundaria, un abogado cubano, educado, alto, blanco, y judío, de Miami cuyos padres han conocido a los suyos desde que vivían en la isla; tiene dos preciosos niños que acaban de empezar el kindergarten en la escuela más cara de la zona; o sea, lo tiene todo. Un gran tipo, una gran casa, unos maravillosos mellizos, un gran automóvil, un gran pelo. Sus viajes de esquí son gratis, no como el mío que me tuve que pagar. Ed gana mucho más que yo, pero ¿paga algo? No. A medias, dice guiñando un ojo. Es la única manera de saber que nuestro amor es verdadero, dice. Roberto tendría un ataque cardiaco si Sara se ofreciera a pagar algo. Siempre le compra regalos. Solo porque la ama. Y aunque lleva con ella desde que iban a la escuela secundaria, todavía hace estas cosas. Un Range Rover con un gran lazo blanco encima, porque la ama. Una pulsera de diamantes oculta en el fondo de una caja de chocolates *kosher*, porque la ama. Un baño recién remodelado, todo decorado, porque la ama. Y no es ningún cabezón como algunos que conozco. De hecho, Roberto tiene muy buena cabeza que hace juego con todo lo demás que también tiene muy bien formado. Es un muy apetecible Paul Reiser alto. Pienso que cada una de las «temerarias» sí ha tenido fantasías con Roberto. Todas deseamos a Roberto, pero como tiene dueña, queremos un tipo exactamente *como* Roberto, el problema es que parece ser el único que existe. Un tipo que es fiel, honesto, rico, guapo, amable, cómico, y que conoces cuando eras una tontita llena de granos, al caerte accidentalmente al canal detrás de la mansión de tus padres, a donde se tiró con toda esa musculatura para salvarte. Juntos, estremeciéndose en el césped, ves un aterciopelado solideo flotar hacia el mar y piensas: éste es. Un tipo maravilloso que continúa salvándola el resto de su vida.

Debe ser bueno.

Las temerarias nos alegramos por Sara, por supuesto, pero también la odiamos porque nuestras vidas no son tan ordenadas y perfectas. Le he dicho que podría ganarse bien la vida como diseñadora de interiores, si se olvidara de los jarrones y la alfarería con esas manitas que tiene. Ha dicho que podría interesarle una carrera cuando los muchachos sean mayores y no «me necesiten en casa», pero no parece tener prisa. Dele un par de las cortinas viejas y un depósito de chatarra y se le ocurrirá algo fabuloso. Ni moderno, ni interesante, simplemente *fabuloso*. A veces bromeamos que podía haber sido un hombre gay.

Ahora, Amber. Uf. No sé por dónde *empezar* con *esta* muchacha. La conocí en el primer año de universidad, cuando ya habíamos terminado con la mitad de un curso de composición. Era una «pocha» del sur de California: una morena bonita, con un vientre plano antinatural. Se había quitado las cejas y se las dibujaba con unas líneas finas y arqueadas. («Pocha», para los que no lo saben, significa el tipo de méxicoamericano que no habla español y suda si come algo más picante que la salsa mediana de la marca Old El Paso.)

Por entonces, Amber llevaba su oscura melena con un espeso flequillo metido hacia dentro y llevaba el tipo de ropa holgada y aretes de oro falso «de delfín» que eran corrientes donde ella creció, pero que a nosotras nos parecían de pandillera. Había crecido en un pueblo costero cerca de San Diego, un pueblo lleno de Marines americanos bien plantados, donde casi todos tenían apellido español y un Camaro con una cinta estropeada de Bon Jovi en el cassette. Estaba vagamente consciente de ser hispana cuando consiguió matricular en la Universidad de Boston, y no lo pensó mucho hasta que conoció a Saúl, un consumido guitarrista de pelo largo de Monterrey, México. Había estudiado música en Berklee College of Music y le dijo que se parecía a una imagen de la Virgen de Guadalupe que se le había aparecido en un sueño, dejándose caer de rodillas a sus pies en el medio de la plaza central de la Universidad de Boston en plena tormenta de nieve. Pensó que era divertido y que Saúl, con su piel pastosa, montones de tatuajes, y enrollando constantemente porros, era lo bastante raro para espantar a sus padres republicanos por algún tiempo. Él le regalaba libros sobre los chicanos y la lucha de los inmigrantes mexicanos en los Estados Unidos y empezó a llevarla a reuniones y conciertos del «movimiento». Y ése fue el fin de la Amber que conocíamos.

Amber toca la guitarra, la flauta, y el piano magníficamente, y siempre ha tenido una voz increíble. Durante los últimos seis años ha tratado de conseguir un contrato con un sello discográfico, pero no ha tenido suerte. Invariablemente nos llama (por cobrar) para que la animemos cuando la rechazan y siempre la complacemos. Podemos cuestionar su sentido de la moda, o su identidad étnica, pero ninguna de nosotras duda por un instante que Amber sea un fenómeno musical.

Amber estudió en B.U. con una beca de música clásica y tomó clases de comunicaciones por si no podía convertirse en la próxima Mariah Carey, su meta original. Siempre tocó la guitarra mejor que Saúl, gracias a las lecciones de un tío que tenía un taller de mecánica automotriz en Escondido, California. Su personalidad chicana despertó del todo cuando Saúl y ella abordaron un autobús verde Volkswagen, viejo y sucio, y viajaron por todo México y los Estados Unidos durante todo un verano en una gira con su grupo. Regresó habiendo cambiado la «ch» por la «x». «Chicana» era ahora «xicana».

—Como lo deletreaban los aztecas—dijo.

No me pregunte cómo los aztecas precolombinos conocían el alfabeto romano, pero según Amber y sus amigos de México, lo conocían. También los mexicanos eran ahora «mechicas». Todavía se dibujaba las cejas, pero ahora parecían enojadas cuchilladas ascendientes, en lugar de arcos sorprendidos. Empezó a coleccionar plumas de quetzales, campanillas para los tobillos, y escudos de oro, y no hablaba otra cosa que español, un idioma que nunca había hablado antes, excepto las palabras que escuchó al crecer: *mi'ja, albóndigas, churro, cerveza, hacer mimos, abuelo, sopa,* y *chingón.*

También tenía una nueva colección de grabaciones en CD, de latinas gritonas y feas como Julieta Venegas y esa chica con aspecto varonil de Aterciopelados. En las reuniones de las temerarias de entonces, gritaba con un conjunto de metal pesado llamado Puya, hasta que perdió la voz. Amber también se quitó el apellido, Quintanilla, ese año. Dijo que no quería que la industria musical la asociara con Selena. (Ya saben, ¿Selena fallecida, la cantante tejana asesinada, Selena santa, prácticamente canonizada?) Eso era porque «mi música es más dura, más fuerte que ésa. Selena era otra sosa». ¿Qué tipo de sacrilegio es *ése?*

¿Y ahora? Ahora está viviendo en Los Ángeles con otro tipo que canta *rock en español* de México. Al parecer, se casaron por el rito azteca el año pasado, pero no intercambiaron anillos (según dice, son símbolos europeos de propiedad), y no invitó a ninguna «temeraria» (no estábamos lo suficiente iluminadas, y por lo tanto, no quería que nuestra «burlona energía» estropeara las cosas) y no registró el matrimonio con el gobierno (los gobiernos falsos no significan nada para nosotros, dice). Este fulano se llama «Gato», y es hijo de un funcionario corrupto del gobierno mexicano. (Es redundante, ¿no?) Amber toca con su propio grupo, cantando principalmente en español y cada vez más en Náhuatl, y, dice, negociando con casas discográficas sobre ese contrato que lleva persiguiendo hace años. Ella graba sus propios álbumes y los vende en una mesa plegable de jugar a las cartas en las salas de fiestas. Todavía tiene el pelo largo, pero ahora es *negro*. Negro, *negro,* como el negro de la brujería, todo enrollado como trenzas de Medusa, con cuerdas de estambre de colores por aquí y por allá. Creo que no se lo cepilla nunca. Su lápiz de labios es oscuro, morado gótico, a juego con su pelo, y sus ojos están embadurnados de rímel negro. Se ha agujereado la nariz, ceja, lengua, ombligo, y pezón, y su ropa es normalmente negra, como su pelo. No es *fea*. Es simplemente Amber. Es bonita, siempre lo fue. Y tiene unos abdominales de morirse, porque sólo come alimentos crudos, «como nuestros antepasados», dice, y porque corre un millón de millas por semana con Gato por las colinas de Hollywood. Pensándolo bien, ¿no fueron los aztecas los que arrancaban los corazones del pecho a la gente y se los comían a dentelladas? Bien crudo. Pero en el mágico movimiento del méxicoamericano del nuevo milenio, los aztecas son ahora vegetarianos pacifistas, en lugar de conquistadores sanguinarios. La versión mexica de los aztecas me parece lo mismo que Ralph Nader con taparrabos.

Esta noche lleva una chaqueta negra grande, con plumas de imitación en las muñecas y el cuello, como algo vomitado por Lenny Kravitz. Debajo tiene una camisa negra ajustada, a pesar de que estamos en pleno invierno, para que podamos admirar sus definidos abdominales. Los pantalones le están provocando un infarto a Rebecca, porque están cubiertos de estampas de la Virgen de Guadalupe en bikini. Lleva botas de plataforma atadas delante. Mirándola al lado de Sara asusta tanto como esa vez que Martha Stewart entregó un premio en MTV con Busta Rhymes.

Todas nos mudamos a una mesa más grande y empezamos a charlar como siempre hacemos las temerarias. Todavía no pedimos y todas, menos Usnavys, esperamos a que llegue Elizabeth antes de empezar los aperitivos. Eso significa que esperaremos otra media hora. Entonces aparece. Estoy distraída con la historia de Sara, que tiene que ver con el mal negocio que hizo con una tela que compró para el cuarto de huéspedes de su casa, pero es tan interesante como una buena novela de misterio y no veo cuando Elizabeth llega en su Toyota Tacoma, con la enorme cruz colgada del retrovisor y esos peces de metal pequeños pegados en la reja de la parte de atrás.

Lo encuentro divertido; aquí está esta mujer, tan alta, delgada y bella que durante la universidad se ganaba la vida de modelo de pasarela, manejando una grotesca camioneta *¿Por opción?* Quizá es porque soy del sur, del mismo corazón del sur, dónde las camionetas están reservadas para un cierto tipo que bebe Kool-Aid, necesita sostén, y se llama Bubba. Dice que es cómoda, que maneja bien en la nieve, y que sirve para llevar cosas de aquí a allá. Es verdad: Elizabeth siempre está llevando cajas de ropa donada y latas de conserva de su iglesia—una enorme y brillante estructura de diseño espacial en las afueras —a las residencias de los sin hogar de la ciudad. Ofrece su camioneta todos los veranos al campamento de verano de los Cristianos para los Niños en Maine, arrastrando balsas que inflaban y equipos de tiro al arco. Al final del verano, llena la camioneta de fardos de heno, la llena de niños, y los lleva despacio al riachuelo. *Whee.*

Quizá sea porque se crió pobre en Colombia y no entiende los matices de la cultura americana, de la forma que lo hacemos el resto de las temerarias. Elizabeth Cruz piensa que tener una camioneta es chévere.

Una vez le pregunté cómo esperaba conseguir un hombre con ese mamotreto y se encogió de hombros. Para una mujer que quiere tanto a los niños, Elizabeth no parece tener prisa por encontrar un padre para los suyos. Lleva soltera toda la vida. No le conozco ni una sola relación seria. Sale con muchachos de vez en cuando, pero nunca le duran más de un mes. Las temerarias intentamos presentarle a cualquier tipo medio decente que conocemos y que no nos interesa a nosotras. Pero nunca funciona. Y no es porque nadie esté interesado, ¿de acuerdo? Hoy mismo Jovan Childs, mi favorito rastafariano para coquetear en el periódico, me preguntó—de nuevo—si se la podía presentar.

—No puedo creerlo—gimoteó.—Eres amiga de Elizabeth Cruz y no me das la oportunidad de conocerla. ¿Qué te pasa, me quieres todo para ti?

Le mandé un beso a Jovan y no le dije la verdad: que aprecio demasiado a Elizabeth para presentarle a este tipo inteligente y mujeriego, aunque me aborrezco lo bastante para pensar que podría ser una perspectiva interesante para *mí* si las cosas con Ed terminan, como estoy segura que terminarán.

De todas formas, Elizabeth dice que su vida sentimental es tibia, porque la mayoría de los hombres suponen que es una idiota dócil. Lo piensan porque les intimida con su belleza.

—Una gran belleza puede ser un gran impedimento—dijo una vez, en una cena de las temerarias, sin un gramo de vanidad.

Todas nos quedamos mirándola fijamente. Amber se rió en alto.

—Lo digo en serio—dijo Elizabeth.—Reconozco que la belleza abre ciertas puertas, pero también mantiene otras cerradas con llave. Si tuviera la opción, no estoy segura que quisiera ser así.

No te preocupes, Liz, no te durará siempre. —dijo Usnavys.

De todas las temerarias, Elizabeth es la más fina. Sus extremidades son largas y estilizadas, aunque come todo lo que quiere, y su cara es de una belleza apacible. No es de mucho hablar, pero cuando lo hace, habla de cosas profundas e inesperadas.

Elizabeth también es la «temeraria» con la mejor oportunidad de robarse a Roberto aparte de Sara, algo que nunca haría porque es cristiana, una persona muy buena, y la mejor amiga de Sara. En las ocasiones cuando nos juntamos para comer, ir a esquiar o al aburrido concierto de la orquesta Boston Pops en el Esplanade, es la única por la cual Roberto pregunta. Y cuando pregunta tiene una *mirada* especial. También la mira fijamente, incluso delante de Sara. Hasta lo hizo el día de *su boda*. Todos estábamos parados observando como miraba a Liz mientras Sara bailaba con su padre. Nos mirábamos y le queríamos dar un puntapié en el culo. Liz parecía avergonzada, y lo evitaba a cada oportunidad. Se lo mencioné a Sara, y me contestó:—¿Qué pretendes? ¿La perfección? Elizabeth es bellísima y él es hombre. Puede mirar, pero si toca, y no lo hará, es hombre muerto.

No puedo imaginarme confiar tanto en un hombre. De nuevo: Debe ser agradable.

Elizabeth también tiene dificultades porque es una latina negra. Ella no lo admitiría, pero sé que es verdad. A los americanos negros les encanta, y más de uno ha comentado su parecido con la cantante de Destiny's Child, Beyoncé Knowles, en parte por su pelo rubio teñido y en parte por su cuerpo perfecto. Esta noche lleva unos jeans cómodos, botas de goma, un grueso suéter de lana marrón, y una de esas parcas verde de la marca Patagonia—si me preguntara a mí, les diría que parece un poco sosa. Su pelo lo lleva largo y liso, y no lleva ningún maquillaje, y aun así está mejor que el resto de todas nosotras. Son esos dientes, esos increíbles dientes blancos y esa piel castaña dorada y esos ojos grandes y líquidos. También es tremenda bailarina, sobre todo cuando ponen una cumbia o un vallenato. A la muchacha le encanta Carlos Vives.

Los negros no-latinos no entienden sus raíces. No puedo decirle la cantidad de veces que un negro americano me ha acusado de mentir cuando le he hablado de mi bella y «negra» amiga latina.

—No *parece* latina—dicen—. ¿Parece una hermana?

—¿Y quién dice?—pregunto.

Ellos no saben qué contestar. Uno no puede hacer que las personas viajen o entiendan de historia, y estoy cansada de intentarlo. Los blancos americanos ven a Elizabeth con todas esas malditas ideas preconcebidas la mayoría del tiempo, y les cuesta aceptar el hecho de que es latina y también tiene ese *aspecto*. Y la mayoría de los latinos, tristemente, preferirían salir con una blanca analfabeta, fea, de South Boston, dentuda, retrasada, y de pies planos, que con esta latina negra, súper fina, virtuosa, y con una carrera asombrosa.

Es verdad de todos los latinos que conozco, no importa el color que ellos sean. Quieren una muchacha clara. Lo puedes ver en nuestros culebrones y nuestras revistas. Todas las mujeres son rubias, chica. No es mentira. Quiero decir, si Hollywood cree que todos nos parecemos a Penélope Cruz y a J.Lo, los medios de comunicación latinos pretenden que todas nos parezcamos a una niñera sueca o a Pamela Anderson.

De cualquier modo, todos ignoramos a las latinas negras.

Es como si las latinas negras, las latinas oscuras, no *existieran*, sabes, aunque casi la *mitad* de la población de Colombia es negra, y lo mismo pasa con Costa Rica, con el Perú, y con Cuba, y así sucesivamente. Hay más negros en Latinoamérica que en los Estados Unidos, pero nadie se da por enterado. De vez en cuando aparece un negro en Univisión o en una serie de Telemundo, pero invariablemente lleva turbante y falda blanca larga, y barre con una escoba o prepara alguna venganza de brujería contra su amo de ojos azules y buen corazón; en otras palabras, el mal de la Aunt Jemima, o de Sambo. Sin ir más lejos: La semana pasada vi una telenovela con un actor negro, y el fulano tenía un hueso metido en nariz y bailaba alrededor de una gran hoguera clamando. La mayoría de esta basura está rodada en México, en Brasil, o en Venezuela, donde todavía no saben lo que son los derechos civiles para las personas de color, pero las ven todos los hispanohablantes de los Estados Unidos. Nadie en los medios americanos hace ningún comentario al respecto. O no tienen idea de lo que está pasando, o si la tienen, probablemente les asuste criticar a esos amables latinos. Cuando le he hablado de esto a Elizabeth, me manda a pasear.

—No es eso—dice con esa mirada plácida y sonrisa tímida tan magnética suya.

(Tiene los dientes más blancos que he visto en mi vida—¿lo habré mencionado ya? Supongo que sí. Lo digo porque los míos son espectacularmente amarillos.)

Entonces educadamente, casi como una imperceptible indirecta, dice con acento español, algo como:—Lauren, estoy harta de la forma que relacionas todo con el color de la piel. Es tan . . . americano. En Colombia a nadie le importa.

Lo cual encuentro difícil de creer. Pero ella ahora está aquí, y en los Estados Unidos, sí importa. Y todavía tiene que encontrar un hombre.

• • •

Así que aquí estamos. Las temerarias de la Universidad de Boston, guapas, inteligentes, talentosas, y locas, todos los colores del arco iris, así como unas cuantas religiones diferentes. Nos abrazamos, chismorreamos, en español, inglés, y cada mezcla concebible de los dos, y pedimos nuestro veintiuno—sí veintiuno, cuatro para cinco de nosotras, y uno para Rebecca—platos de comida, nuestras cervezas y refrescos de Materva, y entonces empezamos a ponernos al día.

Hablamos de la primera noche que salimos como las temerarias, después de que los gorilas que trabajan en Gillians nos echaran a la calle.

—¿Recuerdan el frío que hacía?—pregunta Sara, bebiendo a sorbos su cerveza inglesa de jengibre—. ¿Por qué parece verdosa? ¿Está enferma, o estoy bebida?

—Ooosh—dice Usnavys mientras menea la mano delante de ella—¡Estaba cayendo hielo!

Lo recuerdo. Hay algo por el que el aire nocturno de Boston se mantiene helado después que cierran todos los clubes e incluso cuando el metro ha dejado de retumbar a través de la plaza de Kenmore. Muerto, helado, aire salado. Como esta noche.

—Estábamos locas—añade Elizabeth, agitando la cabeza y echándose hacia delante—. Completamente locas.

Ah, sí. Sólo los estudiantes de la universidad más jóvenes y más tontos están en la calle a esas horas, vomitando en los desagües para demostrar que finalmente son mayores. Ésas éramos nosotras, las temerarias, enfermas, risueñas; tambaleantes y creyéndonos que por fin éramos libres.

—Y *cómo* caminábamos—dice Amber. Todas nos reímos y vuelve a contar la historia.

Como jóvenes y *estúpidas* que éramos, esa noche regresamos a pie al dormitorio, pasando por callejones llenos de ratas de agua del tamaño de perros pequeños, por Fenway Park y a lo largo del maloliente y escalofriante Fens. Vimos a unos tipos jóvenes latinos que entregaban unas bolas envueltas en papel de aluminio a unos blancos con pinta de abogados que estaban en unos buenos carros en una esquina. Vimos a un tipo con un afro grasiento y un sombrero del alcahuete rosa, gritar en el idioma «ebonics» a una jovenzuela. Vimos a dos *hombres haciéndolo* entre las cañas de la apestosa orilla. Era *estupendo,* muchacha, finalmente estamos aquí, en Boston, en la universidad, en la gran ciudad. Sin padres, juntas. Nos empujábamos y nos reíamos como si nunca nos fuéramos a morir, heladas con nuestros atuendos de club de «rave»—todas menos Rebecca que parecía iba a clase de catecismo con un traje de lana y una diadema roja; se abrazaba el cuerpo con sus delgados brazos y nos miraba como si estuviéramos locas. Al resto de nosotras le salía este loco vapor de la boca en el frío oscuro, pero no a Becca Baca. En ese momento me pregunté entonces si sería el diablo, con vino helado de comunión en sus venas, y estaba lo bastante borracha para preguntárselo. No le hizo gracia. De hecho, no me habló en dos meses. Incluso entonces, esa muchacha estaba *tensa.*

Las temerarias también hacíamos el tonto de otras maneras, como tratar de hablar siempre en español para que los otros se *enteraran,* ¿saben? Simplemente para que supieran que éramos latinas, porque podemos no parecerlo. Sólo Sara y Elizabeth acertaban siempre con el español porque Sara es de Miami donde (por supuesto) el español es, como, el *idioma oficial* (*no* se rían, allí abajo es un país extranjero) y Elizabeth es de Colombia donde el español *es* el idioma oficial. El resto de nosotras luchamos con el castellano, con toda la gracia de un hipopótamo bebido en una tienda de cristal. Nadie sabía la diferencia. Nadie sabía que no teníamos ni idea de lo que era ser latina, de lo que se suponía que éramos, que dejamos que la palabra nos cayera encima y la encajamos lo mejor que pudimos. Pero lo importante era que éramos las temerarias, y las temerarias estaban unidas. Estudiábamos juntas, íbamos de compras juntas, hacíamos deportes juntas, protestábamos juntas, nos reíamos y llorábamos juntas, crecíamos juntas. Las temerarias respetaban su palabra. Todavía lo hacemos.

—Hemos progresado mucho desde entonces—dice Usnavys pestañeando.

Levanta su vaso de vino blanco, meñique gordo hacia fuera:—¡Por nosotras!

—¡Por nosotras!—replicamos al unísono.

Bebo el resto de mi cerveza, eructo, provocando otro gesto con la nariz de Becca Baca, y le pido a la camarera otra. No me acuerdo cuántas he bebido. Supongo que es mala señal. Por lo menos no tengo que conducir. Sigo bebiendo una hora más escuchando los cuentos.

—Míranos—murmuro en español, convencida que cuando bebo puedo hacer cualquier cosa, incluyendo hablar en español sin asesinar el idioma—. Qué bonitos somos.

—*Bonitas*—me corrige Rebecca. ¿Es una sonrisa triunfal? Es *qué bonitas somos*. Somos chicas.

—Lo que sea.

Rebecca se encoge de hombros, lo que interpreto como: «Está bien, sé idiota si quieres».

—Déjala tranquila—dice Elizabeth—. Hace lo mejor que puede.

—Por lo menos lo intentas—dice Usnavys con ojos llenos de piedad.

Pero es demasiado tarde. Me siento como una idiota. Y las palabras brotan.

—Mi vida es un calamidad—digo.—Es verdad. Soy tonta. Becca *Baca*, ¿estás contenta ahora? Soy una idiota. Tú eres perfecta, yo soy una mierda. Allí, lo dije.

—No, no lo eres. Lauren, deja eso—dice Elizabeth—. Estás bien.

Sara pone su mano en el brazo de Elizabeth y asiente.

—Sí—dice—. Estás bien, Lauren. Corta ya.

Aunque juré no volverlo a hacer, estoy borracha y no puedo evitarlo. Empiezo a ofrecer demasiados detalles tristes de mi propia vida. Siento que Rebecca supone que no debo revelar tanto. Me da *esa* mirada. Nadie la nota, y de nuevo me siento como una loca paranoica. Y patética. Pero no puedo evitarlo. Hay algo en mí—cerveza, sobre todo—que me hace hablar demasiado.

Lo cuento todo: El cabezón de Ed ha estado distante y evasivo, que pienso que tiene algo entre manos, pero no estoy segura; que he intentado averiguarlo entrando en el contestador del trabajo que tiene la misma contraseña que su tarjeta de cajero, cuyo código recordaba esa vez que tuve que usarla para sacar dinero mientras él paraba un taxi. Les cuento que encontré un par de mensajes de una atractiva y jadeante voz, agradeciéndole la cena y la diversión. Les digo que no sé si merece la pena casarme con un tipo que no me atrae que vive en Nueva York, y gasta más dinero en una de sus ajustadas camisas hechas a medida que en mi último regalo de cumpleaños, un engreído «texican» de San Antonio que lleva botas vaqueras con sus trajes de Armani y dice que se llama «Ed Gerry-mayl-oh», en lugar de ser honrado y decir que su nombre es Eduardo Esteban Jaramillo, antiguo monaguillo en una polvorienta iglesia de adobe.

Les digo que he intentado aumentar mi auto-estimación coqueteando enfermizamente con el ingenioso pero insustancial Jovan Childs al otro lado de la sala de noticias, que el otro día casi me ganó un beso cuando me llevó a ver el partido de baloncesto de los Celtics y que estábamos tan cerca que podía ver el caucho húmedo y amarillo de sus aparatos dentales. Les digo que aunque he visto a Jovan tratar de ganar a otras mujeres—mide su valor por el numero de féminas con las que sale al mismo tiempo—tengo esta loca esperanza de que le curaré la fobia al compromiso, porque es el escritor más inteligente y talentoso que he conocido y sus columnas me quiebran el corazón en millones de pedazos cuando las leo.

—Y yo odio el baloncesto, ¿de acuerdo?—digo.

Empiezo a llorar y miro fijamente mi grasiento mapa de Cuba. La Habana está empapada de aceite. Matanzas cubierta con un trozo de carne de mi ropa vieja. Holguín ha desaparecido bajo un frijol negro. Ninguna de las otras temerarias ha ensuciado tanto sus mantellillos. Claro que no. Miro el frente de mi suéter blanco, y, efectivamente hay una línea grasienta de salsa de tomate entre mis senos. Miro a las chicas y empiezo a hablarles antes de comprender lo que estoy diciendo.

—Jovan puede escribir sobre un campo de baloncesto y me pongo a llorar convulsivamente: así es de bueno. Creo que lo amo, pero es malo en el amor. Es guapo, pero, Dios mío. ¿Cómo un escritor tan sensible puede ser un ser humano tan insensible? Es malo. Le odio.

Les hablo de mi creciente curiosidad por el tipo de tigre guapo que merodea por este vecindario y otros. Les digo que los hombres dominicanos son los más guapos del planeta. Les cuento mi sueño de salvar a uno de ellos, convertirlo en un profesional, pagarle la universidad o algo así.

—¿Al menos me gustaría *tener uno* ¿saben a lo qué me refiero? Sólo para ver lo qué se siente.

Rebecca, sonriendo amablemente, rompe su silencio y dice:—Lauren, espero que no te moleste que te diga esto; te respeto mucho y pienso que eres una de las escritoras más talentosas que conozco. Eres guapa. Pero tienes una vena realmente autodestructiva. Deberías cuidarte más. Tienes que dejar que te atraigan ésos tipos de gángster que sólo te van a herir. No quiero tener que ir a identificar tu cuerpo en el Hospital Municipal.

—El que sea negro americano no significa que Jovan sea un gángster—digo molesta—. Es escritor. Un escritor asombroso.

—Otra vez con el problema racial—dice Liz—. Contigo siempre es lo mismo.

—Eso es tan racista—le dice Amber a Rebecca—. Tendrías que examinar tus odios.

—Me refería a *Ed*—dice Rebecca, con una imperceptible y firme sonrisa—. A Jovan ni siquiera lo conozco, aunque me gustan sus artículos. *No* soy racista.

—Ni Ed es un gángster—digo.

—Querida, por favor. Tú, que dices siempre: ¿Me gustan los negros pero nunca saldría con uno?—le dice Amber a Rebecca—¿Qué no eres racista?—y se ríe sorprendiéndome de nuevo su áspera y poderosa voz.

Rebecca, que sonríe afectadamente, la ignora arqueando una ceja perfectamente depilada e inclinando la cabeza como diciéndome «¿Estás segura?». Odio cuando hace eso.

—¿Qué quieres decir? ¡No lo es! ¡Escribe los discursos del alcalde de Nueva York!

Algunas de las temerarias se ríen de esta excusa.

—Ah, Ed está bien,—dice Sara encogiendo los hombros—. Se portó de maravilla cuando fuimos a esquiar. Un verdadero señor. Quédate con él, cariño.

—Ah, por favor, y ¿cómo lo sabes?—bromea Elizabeth—. Oí decir que te pasaste el día deslizándote por la pendiente sobre tu culito.

—Ten cuidado, mi'ja—Usnavys bromea con Elizabeth—. No te estás portando como una buena cristiana. No dejes que nadie te pille.

Elizabeth pestañea despacio, fastidiada:—Los cristianos también tienen derecho a divertirse.

—Es verdad—digo del esquí de Sara—. Esquía fatal. Fui testigo presencial. Fue bien triste.

—Por favor—dice Amber—. Es un indio falso. No se fíen de los indios *falsos*.

—¿Quién es un indio falso?—indaga Usnavys.

—Ed—dice Amber.

—¿Qué demonios es «un indio falso»?—pregunta Rebecca.

—Alguien como tú—dice Amber—, cuando niegas tus bellas raíces oscuras.

—Otra vez con lo mismo.

Rebecca pone los ojos en blanco, cubriendo sus antebrazos con las manos.

—A mí me parece que Ed tiene . . . buenas cualidades—pía Usnavys, pero sus ojos delatan el embuste. Ahoga su mentira con un trago de refresco y me retira la mirada.

—Nombra una—exige Elizabeth, dando un golpe en la mesa mientras muestra su bella sonrisa.

—¡Ay, bendito!—exclama Usnavys, mirando fijamente a Elizabeth con fingida sorpresa y con una mano en el pecho—. Por Dios, ¿qué tipo de cristiana golpea así la mesa?

—Hablo en serio—dice Elizabeth, ignorando a Usnavys—. Díganme una buena cualidad de Ed. Sólo una. Es todo lo que quiero.

Levanta los hombros hasta las orejas, extendiendo las manos como si esperara un regalo que sabe nunca llegará.

Silencio. Sonrisas divertidas por todas partes.

Risa. Ustedes son *unas perras demasiado decentes*.

—¿Ves?—pregunta Elizabeth, dejando caer los hombros y desempolvándose las palmas de las manos de manera contundente.

Entonces, mirándome, me señala con un largo dedo:—Puedes conseguir algo mejor. Y debes hacerlo.

—¡Cállense, chicas!—grito—. Me voy a casar con él. ¿Recuerdan? ¡Miren este anillo! No está mal, ¿verdad?

Amber pone los ojos en blanco. Elizabeth se muerde el labio para ahogar una risa. Rebecca mira su reloj. Sara oculta con la mano derecha su bello anillo de compromiso y boda y alza las cejas con una deliberada y caritativa sonrisa que expresa «me das pena». Usnavys traga, sonríe, y dice:—Sí, seguro—, pero se encoge de hombros.

—Es una auténtica birria—digo.

Volteo la piedra hacia abajo y la oculto bajo el puño de mi mano. Rebecca deja de mirar el reloj y aprieta los labios.

—No está mal—tercia Sara, ocultando su mano con el anillo bajo la mesa—. Un anillo es un anillo.

—Ni siquiera me compró uno bueno—digo.

Abro el puño y examino de nuevo la piedra:—Puede que ni sea un verdadero diamante. Probablemente sea un zirconio.

—Nena, es un anillo—dice Usnavys, mostrando un desnudo dedo anular que señala con la otra mano—. Eso es lo bueno.

—Los anillos son símbolos de propiedad—dice Amber, comiéndose sus uñas cortas y negras y escupiendo los restos al suelo—. ¿Qué necesidad tienes de uno?

—Ay, por favor—dice Rebecca, toqueteando su valioso juego de anillos—. No todos queremos tener una boda maya descalzos, y ni siquiera invitar a nuestros *amigos*.

Amber le da una mirada de odio:—Azteca.

—Tiene una maestría de Columbia en administración pública—digo—. Algún día presentará su candidatura. ¡Besa a los bebés! Da la mano. Conquistó a mi despreciativa abuela de Unión City. ¡Es increíble!

Sara se ríe, a pesar de estar cubriéndose la boca con la mano derecha y de su comprensiva mirada:—Lo siento—dice—. Es graciosísimo.

—Nueva York lleva mucho tiempo administrada por gángsteres—dice Amber con mirada triste. Saca un cuaderno de su bolsillo y empieza a garabatear.

—Odio cuando haces eso—le digo.—Estamos procurando hablar y empiezas a escribir.

Amber me ignora.

—Es artista—ofrece Usnavys—. Se vuelve creativa cuando la musa le muerde su culito flaquito.

—Pienso que Nueva York no podría funcionar de otra manera—agrega Sara, poniéndose una mano encima de la barriga—. Roberto tiene muchos amigos en Nueva York. La mafia todavía controla todo: los muelles, los puentes, y lo demás. Es una isla y quien controla los puentes, controla la ciudad.

—Lauren, lo único que te quiero decir es que tengas cuidado—concluye Rebecca, sonriendo pomposamente y colocando su esquelética mano sobre la mía robusta.

Su manicura luce mejor que la mía. Hasta ahora, estaba encantada con mi manicura. Ahora advierto que es vulgar, con los bordes demasiado cuadrados y el color desacertado. Rebecca provoca esto:—Tienes todo a tu favor. Si dedicaras a tu vida personal la mitad de la energía que dedicas a tu escritura, te iría bien.

—Estoy de acuerdo—dice Elizabeth.

—Creía que me amaban—digo.

El cuarto gira como, como, pues, como Brad:—Creía que eran mis *amigas.*

—Si no lo fuéramos, te diríamos cásate con ese tipo—dice Amber, abandonando su lugar creativo con esa severa mirada de sacerdotisa azteca. Feroz.—A veces necesitas que te guíen, porque sola te pierdes.

Usnavys observa mi triste mirada, el aterrado dolor que provoca cuando te pones un espejo delante de la cara cuando estás más fea, e interviene:—Eh—dice—. Les he comprado algo.

Rebusca por los bolsillos de su chaqueta de piel, protegiendo el sitio donde podría estar la etiqueta del precio y saca cinco cajas pequeñas envueltas en un papel de elegante diseño.

—¿Pero qué es esto?—pregunta Sara, sentándose delante.

—Unas cositas—dice Usnavys distribuyéndolas, una para cada una.

Tomo la pequeña caja en mis manos y la empiezo a agitar. No sé por qué, pero tengo ganas de llorar.

—¿A qué esperan, temerarias?—dice Usnavys, agitando la mano para simular desprecio—. ¡Ábranlas ya!

Empezamos a quitar la cubierta de los regalos, y debajo encontramos las cajitas azules claras de Tiffany. Dentro hay un resplandeciente broche en forma de corazón, de oro, con cada una de nuestras iniciales grabadas delante, y sólo una palabra grabada en la parte de atrás: temerarias. No tienen el precio; no se devolverán. Estará pagándolos durante meses. Esta pequeña cosa debe haber costado diez veces más que el mejor regalo que me ha hecho Ed. Empiezo a temblar por las piernas y pronto sube al torso, a mis manos, y finalmente a mi cara, y empiezo a llorar.

—Ay, Dios mío—dice Usnavys poniendo los ojos en blanco—. ¡Qué llorona!

Pero se levanta y me agarra entre sus brazos:—¿Mujer, qué te pasa? ¿Estás bien? Cuéntanos a las temerarias. Para eso estamos aquí.

Miro alrededor de la mesa a estas personas, a estas increíbles, amorosas y dedicadas personas, y pienso en Ed, en Jovan, en todos los hombres a los que he cometido el error de dejar entrar en mi corazón, del vacío que cada uno de ellos me ha hecho sentir. Papi. Agito la cabeza y empiezo a sollozar.

—Es simplemente . . . —empiezo y me callo.

Miro a Rebecca, y hasta *ella* me parece simpática:—Es tan bonito, qué detalle. Es increíblemente increíble. Y es tan sólo . . . —y escucho mis ebrios vocablos dentro de la cabeza, como si estuviera en otro sitio, observando como todo cae en su lugar.

Una parte de mí se avergüenza, pero la otra no puede dejar de hablar, como de costumbre:—Sólo una cosa. ¿Porqué no hay ni un solo tipo en el mundo tan responsable como nosotras?

Admiro a esas mujeres que compran los regalos de Navidad en julio y los guardan en cajas plásticas de Tupperware debajo de la cama, junto a la caja de papel de envolver (comprado en las rebajas del año pasado) y la cinta adhesiva. Mi amiga Rebecca es ese tipo de persona. Me encantaría tener esa clase de habilidad organizadora. Juzgando por los enjambres de personas con las que batallé en el centro de la ciudad este fin de semana, supongo que la mayoría de ustedes son como yo: gente que todo lo dejan para después. Sólo quedan trece días más de compras. ¿Encontré lo que estaba buscando? Pues yo no. Pero ya he dicho suficiente de mi vida amorosa. Hablemos de los regalos.

—de *Mi vida*, de Lauren Fernández

rebecca

a continuación mi agenda:

5:15 de la mañana: Una toronja, dos vasos de agua, y una taza de café negro.

5:40 de la mañana: Leotardos y malla roja de Dance France, calcetines rojos y zapatos de deporte nuevos de marca Ryka, una chaqueta de North Face, guantes, y bufanda. Salir de mi apartamento en la avenida Commonwealth, y cruzar Copley Square para ir al gimnasio y tomar la clase de aeróbic «step» de 6:00 de la mañana.

5:55 de la mañana: Reivindico mi lugar en la primera fila. Saludo a las asiduas. Me intereso por sus trabajos y familias. Cuando preguntan por Brad, miento y digo que todo está bien.

6:50 de la mañana: Recojo mi ropa de limpieza en seco. Echo la tarjeta religiosa de cumpleaños en español para Mamá en el buzón.

7:00 de la mañana: Comprar tulipanes rojo oscuro—que combinen con el empapelado—para colocar en el jarrón grande del comedor.

. . .

De camino a casa, admiro la decoración navideña de las tiendas, las guirnaldas estilo corona, adornadas con lazos rojos y verdes a cuadros, y las centelleantes luces blancas. Saco mi Palm Pilot y apunto una nota digital para acordarme de comprar un regalo a mi «pequeña»: la niña que amadrino a través de la Asociación de Hermanas Mayores. *Regalito para Shanequa, quizá una cámara digital.*

Shanequa Ulibarri tiene trece años, nacida en Costa Rica, y está metida en una pandilla de Dorchester. Quiere tener pronto un bebé para que alguien la quiera. Su «hombre» es un tipo de veintiocho años que, ella dice, quiere dejarla embarazada. Le regalé uno de esos bebés de juguete, de los que lloran a intervalos regulares si no lo alimentas, le cambias el pañal, y lo quieres. Le dije que si duraba todo el fin de semana, le daría mi bendición para tener un niño. Estaba de acuerdo, pero a la siguiente semana me dijo que había «extraviado» el bebé en una fiesta.

Pinta mejor que nadie que conozco. Y cuando la dejé usar mi cámara de fotos en un concierto, las fotografías quedaron artísticas y espléndidas. Tiene talento pero no lo sabe, porque su madre es una analfabeta que le pega con una extensión eléctrica. Su padrastro la llama por nombres que no utilizaría ni con mi peor enemigo, y le he visto mirar fijamente su cuerpo floreciente. Creo que le compraré una cámara digital que sea compatible con la computadora que le conseguí el año pasado. Pensándolo bien, hace tiempo que no he visto esa computadora. Me pregunto a dónde habrá ido.

. . .

7:15: Llegar a casa y empezar a prepararme para otro largo día.

He clavado las luces festivas en las dos ventanas salientes del último piso, en el frente del apartamento, y decorado un pino sólido y grande en la sala. Estuve haciendo todo esto yo sola, mientras Brad leía la teoría marxista en ropa interior, desparramado en mi antigua cama en el cuarto de huéspedes. Cuando se fue a la cocina, con sus partes íntimas asomándose por fuera del calzoncillo, masculló:—La religión es para los débiles.

Supongo que no se dirigía a mí, porque no esperó contestación. No hemos hablado del árbol de Navidad, ni de nada realmente. La conversación entre nosotros se limita últimamente a «aquí tienes tu correo».

. . .

7:45 de la mañana: Escribo una detallada lista para Consuelo de lo que debe hacer en el apartamento, incluyendo fregar el piso del baño y quitar la suciedad de las cortinas de la ducha. Tampoco sabe leer, y cuando tengo tiempo la ayudo con los deberes del programa de alfabetización. Hoy Brad tendrá que leerle la lista. Estoy ocupada.

Brad contempla el techo mientras le hablo y masculla algo consigo mismo. No recuerda nada de lo que le digo y por eso preparo tanto para él como para ella. Brad siempre tiene la cabeza en las nubes con su «investigación». A principio, lo admiraba por eso. Quiero decir, que hasta lo encontraba sexy, y me gustaba sentarme frente a él para escuchar sus ideas. Nunca había conocido a alguien tan orgullosamente intelectual. Pero últimamente me irrita. Cuando yo examino sus ideas, son un enredo. Aunque no estudié en una universidad de la Ivy League como todas sus amistades, puedo reconocer que mi marido es un idiota con un gran vocabulario.

Cuando conocí a Brad, no estaba particularmente versada en filosofía esotérica o publicaciones académicas. Me propuse sumergirme en ese tipo de material como prueba de mi amor por él. Eso fue un error. Cuanto más aprendía, más comprendía que no sabía de lo que estaba hablando, y más reconocía que simplemente usaba palabras como «el paradigma» y «el undergird» en su conversación diaria para impresionar a la gente. He comprendido que Brad se aproxima a los conocimientos académicos de la misma manera que sus padres se acercan a la vida: anunciando sus artículos de marca. Con su familia, es ropa de diseñador y automóviles. Con Brad, son los predecibles hombres intelectuales. Ahora su manera de hablar me irrita. Su olor a papel y a biblioteca marchita me irrita. La manera como se suena la nariz a todas horas con ese pañuelo sucio con sus iniciales me irrita. Lleva el cabello desarreglado *a propósito*. Todos sus amigos tienen el mismo aspecto y también me irritan. En conclusión, Brad, mi marido, el hombre con el que estoy atascada por toda la vida, me irrita.

Dios me ayude.

Consuelo debe llegar a mediodía. Más vale que Brad esté aquí a esa hora. La última vez, alegó que se había olvidado y se fue a la biblioteca de MIT. La pobre Consuelo tuvo que volver en el autobús con todo el frío para regresar a Chelsea. Me sorprende que no haya renunciado. Brad sugirió que le diéramos una llave. Sospecha de todos los hombres que se parecen a su padre, ¿pero confía en Consuelo? Tiene que estar loco.

· · ·

7:50: Voy en el Cherokee hacia la avenida Commonwealth, incluso antes de que Brad se haya dejado caer de la cama del invitado que ahora es su nido oficial y que tiene llena de papeles, comida vieja, y calcetines sucios, llenos de agujeros. Han pasado cinco meses desde la última vez que dormimos en el mismo cuarto. Ya ni lo despierto para despedirme. Lo prefiero así. Al principio me dolió, pero ahora puedo leer revistas tranquilamente en mi propia cama, sin escucharle protestar de la vulgaridad de la cultura pop. Puedo disfrutar de mi trabajo sin tenerlo olfateando y resoplando por encima de mi revista y mi misión. El silencio entre nosotros por lo menos ha logrado esto. Gracias al Señor por esto.

8:00 de la mañana: Me dirijo a South Boston para lavar el jeep. Esta noche es la cena mensual de la Asociación Comercial Minoritaria, en el Hotel Park Plaza, y no puedo reconocer que el carro esté sucio. Lauren me diría que soy superficial, pero por alguna razón me odia. Hay estudios sobre este tipo de cosas. Las personas piensan así basándose en detalles no verbales. El color de sus dientes, si tiene limpias las uñas, es la postura que adopta esperando al criado. Intento no juzgar a las personas por estos tipos de señales, pero somos como animales. Así nos creó Dios, ¿y quiénes somos para cuestionar su obra?

En marzo daré el discurso principal en la cena de reunión de la Asociación Comercial Minoritaria. Es un gran honor. Y no es ningún error. Me preparé para esto en mi presentación personal. Estoy puliendo mi discurso sobre la imagen de las minorías en los medios, y cómo tomar las riendas de nuestras propias imágenes. Tengo mucho que decir.

Me olvidé mencionar que me duché en casa. Los sitios públicos son para el público. Llevo un traje de chaqueta de buen gusto, nada demasiado llamativo. Ropa de trabajo.

· · ·

8:10 de la mañana: Estoy esperando en la calurosa antecámara del lavado automático de automóviles, para asegurarme a través de la ventana de la observación que ninguno de esos apocados y avergonzados jóvenes que trabajan aquí me arañen el carro. Una mujer regordeta me golpea en dirección a la puerta, y ahogo la protesta que me gustaría emitir.

También me quedé callada cuando Brad empezó a esfumarse de mi vida. Creo que mis padres se apartaron de la misma manera, mucho antes de que yo naciera. Me pregunto si alguna vez sintieron pasión el uno por el otro. Antes me preguntaba si era adoptada, pero me parezco a ambos. Siempre que veo ese óleo del granjero y su esposa, con el entrecejo detrás de una horca, recuerdo a mis padres en la iglesia, juntos, pegados por los hombros, conmigo al otro lado de mi mamá. En nuestra casa nunca hubo gritos, ni lágrimas, y poca conversación. Mi mamá me habló un par de veces, susurrándome:—Por favor, recuerda que no tienes que acabar como yo.

Eso fue todo lo que me aconsejó.

· · ·

8:15: Me dirijo a la oficina en mi resplandeciente Cherokee. Enciendo el estéreo y escucho suavemente el CD de Toni Braxton. Aumento el volumen hasta que siento las sacudidas del bajo en el pecho, e intento cantar la canción. Marco el ritmo en el volante, y muevo los hombros hasta que me fijo en un hombre en el automóvil de al lado que me sonríe. Me ruborizo y paro. ¿Estaba riéndose, o coqueteando? No me atrevo a mirar de nuevo. Bajo el estéreo y miro en otra dirección. La nieve empieza a caer de nuevo.

Intento recordar la música que escuchaba en casa de niña, me parece que sólo había una plácida ópera. Estábamos cómodos en nuestra espaciosa hacienda de adobe, con las flores y el álamo resonando con el canto de las cigarras en verano. Habíamos alcanzado el éxito con nuestros automóviles americanos nuevos y ropa tradicional de Dillard's, una antigua familia continuando una tradición inmemorial de modales y sofisticación. Nunca hablábamos demasiado de nada, a excepción del negocio que mi madre empezó unos años antes de conocer a mi papá y del que se posesionó.

—El hombre toma las decisiones—dice Papá—, y la esposa obedece. Eso es lo que dice la Biblia y eso es lo que hacemos en esta casa.

Mi padre controlaba todo, informando a Mamá en breves y apropiadas frases en español. Nunca la he visto sin que la amargura del resentimiento le sujetara las comisuras de la boca. En la universidad, comprendí que la Biblia *no* dice que la mujer debe obedecer al hombre. Ésa es la versión de mi padre: la versión hispana del norte de Nuevo México. La Biblia dice que el hombre y la esposa se deben respetar mutuamente. Eso es lo que enseña *mi* Dios. Pobre Mamá.

En el siguiente semáforo, abro de un golpe mi celular y aprieto el marcador automático con el número de mi madre. Son sólo las 6:20 en Albuquerque, pero sé que lleva más de una hora levantada, revolviendo los huevos con chorizo, calentando las tortillas en la llama azul abierta de la estufa, limpiando la casa y eligiendo la corbata de Papá. Mi papá ya se debe haber ido a trabajar en su gran camioneta de cuatro puertas plateada.

—La residencia de los Baca—contesta, intentando sonar alegre.

Le pregunto cómo está. Me contesta:—Ah, bien—. Pero oigo un suspiro en la voz.

—¿Cómo estás tú?—me pregunta ella.

Le digo que estoy bien. Me pregunta por Brad.

—Mamá, está bien.

Pregunta por el tiempo. Le contesto, y devuelve la pregunta.

—Aquí también está nevando—dice—. Ya se acerca la Navidad. Ya hemos empezado a vender bizcochitos.

Le recuerdo que no los coma.

—Ya sé—dice.

Le pregunto qué si hoy vaa diálisis, y me dice que sí.

—No te olvides de las inyecciones—le recuerdo.

La parte baja del abdomen de mi madre es un tablero de cardenales de las inyecciones de insulina. Pellizca varias veces al día una parte fresca de piel y entierra la aguja en su carne sin pestañear. Al final del día, una diminuta gota roja de sangre que señala el punto de entrada se convertirá en una irritante flor purpúrea. Nunca se queja. Nunca.

—No me olvidaré, mi'ja—dice.

El semáforo cambia a verde. Le digo que la quiero, que estoy conduciendo y que tengo que cortar. Colgamos.

Subo otra vez el estéreo, y empiezo a moverme tímidamente. El tráfico va rápido, y nadie se puede fijar en mí. Quiero un hombre que me haga sentir de la manera que suena Toni Braxton. Pensé que el hombre era Brad. No lo es. Ha pasado mucho tiempo desde que sentí el cosquilleo de la lujuria. Sé que no debo, pero lo extraño. Su falta de interés me hace sentirme vieja. Interrumpo el pensamiento, me persigno, y pido a los santos en las estampitas laminadas dentro de la guantera que me perdonen. Creo que lo harán. Me aproximo al semáforo amarillo y acelero el motor. Subo aun más el estéreo y paso el cruce, justo antes de que el semáforo cambie a rojo.

Suena el teléfono. Apago el estéreo y contesto sin verificar el numero de quien llama, pensando que podría ser mamá de nuevo.

—¿Dígame?

—Becca, habla Usnavys.

—Hola, encanto. ¿Cómo estás?

—Bien. Oye, ¿tienes un segundo?

—Sí, cómo no.

—¿Estarías interesada en formar parte de un panel que estamos organizando contra el tabaquismo con el Departamento de Salud Pública?

Viro para evitar golpear a un Buick que me ha cortado el paso. Casi le toco la bocina. El viejo que está dentro me hace una señal grosera con su dedo del medio, como si fuera mi culpa.

—Seguro, pienso que sí. Mira, Navi, ahora no puedo realmente hablar. Estoy en mitad del tráfico. ¿Te puedo llamar más tarde?

—Ah, lo siento. Llámame después. Hablamos. También te quiero preguntar algunas otras cosas, cosas de hombres.

—Cómo no. Adiós cariño.

—Adiós.

Cosas de hombres. Es tan fácil para ella hablar de cosas de hombres. Pienso en personas como Usnavys, Sara, y Lauren, y la manera como se expresan, como levantan la voz, maldicen, lloran, y golpean la mesa con las manos para dar más énfasis a sus palabras. No puedo hacer eso. Mis amigas me cuentan muchas cosas de su vida personal que francamente podrían callarse. No quiero saber nada de sus abortos ni de sus trastornos alimenticios. Sus problemas me agobian. Por eso no les he contado lo que me está pasando con Brad. No quiero agobiarlas. Por eso tampoco me le he enfrentado a Brad. No sé cómo, y no estoy segura de cuánto realmente quiero saber. Gracias a Dios por el trabajo.

. . . .

8:30: He cronometrado cuánto tardo en llegar a las oficinas de *Ella* en el distrito de almacenes de South Boston, pasando por el puente del centro de la ciudad, y dependiendo del tráfico, toma de media hora a una hora. Hoy fue rápido, incluso con la nieve. Toni tenía algo que ver con esto. Me encanta este disco. Fue un regalo de Amber, aunque no lo crean. Nos regaló CD a todas en la última reunión, escogido, según ella, para equilibrar nuestros karmas. Me sugirió que buscara un restaurante de ayurvédico para completar el equilibrio, y explicó que este tipo de restaurante sirve la comida vegetariana que el cocinero cree necesitan los comensales. Tomé nota para escribir sobre este fenómeno en un número futuro de la revista. Parece interesante. Amber y yo tenemos más en común de lo que puede parecer inicialmente, sobre todo en nuestros hábitos de comida y de ejercicio.

Admiro el reluciente color plata de los edificios del centro de la ciudad contra el cielo gris oscuro. Boston es maravilloso, una ciudad de aire fresco de colores grises y castaños, con suficientes ladrillos rojos en los edificios para equilibrar, y las flores y el verdor en el verano. En otoño, las nubes pasan rápido por el cielo como si fueran láminas. No es como en Nuevo México, donde las nubes son tan enormes y lejos que no se puede imaginar a tocarlas en el cielo. Todo es posible en Boston. Yo pertenezco aquí.

Doblo en la calle «L» hacia la calle donde se encuentra la fabrica remozada que ahora alberga mi revista. Shawn, el encargado del parqueo, me saluda con la mano y me sonríe cuando paso por delante de la cabina en el estacionamiento subterráneo. Estaciono mi Cherokee en el espacio que me han asignado cerca del ascensor, salgo, verifico las cerraduras, y me dirijo arriba.

. . . .

8:45: Sorprendo a la recepcionista hablando por teléfono en una voz demasiado amistosa para tratarse de un asunto comercial.

—Buenos días, señorita Baca—y sonríe, colgando a mitad de la frase e intentando esconder la taza de papel blanco, mojada de café que está tomando.

Tenemos una norma que prohíbe comer o beber en el escritorio de la recepción.

—Buenos días, Renee—contesto.

Hoy dejaré pasar lo del café. Parece cansada. Estudia en la universidad, y probablemente estudió hasta tarde. Pero mañana me cercioraré a ver qué pasa. Si continúa rompiendo las normas, le escribiré una advertencia. Una debe ser sensible y compasiva, y sobre todo amable, pero hay que poner límites y dejar claro que estás en serio. Las mujeres gerentes estamos en una situación complicada. Cuando eres asertivo, te tachan de «*bitch*». Cuando exiges, te llaman «*bitch*». Cuán mejor haces tu trabajo, más te califican así.

Cierro la puerta de mi oficina y respiro profundamente a lavanda. Una vez leí que Nelly Galán, la ejecutiva de televisión, tiene aparatos de aromaterapia en su oficina, y que rocía el ambiente con los aromas de éxito cada hora. Así que compré uno de esos aparatos por si hubiera algo de verdad en la teoría. Por lo menos, mi oficina de esquina huele bien. Además de lavanda, esta mezcla contiene manzanilla romana y aceite de almendras dulce. Mi oficina tiene mucha luz y está diseñada en estilo minimalista y moderno que me ha llegado a gustar. Mi escritorio es de cristal y mi computadora es estilizada y negra, con un monitor grande y plano. Las plantas dan un poco de calor. Y los cuadros; tengo fotos enmarcadas de Brad, mis amigos y mi familia en un estante detrás de mi silla, donde todo el mundo puedan verlas. Entro en el sistema con la contraseña que uso para todos los equipos relacionados con mi trabajo: éxitos4u.

Utilizo el tiempo disponible para poner al día mi correo electrónico y correspondencia y asegurarme que Dayonara está archivando correctamente. Desde que mi primer ayudante desorganizó tanto los archivos, que tuve que contratar a una empresa contable para deshacer el enredo, aprendí a comprobar las cosas dos veces. Tratas de ayudar a alguien, brindarles la oportunidad de entrar en el mundo de los negocios y es asombroso comprobar que ni se dan cuenta de la oportunidad que se les está ofreciendo. Dayonara trabaja muy bien. Revisamos detalladamente sus referencias. Todo siempre a tiempo y en su justo lugar. Desde que empezó, no he perdido ni una llamada, ni un recado, ni una cita.

Las oficinas de *Ella* han crecido rápidamente, y ahora ocupamos más de un tercio del renovado almacén. Estamos negociando para contratar todo el espacio el año entrante. Camino por la inmensa antecámara de mi oficina a la sala de reuniones, aspirando el verde de las decoraciones festivas que engalanan las paredes y las puertas; mi corazón se hincha de orgullo. Aunque sea difícil de creer en los años noventa, me mandaron a la universidad a encontrar a un marido. En la universidad aprendí mucho, sobre todo lo que era posible para una mujer en el mundo de hoy. Mi padre nunca me ha comentado nada sobre mi empresa, pero mi madre sí.

—Has hecho algo de valor en tu vida—me dijo en voz baja la última vez que la vi.—Estoy orgullosa de ti.

Se le llenaron los ojos de lágrimas, y se los secó rápidamente en cuanto Papá entró al cuarto.

He construido todo esto, pienso, mirando las elegantes paredes de ladrillo rojas, cubiertas con las fotos ampliadas y enmarcadas de las veinticuatro portadas publicadas de *Ella*. Noto con placer que la gente de la floristería ha venido a entregar el árbol de Navidad para la entrada principal. Hemos tenido lo mejor del talento latino en nuestras portadas, desde Sofía Vergara hasta Sandra Cisneros, y, una vez por año, lo mejor del talento latino para el número de los «hombres». Este año conseguimos a Enrique Iglesias—el hombre de mis sueños—que posó con su madre. Fui a la sesión fotográfica hace un par de meses a Nueva York, y, pensándolo bien, sentí lujuria. Fue la última vez. Si me hubiera invitado a ir a su casa, lo habría hecho. ¿Quién no?

Tratamos de no poner modelos en la portada, porque la misión de la revista, tal como yo la establecí, es realzar la imagen de las mujeres hispanas, inspirarlas y habilitarlas para que sean lo mejor que puedan. Todos hemos escuchado demasiadas veces que lo más importante es tener sex appeal o ser dócil. Ya es hora de un cambio y por los resultados de mi revista, se puede decir que las mujeres hispanas están listas a escucharlo.

Paso el árbol de Navidad, decorado con bolas de cristal rojas y doradas y luces rosas que centellean. Observo el mármol curvado del escritorio de recepción, la pared de ventanas con vista a los rascacielos del centro de la ciudad. Al principio no estaba segura cuando vinieron los decoradores con sus dibujos para la entrada. Quería algo más conservador, algo Victoriano con toques de campo francés, como mi apartamento, pero insistieron, diciéndome que la gente esperaba algo jóven, femenino a la vez que de ambiente fuerte e interesante. Tenían razón. Me alegro haber confiado en los decoradores y haberme decidido por este ambiente. Sara es la que me acabó de convencer. Por mi parte no gravito hacia nada demasiado vistoso.

—Muy latina—me aseguró Sara cuando le mostré los planos—. Al tiempo que bostoniano.

Renee se pone derecha cuando paso y me sonríe. La taza de café ha desaparecido. Es una buena chica.

Me encargo de saber el nombre de todas las personas en la compañía, incluso el de los conserjes. Miro a las personas a los ojos, les doy la mano con convicción, y me dirijo a ellos de la forma adecuada. Trato a las personas con respeto, no importa el trabajo que desarrollen, porque uno nunca sabe cuando te los volverás a encontrar.

Cuando entro en la sala de juntas, me complace ver a mis ocho editores sentados alrededor de la mesa negra de conferencias charlando en voz baja. Siete mujeres y un hombre. Las mujeres visten trajes de chaqueta a la moda, y llevan un corte de pelo largo y actual. El hombre, Erik Flores, es un poco amanerado, como diría Usnavys, y bien podría ser una mujer. A veces me pregunto si no comprará su ropa en boutiques de mujeres. Hoy lleva una chaqueta color salmón, de cintura ajustada, y un suéter de cuello alto verde lima. Es alto, guapo, y un editor de belleza, fantástico, y completamente fuera del alcance de las chicas.

—Buenos días—les digo.

—Buenos días—contestan.

Unos empiezan a mover los papeles que tienen delante.

—¿Qué tal fue el fin de semana?—pregunto, sentándome en la cabecera de la mesa.

—Todavía lo estoy viviendo—dice Tracy, nuestra editora de arte y conocida amante de las fiestas, llevándose los dedos a las sienes con un dramático gemido. Todos nos reímos.

—Toma un poco más de café—digo con una mueca.

—Si tomo más, se me va a reventar una vena, chica,—dice, inclinando su taza con el símbolo de *Ella* en mi dirección. Está manchada de marrón de tanto uso.

—Ésta es mi tercera taza del día.

—Esto te puede liquidar—le dice a Yvette, la responsable por las fotografías.

Estoy de acuerdo, pero me callo y sonrío.

Aunque somos una revista, hemos tenido muy pocos cambios de personal. Quiero que todos tengan una relación positiva con la revista y conmigo, desde la florista, hasta él que trabaja por la libre, al subscriptor de siempre, y a la mujer que nos lee por primera vez en la sala de espera de su médico.

Lucy, mi editora de famosos, se levanta de su sitio y se coloca a mi lado. Parece que hubiera estado llorando, tiene los ojos hinchados y rojos, aunque trate de disimularlo. Sus cejas, normalmente bien depiladas, son un desastre. Baja la cabeza como si las quisiera ocultar. No es inusitado que mis empleados vengan a mi oficina para contarme sus problemas personales, y yo les escucho. Sé, por el episodio de la semana pasada, que el novio de Lucy la dejó por una mujer mayor. Lucy tiene veintiséis años, la mujer que encontró su hombre de cincuenta y cuatro. No me puedo ni imaginar su dolor. Más adelante, no enseguida, me gustaría asignarla a escribir un articulo sobre latinas maduras con hombres más jóvenes. Esperaré hasta que se le pase un poco, aunque no creo apropiado que mis empleados me hablen de sus madres locas, novios abusivos, o ese tipo de cosa. Pero creo que es aun menos apropiado castigar a una persona que sufre. Los que tienen buenos modales, dijo una vez George Bush, padre, a veces prefieren no mostrarlo para que los que tienen malos de verdad, no se sientan mal en su presencia. Así es que yo escucho.

—Encanto, ¿estás bien?—le pregunto suavemente a Lucy.

Le pongo una mano en el hombro y se lo aprieto suavemente. Me considera una buena amiga. Me sonríe asintiendo con la cabeza.

—Me alegro—digo, sentándome.

Aunque estamos a principios de diciembre, estamos por cerrar nuestro número dedicado a San Valentín. Me gustan todas las ideas que me han propuesto hoy mis editores, menos una. La nueva editora de moda (su predecesora se marchó para pasar más tiempo con su recién nacido) ha propuesto un provocativo articulo a plana entera, de las mejores modelos latinas de la agencia Ford, en ropa interior en una playa de Miami. Ha pasado la mayor parte de su carrera trabajando para la versión en español de *Cosmopolitan*, una revista de lenguaje vulgar, ideas lascivas, y fotografías que rozan en la pornografía.

—Carmen, es una idea interesante—digo, inclinándome hacia delante con las manos abiertas.

Tengo las uñas de un largo femenino y conservador; cuadradas y pintadas en un tono rosa pálido, casi blanco. Mi anillo de boda es la única joya que llevo hoy. Nunca cierre sus manos en una situación de negocios, sobre todo si está a punto de rechazar las ideas de alguien; quiere parecer abierto, y el idioma corporal cuenta tanto como su mensaje o sus palabras. Sonrío y noto que Carmen se ha recostado en su asiento, con los brazos cruzados, como protegiéndose. No quiero que tenga miedo. Sólo quiero que *piense* más como una redactora de *Ella*, y así se lo digo.

Continúo:—Claro, el día de San Valentín es un día que todas las mujeres quieren verse atractivas. Pero debemos tener en cuenta que algunas de nuestras lectoras son adolescentes. No quiero transmitirles un mensaje erróneo, ¿de acuerdo?

—Oh, por favor—dice Tracy, poniendo sus ojos inyectados de sangre en blanco—. Rebecca, las chicas de hoy tienen relaciones en el quinto grado. Les viene el período cuando tienen *nueve años*. No es como si fuéramos a corromper a nadie. ¿Has escuchado últimamente la radio?

Sonrío. Respeto a Tracy más que a cualquiera de los otros, porque tiene las agallas de decir lo que piensa. En esta organización necesito personas así, porque sé que no siempre tengo las mejores ideas.

—Es probable que sea verdad—le digo a Tracy, pensando en Shanequa, que tenía relaciones desde hacía cuatro años—. Pero no quiero ser parte del problema.

—Bien—dice Tracy—. Respeto eso. Pero sabes con lo que competimos. Sería tonto ir de mojigata en este mercado. Sobre todo el día de San Valentín.

La mirada de Carmen se ilumina con admiración y asombro.

Tracy tiene razón, claro.

—De acuerdo—digo—. ¿Qué les parece si tratamos de presentar algo menos sexual que celebre el amor en general, pero que sin embargo sea sexy? ¿Están de acuerdo?

Tracy se encoge de hombros, Carmen asiente.

—¿Alguien tiene alguna otra sugerencia?—pregunto.

—Hombres desnudos—dice Tracy con cara de póquer—. Hombres en tanga.

—Ah—replica Erik, abstraído de nuevo en su amaneramiento—. Eso me *gusta*.

Todos nos reímos.

—¿Alguna sugerencia *seria*?—pregunto.

—Podríamos hacer algo sexy, pero no revelador—sugiere Carmen con voz temblorosa—. Decirle a la gente que no tienen que quitárselo todo para conseguir la atención de su enamorado de San Valentín.

—Eso está bien—digo, apuntando mi pluma en su dirección—. Me gusta.

—Bah—bromea Tracy—. Quítenselo todo. Consigamos que los *hombres* se lo quiten todo, por una vez.

—¿Qué les parece—continúo, ignorando ahora a Tracy—, si hacemos una plana entera en rojo y rosa? Carmen, ¿por qué no hablas con los mejores diseñadores hispanos de Nueva York, Los Ángeles, y Miami, y les pides que diseñen unos vestidos en rojo y rosado para diferentes citas el día de San Valentín, como una pareja que lleva treinta años casados, hasta una cita de una pareja en la escuela secundaria? Y si quieres puedes usar las modelos Ford para las fotos. Pero me gustaría ver también a personas normales. Atractivas, pero reales. Quizá avise a las agencias de actores para que busquen a personas mayores y a una mayor variedad.

—Rebecca, muy buena idea—dice Lucy.

Siempre me felicita.

—¿Qué opinas, Carmen?—le pregunto.

—Me gusta—dice—. Me parece bien. Siento la otra propuesta. Era tonta. Es un ajuste, venir aquí.

—Por favor, no te excuses—le digo—. Era una buena idea. Te contratamos porque nos *gusta* como piensas. Esta es todavía tu idea, pero con el giro de *Ella*.

Carmen se relaja y sonríe.

—Todavía me atrae la idea del muchacho desnudo—dice Erik.

—Nena, a ti, seguro—dice Tracy.

Miro mi reloj.

—Se está haciendo tarde—digo—. ¿Algo más antes de irnos?

Erik levanta su mano con confianza. Juraría que se da brillo en las uñas. Contengo una risita. Tiene una arrogancia que no tolero. Soy mala, lo sé. Es un editor maravilloso, confiable, siempre a tiempo con las fechas más importantes. Pero es una diva. Tengo el presentimiento que si pudiera, me quitaría la revista y me echaría. Siempre se situaba en la cabeza de la mesa de reuniones, hasta que le pedí que no lo hiciera más. Me dirijo a él:—¿Sí?

Cruza las manos remilgadamente delante de él y echa la cabeza al lado con sonrisa de niña.

—Rebecca—dice, enfatizando la «a»—. Me he fijado que en el último número de *Forbes* escriben que eres una de las empresarias jóvenes más prometedoras de los próximos diez años. Te quería felicitar.

Hace una pausa para dar más énfasis, frunce los labios, y todos me aplauden.

—También me preguntaba si podríamos incluir un artículo pequeño en la revista con una foto tuya.

Me río y muevo la cabeza como si la cosa no fuera para tanto.

—Gracias, Erik. Qué bonito. Pero, no. No voy a aceptar la culpa de este tinglado yo sola.

—¿La culpa?—pregunta.

—Todo el equipo la ha jodido—hablo en broma. Recojo mis papeles de la mesa para indicar que la reunión ha terminado. La arrogancia ha arruinado muchos buenos negocios.

· · ·

Cuando vuelvo a mi oficina, mi ayudante me entrega una pesada taza de alfarería italiana, con una infusión sin azúcar con extracto de echinacea. Me recuerda que tengo una comida de negocios con el director de ventas publicitarias y el representante de una de las mayores empresas de cosméticos. Ya han acordado la base de un contrato a largo plazo y quieren solamente que lo apruebe y lo firme. He examinado todos los detalles con el abogado y estoy de acuerdo.

Bebo el té a sorbos en mi escritorio, y examino las pruebas del próximo número. He leído que esta mezcla ayuda a estimular el sistema inmunológico, y me lo creo. Hace más de un año, desde que empecé a tomarlo, que no me enfermo. Ayuda también el hecho de que he eliminado de mi dieta la carne, los productos lácteos, el azúcar, la cafeína, y la grasa.

Al rato hago una pausa y miro por la ventana. El sol está saliendo a través de las nubes, derritiendo la nieve de los tejados. Gotea por mi ventana en vetas sensuales y torcidas. Miro en el estante el retrato de nuestra boda. Nos casamos en la parroquia de Nuestra Señora del Sagrado Corazón en Albuquerque, una humilde iglesia de adobe en la parte más antigua de la ciudad, donde mi familia ha buscado guía espiritual por más de tres generaciones. De mi parte estábamos todos, mis padres, mis hermanos y hermanas, mis tías y tíos, mis abuelos, todos mis primos y sobrinas y sobrinos, la familia de Truchas y Chimayó. Por parte de Brad sólo vinieron unos cuantos: su hermana, una directora de cine que me ha sido una buena amiga, y tres de sus compañeros de colegio.

A sus padres no se les vio por ninguna parte.

Me dijo que tenían obligaciones previas que no podían cambiar. No fue hasta que ya estábamos casados que me confesó la verdad: No contaba con la aprobación de sus padres, porque creían, equivocadamente, que yo era una *inmigrante.* No tienes ni idea lo herida que me sentí. Mi familia lleva en este país desde antes que la familia de Brad llegara a Ellis Island. ¡Pero tienen el valor de llamarme un inmigrante! Es precisamente ese tipo de prejuicio con el que quiero batallar a través de mi altruismo, conseguir que mi nombre suene como una nueva filántropa, junto a los Rockefeller y a los Pugh.

En el retrato parecemos felices. Lo levanto del estante y lo sostengo en la mano. Es más ligero de lo que recordaba. Intento recordar la felicidad de la mujer en el traje de novia, pero no puedo. No me acuerdo cómo se sentía. En la fotografía, Brad está sonriente. Hace eso tan rara vez. Recuerdo que me dijo que le encantó la iglesia, mi familia, y la manera que cubrimos todos los automóviles con flores de papel para el paseo después de la boda por el casco antiguo. Le gustó mucho el posole, y las enchiladas, y el pastel de la boda, elaborado por un gran chef de Santa Fe. Eso es lo que dijo. Y yo lo creí, ¿no fue así? Tuvimos una maravillosa y apasionada luna de miel en Bali.

¿Qué pasó? ¿Dónde está ese hombre?

Cierro la puerta de mi oficina y llamo a casa. Brad no contesta y pienso que todavía está durmiendo y marco de nuevo. Últimamente duerme a todas horas. Es uno de los síntomas de depresión, eso lo sé. Esta vez contesta.

—Soy yo—digo.

—Ah, hola.

Suena defraudado. Frío.

—Quería recordarte que estuvieras en casa cuando Consuelo vaya hoy. La última vez se te olvidó.

—¿Eso es todo?

No lo es, pero no sé como plantear estas cosas.

—Sí—le contesto.

—De acuerdo.

Colgamos y se me cae el corazón. Siento como si tuviera la piel demasiado fina. Me estremezco, aunque la temperatura en la oficina siempre esté en setenta y cuatro grados.

Espero cinco minutos, mirando fijamente las marcas de tinta roja que he hecho en las pruebas, e intento controlar los malos presentimientos que me suben al pecho. No quiero que mi corazón lata de esta forma, no quiero una dosis excesiva de adrenalina. Respiro profundamente. Marco otra vez el número de casa.

—¿Diga?

—Brad.

—Hola.

Estornuda y se suena la nariz.

No sé qué decir. Por alguna razón pienso que en mi infancia, cuando alguno de mis familiares se resfriaba, no había nadie que lo mimara de la forma que he visto en otras familias. Brad quiere que lo mimen cuando está enfermo. No éramos lo que se pudiera denominar *demostrativos*. Yo nunca lo mimo.

Quiero preguntarle a Brad si recuerda lo que sentíamos el día de nuestra boda. Pero no puedo.

—Escucha—digo, volviéndome hacia las grandes ventanas para mirar la calle bulliciosa a mis pies.

Me limpio la garganta.

—*Estaré* aquí—dice—. No te preocupes.

—¿Cómo?

Me palpita el corazón.

—Que estaré aquí cuando venga Consuelo.

—Ah. No, no es eso.

Silencio. Un silencio largo, forzado.

—¿Rebecca?—pregunta, al fin—. ¿Estás allí?

—Sí.

—¿Qué quieres? Tengo algo que leer.

—Nada, supongo.

—Bien. Me tengo que ir.

—No. Espera.

—¿Qué?

—¿Qué está pasando?—pregunto.

—¿Qué quieres decir?

—Con . . . nosotros.

Esto cuesta tanto.

—Nada—dice en son de burla.

—Por favor—digo.

—¿Por favor qué?

—Dime qué está pasando.

—Ya te dije. Nada.

—¿Podemos vernos y hablar de esto cara a cara?

Muevo mi pluma con los dedos y me vuelvo hacia el calendario encima del escritorio.

Se ríe:—Ah, ¿quieres decir hacer una *cita*?

—¿Qué te da tanta gracia?—pregunto.

Me siento el rostro caliente y tirante. Miro el reloj en la pared; tengo media hora antes de ir al departamento de publicidad para buscar a Kelly para la comida de negocios.

—Ah, Dios—dice riéndose—. Eres *tú* la graciosa. No sabes lo cómica que eres. Eso es lo divertido.

—¿Cómo?

—No importa. Adiós.

—No. Dime.

Suspira:—¿Quieres de verdad saberlo? Te lo diré. Mi última intención era casarme con una ambiciosa burguesa blanca. ¿Feliz? Te has convertido en mi peor pesadilla.

¿Su peor pesadilla? Enmudezco.

—Me tengo que ir—digo.

Lucho contra el impulso de tirar el teléfono, aunque siento que me quema la mano.

—Sólo estate allí cuando vaya Consuelo. No se te olvide de nuevo.

—Ah, claro. ¡Consuelo! Ésa es otra cosa. ¿Cómo demonios puedes aprovecharte de una mujer así?

—¿Así cómo qué?

—Una hispana.

—Ay, Dios. Me tengo que ir.

—Bien. ¿Pero puedes decirle a tu amiga la agente inmobiliaria que deje de llamar aquí a todas horas? Estoy harto de hablar con ella. No la aguanto.

—Aquí no puede llamarme. Dijiste que me ayudarías.

—No *quiero* una residencia particular, un *brownstone*. No lo *necesito. Odio* a la gente así. Tú no eres la misma.

La sangre se me sube a los oídos y puedo oír los latidos de mi corazón.

—Entonces—digo en voz baja y giro dando la espalda a la puerta cerrada de mi oficina—, ¿Entonces como creías que era?

—Natural.

—¿Natural?

—Así es. Natural. La madre tierra.

—Brad, voy a colgar.

—Está bien. Adiós.

No cuelgo. Él tampoco. Nos escuchamos respirar unos instantes e intento no llorar.

Finalmente digo:—¿Porqué estás haciendo esto?

—Rebecca, adiós.

Clic. Cuelga.

¿Natural?

Miro las otras fotografías de nosotros de tiempo atrás. En las fotografías parezco aturdida y ruborizada. Por aquel entonces no nos conocíamos demasiado, pero recuerdo que estaba entusiasmado con su fortuna. Seré honesta. Ése era el gran atractivo, junto a su pelo claro y bello rostro. Hay una foto donde tiene puesta su cabeza en mi hombro, agachándose porque es tan alto, y noto algo que nunca había visto antes. Parece que está rezando.

Nunca he conocido a sus padres. Su hermana y yo tomábamos juntas clases de step, y a veces íbamos a comprar ropa a la calle Newbury, y una tarde fuimos al Museo Isabella y Stuart Gardner con bocadillos de Au Bon Pain en nuestras bolsas. También esperaba a que sus padres quisieran conocerme. ¿Cómo iba a saber que me despreciaban tanto que empezarían a restringir el dinero que le pasaban a Brad? No tenía ningún sentido. Durante meses intenté conectarme con ellos, ganármelos con cartas y regalos. Mi padre incluso los llamó para invitarlos a pasarse un fin de semana en nuestro rancho cerca de Truchas, para que vieran que llevamos en Nuevo México generaciones, que no somos unos inmigrantes. Él llamó a mi madre y le dijo que no tenía ningún interés en ir a «México». ¿Sería posible que personas con tanto dinero fueran tan ignorantes?

Brad hizo dos puños cuando le hablé de mi intercambio con sus padres, y me dijo que era inútil; me recordó que a pesar de todo su dinero, sus padres nunca habían comprado una computadora para la casa, y en su mansión no tenían ni un sólo libro que no fuera suyo. Ni un libro de mesa de centro, ni un libro de cocina. Ni un sólo libro.

—Rebecca, son idiotas—dijo.

Le decía que no dijera eso de sus padres. A mí me enseñaron a respetar a los mayores. Pero creo que tenía algo de razón. Por ejemplo, les llamé y les dejé un mensaje explicándoles que *Nuevo* México era un estado, y que mis ancestros eran políticos y hombres de negocios, y que descendíamos de la realeza española de la región de Cataluña, cerca de Francia, donde todos son blancos. No contestaron. Ahora parece que van a desheredar a Brad. Eso es lo que me comenta su hermana.

Cuando mis amigos lo plantearon, negaba sus acusaciones de ser una caza fortunas, pero ahora tengo que ser honesta conmigo misma; si Brad no fuera el hijo de un multimillonario, nunca me habría casado con él. Cierro los ojos y me concentro. Creo que ya no lo quiero, si es que alguna vez lo quise.

* * *

10:00 de la mañana: De camino a buscar a Kelly para nuestra reunión, paso por delante de mi asistenta. Me detiene y extiende un mensaje telefónico rosado.

—André Cartier—dice, levantando una ceja.

Dudo que lo hiciera a propósito, pero sucedió. No estoy segura de lo que insinúa con la ceja, pero parece como si pensara que tengo algo con André, o que piensa que es atractivo. La gente no tiene mucho control sobre los músculos faciales que traicionan constantemente nuestros pensamientos internos, a menos que los dominemos. Se llaman «microexpresiones». Los mentirosos profesionales y los políticos no las tienen. Bill Clinton, por ejemplo, nunca las tenía. Poseía una cara que hacía lo que él quería. Mi madre nunca hace «micro-expresiones», y yo heredé ese regalo de ella. No importa lo mal que me sienta o los pensamientos negativos que me pasen por la mente; no soy el tipo de persona al quien le pregunten: «¿Qué le pasa?». Sonrío serena y le quito el mensaje de la mano.

André es un magnate de software inglés, que mudó su compañía a Cambridge, Massachusetts, hace varios años. Y él es la razón que exista mi revista.

Cuando mi familia no tenía los fondos, y la familia de Brad se negaba a ayudarme, cuando estaba a punto de abandonar mi sueño de *Ella*, André estaba allí. Me escuchó cuando le expliqué mi visión durante una cena de la Asociación Comercial Minorista (parecida a la que voy a ir esta noche), donde tuvimos la buena fortuna de estar sentados juntos. Él no me dijo quién era o lo que hacía, sólo escuchó mis ideas del negocio. Sabe escuchar.

Pensé que era guapo, educado, y encantador, con ese acento británico y sencillo esmoquin, aunque *era* negro. No es que sea racista, pero me educaron de cierta manera. No es que tenga nada contra los negros—de hecho, Elizabeth es una de mis mejores amigas—pero no me sentiría cómoda saliendo con uno de otra raza. Mi madre lo dejó aclarado cuando me repetía: «Sal con un negro, y me matarás del disgusto». Por eso esta situación con los padres de Brad es tan sorprendente. No entienden de donde vengo, quién soy, o en qué creo.

André tiene una cara agradable, honrada, abierta. Después de escucharme hablar casi una hora sobre *Ella*, alcanzó su maletín bajo la mesa, lo abrió y sacó un talonario de cheques y una pluma cara.

—¿Cómo se deletrea su nombre?—me preguntó. Pensé que hablaba en broma, o que me iba a dar una pequeña cantidad, porque acababa de decirle que para sacar mi primer número iba a necesitar alrededor de dos millones de dólares. Sonrió en secreto y continuó escribiendo el cheque. Entonces me dio su tarjeta de visita. Reconocí el nombre de su compañía por las páginas del *Wall Street Journal*. Debajo de su nombre decía, «Presidente y Director Ejecutivo». Cuando me entregó el cheque de dos millones de dólares, casi tengo un ataque cardíaco. Intenté rehusarlo, pero insistió.

—No es mucho para mí—dijo.

No sabía si hablaba en broma, pero me enteré que no lo era. La compañía de André vale más de 365 millones de dólares, y sigue en aumento.

Leí la nota rosada cuando caminaba por el pasillo hacia el departamento de publicidad.

Dice que le verá esta noche en la cena del MBA y espera finalmente verla bailar.

. . . Es un nuevo año, y ya los organizadores este año del desfile del día de San Patricio en South Boston han anunciado una vez más que piensan excluir a los homosexuales y a las lesbianas de las festividades. ¿Ellos no comprenden que prácticamente esto garantiza que los medios van a fijar su atención en los homosexuales y lesbianas que desean ser incluidos?

Si la meta del desfile es celebrar la herencia irlandesa en Boston, los organizadores deberían tomar una lección de las fuerzas armadas: «No pregunte. No diga». Por otra parte, ellos aseguran esa homosexualidad, y el desfile del día de San Patricio se une inexorablemente en nuestra memoria cívica.

—de *Mi vida*, de Lauren Fernández

elizabeth

Probablemente no debería haberlo hecho, pero después de haber visto a Lauren en la última reunión de las temerarias, y después de leer su hermosa columna sobre el desfile, la llamé y la invité a cenar, las dos solas, con la intención de decirle, por fin, qué siento por ella.

Escogimos el Elephant Walk en Brookline, un restaurante especializado en comida camboyana y francesa, y hablamos en los tonos civilizados y prudentes que siempre usamos entre nosotras. Llevaba puesto un sombrero de lana azul y unos jeans, y del hombro le colgaba una mochila como si todavía estuviera en la universidad. Sus ojos irradiaban luz. Sus labios brillaban. Hablaba sin parar. De Ed, de Jovan, de los problemas, del dolor. Yo la escuchaba y me atragantaba con las palabras que tenía prisioneras en la garganta. Estuve a punto de decírselo. Estuve a punto de decirle que yo podía salvarla de todo aquello, amarla eternamente, sin condiciones, abrazarla hasta que las dudas se evaporaran de su piel, hasta que todo lo que quedara fuese su enorme e imperiosa belleza. Pero no lo hice. No pude. Perderla representaba un riesgo demasiado grande. Tener que confrontar su educado rechazo. No podría soportarlo. Cobarde hasta la médula.

Creo que Selwyn sospecha algo. Cuando menciono a mis amigos, suele mostrar indiferencia. Pero cuando hablo de Lauren, se pone tiesa, como una loba a la que se le eriza el pelo de la nuca. A veces está allí, lo intuye, en el bosque, acechando, amenazador. La nariz dilatada. Le he contado a Selwyn todos mis amores pasados menos este, el amor que más me ha atormentado, el que me hace llorar. Lo que Selwyn—la loba—presiente es mi amor de Lauren, este sentimiento que nunca decrece, que palpita sin cesar, que—¿cómo podría decirlo?—está siempre presente, enturbia mi sangre, haciéndola espesa e inútil cada vez que la veo; que me empuja y me deja postrada aullándole a la luna mi dolor.

La llamé la noche que nos vimos para agradecerle una velada preciosa. La verdad es que la llamé porque las palabras se agolpaban queriendo nacer: te amo. Se la oía soñolienta y sorprendida y no dije nada de lo que sentía. Me detuve un momento con mi secreto, su fragancia todavía presente, escuché su respiración y traté de pensar en cómo decírselo, en cómo decirle esto contra lo que he estado luchando durante una década.

—¿Aló Liz? ¿Estás allí?—me preguntó.

—Sí—dije entre dientes, la boca llena de sangre invisible.

—¿Estás bien?—quiso saber.

—Por supuesto que sí—le dije—. Sólo quería decirte que deberíamos hacerlo otra vez pronto.

—Claro—dijo, alargando la palabra más de lo acostumbrado, como si llevara implícita una pregunta y tal vez también una respuesta.

Había curiosidad en su voz al escuchar el mensaje en clave, en medio de un silencio forzado.

—Bueno, pues adiós entonces—dije, apresurándome a salir corriendo otra vez.

—Buenas noches. Cuídate, Liz. Cuídate, mi amor—dijo ella.

Un millón de palomas revolotean en mi interior. La muerte de toda esperanza. Cuídate, amor. ¿Amor? El amor de la mujer heterosexual, que te permite caminar con los brazos enlazados cuando vas a comprar un vestido; el que consiente besos en las mejillas, incluso el que accede, como una vez hizo en la universidad, a que agarres a una mujer a la que amas y astutamente le metas un condón en el ajustador antes de que se vaya a una cita con un hombre con quien ha aceptado quedar más que nada por las apariencias, un amor que significa muchos momentos casi sexuales, pero que nunca te dejará abrir la boca sobre la suya para recibir su lengua dulce y suave, ni deslizar la rodilla entre sus piernas, dulcemente y con los ojos bien abiertos.

Ya soy yo misma otra vez. O casi. Volvamos con Selwyn. Todo el día pensando en Selwyn. Me he sacado a Lauren del corazón. Una vez más. Nunca entendería cómo me sofoca, cómo se adentra en mi interior y me empuja, hasta que tengo que morder mi almohada para ahogar los gritos de mi alma, y quitar de mis pensamientos la manera cómo la amo. Las mujeres heterosexuales nunca lo comprenden del todo. Después de que la última «curiosa» me usara para su experimento y me dejara sin aire, varada en la costa más solitaria del mundo, con una «gracias, fue bonito mientras duró», porque se volvió con su hombre, he dejado de intentarlo.

Selwyn está leyendo esta noche poemas de amor. Son para mí.

No creo que nadie pueda reconocerme sin mi maquillaje y con este pañuelo en la cabeza. Después de que ella saliera, esperé unos quince minutos en la camioneta, parqueada a unas manzanas más allá del bar, en una calle oscura. Luego entré sigilosamente cuando sabía que ya había empezado a leer, bajé las oscuras y estrechas escaleras hacia el bar del sótano, y me senté de incógnito al fondo de la sala. Me dejé puestos los anteojos negros, a pesar de que ya era de noche y el bar estaba apenas iluminado. No quiero que me molesten. Aquí no. No mientras Selwyn Womyngold está leyendo. Tampoco necesito que me reconozcan, no un miércoles por la noche. La noche de Womyn. Sin embargo, no me gustaría estar en ningún otro sitio. No hay ningún otro sitio, ninguno. Ningún otro.

Es la primera semana de un nuevo año. A lo mejor también ha llegado el momento de ser una nueva mujer. No lo sé. No sé si tengo ese tipo de valor.

Nace del mar tu cuerpo, bañado en sal, sol y aire / Sirena Womyn, piel de concha marina, la arena de mi pecho, lames, y a cada paso, las huellas de tu caminar, dejas . . .

Sigue leyendo y se me pone la piel de gallina. Esta mujer fuerte y sólida de Oregon es como la poesía misma. Su alma es tan verde como los pinos que describe. Uno puede ver allí su alma cada vez que hace una pausa en su recitación y nos mira a nosotros, su público, saboreando cada palabra, perfecta y deliciosa. Esta noche, su pelo tuso y desordenado es de color violeta. Cambia con su estado de ánimo. La semana pasada se lo tiñó de blanco platino, porque su poema contaba como nos hacemos viejos; sólo tiene veinticuatro años, pero demostró su habilidad para comprender algo tan ajeno a ella. Esta semana es del color del amor, está contando poemas de amor.

No debería decir *contando*, sé que ésa no es la palabra adecuada. Vine a este país cuando tenía diecisiete años, para ir a la universidad, y aunque estudié inglés en Colombia y lo hablo con fluidez, a veces me es difícil encontrar las palabras adecuadas para expresar lo que quiero decir. Me es difícil encontrarlas en inglés y en español. Después de diez años de llevar una vida bilingüe, no sé dónde se han ido. Tiendo la mano para alcanzarlas, las siento flotando aquí mismo, al borde de mi conciencia, para seguidamente caer abruptamente y desvanecerse en el éter. Por eso amo la poesía. Si falta la palabra adecuada, puedes crear la misma intención con otra distinta, puedes seguir el tentáculo que, de alguna manera, te conecta con ella. Son los agujeros que dejan los gusanos en nuestro espíritu.

No le he dicho a ninguna de mis antiguas amigas de universidad que quiero escribir poesía. Que *escribo* poesía. Es posible que Amber entienda la necesidad que el mundo tiene por la poesía. Lauren, también. Las otras apreciarían la creatividad, supongo. Lo que no entenderían es la parte de mi misma que me impide contarle a ninguna de las temerarias que escribo poemas. Dudo que entendiesen los sentimientos que encierran. Sé que no los entenderían. Cuando nos reunimos y veo a Lauren y la pasión que brilla en sus ojos, quiero decírselo a todas. Quiero abrirme el pecho con un cuchillo, sacarme el corazón y alzarlo frente a ellas sobre la palma de mi mano, para que puedan ver por fin lo diferente que es cuando late. De qué extraña manera. ¿Cómo, qué dices? Qué rara, que *queer*. Qué forma tan rara de latir. Pero tuve que esperar a tener veinticinco años, tan sólo hace tres, para verlo yo misma o incluso para reconocerlo. Y era mío. No creo que a ninguna de las temerarias le importe el desajustado latido de mi corazón, su ritmo especial, el extraño dibujo de su superficie como concha marina. Selwyn entiende esa parte de mí, porque la comparte. Y allá va, saliéndosele con estruendo de la boca en forma de palabras que ella capturó del cosmos sólo para mí.

Solía verte, niña de sombras, niña encogida, hablando con tus demonios por las esquinas / Solía cantarte en mi sueño, respirarte en mi lenta muerte solitaria / Y entonces me tropecé con la onda de tu cuerpo, la sentí debajo del agua, te encontré allí, te encontré allí / Niña oscura, niña esbelta, te encontré allí, esperándome, palabras españolas goteando de tu boca como miel, goteando hacia abajo una y otra vez, cada vez más, cada vez mejor.

No les causaría buena impresión. Estoy segura de ello. Es una mujer corpulenta que viste camisas de franela a cuadros y pantalones burdos de hombre holgados. Su cabello es corto y aunque eso puede en principio gustarle a Rebecca, sólo se pone aros de plata en una oreja y encima más de cinco a la vez, no le gustaría tanto. A ninguna de ellas les gustaría. Las empujaría a buscar la puerta más cercana e irse corriendo. Así son ellas. No serían capaces de ver más allá de sus desacertados instintos para poder apreciar los ojos de Selwyn, llamas oscuras llenas de humor y vida. No les causaría buena impresión. No a ellas. Pero a mí, sí. A mí sí me causó una honda impresión. Para mí, era casi como estar con Lauren.

Empecé a venir aquí con la intención de leer algún día uno de *mis* poemas. Pero para hacer eso necesitaré salir de estas sombras, nadar hacia la superficie, mostrarme desnuda, chorreando ante la ciudad de Boston, rasgarme el corazón para que millones de extraños puedan verme y morderme. No. Aquí la gente sabe quién soy. Me conocen. Creen que me conocen. Desayunan sus huevos con café ante el televisor que los hipnotiza, con las miradas fijas en mi cara escondida bajo una capa de maquillaje. Envían a sus hijos a la parada de autobús y hacen crujir sus periódicos mientras yo les leo las noticias del día con mi alegre sonrisa. Me mandan tarjetas de Navidad y miles de cartas con todo tipo de consejos que no he pedido. Me dicen que me deje crecer el pelo, que me lo corte, que engorde, que adelgace, que hable con más claridad, que esté orgullosa de mi acento, que cambie mi nombre, que goce de mi apellido español. Intentan convencerme para que vuelva al África, me insultan de mil maneras desagradables. Me piden que me case con ellos y me proponen traer a sus madres al estudio para que me conozcan. Me envían postales con preciosos dibujos de gente colgando de sogas. Me preguntan quién creo que ganará el Superbowl. Me piden que les pegue gritos a los padres de sus bebés. Todos ellos creen que me conocen. Todos.

Ninguno de ellos me conoce. Ni uno solo. Ni siquiera Selwyn. Lo intenta. Lee sobre Colombia, estudia la historia de mi país, compra CDs de ballenato, e intenta aprender a bailar. Empezó suscribiéndose a revistas comerciales sobre periodismo, como la *American Journalism Review*, para que tuviéramos más cosas de que hablar los domingos por la tarde. Pero hay algo en mí, el ritmo de mi infancia, el jardín de sabores que me gusta comer y los luminosos, valientes colores con los que me gustaría que pintaran las casas en esta ciudad, los olores cálidos, florales que yo creo debería despedir la calle de una ciudad en verano, cosas sobre mí que ella siempre encontrará exóticas e imposibles de entender completamente. Vengo de la cálida y húmeda ciudad costera de Barranquilla, un lugar cruel para una madre soltera y su hija. Una madre que ejercía como doctora a pesar de su color y sexo y cuidaba de una hija alta y esbelta. Sin embargo, así es como creo que el mundo debe ser: húmedo y verde. Vivo con música y sabor. Nunca estoy tanto en casa como cuando estoy en Colombia, porque a pesar de toda su violencia e infecciones, la amo desesperadamente.

Selwyn creció bajita, espesa, y americana, con padres liberales que la querían a pesar de todo y supo desde el jardín de infantes que amaría a las mujeres. Yo crecí alta y espigada con una madre que no hablaba de esas cosas, y aunque sabía que sentía algo especial y rosa por las chicas y no por los muchachos, no sabía que amar a las mujeres era una opción, hasta que llegué a la universidad y aprendí como se decía «lesbiana»: una palabra torpe, fea, sonora, y que no tiene nada que ver con lo que uno siente por serlo.

En Colombia no existe esa palabra. Tenemos una palabra para los hombres que aman a otros hombres, y es «mujer». Los hombres no se consideran homosexuales a menos que sean «de abajo», de donde yo vengo, y casi todos los hombres han tenido sexo con otro hombre al menos una vez. En Colombia no se piensa que las mujeres sean sexuales. Las mujeres sexuales en Colombia son malas. En la sabiduría popular, es decir. Incluso cuando las llaman putas, saben que obran y no lo disfrutan. Las mujeres en Colombia son madres y cocineras. Son vírgenes o prostitutas y nada más, nada entremedio, nada. Por eso mi madre nunca quiso que yo volviera. Ella se queda allá pero quería que yo viviera libre en un país donde mi sexo y el color de mi piel no ocasionaría expresiones de odio. Mi madre me enseñó que en los Estados Unidos las mujeres son seres muy humanos. Y ahora, aquí en Boston, yo soy mujer y famosa. Mi madre está muy orgullosa de mí. Me pide que la envíe vídeos de todos los noticieros. Hablamos todos los domingos por teléfono y siempre que puedo regreso a verla. No sabe lo que siento por las mujeres y prefiero que no se entere. Por eso me escondo en la parte de atrás del cuarto escuchando las palabras de Selwyn. Ésto, y el hecho de que no sé cómo reaccionarían los productores del noticiero televiso nacional nocturno que me han estado tratando de contratar si lo supieran. Y yo tengo muchas ganas de que me den ese puesto. Muchas. Yo sería presentadora de un noticiero nacional. Yo. Por eso no puedo surgir de las penumbras y sombras para levantarme y gritar lo que soy: ¡Lesbiana! Mataría a mi madre, tal vez mi carrera también, y podría perder a las temerarias, mi ancla en esta ciudad durante una década.

Sobre todo perdería a Sara, mi mejor amiga, esa mujer singular y habladora que vive en Miami y que me hace reír más que nadie. Sara nunca me ha atraído. Por lo menos de esa manera. Pero no puedo confesarle lo que soy. Parece que no le gustan los gays y nos lo ha dicho varias veces—recuerdo cientos de veces que ha contado chistes a costa de personas como yo. ¿Cómo, preguntas, puedo aceptar a Sara como amiga, con su aversión a personas como yo? Éste es el motivo: Sara y yo tenemos historia, una larga amistad de café, té, y sueños compartidos, su sentido del humor es el mío, su familia como la mía, sus hijos como mis hijos. Pienso que no es sabio luchar contra los prejuicios con las mismas armas, no puedo odiar a mi mejor amiga por ser ignorante. Prefiero esconderme de su odio y disfrutar de su risa. No puedo declarar abiertamente que soy gay. Perdería a Sara. Podría hasta perder mi trabajo.

La primera mujer que amé en mi vida fue Shelly Meyers, en el quinto grado. Vivía para mirarla pasar. Nunca se lo dije. No sabía que podía, no sabía cómo. No sabía. Siempre me ha gustado el mismo tipo de mujer. La segunda mujer que amé en mi vida fue Lauren Fernández. Shelly y Lauren son blancas de piel, con pelo alborotado y oscuro que les cae por todas partes, y unos ojos grandes enojados. Ambas tienen caderas y piernas fuertes, y caminan con paso largo y confidente. Selwyn también es así. A veces, imagino que es Lauren. Éso no lo sabe y nunca debe enterarse. La enloquecería. Selwyn es así, frágil. Puede parece dura, pero no lo es. Es emocionalmente frágil como lo son los verdaderos artistas. La llamo papel de cristal, lista para quebrarse con viento fuerte. Ella me llama alga marina. Éstos son los nombres que nos susurramos en la oscuridad cuando nadie nos puede oír. Papel de cristal y alga marina.

Las algas marinas me pasan por encima, por debajo, por dentro / cuando menos lo espero tengo el sabor de las algas marinas en la lengua, las saboreo en mis momentos de luminosa explosión / luz de papel de cristal en mil tonos del sí.

Continúa y se detiene. El público aplaude y aclama, y unas admiradoras se apresuran al escenario e intentan tocar su mano. No tengo celos. Son sus alumnos. Conozco a Selwyn y no es de las que te engañan. Fue la primera que me contó ese chiste de: *¿Qué trae una lesbiana a su segunda cita? Un camión de mudanzas U-Haul.* Llevamos juntas cerca de un año, escondiéndonos como adolescentes; yo tomando rutas retorcidas para llegar a su casa en Needham, ella esperando y escuchándome en su celular hasta que le digo que mis vecinos han bajado las persianas y puede doblar la esquina y escurrirse por la puerta blanca de mi residencia en Beacon Hill. Selwyn es en quien pensaba cuando compré el edredón con la funda de cuadros escoceses, Selwyn es en quien pienso cuando compro en la sección de fiambres del supermercado ensalada de papas, algo que yo nunca comía, Selwyn es en quien pienso cuando riego las plantas que me convenció que pusiera por toda la casa para conseguir equilibrio, serenidad, y oxígeno. Es Selwyn, siempre Selwyn, la Selwyn de piernas musculosas y manos estrechas, la referencia ya de todas mis decisiones.

Viviríamos juntas pero no puedo admitir quien soy. Selwyn es paciente. No me presiona. Dice que un arbolito tarda en madurar. Es tranquila y generosa y no me llama al trabajo a menos que yo la llame antes por el buscapersonas. Tiene cuidado y nunca me mira de cierta manera en público. De esta forma expresa por dentro y por fuera Selwyn su amor por mí. Éstos son los aros por los que la hago saltar. Éstas son las lesiones que le tallo a diario en su carácter y aun así regresa una y otra vez por más. Así es como son las cosas para Elizabeth Cruz y Selwyn Womyngold. Así es el amor sentado al borde del filo de la navaja.

El trío de jazz empieza a tocar. Selwyn firma autógrafos, sonríe a los fotógrafos y mira, buscándome. Se toca la ceja izquierda, una señal que significa que nos encontremos atrás en la camioneta. Espero que salga primero, caminando con el cuerpo de una pantera, espero un largo instante y me escurro por la pared trasera hasta los escalones que conducen a la fría noche. Bajo por la avenida Massachusetts y tuerzo en la esquina y siento como los ojos de todas las aves nocturnas de Central Square se posan en mí. Pero claro no es así. Con mi echarpe, gafas de sol, y larga gabardina, soy otro excéntrico personaje en uno de los lugares excéntricos más densamente poblados del mundo. He estacionado a unas manzanas en una calle lateral cerca del Centro de la Mujer, el lugar donde escuché leer a Selwyn por primera vez. Camino y siento vagamente el sonido de pasos detrás de mí. Hay muchas personas y no es nada sorprendente.

Cuando llego a la camioneta, la calle está vacía. Selwyn apoyada en un poste de luz me observa llegar. Sonríe, pantera de papel de cristal. Me gusta eso. Le devuelvo la sonrisa. Quiero correr hacia ella, agarrarla en mis manos y amasarla como pan y devorarla. Quiero besarla. Tengo tantas ganas. Miro alrededor y no veo a nadie. Esta noche su poesía me emocionó y me hizo sentir viva. Invencible. Decido abandonarme por un instante, saltar desde el anaquel y ver que pasa. Corro hacia ella, la agarro rápidamente, y le doy un beso en la boca. Se sorprende. Asusta. No está nada incómoda porque ella no ha sido nunca la del problema. Si dependiera de ella, pasearíamos por los centros comerciales de la mano, ignorando las horrorizadas miradas de padres y madres que alejan apresuradamente a sus hijos fuera de nuestro alcance. Nos besaríamos en el cine como las personas normales.

—¿Qué es esto?—pregunta, frotándome el hombro.

—Por ser tú. Por ser mía.

Me siento de nuevo como una jovencita, risueña y tonta, lista para bailar en la calle. Pero aquí en Cambridge, en Boston, hace demasiado frío. Demasiado frío en los huesos. Selwyn me tira y me acerca a ella, y me besa de nuevo, caliente, suave, mía, mujer. Pero antes de terminar, oigo una voz. No la mía. No la de Selwyn. Pero una voz familiar.

—¿Liz Cruz?

Me detengo, suelto a Selwyn, y corro en dirección a la voz. Es Eileen O'Donnell, redactora de chismografía del *Boston Herald*, e invitada habitual del programa matutino de televisión que también presento yo.

—Pensé que era usted—dice, con una sonrisa demasiado grande para su pequeña y puntiaguda cabeza—Escuche, estaba en el recital y me soplaron que Selwyn Womyngold . . . ese es su nombre, ¿verdad? ¿«Womyn», con «y»? Selwyn, la actuación fue excelente. Muy . . . conmovedora.

Sus palabras salen en feas bocanadas de vapor blanco de su boca; ha estado corriendo y el aire frío le da tos.

—Eileen—digo—.Te lo ruego.

Le suplico con la mirada.

—Liz, que alegría verte. ¿Cómo has estado?

No le contesto.

—Selwyn ¿dónde podría encontrar uno de sus libros?—pregunta.

La loba en Selwyn la mira fijamente con el amor de una guerrera entrenada.

Eileen continúa:—Chicas, tengo que ser honrada con ustedes, también estuve aquí la semana pasada. Y las seguí hasta Needham. Sel, tienes una buena casa. Ganas bastante para ser poeta. Una poeta de veinticuatro años recién graduada de Wellesley. Vi en el Internet que enseñas en Simmons College. ¿Es una universidad sólo para chicas o algo por el estilo?

—Vete al infierno—dice Selwyn, hirviéndole la sangre.

—Eso no me suena a poesía. ¿Qué es, un haiku?

Selwyn me quita las llaves de la camioneta y abre la puerta de pasajero. Me empuja dentro de la camioneta:—Vámonos.

Estoy entumecida, helada, dura, aterrada de lo que va a hacer Eileen. Selwyn se sienta en el asiento del conductor y acelera la camioneta para alejarse de allí. Conducimos casi todo el camino en silencio.

—No te preocupes—dice finalmente, haciendo un vano intento por parecer alegre.

La miro, y veo lágrimas en sus ojos.

—Por favor, Elizabeth—dice.

Veo a la niña que una vez fue.

—Tienes que olvidártelo.

Asiento. Me ayuda a entrar en casa, me hace una taza de chocolate, me trae el camisón largo con la calcomanía de Snoopy y mis zapatillas de lana. Me da un masaje y me canta nanas americanas con letras tan triste que me cuesta entender querer cantárselos a un niño, y me acaricia el pelo. Entonces me acompaña a la cama, me arropa como una madre y me da un suave beso en la frente.

—Duerme un rato, *amore mío*—me dice en su español deficiente—. Todavía tengo cosas que escribir.

Digo que sí con la cabeza y cierro los ojos. Pero no puedo dormir, porque sé que Selwyn no es la única que tiene algo que escribir esta noche.

En algún lugar de su infernal guarida con olor a cebolla, Eileen O'Donnell también está escribiendo.

. . . Sólo quedan cuatro días de compras hasta Navidad, y me agrada
informarles que por fin anoche terminé mis compras. Pero tengo un
amigo al que no sé qué comprarle. Todos conocemos a alguien así,
¿no es verdad? Es casi un cliché: la mujer que lo tiene todo, incluso el
hombre perfecto. Pero en el caso de mi compinche, Sara, es cien por
ciento verdad. Estoy pensando en un Chía Pet o en uno de esos
enormes artefactos de masaje del Sharper Image, pero es probable
que ya tenga muchos de ambos.

—de *Mi vida*, de Lauren Fernández

sara

oño. Chica, anoche casi no pude dormir. Y no fue por el sexo que estoy segura Roberto pensó que fue fantástico. Estaba muy enferma. Estoy segura que no tenía ni idea. Hice lo de siempre, los gemidos y las caras, la ridícula ropa interior, mientras contenía las ganas de vomitar. Hice una imitación perfecta de Meg Ryan en la película *When Harry Met Sally* que a Roberto, como de costumbre, le encantó, hasta que él terminara. Entonces decidió que había actuado como una puta y me soltó «el discurso» que va algo así: *Eres una mujer cubana, una mujer decente. No eres una puta americana. ¿Está bien que disfrutes, pero porqué tienes que demostrarlo así? Eres la madre de mis hijos. ¿Dónde está tu dignidad?*

Lleva diciéndome este tipo de cosas desde que lo hicimos por primera vez, cuando yo tenía unos dieciséis años. No soy tímida. Y Roberto es el único hombre con quien lo he hecho, pero está convencido que he estado con otros porque lo disfruto tanto.

—Ninguna mujer nace disfrutando del sexo como tú—me dice—. Alguien te enseñó esta jodienda. Cuando averigüe quien ha sido, más vale que se esconda.

Intento explicarle que se trata de química, que amo su cuerpo, su olor, todo él. Pero sospecha. Siempre me está acusando de pegarle tarros aunque le soy completamente fiel.

Chico, fíjate. Si hubieras nacido en este país, pensarías que Roberto tiene ochenta años por su manera de actuar. Y no. Sólo tiene dos años más que yo. Es como la mayoría de los hombres que se criaron en Latinoamérica—o en Miami. Es decir, que creen que las mujeres vienen en dos sabores: decentes e indecentes. Las decentes no tienen órganos sexuales y te casas con ellas, las llenas de niños y se supone que no disfruten del sexo. Las indecentes disfrutan del sexo y las persigues por el placer. Una esposa demasiado sexual, demasiado atractiva en público, demasiado exigente en la cama, es algo que hombres como Roberto consideran nocivo. Al principio sus críticas me afectaban, pero después Elizabeth me convenció que tomara algunas clases de teoría feminista con ella en la Universidad de Boston, y nos dimos cuenta que todo era mentira.

Igual que yo, Roberto lleva muchos años en los Estados Unidos y sabe lo ridículo que es esto. Ya lo hemos hablado. Le he enseñando dibujos del cuerpo femenino y le he explicado que todas las mujeres están conectadas de la misma manera y tienen el mismo tipo de respuesta sexual y que hasta su madre tiene clítoris que es parecido a un pene; cosas que aprendí en la universidad y que Mami nunca se molestó en enseñarme. Me dio una bofetada y se marchó furioso de la casa por unas horas. Fue tan cómica la expresión de su cara imaginándose a su madre teniendo un orgasmo, que mereció la pena.

Por fin reconoció que era natural para la mujer disfrutar del sexo:— ... pero no debe disfrutarlo tanto como un hombre—insistió—. Sólo las mujeres que tienen algún tipo de desequilibrio emocional les gusta el sexo tanto como a ti.

Oye, chico. ¿Puedes creerlo?

Sigo trabajando en el asunto. Espero cambie de opinión.

Pero últimamente, con el embarazo, no disfruto tanto del sexo. Lo hago para mantener las apariencias. Cuando terminamos y Roberto empezó a roncar a mi lado, me pasé todo el rato corriendo al baño a vomitar. No quería que me escuchara y se imaginara lo que estaba pasando, ¿entiendes a lo que me refiero? No quiero que lo sepa todavía.

Tengo dos hijos, mellizos, de cinco años, que corren por todas partes con grandes pisadas y que hacen miles de preguntas por minuto. ¿Qué es esto? ¿Cómo funciona esto? ¿Por qué? ¿Por qué? ¿Por qué? Creerías que son ellos los reporteros especializados, no yo. Dicen que los varones y las hembras son iguales, a menos que uno los críe diferentes, y eso no lo creo en lo más mínimo. Mis muchachos eran varones desde el principio, buscando porquerías para meterse en los bolsillos, gorjeando por sus camiones de juguete, correteando por la casa con esos zapatos de deporte que chillan como un loro en el parque.

Quiero una niña. Cuando fui a comprar ropa para el baño de abajo el otro día, no pude evitar fijarme en la ropa y juguetes para niñas en los grandes almacenes. Estoy cansada de jeans diminutos y carros de carreras. Estoy lista para trajecitos de terciopelo y muñecas.

No me entiendan mal. Quiero a mis hijos. Chico, ellos son mi *mundo*. Mi día entero revuelve alrededor de ellos, llevarles a la escuela, recogerles, acompañarles a las lecciones de música y a las clases de natación en el gimnasio, peinarles los remolinos antes de ir al Templo, bañarlos por la noche, leerle cuentos antes de dormir, confortarlos cuando se despiertan de una pesadilla, cantarles canciones de cuna cubanas, y hablarles de Miami y cuánto la extraño.

Recuerdo que cuando Jonah tenía tres años, le hablé de Miami. Siempre le hablaba de Miami hasta que un día me dijo:—Mami, yo quiero ir contigo a tu-ami también.

Me da mucha pena, Jonah. Es más sensible que Sethy que, siento decirlo, se parece a su padre.

Uno trata de no tener favoritos, y con dos mellizos con la misma mata de pelo rizado que nadie distingue menos Roberto, es difícil no tratarlos exactamente igual. Pero siempre tienes un favorito, sin querer, pero lo tienes. Mi Ami. Qué monada de niño. Te lo podrías comer con esos ojos verdes tan grandes.

Te lo juro, chico, podría ser feliz con sólo tener en mi vida estos dos maravillosos y traviesos hombrecillos. Pero una niña me *llenaría*, ¿sabes lo que quiero decir? Una niña completaría por fin a la familia. Sería alguien con quien podría ir de compras, llevarla en verano a escuchar los conciertos en la Explanada, sin que se pasara todo el tiempo buscando un árbol para subirse, desde donde pudiera escupir a todo el que pasara por debajo. Los niños te avergüenzan con su comportamiento.

Llevamos tiempo intentándolo, pero no quiero decírselo a Roberto hasta nuestro aniversario en marzo, cuando hagamos nuestro viaje anual a Buenos Aires. Quiero que sea especial. Ha notado que he empezado a engordar, aunque sólo sea un par de libras. Insiste que coma menos. Siempre insiste que coma menos. Y siempre lo ignoro. ¡Ajá!

Seguro que también se alegrará. Siempre se queja que nuestra casa es demasiado grande. Vivimos en una casa de estilo Tudor de seis dormitorios y tres baños, cerca del embalse de Chestnut Hill, en dos acres de terreno con nuestro propio bosque. Me crié en una casa más grande que ésta en Palm Island, con los suelos de mármol, una piscina, docenas de palmeras, y una verja en la entrada. Pero éramos cuatro niños, y hacíamos muchas fiestas, fiestas para todo lo que se pueda imaginar, con los amigos de Mami y Papi de Cuba, bebiendo mojitos y comiendo pequeños sándwiches con mantequilla y pimientos, como si nunca hubieramos dejado la isla. Nuestra casa en Miami nunca se sentía vacía, porque nunca lo estaba.

Esta casa se siente vacía, porque Roberto en Boston no tiene ningún amigo de verdad, sólo conocidos, y no le gusta cuando invito a mis amistades. Si nos reímos, siempre sospecha que estamos hablando de él. Claro que nunca hablamos de él en absoluto; pero costaba demasiado explicárselo. Me dejó un labio ensangrentado cuando se marcharon las temerarias de casa la última vez, y he decidido que no merece la pena invitar a mis amigas a que vengan aquí. Me encanta dar fiestas, planearlas y ejecutarlas. Pero prefiero no tener que sangrar más.

Todos los amigos de Roberto están en Miami. Allí nuestro matrimonio probablemente sería diferente. La violencia doméstica es rara en el ambiente cubano de Miami, porque siempre se está de visita. Alguien siempre te protege. Mis padres se habrian dado más golpes—y me habrian golpeado más a mí— si siempre no hubiera habido presente amistades y parientes que probaban lo que había en la dispensa. Somos una familia apasionada, y la gritería, los insultos, y los golpes nunca mataron a nadie. Así es la vida domestica. Aquí estamos solos. Pero tiene un buen trabajo.

Quiero llenar esta casa de piececitos. Pies de niñas pequeñas, haciendo clic con sus zapatos de charol. Tengo dos meses y medio. Le dije a la doctora Fisk que no quiero saber el sexo hasta que nazca el bebé, pero sé que es una niña. He tenido tantas náuseas matinales, día y noche. No sé porque las llaman náuseas matinales; todas las mujeres que conozco las tienen peores por la noche. Éso le pasó a mi madre conmigo, pero no con mis hermanos. Es una niña. Lo siento. Si me equivoco, seguiré intentando hasta que venga la niña.

Yo sé que Roberto quiere un bebé porque habla de nivelar una esquina del patio para que podamos construir un pequeño parque infantil. Piensa que tendremos otro niño, pero así es como es él, sabes. Yo ya ni le presto atención. No merece la pena. De verdad que no. Te lo juro, chico.

Juró que pediría ayuda después de la última y horrible pelea que tuvimos en un hotel de Nueva Hampshire, después de haber esquiado todo el día, cuando me fracturó la clavícula. Él estaba convencido que me había pasado la tarde en el lodge, para poder intimar con el adolescente que nos sirvió a mí y a Lauren el chocolate caliente.

—Vi la manera que lo mirabas—dijo.

Era una locura total. No recuerdo ni el aspecto del muchacho. Roberto pensó que unas marcas rojas que tenía en el cuello eran chupones que me había dado el tipo en el baño, y me plantó el pie encima del pecho hasta que me hizo sonar el hueso. Le dije a Lauren que me lo había fracturado esquiando, y gracias a Dios me creyó.

Tampoco estoy sin culpa. A veces también me enfado y le pego. Es mucho más grande que yo, pero a veces me enloquezco de verdad, créeme. La última vez que hizo lo habitual, me empujó y me insultó, llamándome cosas horribles delante de los niños y me dijo que hiciera la maleta; nunca me ha pegado enfrente de ellos, pero me ha empujado. Hace eso y más cuando estamos a solas.

Normalmente es un gran padre y buen proveedor para sus hijos, la razón principal por la que me he quedado. Tiene buen sentido del humor y aunque resulte extraño para muchos, la mayoría del tiempo es tranquilo y considerado. Notó la última semana que andaba triste y vino a casa con una bolsa llena de almohadones de felpilla de Crate & Barrel que le había dicho me gustaban, cuando pasamos por delante de la tienda camino del cine. Ni siquiera pensé que me había escuchado cuando dije que me gustaban los almohadones, pero sí lo hizo. Siempre hace ese tipo de cosas. Tengo ideas muy conservadoras respecto a la familia y al matrimonio, y pienso que lo bueno supera a lo malo. Él siempre se siente horrible cuando pierde el control y trata de compensarlo haciendo cosas buenas. ¿Cómo piensan que conseguí el Land Rover?

Sé que no quiere hacerlo, pero así es como le criaron. Su papá era (y todavía lo es) un borracho y cuando estaba bebido perdía los estribos. Y pegaba al pobre Roberto, quiero decir que le pegaba de verdad, chico, con hierros de neumático y cosas por el estilo, hasta que se le rompieron los huesos y tuvo que decir a los médicos que se había caído de la bicicleta. Soy la única que sabe esto. Ni mis propios padres lo saben, y conocen a sus padres desde hace muchos años.

Tampoco es que seamos una familia que cobra el subsidio y el marido vaguea por la casa en camiseta pegando a su mujercita, ¿no es así? Por favor. Él nunca me ha marcado el cuerpo de tal forma que lo puedan ver los demás, aunque me tuve que quedar en casa un par de días cuando me partió el labio. Ah, y una vez me dejó los dedos señalados en el brazo porque pensaba que estaba coqueteando con uno de los jardineros (y no era verdad, claro) pero desapareció en menos de una hora. Una vez le pegué yo y tuvo el ojo morado una semana. Le dijo a la gente que se había golpeado jugando al racquetball.

Roberto y yo nos amamos. Y sabemos bien cómo funciona nuestra relación. ¿Es ideal? No. Pero es amor. El amor nunca es perfecto. Si yo pudiera controlarme, creo que él también podría. Es mi culpa tanto como la suya. Puede cambiar. Sé que puede. Piensas que son tonterías de mujer tonta. No me importa. Él es mi compañero de alma y mi mejor amigo.

Los abuelos de Roberto y los míos dirigían conjuntamente en Cuba una compañía de ron; nuestras familias provenían hacía muchas generaciones de Austria y Alemania. Nuestros padres se mantuvieron en contacto desde que huyeron todos a Miami en 1961. Roberto es dos años mayor que yo. Le tiré de su pelo castaño rizado durante la fiesta de su quinto cumpleaños, y forcejeamos por todo el patio el día de su bar mitzvah. Desde tiempo inmemorial hemos tenido un tipo de contacto físico duro como el que se puede tener con un hermano. En mi quinceañera (fui de las primeras chicas judías en Miami en tener una) me tiró en la piscina del hotel con mi bello vestido de seda. Le agarré el tobillo y le di un tirón. Nos hicimos aguadillas durante diez minutos, y terminamos compartiendo nuestro primer beso, flotando en el agua mientras mi mami gritaba en la orilla.

A las temerarias no les he contado las cosas más fuertes. A Elizabeth, mi mejor amiga, le he hablado de nuestras peleas y de la bofetada ocasional, pero eso es todo. A las demás no puedo decírselo. Conociendo a las temerarias llamarían a la policía inmediatamente y lo meterían en la cárcel. Piensan que todo es abuso, y todos los hombres unos malvados. Las temerarias querrían que lo dejara, pero todas tienen carrera. Después de ocho años de ama de casa, pensar en estar sola me aterra. ¿Qué haría para poder vivir con dos—ay, chico, quiero decir *tres*—niños que mantener? No tengo ningúna historia de trabajo que valga la pena, y estoy acostumbrada a cierto nivel de vida que requiere fondos adecuados; una cantidad de dinero que jamás pudiera ganar por cuenta propia.

Mis padres ya no son ricos, a pesar de las apariencias. Todavía tienen la casa en Palm Island, y un Mercedes viejo de diez años. Pero eso es *todo* lo que tienen ahora, excepto las tarjetas del crédito y nosotros. Mi madre me llamó la semana pasada, para pedirme un préstamo. Sus vecinos no lo saben pero mi padre tuvo que declararse en bancarrota hace cinco años.

Mis abuelos, Dios les tenga en su gloria, eran propietarios de pueblos enteros en las laderas de Cuba. Vinieron con mucho dinero a Miami e intentaron empezar nuevos negocios: lavanderías automáticas, farmacias, restaurantes, estaciones de la radio, a cargo de Papi. Pero a mi papá se le daba mejor organizar fiestas que ocuparse de los negocios. Lo mismo pasaba con Mami que todavía es bella. Y ahora, con la muerte del padre de Papi hace casi diez años, no ha quedado nadie para ocuparse de las cosas.

Mami todavía se compra ropa todas las semanas, un hábito que adquirió cuando era una diminuta y malcriada muchachita con vestidos almidonados, y residía en la Quinta Avenida de Miramar. ¿Nunca aprendió controlar sus gastos, y por qué debe hacerlo? Quiero a Papi, pero chico, nunca ha sido el más inteligente de los hombres. Archiva los estados de cuentas del banco en un archivo sin molestarse en abrirlos.

Cuando cumplí los dieciséis y pedí un automóvil descapotable, Papi me compró un Mustang blanco. Mami me llevó a comprar mi vestido del «prom» a Rodeo Drive en Beverly Hills. No lo entendí entonces, pero ahora comprendo que se estaban arruinando poco a poco. A veces contrataban a quince personas para servir las bebidas en las fiestas que organizaban en nuestro enorme patio. Yo me deslizaba entre las piernas de los adultos e iba a la orilla del canal a tirar monedas de diez y cinco centavos al agua. No los peniques. Nuestras vacaciones familiares duraban un mes entero. Habían cruceros, festivales de jazz en Europa. Un año fuimos al carnaval de Río de Janeiro y otro al Festival de Cine de Cannes, con otras familias de mi colegio. En primavera Mami nos llevaba de compras a Nueva York y en otoño a Buenos Aires, para comprar zapatos y bolsos.

Ninguno de mis padres fue a la universidad. Se mudaron a Miami cuando tenían aproximadamente dieciocho años y tuvieron que poner a funcionar rápidamente. Como muchos de sus amigos, nunca se molestaron en aprender inglés. Había bastantes cubanos alrededor, no era necesario. Todos ellos pensaban (y todavía lo piensan) que regresarían un día, en cuanto los Marines llegaran y derrocaran al *hijo de la puta*. (Está prohibido decir la palabra «Castro» en casa de mis padres).

Incluso arruinados mis padres *continúan* dando fiestas para sus amigos, y ofreciendo a cualquiera que se deja caer en una comida completa y una buena botella de vino, preparada por un cocinero que vive en la casa y del cual no pueden permitirse el lujo. Todavía mantienen el termostato del aire acondicionado en sesenta grados que es bien frío; todos los cubanos ricos siempre están por la casa con suéteres y zapatillas de tela de albornoz para demostrar lo ricos que son. Les digo que lo apaguen y usen un ventilador, o que compren un aparato pequeño de ventana para los cuartos que más usan, pero no quieren ni oír hablar de esto. Eso *insulta* a mis padres que disfrutan con los invitados sorpresa (los cubanos siempre se dejan caer en cualquier momento, como canta Shakira) que vienen a tranquilizarse. Así son mis padres, y no saben ser de otra forma. Les avergüenza ser de otra forma. Tuvieron que pedir un préstamo por todos los gastos que habían incurrido invitando a demasiados invitados a salir en ese yate resquebrajado y viejo. Le dije a Mamá que vendiera el yate, y empezó a llamarme por esos nombres que llama a las personas cuando la molestan: *Buena cuera, cochina, estúpida, imbécil, sinvergüenza.*

Roberto sabe todo esto. Les dio el préstamo, pero se aseguró que entendí que si no se lo devolvía, sería yo quien sufriera las consecuencias. Él sabe en que situación me encuentro. No heredaré ni un centavo. Esto le da aun más poder sobre mí del que tenía antes. Ahora también puede amenazarme que me va a echar. Y lo hace, todo el tiempo. Su cosa favorita es agarrar una maleta y empezarla a llenar con mis cosas y echarme de la casa mientras los niños lloran por Mami y rasguñan el cristal de la puerta de entrada.

Roberto ya está abajo, hablando con Vilma de algo. Sharon, nuestra niñera

suiza que vive atrás en la casita de huéspedes y estudia cursos por correspondencia en su tiempo libre, llevó a los niños a la escuela esta mañana porque
estaba demasiado enferma, así que ya se han ido. La buena y vieja Vilma.
Cuando mis padres no pudieron permitirse el lujo de guardar la en la casa en
Palm Island, vino aquí para trabajar con nosotros. Nunca ha conocido a otra
familia que no sea la mía. Tiene casi sesenta años, y es como una madre para
mí. Le ofrecimos alojarse en la casa de huéspedes eso, claro, pero prefirió
quedarse en la pequeña alcoba de atrás fuera de la cocina. Lo único que tiene
allí es su viejo aparato de televisión—no me permitiriá que le comprara uno
nuevo o que lo conectara al cable aunque no costaría nada extra—su Biblia en
la mesilla, un rosario que colgó de la pared, unas tarjetas postales de su hija
en El Salvador, y unas sencillas mudas de ropa dobladas en la cómoda. También se alegrará por nosotros cuando nazca nuestra hija. No le importa que
seamos judíos, nos quiere. Creo que debe sospechar lo del embarazo; es la que
saca la basura del baño y hace meses que no ve un Tampax. Vilma se fija.
Últimamente me dice que no me fatigue e intenta conseguir que beba esa pasta
de maicena, agua, y canela que dice es buena para las mujeres embarazadas.
El olor me hace tambalear.

—Oye—escucho la voz de Roberto que retumba y habla sin parar sobre
algo que leyó en el periódico mientras Vilma corre el agua.

La gente opina que soy estridente pero deberían conocer a mi marido. Lo
digo en serio. ¿Usted piensa que los cubanos son estridentes? Pruebe los cubanos judíos. Te lo juro. No comprendí lo fuerte que hablamos hasta que vine
a Boston a la universidad y no podía oír a la gente que me hablaba. Parecía
como si toda la ciudad susurrara todo el tiempo entre la nieve y el hielo. No
lo entendía. Miami es ruidosa, caliente, y húmeda. Mi casa de infancia aun era
más ruidosa. Nunca he concebido la vida de otra manera.

Tengo que esperar hasta que se me pasen estas náuseas antes de ir a desayunar abajo con mi marido. Me siento en la tumbona en la esquina del baño
principal, al lado del jacuzzi, e intento concentrarme en el ultimo número de
Ella. Intento olvidarme de la manera que el cuarto ha empezado a dar vueltas.
Lo he probado todo, hasta llevar esas pulseras contra «el mal de mar» en las
muñecas, pero nada me alivia. Me sorprende que Roberto no haya notado que
no me siento bien. Aunque la semana pasada estuvo muy atento con las al-

mohadas. Parece preocupado por ese importante caso que tiene entre manos. Dice que probablemente se prolongue hasta marzo. La tensión le está matando. Espero que gane. Porque si pierde, ay, chico.

Intento leer un artículo sobre cómo aumentar el romance en la vida sentimental de uno. Aunque honestamente no sé que ha pasado con *nuestra* vida sentimental. Ningún entusiasmo, ¿sabes a lo que me refiero? Cuando éramos más jóvenes, Roberto podía hacerlo durante horas, pero ahora lo hacemos cada vez más rápidamente, ahora es como si lo estuviéramos haciendo solos o algo por el estilo, es todo tan automático y funcional, intentando engendrar este bebé. Me gustarían más romance, algunas velas y música suave. El artículo en *Ella* sugiere varios trucos con notas de amor y pétalos de rosa. Roberto se reiría si intentara cualquiera de ellos.

Otro embarazo probablemente no ayudará a estimular las cosas en ese departamento. Roberto ya se molestó con el aumento de peso de mi último embarazo: cinco libras permanentes por cada niño y ahora este peso adicional. Me hace saber tan a menudo que su falta de deseo está relacionada con mi peso que ahora no lo hago a menos que pueda dejarme la camiseta puesta para que él pueda pensar en Salma Hayek. Nunca he sido gruesa y mi doctor opina que estoy bien de peso. Mido cinco pies, cinco pulgadas, y peso ciento cuarenta y cinco libras. El doctor Fisk dice que es un peso perfecto para mi tamaño. Cuando le digo que a Roberto le gustaría verme adelgazar unas libras, frunce el entrecejo. Una vez me preguntó por los cardenales que tenía en la espalda, y le contesté que me había caído en el hielo. Me miró fijo durante un rato detrás de sus lentes y preguntó si había manos humanas en el hielo. Le contesté que no y no insistió.

Miro fijamente la foto de Benjamín Bratt con esa escuálida perilla en la sección «hombres» de *Ella* y espero para recomponerme. ¿Por qué dice todo el mundo lo guapo que es este tipo? Yo no lo pienso. Prefiero a Russell Crowe, un verdadero hombre, un tipo duro. Benjamín Bratt parece que se rompería en dos si lo abrazas demasiado fuerte. Me levanto, pero tengo que volverme a sentar. Siento como si hubiera estado montando con mis hijos en un *tiovivo*. Chico, con este embarazo he tenido que aprender a actuar. Quizá debería decírselo a todos y superarlo. Es tan duro aparentar como si me sintiera bien con los niños, sostenerlos y llevarlos como le gusta a los niños de cinco años, montarlos en mi espalda, relinchando como un caballo. A veces estoy tan cansada que me siento morir. Cuando uno tiene náuseas todo el tiempo, no puede pensar claramente.

Chico, tengo muchísimo miedo. Me acuerdo de los dolores del parto y no es agradable. Tuve los gemelos naturalmente y me hicieron una episiotomía que creí me mataría; el dolor de eso cicatrizando toda roja y cruda allí abajo fue peor que los propios dolores del parto. Juré que nunca lo volvería a hacer, y aquí estoy ahora, sin escapatoria. Consigo levantarme y llegar al armario, abro la caja de flores de almacenaje que he preparado con todas mis cosas de embarazo. También tengo allí algunos libros: *Qué esperar cuando usted está esperando*; *La dieta para un embarazo saludable*; *Cómo financiar la universidad de su hijo*; *Los mejores nombres para los bebés judíos*; y otras cosas por el estilo. Nunca los tiré, por si venían otros más. Las pulseritas para el mareo también están aquí aunque debería tirarlas por inútiles.

Roberto no encontrará todo esto porque tengo muchas cajitas y no es el tipo de hombre que se interese por cosas forradas en papel de flores. Es el tipo de hombre que se quita la ropa y la tira al suelo sabiendo que otro la recogerá.

Me desnudo y me examino el vientre en los espejos del baño principal; es básicamente del mismo tamaño que de costumbre. No se me notó los chicos hasta el cuarto o quinto mes, y eso que estaba de gemelos. Cuido lo que como. Pero Roberto tiene razón. Podría hacer algo de ejercicio. Estoy algo fláccida, sobre todo en los brazos superiores. Pero no me gusta el ejercicio. Me hace sentir mal. Honestamente no me siento bien cuando hago ejercicio. Pero ahora que estoy embarazada creo que no me quedará más remedio. Es bueno para el bebé. Eso es lo que dicen todos los libros. Y no estoy segura que mi matrimonio pueda resistir que engorde otras cinco libras. Ha habido veces que casi me estrangula por ponerme lo que no debía. Así de tontito se pone. No hay forma de predecir lo que Roberto podría hacer.

Entro en la ducha y me pongo en el medio, dejando que me golpeen los cinco surtidores. Me pregunto si tendría que dejar de ducharme aquí ahora que estoy embarazada. En mis embarazos anteriores no teníamos esta ducha. Es nueva. Rehicimos totalmente el baño. Ése fue el precio por la vez que se careó por el arañazo en el lado del Land Rover. No sé de donde vino el arañazo. Llevé a los niños al cine de Chestnut Hill y cuando salimos ya estaba allí. Roberto estaba muy enfadado. Es un baño precioso.

Estos chorros laterales son bastante fuertes, pensados para friccionar la tensión de los músculos. No quiero herir al bebé. Supongo que tendré que usar otra ducha. Le preguntaré al doctor Fisk. Me cubro el vientre bajo con una mano y termino la ducha, salgo fuera, y me pongo los pantalones caquis y la enorme camisa abotonada al cuello blanca que escogí anoche, me arreglo mi pelo y maquillaje, ato un suéter rosa alrededor de mis hombros, y bajo al piso inferior.

Roberto todavía está aquí, con sus ojos verdes oscuro y su brillante pelo castaño, guapísimo con su traje azul oscuro, camisa blanca, y corbata amarilla, leyendo el periódico. Sabe elegir bien su ropa y se niega a que le elija cosas para él. Quiere hacerlo él; es comprensible. ¿Usted querría que alguien lo vistiera? Yo no. Vilma lleva su uniforme azul claro bordado con el nombre que elegimos para nuestra casa, «Windowmere». Tiene el pelo blanco recogido en un firme moño recubierto con una redecilla. Está ocupada limpiando los aparadores y no muestra ninguna emoción o cavilación en su rostro. Intentó intervenir durante una de las rabietas de Roberto, cuando recién llegó aquí, pero hablé después con ella y le pedí que no se inmiscuyera y que se concentrara en su trabajo. Mis aparadores relucen.

—Buenos días, mi amor—dice Roberto, poniéndose de pie para saludarme y darme un beso en la mejilla.

Mi marido es alto, más alto que cualquier otro cubano que he conocido, ronda los seis tres. Cuando estamos en casa siempre hablamos en español. Vilma no habla inglés. De hecho habla mejor de lo que admite, como mi papá, pero lo usa cuando no tiene más remedio. Le gusta que las personas piensen que no habla inglés. Conoce más a la gente de esa manera.

—Buenos días, señora—dice Vilma, inclinando ligeramente la cabeza.

No recuerdo cuando empezó a llamarme así exactamente. «Señora» suena raro. Le he pedido que me llame Sarita, como hacía antes cuando era pequeña. Me encanta cuando hace eso. Pero dice que no procede. Así que ya sabemos quién lleva el mando por estos lares, y no somos ni Roberto ni yo.

Amber y Lauren me retan por Vilma, acusándome de tener una esclava. Es broma, claro, sin embargo, continúan. Soy la única de las temerarias que tiene una criada en la casa, pero así hacemos las cosas en Miami, y así es como me gustan. Vilma se sentiría perdida sin nosotros. Su hija en El Salvador viene de visita de vez en cuando, pero no parecen muy unidas. Vilma nos quiere como a su propia familia. Las temerarias no entienden esto, sobre todo las que nacieron pobres. Piensan que estoy explotando una plantación. Ellos no se criaron con Vilma, y no saben que ella es la que manda en nuestra casa.

—Buenos días—contesto, esforzándome por parecer alegre, saludable, y normal.

—¿Por qué esa cara de felicidad?—pregunta Roberto, sentándose de nuevo.

Me siento frente a él en el rincón del desayuno y encojo los hombros. Espero que no pueda escuchar mis pensamientos. Son tan altos.

—Nada, hoy me siento feliz.

—Bien, espero no sea otro hombre—habla bromeando, agitando un dedo, o medio bromeando—. Sé como ciertos tipos de mujeres se comportan cuando los obreros vienen a arreglar cosas en la casa. Vilma, más vale que la vigiles, ¿oíste?

Vilma permanece callada y trae la bandeja color de plata con las tazas pequeñas de café cubano. Agarro una de las tazas, pero me detiene.

—Ésa es para el menor—explica. A mí me gusta el café dulce. A Roberto le gusta sin nada. Vilma nos los prepara tal como nos gusta.

Roberto enrolla el periódico que estaba leyendo, lo golpea contra la mesa, y se muerde el labio inferior. Mira a Vilma, y ella lo mira a él, sé que hay algo que no me están diciendo. Uno no vive en esta casa con estos dos sin saber interpretarlos.

—¿Lo de siempre?—me pregunta Vilma en español.

—Sí, gracias—contesto.

Anda como una pata hacia la cocina y me prepara un huevo frito con queso y una tostada cubana. Vilma, como de costumbre, tiene las piernas hinchadas. He intentado que vaya a un médico. Tiene diabetes y artritis, pero dice que no quiere causar problemas. No podemos poner a Vilma en nuestro seguro médico familiar, pero siempre pagamos cualquier cosa que necesita. Voy a arrastrarla al doctor ya, antes de que le tengan que amputar un pie o algo así. Mientras cocina el huevo, me sirve un vaso de jugo de naranja fresco. La acidez de pensarlo me enferma. Se coloca de pie a mi lado con los brazos cruzados y espera a que me lo beba.

—Me alegro que estés de buen humor—dice Roberto. Mira a Vilma, y ella silba bajito y agita la cabeza, un gesto que he visto muchas veces y que normalmente significa que algo malo está a punto de pasar.

—¿Por qué eso?—pregunto—. ¿Está pasando algo?

Roberto despliega el periódico, lo alisa sobre la mesa, y le propina un puñetazo. Tiene el ceño fruncido. Es el *Herald* de Boston, de chismografías. He intentado que lea *The Gazette* pero dice que prefiere el *Herald* porque es más fácil de leer. Me coloca el periódico delante y golpea con un dedo debajo de un titular.

—Lee esto—dice, y alza el dedo y lo agita enfrente de mi cara—. Pero no me culpes a mí. Ya te dije que esa tipa era rara, pero nunca me escuchas.

Vilma recoge el huevo y lo coloca en un plato, agrega la tostada, unas lascas de mango, y una guarnición de perejil. Vilma sabe el valor de una buena presentación. De seguro le he copiado algunas ideas en los últimos anos. El desayuno parece delicioso, pero rechaza entregármelo debido al periódico que tengo delante. Miro el titular, y tengo que leerlo tres veces antes de captar su significado.

¿LES CRUZ? A LA POPULAR PRESENTADORA MATUTINA LE GUSTAN LAS CHICAS.

—Oh, saque esto de aquí—digo, resbalándolo hacia él—. Te he dicho billones de veces que es el peor periódico, no puedes creer nada de lo que dice. ¿Recuerda esa vez que dijeron que tu amigo Jack estaba recibiendo sobornos de los constructores locales? ¿Era mentira, verdad? Esto también. La pobre Elizabeth. La pobre.

Roberto coge el periódico y vuelve la página. Señala una granulada y oscura fotografía de la que parece ser mi mejor amiga Elizabeth besando a una mujer. De repente ya no me siento tan feliz. ¿Cómo puede ser Elizabeth una lesbiana? Ha sido mi mejor amiga durante diez años y esta posibilidad nunca se me pasó por la cabeza.

—Ella sale con hombres—le recuerdo a Roberto—. La hemos emparejado con algunos de tus amigos.

—Eso fue hace siglos—dice Roberto—. Piénsalo bien, Sara. ¿Cuándo fue la última vez que la viste con un hombre?

Era verdad. Hace años. Siempre le pregunto y siempre me contesta que está saliendo con un tipo pero que no es nada serio. Siempre alega que está demasiado ocupada, o que sus horas son demasiado raras, o que intimida demasiado a los hombres como para que resulte algo. ¿Porqué me mentiría de esa forma? Cada vez que tengo un problema en la vida a ella es a la que llamo. Hasta le comenté que Roberto me sacude un par de veces y ella, fiel a su palabra, nunca se la ha dicho a nadie. Ella es mi co-conspiradora en la vida. Si es lesbiana, si es verdad, entonces me sentiré tan traicionada como si descubriera que Roberto me engaña. O peor. Sí, mucho peor.

—Es repugnante—dice Roberto, pegando contra el periódico con la parte posterior de su mano—. ¡Esta foto! No puedo creerme que sean capaces de imprimirla en un periódico familiar.

—No puede ser verdad—digo—. Ella me lo habría dicho.

—Sabe que no aceptamos la homosexualidad. Nunca te lo confesaría.

—¿Nosotros? Tú. A mí me trae sin cuidado. Es mi mejor amiga.

—Era. No más.

—¿No crees que te estás pasando un poco?

—Estoy protegiendo a mi familia.

Ay, Dios. Cuando pienso en todas las veces que he dicho cosas en contra de los homosexuales a Elizabeth y las veces que la he señalado parejas de homosexuales o lesbianas en el cine o en los centros comerciales y me he mofado. Debe de haber sido duro para ella. ¿Por qué no me lo dijo? ¿Piensa que soy tan cerrada, dispuesta a que la rechazaría completamente? ¿Tan mala opinión tiene de mí?

—Una pérdida total y completa de una bella mujer—dice Roberto, examinando de cerca la fotografía de nuevo.

Alza una ceja sugestivamente y agrega:—Lo que pasa es que nunca encontró al hombre adecuado.

Vilma agarra el periódico, da un chasquido con la lengua a Roberto, y me pone el desayuno delante.

—¿Para qué quiere perturbarla ahora mismo?—pregunta en español—. Déjela comer su desayuno—y me dice—, Coma. Necesita estar fuerte.

—Vilma, ¿de qué lado estás?—pregunta. Entonces viendo el huevo, dice:—no necesitas comer todo eso. Estás engordando demasiado. Yo te lo dije.

Vilma continúa con su limpieza de los aparadores y yo pico el huevo.

—No puede ser verdad—digo—. Si lo fuera lo habría sabido hace mucho tiempo. Conozco a Liz desde hace diez años. Ese periódico es tan sensacionalista. Retocan las fotos. Deben tener algo contra ella.

Roberto se encoge de hombros y sostiene el periódico delante de él. Empieza a leerlo en retumbante voz con su ligero acento español: «Yo espía *encontró anoche a la encantadora y talentosa Elizabeth Cruz, presentadora del programa matinal de WRUT, en un recital de poesía en el bar Davios de Central Square. Para aquellos de ustedes que no lo sepan, el miércoles por la noche Davios es sólo para mujeres. Liz, quien espera que le ofrezcan un puesto de presentadora en una cadena nacional televisiva, también estaba allí la semana anterior y en ambas ocasiones salió con la conocida poetisa lesbiana Selwyn Womyngold. No se tiene que ser una gran lumbrera para saber que este barco ha echado ancla cerca de la isla de Lesbos».*

—Oh, Dios. Es de las cosas más tontas que he oído en mi vida—digo—. Por favor, ¿escuchas como escriben? Es horrible. ¿Cómo puedes fiarte de alguien que escribe tan mal?

—*La reina de belleza colombiana y ex modelo ha sido nombrada por la revista* Beantown *de Boston como una de las solteras más codiciadas durante los últimos tres años, desde que su aparición en el programa matinal de WRUT disparó los índices de audiencia y catapultó el programa al primer lugar. Era la primera vez que un canal de televisión en Boston había contratado una presentadora con acento, una decisión arriesgada que resultó rentable porque Liz era tan vivaz y graciosa que todos encontraban su exótica pronunciación y aspecto excitantes. La pregunta es, ahora que sabemos que la esbelta latina juega para el otro equipo, ¿amarán a la encantadora Liz ahora los bostonianos? ¿O quizá deberíamos llamarla la «Les, la encantadora»?*

Escucho al resto del artículo, tan mal escrito como la primera parte, y me siento enfermar.

—Deben tener algo contra ella—digo.

—No sé, esta foto parece bastante autentica.

—Deben estar tratando de destruirla por alguna razón.

—Pienso que no.

—La voy a llamar. Vilma, por favor acérqueme el teléfono.

—No, no lo harás—dice Roberto apuntando su dedo a mi cara—. No quiero que vuelvas a hablar con ella, ¿me entiendes?

Vilma sale del cuarto suspirando en alto.

—¿Por qué no?

Me mira de la misma forma que lo hace cuando piensa que me estoy tirando el acomodador de la ópera o el anciano abogado sentado a mi lado en «las Fiestas» (léase: Navidad) banquete de la empresa de Roberto.

—Ay, por favor—digo—. ¿Pero qué te pasa? ¿Piensa que me quiero acostar con mi mejor amiga? ¿Estás loco?

—No soy la que tenga un problema—dice—. Ya lo sabes. Tú eres la que lo tienes. Las mujeres normales, las mujeres *decentes* no tienen ese tipo de problema, y sabes de que te estoy hablando. Tu clítoris y todo eso.

—No me lo puedo creer. ¿Ahora piensas que estoy liada con Elizabeth? ¿Es eso lo que estás intentando decirme?

—Tú lo has dicho. Yo no.

—Porque *tú* la hayas deseado durante años, no me acuses de la misma cosa. Estás mal de la cabeza. Enfermo y retorcido.

—¿Quién, ella? Es negra, Sara. No me gustan las negras.

—Vamos. Admítelo. He observado la manera como la miras. ¿Piensas que soy ciega?

—¿Pero de qué estás hablando? Ni la miro. Nunca miro a nadie más que a ti.

Se ríe.

—Roberto, que más da.

—No quiero que hables con ella. Y no la quiero aquí, se acabaron los almuerzos del domingo. ¿Entendido?

—¿Roberto, por lo que más quieras, puede que ni sea lesbiana, sabes? Es probablemente normal. ¿Y aunque sea lesbiana que más da? ¿Te importa realmente?

—Te gustaría averiguarlo, ¿verdad? Sí, apostaría que sí.

—¿El qué?

Se acerca, me agarra por el cuello, y me agita ligeramente:—Ninguna llamada. Ninguna visita. Ningún . . . clítoris.

—Pero ¿de qué demonios estás hablando?

—Sabes perfectamente de lo que estoy hablando.

Me aprieta la carne hasta que empieza a doler. Con los hombros me zafo de su apretón.

—Lo que quieres es pelear—digo—. Tranquilízate. Ahora mismo no me siento con ganas de pelear.

—De ninguna manera. Piensa en ella, nunca tiene novio, ¿verdad? Maneja un camión. La he visto mirarte en muchas ocasiones. ¿Apostaría a que ya lo sabías, a qué sí? ¿Mejores amigas en la universidad, eh? ¿Qué otras cosas hacían?

—Oh, cállate.

—Hablo en serio. Le he visto mirarte fijamente como lo haría un hombre. ¿Te lo dije una vez, recuerdas? Apostaría que te gustó.

—Dios mío, Roberto. Cállate. Estás perdiendo el sentido.

—Lo sabías.

—No, no lo sabía. No quiero oír más.

—Eh, eh. No me hables así—dice, con el pecho erguido y su voz reverberando contra el suelo del azulejo más fuerte aun que lo normal—. Simplemente te lo estoy advirtiendo. No lo quiero que vuelvas a salir con ella. Es una pervertida. No quiero volver a verla en esta casa. ¿Y más vale que no me entere que ya lo sabías, entiendes? No quiero averiguar que me casé con una pervertida.

—Roberto, hablamos de Elizabeth. Mi dama de honor. Mi mejor amiga. Nuestros hijos la quieren como a una tía. ¿Por qué te preocupa tanto con quién se acuesta? Dios mío.

—Mis hijos no quieren a ninguna lesbiana.

—¡Pero si ni siquiera sabes si esta basura es verdad!

Toca su reloj:—Me tengo que ir a trabajar. No quiero llegar a casa y averiguar que has hablado por teléfono con esa lesbiana. Ninguna llamada. ¿Entiendes?

Recojo el periódico de donde lo ha dejado caer y miro la fotografía de nuevo. No parece retocada. Y ése es su camión en el fondo.

—No—digo, recostando la cabeza sobre la mesa. Intento controlar el impulso de vomitar. No entiendo. No lo entiendo en absoluto.

Noté que hoy el gimnasio estaba abarrotado, no así la semana pasada. Mi clase de spinning debe haber tenido treinta personas nuevas, todos con la misma resolución de año nuevo: bajar de peso. El instructor nos recordó que la mayoría de los nuevos participantes dejaría de venir en dos semanas, o a fin de mes al más tardar. Dijo que eso pasa todos los años. ¡Es tan triste! No quiero ser una de las que se rinden, y no quiero que ninguna de ustedes se rindan. Así que hoy llamé a mi amiga Amber, la persona más persistente que conozco. Lleva esperando un contrato discográfico desde hace casi diez años, y todavía no ha perdido la esperanza. ¿Y cuál es su consejo?: «Cree en ti misma, especialmente cuando nadie más lo hace».

—de *Mi vida*, de Lauren Fernández

amber

g ato quiere que baje al hoyo de mosh. ¡Este fulano está tronado! La última vez que lo hice terminé con una costilla machucada y una tipa volada con extasio me vomitó enterita. Estoy perfectamente bien aquí, sentada en el borde de la pista, mirando.

Querían que tocáramos aquí en Nochevieja, y en principio estuvimos de acuerdo, pero después nos salió una oferta mejor en Hollywood y mandamos a este club a la mismísima. Pero valió la pena porque conseguimos una buena crítica en el *L.A. Weekly* por el trabajito «hollywoodense», con una fotografía de mí gritando con el micrófono. Estamos redimiéndonos por la faena con este club tocando los próximos tres fines de semana, hasta fin de mes y el verdadero año nuevo. Nochevieja. Qué chiste. Gato y yo teníamos reservas de celebrar esa fiesta porque sólo es Nochevieja en el calendario gringo. En Nochevieja llamé a mis amigas de Boston. Todos siguen yendo juntos a algo llamado «Primera Noche», que consiste en pasear en el frío y mirar esculturas de hielo de payasos en el Boston Common. Me encontré con ellos en el Government Center, en la estalinista escalinata exterior, mirando fijamente al cielo por encima del puerto, aguardando los fuegos artificiales. Les recordé que estaban celebrando un nuevo año falso, les dije que el nuevo año precolombino no se celebra hasta febrero. Casi podía oírles poner los ojos en blanco, todas exceptuando a Elizabeth, que escucha, y Lauren que vive lo suficiente cabreada con todo, que no me da bola. Rebecca ni me quiso hablar, claro. Le toca demasiado cerca. Así que le pedí a Usnavys que le diera la lista de nombres sobre los que debería meditar. Tantos desaparecidos de nosotros: zapotecas, mixtecas, otomíes, tarascanos, olmecas. Un continente entero desapareció, salvo nosotros que permanecemos, y ahora todo el mundo intenta llamarnos latinos para que la sangrienta historia de este hemisferio desaparezca de veras y parezcamos como los extranjeros aunque seamos los únicos que podamos verdaderamente reivindicar estas tierras. ¿Qué es esto?

Estoy zumbada. El club tiene paredes negras e iluminación roja. Es uno de los mejores clubes de rock en español en Long Beach, la ciudad más importante del movimiento del rock en español en el ámbito internacional aunque no se lo crean. Nuestras revistas principales están aquí, igual que son nuestros mayores críticos.

El grupo de Gato, *Nieve Negra*, acaba de tocar, y el disc jockey toca algo de Manu Chao, y todos esos bellos rostros marrones que hace un minuto estaban mirando fijamente como mi Gato giraba una y otra vez como las ruedas estropeadas de un calendario maya. ¿Sabían que los mayas crearon el sistema perfecto para saber la hora, que es todavía más perfecto que el calendario que los pinches gringos nos obligan a usar a todos? Así es. Mis antepasados inventaron el cero. Los mexicas fueron unos aventajados en las artes y las ciencias antes de que los europeos arrastraran por el pelo a sus mujeres a las cuevas. ¿Qué padre, no? Medito esto un ratito mientras observo a los bailarines, y decido que voy a escribir una canción sobre esto. Saco el cuaderno de mi bolsillo. *Vea tengo una teoría / debe ser una conspiración gorda y grande / Pues no me parece bien / Para un mexica decorar un árbol de Navidad / Por qué añadir a febrero un día más / Cuando el maya entendió el tiempo perfectamente / Blanquito prefiere equivocarse a ser marroncito / es genocidio de año bisiesto / genocidio de año bisiesto.*

Me pongo como meta tener la canción completada para la actuación que tendremos aquí a finales de febrero. Será el debut perfecto.

—Yo voy—dice Gato—. Me voy a bajar al hoyo.

Sus oscuros ojos castaños brillan con intensidad. Libera su largo pelo de la goma y se inclina hacia delante de forma que le cae como una cascada por encima de las piernas. Agita la cabeza y tira el pelo hacia atrás y da un salto; con esa nariz maya es un príncipe indio, oscuro, poderoso, y orgulloso. Está listo para comerse el mundo. Está potente. Su segmento fue increíble. Esta noche mostró el juego de diapositivas y yo las proyecté desde atrás del cuarto. Fue perfecto. Usamos las fotografías que sacamos el verano pasado en Chiapas, retratos en blanco y negro de las personas involucradas en la lucha, las bellas caras de nuestros mexicas. Usamos también las fotos que Gato sacó a los porteros de la huelga en Los Ángeles y las mezclamos todas para que la gente entendiera lo que estábamos intentando señalar. Los Ángeles no es los Estados Unidos. Es mexica. Hermanos y hermanas, es hora de librar a *Xochiyaoyotl* contra los opresores, de una vez por todas. Llevábamos aquí miles de años antes de que llegaran los europeos. Los jóvenes en la audiencia rugieron. Les gustaba. Lo entendían. Cada vez que se miran al espejo lo entienden.

Mis padres no lo entienden, pero muchas otras personas sí.

Mi grupo, AMBER, es el próximo. Es la primera vez que Gato ha tocado primero que yo. No estoy segura cómo se siente al respecto. No contestó cuando le pregunté si le importaba, de la misma manera que no dijo nada cuando llamó el gerente del Club Azteca después de recibir nuestros demos (nos gusta enviarlos juntos). El gerente dijo que pensaba que el mío era mucho mejor. Le dije a Gato que había dicho que era «un poco» mejor, para suavizar el golpeo. Gato me abrazó y me dijo que estaba orgulloso de mí, pero no sé si él realmente lo sentía. Es difícil saber con Gato. Todavía lucha con todos los demonios que conlleva crecer varón en México. No debería ni siquiera mencionarlo, porque es tan feminista como yo. ¿Sabían que el mexica del Anáhuac tenía miles de universidades mixtas mucho antes que los europeos? Es verdad. Los españoles fueron lo que impusieron la cultura machista. Gato lo sabe, pero sus padres son parte de la elite de México, DF, y se crió en ranchos con caballos y su papá tiene un gran bigote negro. Es difícil superar con lo que creces. Pienso que Gato se ha liberado, pero no estoy segura.

En mi caso mi mamá, con todas sus actitudes sexistas, por todas las veces que dice «ya sabes como son los hombres», o «ya sabes como somos las chicas», fue la que dominó nuestra familia. Todo lo decía suavemente, pero controló a mi papá desde el día que se conocieron. En público, espera que él lleve la voz cantante, pero en privado le dice lo que debe decir. Nunca lo admitirían si les preguntara, pero es la verdad. Ella todavía lo hace. Y él todavía la ama.

El domingo les fui a visitar y estaban sentados delante de la televisión, o como dice mi madre, la «TI-vi», en ese extraño canapé que compraron que tiene una mesa construida entre los asientos. Mi mamá se aburría con el partido de fútbol:—Cariño—le dijo a Papá, toda melosa—. ¿No *quieres* cambiar el canal?

Lo normal es que él diga que sí y le pregunte lo que quiere ver, o simplemente le entregue el control remoto. Él sabe que una pregunta de mi mamá es una *orden*. Pero ese día estaba un poco frustrado—o como mi mamá dice, «fus-tado»—porque se despertó con ganas de dar una vuelta en su bicicleta de montaña, pero se sintió culpable de perderse el fútbol porque mi mamá opina que eso es lo que hace «los verdaderos hombres». Le preguntó, durante el desayuno, qué quería hacer ese día, y cuando él dijo, «montar en bicicleta», le dio esa dulce mirada y dijo:—Pero si hoy dan el partido de fútbol, y sé que te encanta ver el fútbol.

Se encogió de hombros, asustado de llevarle la contraria, e insistir:—Podría preparar unas pequeñas salchichas. ¿Quieres una cerveza? ¿No *quieres* ver el partido de fútbol?

Se rindió rápidamente, se sentó en ese artilugio, y encendió la «TI-vi» con un suspiro. Además, hacía un día precioso. Me dio pena. Así que sólo por llevarla la contraria, cuando le preguntó si podía cambiar el canal le contestó «no», la primera vez en mi vida que recuerdo. No lo dijo alto, pero lo *dijo*. Ella no supo cómo reaccionar e hizo lo único que tenía sentido para ella. Le miró con todo el rencor del mundo y le arrebató el control remoto de la mano.

—Pero bueno, ¿quién te escucha a ti?—preguntó, sonriendo como si fuera un chiste.

No lo era. Yo lo sabía, y ella también. Y más que nada *él* lo sabía.

Cambió al canal de ventas por televisión donde ofertaban joyas feísimas y se le iluminó la cara:—Oh, cariño, mira. Es tanzanita. Nos encanta la tanzanita.

No se movió, ni respiró, ni nada. Simplemente gruñó ligeramente. Entonces, Mamá me dijo:—¿No es preciosa?

Le contesté que no, pero me ignoró.

—Es tan bonita. Las tanzanitas van bien con todo lo que te pongas. Cariño, ¿no te gustaría que comprara una?

Papá le entregó el teléfono. Hizo un pedido, con la tarjeta de crédito de él. Colgó, me sonrió, y dijo:—Sabes como somos las mujeres. Nos encanta ir de compras.

—No—dije—. No sé como son las mujeres. A mi no me gusta ir de compras.

Me ignoró.

Papá me ignoró.

Es más fácil así.

· · ·

Los tipos de mi grupo ya están aquí, montando la batería, el amplificador y los pies de los micrófonos en su lugar en el oscuro escenario. Estoy nerviosa. Los pinchadiscos están empezando a tocar mi música en algunas estaciones de San Diego y Tijuana, y muchos jóvenes del movimiento están comprando mis CD que producimos nosotros mismos. La semana pasada recibí una tarjeta postal de una admiradora de McAllen, Texas, que me dijo escuchaba mi música en una estación de Reynosa, México. Qué viaje. Mi cosa está creciendo tanto que no sé qué hacer. Las personas en el movimiento conocen mi nombre. El año pasado por estas fechas tenía suerte si catorce personas se presentaban en mi concierto. Esta noche tuvieron que rechazar a gente. Eso debe significar algo. Hay una verdadera necesidad allí fuera. No tiene idea de lo feliz que me siento cuando miro y veo ese mar de morenos rostros, principalmente chicas, en el hoyo. Mujeres. Compensa por las veces que algún cabrón me ha preguntado si estoy «con la banda». Compensa por todos esos ejecutivos discográficos que me han devuelto mi disco de prueba porque opinan que no hay mercado para el tipo de música *mexicoytl* que transmito al universo. Rock femenino enfadado, fuerte, en español y Náhuatl. El último que llamó me preguntó si estaría dispuesta a bajar el volumen y hacerlo más pop.

—Como una Britney latina—me dijo.

Allí es cuando le colgué.

Si no me queda más remedio las venderé yo en la calle. Los ejecutivos no entienden que uno no hace música para ganar dinero, si realmente la siente.

Si realmente la sientes, haces música para equilibrar las energías del universo. Aprovechas la voz y el poder y lo liberas. Es algo que no controlas. Dejas que te controle a *ti*.

Gato se tira a la masa revuelta de relucientes cuerpos. Lo absorben con un rugido y allí está, montando en sus hombros y manos por encima de todos. Le arrancan la camisa y le escupen. Lo aman. Lo de escupir empezó en la Argentina. Si te quieren en la Argentina, te escupen, por lo menos en el mundo del rock. Ahora los mexicanos hacen lo mismo. Todos están mirando, incluso la personificación de la pitopausia que bebe a sorbos un trago con sombrilla de papel en la barra. Parece que cayó de Spago. ¿Qué estará haciendo *aquí*?

Lo estudio e intento adivinar su vida, una mala costumbre mía. Quizá su esposa se escapó esta noche con el salvavidas de la piscina y vino a la primera barra que encontró. Quizá esté estudiando comprar el club y convertirlo en un Hooters. Parece divertirse, como lo hace ese tipo de hombre. Quizá sea un borracho. Hombres como éste me hacen sentir incómoda. Me recuerdan a Ed, el novio de Lauren. Parecen el tipo de hombre que llega a casa, se enrolla las mangas, y folla a la criada.

Gato extiende sus brazos como Jesucristo y lo alzan. Lo está viviendo. Nos fumamos un canuto hace un rato y Gato está volado. Sonrío. Gato es profundo. Gato es chévere. Probablemente sea que consigue un contrato discográfico antes que yo. Ambos perseguimos el mismo Grial Santo, ¿sabes? Sugirió un par de veces que nos asociáramos, lo que consideré ofensivo. No necesito su ayuda. Sé que está intentando ser amable. Pero quiero tener el mando de mi creación. Supongo que se podría decir que soy una egomaníaca. No quiero compartir el escenario con nadie. Tengo demasiado que decir para eso.

Camino encima del ruidoso piso de madera del escenario y a través de la puerta que conduce al pequeño camerino. Una cucaracha sale corriendo y se oculta en una grieta de la pared al lado del espejo. Me pongo gel en las trenzas para que se queden más tiesas, y me retoco con la barra de labios morada y el delineador de ojos negro. Para actuar me pongo mucho maquillaje, los focos del escenario lo eliminan. Quiero que me vean bien.

Me quedan diez minutos hasta que presuntamente empecemos. Esta noche estoy probando algo nuevo con la ropa: un body de caucho negro, con una forma de diamante recortada en la zona de los abdominales. Mi amigo Lalo lo llenó de dibujos con símbolos mexica. Esta noche cantaré una canción en

Náhuatl, el idioma de los aztecas. Gato y yo tomamos clases de Náhuatl de un chamán llamado Curly en La Puente. Planea una ceremonia para nombrarnos en Whittier Narrows el mes que viene, estoy deseosa de recibir por fin mi verdadero nombre.

Regreso al escenario y me aseguro que todos estamos situados correctamente. Estos tipos me respetan sin reserva. Al principio no supieron qué hacer conmigo, una «muchacha», pero desde que oyeron mi música decidieron que estaba bien. Después de tocar con mi grupo más de un año, decidieron que era mejor que bien, que era muy buena. Ahora me tratan como a uno de ellos y está bien. Brian, mi batería, es el fulano poderoso y bajito con la gorrita en la coronilla y la boa de pluma. Vino a LA de Filadelfia para estudiar derecho y lo dejó para dedicarse al rock. Sebastián, el flaco alto con la cabeza afeitada, es mi teclista y programador. Es español y tocaba con un conocido grupo en Madrid antes de unirse a mi grupo. Mi contrabajista Marcos es argentino; es el más callado, y parece un contable. Ahorra toda su reprimida locura para cuando tocamos. El guitarrista auxiliar es una muchacha de Whittier a quien oí tocar en un festival en la Universidad Estatal de California en Los Ángeles. No tenía ni idea de lo buena que realmente era, y todavía no lo sabe. Hace tiempo alguien debe haberle hecho mucho mal a esta chica. También está Ravel, un dominicano que toca percusión y flauta y canta de fondo. Es un músico increíble y tan alegre todo el tiempo que te anima lanzarte.

Estamos todos en nuestros lugares, se encienden los focos. La muchedumbre ruge. Se enciende una pequeña luz azul y empezamos la primera canción, una agitada y enfadada canción que compuse mezclando el hip-hop con el metal y con sonidos peruanos tradicionales. Los entusiastas se vuelven locos. El reflector me enfoca y me pierdo en el trance. La adrenalina me invade. Me olvido quien soy y donde estoy, me *vuelvo* la música. Aúllo, y transciendo el tiempo y el espacio. Dicen que mi voz es dura, arenosa, y áspera, como Janis Joplin. Ninguna mexica ha cantado así nunca, por lo menos que se haya grabado. La voz de Alejandra Guzmán se parece, pero su música tiene demasiado pop de niñas. La mía es más afilada, más dolorosa, más loca.

Después de la primera canción, agarro las tarjetas y me dirijo a la muchedumbre en español:—¡Chingazos! Chingazos!

Se vuelven locos.

—Escúchenme, chingazos. ¿Vieron a Shakira últimamente?

Todos abuchean.

—Así es. Es una pinche desgracia. El pelo rubio. Es una vergüenza para La Raza y La Causa. ¡Podría ser Paulina Rubio!

Todos vitorean. Tiro las tarjetas y flotan bajo un mar de manos castañas.

—¡Están dirigidas a su manager, el *hijo de puta*! Estamos diciéndoles que no queremos este tipo de representación. ¡Estamos diciéndole a Shakira que es una traidora!

Más vítores.

Empiezan a vociferar:—*¡Qué Shaki se joda! ¡Qué Shaki se joda! ¡Qué Shaki se joda!*

Levantan los puños en el aire, enseñan los dientes como los animales. Les permito continuar un rato más y después alzo la mano para silenciarlos.

—Raza, su trabajo es salir y educar a la gente. Hay demasiado odio propio. Demasiados deseos de ser como el hombre blanco. ¡Salud! ¡Amén a su persona azteca y marrón! ¡Raza!

Más vítores.

—¡Qué viva La Raza! ¡Raza!

Gritos e histeria.

Entonces digo en inglés: ¡*Love your big, bad, beautiful brown self*, chingones!

Es el principio de una nueva canción y empezamos a tocar. Los que están en el hoyo se agitan y con la magia me evado muy lejos. Me voy.

Cuando yo termino de tocar, todos estamos sudados y enloquecidos. Gritan que se repita. Estoy acabada, agotada por el cosmos. No puedo tocar más. Saludo y empiezo a recoger mis cosas. El pinchadiscos pone algo rápido de los Jaguares, y todos empezamos a menearnos y a bailar. Algunos logran franquear a los guardaespaldas y atacan el escenario persiguiendo autógrafos, o sólo para tocarme la mano. Hago contacto con mis admiradores durante quince minutos, y me vuelvo para guardar mi guitarra. Cuando empiezo a desmontar el micrófono y otro equipo de sonido, siento una mano en el hombro. Me vuelvo y veo al hombre mayor con la chaqueta oscura que vi antes en la barra.

¿Amber? ¿Cómo estás? Joel Benítez—dice con un acento que parece de Nueva York, todo negocio, extendiendo y ofreciéndome su espesa mano.

Me limpio inútilmente las manos en mis pantalones de caucho y agito la suya sintiéndome cochina y sudada. Me investiga con los ojos de una forma que me incómoda y sostiene mi mano más largo de lo normal dándole la vuelta para inspeccionar mis cortas y desarregladas uñas verdes.

—Magic Marker—digo.

Me las pinto con un Magic Marker. Sé que estoy diciendo una tontería pero son los nervios.

—Me preguntaba—dice—. Desde atrás no podía distinguir. Muy creativas.

Reconozco su nombre. Joel Benítez es director de artistas y repertorio de la nueva división latina de Wagner Records. En otras palabras, es el tipo con la pasta, el que contrata a artistas. Por un antojo, le envié hace unos meses un CD de prueba. Nunca tuve noticias y no le di demasiadas vueltas al asunto. Es raro tener noticias de un tipo de ese calibre a menos que tengas un agente, y no lo tengo. Antes tenía uno pero no me gustó la manera que intentó que cambiara mi pelo y sonido. Durante algún tiempo busqué otro agente que entendiera mi música pero no tuve suerte. Tampoco tengo un gerente, por la misma razón. Soy una total controladora. Pero nunca esperé que Joel Benítez se presentara aquí con traje de chaqueta y corbata.

—Sonabas bien—dice, y levanta la comisura de la boca y brillan sus ojos—. Francamente bien.

—¿Le gustó?

Sonríe. Puedo oler su penetrante colonia. Me recuerda a la que usaba mi abuelo. Colonia de fontanero. Gato no usa colonia, sólo aceite de pachulí.

—¿Puedes pasar por nuestras oficinas la próxima semana, digamos el lunes por la mañana?—pregunta sin rodeos. Parece aburrido, estudiando.

—¿El lunes por la mañana?—me detengo.

—El dos de febrero—dice, el año nuevo mexica. ¿Será pura coincidencia?

—Por la mañana. A menos que eso sea demasiado temprano, para un músico.

Se ríe. Me río como una hiena. Mi mano sube verticalmente hacia mi pelo y empieza a juguetear con él.

—De acuerdo, ¿a las diez?

Mira ahora a la distancia, seguro que observando a la gente en el club.

—A las diez. Está bien. A las diez—. Detecto el terror en mi voz.

Saca un tarjetero de plata del bolsillo interior de su chaqueta y lo abre con una mano, saca una sola tarjeta con su elegante y experto dedo pulgar. Clic, cierra la cajita. Le saco la tarjeta de los dedos.

—La dirección está allí mismo—dice, mientras continúa mirando a lo lejos—. Dígala a la recepcionista que viene a verme a mí.

Pienso en preguntarle de qué quiere hablarme pero se ha dado la vuelta y se escurre hacia la puerta a través de la gente que baila. Camina como un hombre con dinero. Le observo marcharse y una vez que ha desaparecido me quedo mirando fijamente en la oscuridad hasta que siento otra mano en mi hombro, Gato.

—¿Estás lista?—pregunta.

Todavía sigue sin camisa, y su expuesta piel está cubierta de agrios arañazos y cardenales del hoyo.

—Sí, seguro—y me recompongo y recuerdo que tengo que pagar a los tipos del grupo.

—Tengo que pedirle el dinero a Lou—digo, refiriéndome al gerente del club.

—Ya lo hice. Toma.

Saca un cheque del dueño del club. Es más de lo que esperaba, un par de miles más. Agarro el cheque y se me cae la mandíbula. Sonrío a Gato. Él me dice que el dueño se impresionó así con la concurrencia que él quiso asegurarse que yo regresaría. *Chévere.*

Miro la cara de Gato para ver si me vio hablando con Joel Benítez. Creo que no. No quiero decírselo. Aquí no. Nunca quise ser la primera en conseguir una oferta, de la misma manera que uno quiere tanto a sus hijos que espera morir antes que ellos.

Pago a mi grupo en efectivo. Nos damos la mano y Gato y yo salimos por la puerta trasera y subimos en mi Honda Civic. Mi mamá me lo dio el año pasado, cuando se compró un nuevo Accord. Es un buen carro, casi demasiado bueno. Demasiado limpio y demasiado normal, como mi familia. Le pedí a Lalo que lo pintara con los antiguos símbolos de mexica. En el capo hay un gran dibujo de Ozomatli, el rey mono azteca del canto y el baile. Por detrás lo tengo todo lleno de pegatinas, pienso que es importante cada vez que uno pueda educar a las personas sobre la verdad. Uno dice «Mexica: nosotros no vinimos a los Estados Unidos, los Estados Unidos vinieron a nosotros». También está presente la «Mayoría Feminista». El que provoca más comentarios es mi gran pez magnético darviniano comiéndose a un endeble pez Jesús. A veces algunos locos intentan tirarme a la cuneta por eso. Nada me apena más que ver a La Raza con esos pequeños peces magnéticos en sus automóviles, como Elizabeth. No tienen ni idea. Jesucristo es la religión del hombre blanco.

El viaje hasta nuestro apartamento de dos dormitorios—sobre un negocio de reparación de relojes—en Silver Lake Boulevard toma, como todos los trayectos en Los Ángeles, más de una hora. Las chimeneas de las refinerías de aceite a lo largo de la orilla de Long Beach tienen el cielo de un naranja artificial, por todas partes se divisan llamas que queman el cielo. Pido perdón en alto a la madre tierra por los pecados de mis semejantes. A esta hora no hay muchas personas en la carretera. Gato y yo no hablamos mucho. Las actuaciones nos dejan vacíos, preferimos agarrarnos la mano y escuchar el zumbido de nuestros oídos.

Los helicópteros de la policía están esta noche por todas partes. Vemos tres antes de llegar a nuestra salida. Pienso en Pedro, mi hermano, oficial del asediado departamento de policía de Los Ángeles. Está tan perdido como nuestro papá. Vino a uno de mis conciertos en West Hollywood. No dijo mucho. Le dio la mano a Gato, y me dio unas palmaditas en la espalda pero nunca regresó. Desde entonces no he vuelto a hablar con él. No tenemos nada que decirnos. Ha sido así desde que éramos pequeños. A Pedro le gustaba quemar hormigas bajo una lupa y a mí me gustaba salir fuera después de las tormentas y rescatar a los gusanos perdidos por la acera.

Durante la huelga de los porteros, Gato y yo íbamos a apoyarlos todas las noches. Preparábamos nuestro equipo y nos poníamos a tocar en el centro de Los Ángeles, al lado del Museo de Arte Contemporáneo. Una vez, vino la policía para desbandar nuestro grupo; estábamos tocando sin permiso público. ¿Y quién cree que fue el tipo que se apareció con la orden de desocupar? Mi hermano. Es profundo. Nos quedamos mirándonos fijamente un buen rato y me largué. También es republicano, increíble. Le gusta burlarse de los mexicanos, como Papá. Pedro opina que deberíamos cerrar la frontera con México y disparar a todos «los ilegales» a simple vista.

Dejo el carro en el parqueo que queda detrás de nuestro edificio, y saco el cuaderno de mi bolsillo. Abro la puerta del automóvil para tener luz, fijo el cuaderno al volante, y escribo, ignorando el pitido que me alerta que he dejado las llaves en el contacto. *Dos niños, tú y yo / de la misma semilla somos nosotros dos / yo salvé los gusanos mientras tú quemabas las hormigas / Ahora llevas pantalones de policía /De jóvenes compartíamos un cuarto / Ahora apuntarías tu arma en mi cara y dispararías / Sólo porque sé de donde somos / Una tierra antigua, una tierra india / Y tu, hermano funcionario, no entiendes / Los inmigrantes que odias tienen raíces americanas / Son originarios de aquí, igual que eres tú.*

Gato sube los escalones con mi guitarra para ayudarme. Una vez cerrada la puerta con llave empiezo a preparar un té caliente: un ritual diseñado para salvar nuestras voces, finalmente hablamos de nuevo.

—Tocaste una sesión increíble, mujerona—dice Gato, acercándose a mí en el fregadero por la espalda.

Me sube el pelo y siento su calurosa y suave boca atrás de mi cuello:—Tú eres la mujer más increíble que yo he conocido en mi vida, sabes.

Se aprieta contra mí y adivino que tiene algo más que admiración en su mente. Me vuelvo y lo acerco a mí. Le rodeo con mis brazos alrededor y lo conduzco suavemente a la alcoba. Hay algo que ocurre cuando tocas verdaderamente bien; sacar fuera toda esa energía me limpia mi espíritu y me deja resonando con fuerza de vida.

—Olvídate del té—digo.

—Sí, olvídate del té.

Nuestra alcoba es un paraíso. Tenemos un futón enorme en el suelo cubierto de preciosos almohadones de todas partes del mundo. Tenemos velas e incienso por todas partes, y las paredes recubiertas con sarapes mexicanos. No podemos pintar las paredes porque es de alquiler, por eso hemos cubierto cada pulgada con sensuales tejidos, incluso en el techo. Gato lo llama nuestro «útero». Nos desnudamos y nos miramos.

Conmigo es dulce, tierno, abierto, amoroso. La mayoría de los hombres son tan complicados que no saben mantener su imagen de ti como amiga y ser humano cuando te sacas la ropa. Dicen cosas feas. Gato es el primer hombre que conozco que sonríe mientras hace el amor. No hay diferencia entre esas sonrisas y las que me regala cuando comemos o nos estamos contando chistes. Es el primer hombre que he conocido que real y verdaderamente me hace el amor a mí. Nuestros cuerpos se vuelven uno. Es una clase de pasión tranquila, un fuego que quema lento. Cuando Gato y yo hacemos el amor, siento que los espíritus de nuestros antepasados ascienden de Aztlán y agitan la tierra.

Nos venimos juntos. Siempre nos venimos juntos. Gato estudia el yoga. Puede controlar su cuerpo de maneras que me asombran.

—Escucho tu cuerpo—me dice—. Oigo sus acordes y melodías. Lo siento como si fuera el mío propio. Hay una manera que te tensas, que lo adivino.

Después, Gato se levanta para apagar la tetera que lleva silbando un rato. Prepara el té, con miel y limón, en las tazas de arcilla castaña oscura que le compramos a un navajo en Flagstaff cuando Gato dio un recital en la universidad. Me siento en la cama y rodeo la taza con mis manos, más agotada y feliz que nunca. Me duelen los músculos. Quizá Gato me frote con ese elixir de tallos de la marihuana.

—¿Así que . . . —dice sonriente, bebiendo a sorbos el té—. ¿Ése no era Joel Benítez?

No me puedo creer que lo sabe, que lo ha sabido todo este tiempo y no ha dicho nada. Me siento tan culpable que no puedo hablar. Asiento, y pienso en por qué esperó.

—¿Qué te dijo?

Veo el dolor que siente Gato en su mirada, aunque él trata de ocultarlo.

La miro. Me ruborizo. No sé qué decir. Miro hacia abajo al edredón y después en mi taza.

—Qué bien—dice Gato, agachándose para besarme suavemente.

Levanto la mirada y lo miro. Me desliza un dedo suavemente por la mejilla.

—Tu regocijo es el mío. De verdad.

No veo nada en su cara o expresión que indique que se sienta amenazado o perturbado.

—Lo siento—le digo—. Me gustaría que hubieras sido tú. Me da tanta pena.

Encoge los hombros y sonríe, pero tiene los ojos tristes.—¿Pero porqué, mi amor? Me alegro tanto por ti.

De nuevo siento sus brazos alrededor de mí y comprendo lo afortunada que soy. Lauren pasó tanto tiempo quejándose de los hombres la última vez que nos reunimos las temerarias que casi empecé a creerla. Incluso dijo que aun los que parecen verdaderamente buenos y maravillosos no lo son. Está equivocada. Gato es perfecto. Es uno de los pocos hombres que conozco capaz de superar su educación machista. Está contento por mí, lo dice y estoy casi segura que lo siente.

Me quedé tan aturdida como el resto de esta ciudad al enterarme
delsuicidio de Dwight Readon, desde hacía mucho tiempo columnista del
Gazette y mentor ocasional. Aquellos de nosotros que conocíamos a
Dwight conocíamos lo bueno—su resonante risa, su visión cínica en
política local que enmascaraba un corazón grande y compasivo, su sereno
estímulo de los reporteros jóvenes—y lo malo, saber que durante años
padecía el Desorden Afectivo Estacional. En los días oscuros llegaba con
el ceño fruncido, quejándose de dolor de cabeza y contándole a
cualquiera que se acercara a su escritorio lo deprimido que estaba. En los
días especialmente tristes, perdía la fecha tope. Nuestro error fue no
haber tomado sus palabras y síntomas suficientemente en serio. El
Desorden Afectivo Estacional es un tipo de depresión provocado por el
cambio de estaciones. Se cree que está relacionado con la disminución de
exposición a la luz del sol cuando los días se acortan con el frío. Los que
trabajamos en Boston sabemos que no es raro llegar a la oficina en la
oscuridad de mañana para salir en la oscuridad de la tarde. Cuando
enero se prolonga lúgubremente, animo a cualquiera de ustedes que
piense pueda padecer de DAE que consiga ayuda. Me gustaría haber
tenido el sentido común de ayudar a Dwight. Le extraño.
Esta ciudad sin sus palabras es un lugar más triste.

—de Mi Vida, de Lauren Fernández

lauren

l edificio del *Boston Gazette*, construido en los años sesenta, parecep
una enorme y fea escuela pública. Por sus pasillos circulan, en un
constante ir y venir, damas fornidas con redecilla, como ecos de otras
épocas. Ladrillos rojos, ventanas de cristal verde, un césped tentador si no

fuera por el letrero de «Prohibido pisar el césped». Bueno, ya me callo.

Bordeando uno de los lados de la inmensa estructura, se alinean camiones naranja chillón. En la parte trasera del edificio, destinada a carga y descarga, los del sindicato se sientan a leer el *Herald*, a pesar de que trabajan para el *Gazette*. En esta ciudad los periódicos son un espejo de los conflictos de clase generalizados. A la gente del sindicato le gusta el *Herald* porque es un periódico para la clase obrera, un periódico popular lleno de fotos grandes y nada de esas bobadas sobre el multiculturalismo. Vienen a trabajar con el *Herald* debajo de sus musculosos brazos, y los dejan por allí a la vista para que nosotros los periodistas los veamos cuando nos apresuramos a entrar en el edificio huyendo del viento y de la nieve.

Mack O'Malley es el único escritor del *Gazette* que los cargadores respetan. El periódico solía imprimir las catilinarias de Derechas de O'Malley sobre cosas como que las mujeres no deberían trabajar y qué debemos hacer con la política a favor de las minorías, hasta que una revista de verificación de datos de *McCall's* averiguó que O'Malley se inventaba la mayor parte de las personas y hechos que aparecían en sus columnas. No me sorprendió. Durante mi primera semana de trabajo un viejo amigo y colega suyo, el columnista de deportes Will Harrigan, me llevó aparte para decirme con una voz gruñona que apestaba a alcohol:—Mira, niña, te voy a dar tres consejos sobre este trabajo. El primero, que O'Malley se inventa toda su mierda. El segundo, que Dwyer (el jefe de redacción) es retrasado mental. Tercero, no te pongas faldas tan cortas, que me pones nervioso.

Después de mucho pose, O'Malley fue despedido pero terminó ganando todavía más dinero escribiendo la misma porquería para un periódico de Nueva York donde la exactitud brilla por su ausencia. La última vez que supe de él, tenía su propio programa y, además, una red de noticias por cable.

Por dentro, el edificio del *Gazette* es inhóspito. A lo largo de los largos pasillos de losa gris iluminados por una luz fluorescente que parece sufrir calambres nerviosos, retumba el eco de las pisadas. No ha entrado aire fresco en este edificio en décadas, desde que aquel grupo de gente de Southie que se oponían a los trayectos forzados en autobús vinieron con sus caras coloradas y hoscas a tirar un cóctel molotov por la ventana principal. Cuando al final de la tarde al periódico le entran escalofríos, el edificio entero tiembla. En las mesas de despacho de aquellos que se sientan bajo los respiraderos hay montoncitos hechos de una sustancia negra que parece ceniza. Te dirán que es polvo pero todo el mundo sabe que es tinta.

Sólo en las oficinas de los editores hay ventanas. Son las únicas que hay. En mi sección, la de artículos de fondo, no hay ventanas ni las habrá nunca. Nuestra luz proviene de bombillas alargadas y blancas que parecen fémures humanos. En su día, la moqueta era de color morado pero se ha ido aclarando y ahora presenta el típico color espumoso de los jeans. No estoy muy segura de cómo ocurrió.

A pesar de todo esto, me encanta mi despacho. Lo he cubierto con telas mexicanas y rosarios de santería para asustar a todo el mundo. Es como una inmensa tarta de boda plantada en medio de la sala de redacción que comparto con unos cuarenta periodistas y editores. Me gusta pensar que les pone nerviosos y que los llena de celos y terror. La Virgen de Guadalupe se alza firme sobre mi computadora terminal con las manillas de latón de un reloj roto asomando por el ombligo. En el cajón de mi mesa guardo una botella de aceite *Boss Be Fixed* que encontré en una botánica de Chelsea y compré por dos dólares cuando escribí un artículo de fondo sobre la religión palo mayombe antes de conseguir mi propia columna y que me costó mucho colocar. De hecho me costó dos semanas convencer al editor para que me lo permitiese. *¿Palo quién? ¿Es eso vudú? Si se trata de una adoración a Satanás, nuestros lectores no lo van a entender. Nuestra onda aquí es muy patriótica, muy cristiana. La gente va a cancelar. Hay una marcha para un par de santos en el North End en alguna parte, ¿por qué no vas a cubrir eso? Eres capaz de entender italiano, ¿no? Toma, aquí tienes veinte dólares. Tráeme unos biscotti, y que sean de almendra.*

Pegué dos judías rojas secas en el auricular de mi teléfono y una muñeca Barbie pelada al rape y con pintura de guerra sobre la cara. Sobre el ancho tabique que me separa de los escandalosos chicos de la sección de deportes—que se distinguen por su afición a tirarse pedos—he pegado las fotos obligatorias de Ed y yo con nuestras sonrisas tontas y felices. Cerca de las fotos hay una lista de todos los líderes de negocios latinos en la zona de Boston, hombres (sí, todos son hombres) que, hasta que empecé a trabajar en el *Gazette*, habían concentrado sus esfuerzos sólo en los medios de comunicación en español, convencidos de que al *Gazette* no le importaba lo que tramaban. Tenían razón.

Pero ahora que estoy yo aquí, el *Gazette* tiene que fingir algo. Y lo mismo me pasa a mí.

Debido a esta gran farsa que yo llamo una carrera, me estoy preparando para afrontar la reunión que estoy a punto de tener con el imbécil de mi editor, Chuck Spring. Intentaré convencerle de que apruebe una columna sobre la enemistad que existe entre dominicanos y puertorriqueños.

Ha pasado menos de un minuto desde la última vez que presioné el botón que hace aparecer la ventana de mensajes pendientes en la pantalla de mi ordenador. Venía escrito, «Ven». Eso es lo que Chuck escribe cuando quiere hablar conmigo sobre una idea para un artículo. O al menos eso es lo que nos escribe a mí y a Iris, la otra columnista de «Estilos de Vida». Cuando escribe a Jake o a Bob, les envía unas palabras más amistosas. Esto es así porque Jake es un hombre, se graduó en Harvard—la universidad donde se graduó Chuck—y es socio del mismo club privado. Para aquellos que no estén familiarizados con estos clubes privados, permítanme recordarles que fueron juzgados ilegales por la universidad porque se negaban a aceptar mujeres. En algunos casos, ni siquiera dejan que las mujeres se queden en la puerta principal de sus edificios a no ser que estén discretamente escondidas en un enorme pastel. A pesar de todo, estos clubes siguen reuniéndose, aunque se han desplazado varias manzanas con respecto a las universidades para evitar ser vigilados. Chuck sigue vistiendo su camisa secreta abotonada de color rosa a juego con su corbata secreta a rayas los días que, después del trabajo, tiene una reunión secreta en su club. Todos se ponen ese uniforme. Son los colores de la pandilla.

Chuck es percibido por sus colegas en el *Gazette* como un hombre con el nivel intelectual de un hámster recién nacido. Pero tiene buenos contactos, así que nadie que aprecie su carrera se queja. Es el ahijado del dueño del periódico. Proviene de una vieja familia de Nueva Inglaterra del tipo de las que va al Vineyard con el fin de variar un poco y escapar del tedioso Nantucket. En mi opinión, y por lo poco que he podido deducir de nuestras conversaciones en este par de años, ésta es sólo una manera elegante de decir que el hombre es innato; es decir, que viene de una familia que por generaciones vienen casándose entre sí. De hecho, en las fotos de su familia que tiene en el despacho puede advertirse que todos se parecen a él, incluso su mujer. Cabezas cuadradas, ojos pequeños y brillantes, el pelo de un color que no es realmente un color, cuerpos flacos enfundados en camisas abotonadas y chaquetas de punto. Una vez me asignó, sin una pizca de humor, que escribiera un artículo sobre los emigrantes mexicanos que había visto encorvados trabajando en las plantaciones de tabaco de camino a los Berkshires. Sí, hay plantaciones de tabaco en medio de Massachusetts.

—Fernández, quiero que vayas allí, que vivas su vida, que te enteres de lo que les motiva, lo que les fastidia. Averigua cuáles son las canciones que cantan por la noche alrededor del fuego del campamento.

Me atrevo a decir que esperaba que esos hombres maltrechos de Zacatecas se dieran la mano después de un largo y matador día de trabajo y cantaran «Cumbayá», al igual que él solía hacer cuando era un joven prometedor y bien educado en un campamento de verano protestante.

Cuando me presento en su oficina, Chuck está recostado sobre su silla con los pies sobre la mesa del despacho y con el teléfono pegado a la oreja. Sus medias no pegan porque es daltoniano. Sus mocasines llevan unos centavos de adorno. Se está riendo de una manera nerviosa y pazguata porque así es como siempre se ríe, como un niño de seis años que acaba de meter algo viscoso en el cartón de leche de su amigo. Resopla, resopla. Rebuzna, rebuzna.

Me concentro en un porta CD colocado al lado de la puerta. El Boston Pops aparece más de una vez. Chuck me dijo en una ocasión, con toda seriedad, que Keith Lockhart, el director del Boston Pops, era la figura más célebre en la ciudad. Le sonreí y asentí con la cabeza porque recordarle a todos los atletas y músicos pop me parecía una pérdida de tiempo. No lo habría comprendido. Cuando Kurt Cobain se embutió un rifle en la boca y disparó, Chuck le preguntó a uno que quién era ése que aparecía en un artículo del *Washington Post*. Cada vez que aparece una nueva becaria, Chuck intenta reclutarla para que cubra una historia que no existe, la de un grupo de jóvenes mujeres llamadas, según Chuck, las «LHG», o «Lesbianas Hasta la Graduación». A Chuck se le humedece la ropa interior sólo de pensarlo así que no puede darse por vencido y olvidarla. Es una historia que vio una vez en la revista *Details* y por lo tanto cree que es verdad, a pesar de que cada periodista que ha ido a cubrirla para él ha vuelto con las manos vacías: no existe ninguna organización con ese nombre.

No fue hasta que Keith Lockhart (quin, por cierto, se parece bastante a Chuck Spring y a su mujer) se puso un par de pantalones de cuero en la portada de su álbum latino lanzado un poco tarde, que Chuck averiguó quien era Ricky Martín. Ahora se pasa el día, con un poco de retraso, cantando «Livin' la Vida Loca», sólo que no puede pronunciar ni «vida» ni «loca», y acaba cantándonos «Livin' Evita Locua».

Chuck ha dejado de reírse y repite sin parar «uh, uh», cabeceando furiosamente, aunque nadie, exceptuándome a mí puede verlo, e intento por todos los medios de no hacerlo porque no es un plato de gusto.

Me doy la vuelta dudando si me quedo o me largo y me separo de la puerta unos pasos. Examino el fax de fuera. Saludo a la secretaria. Me chupo el labio superior. Silbo.

Miro a la mesa donde están sentados los estudiantes de la cooperativa de Emerson College y de Northeastern University. Se supone que están ordenando el correo y haciendo transcripciones, pero parece que la mayoría están haciendo llamadas telefónicas personales de larga distancia con cargo a los diez centavos sin límites del *Gazette*. La chica con el piercing en la nariz y la falda larga grita al teléfono y repite la misma cosa sin parar. Me hace una señal para que me acerque. Le hago el favor porque no hay más que hacer. Chuck, entretanto, ha empezado de nuevo a reírse resoplando. Sus saltarinas piernas parecen pequeñas bandas de goma.

—Usted es Nicole García, ¿verdad?—inquiere la estudiante.

—No, soy Lauren Fernández—contesto.

Es la millonésima vez que alguien en el edificio me confunde con la única otra hispana que trabaja aquí, una mujer hispana gorda, escritora culinaria, de mediana edad que sólo se persona por las noches para garabatear sobre el bróculi rabee y las nueces, dejando un rastro de restos de papas fritas gourmet cuando sale hasta el parqueo.

—Lo siento—dice la estudiante ruborizándose—. Pero habla español, ¿no es cierto?—indaga.

Asiento pero me siento un poco culpable. Aunque no es *exactamente* una mentira, ¿verdad?

Agarro el auricular y cuando me lo acerco al oído escucho el sonido exterior de bocinas de automóviles.

¡Boston Gazette!—grito.

—Ah, sí, por favor Lauren Fernández.

—Sí, soy yo—contesto, informándole que ha encontrado a la mujer que busca.

Décimo grado, el señor James, español nivel dos, planta baja, Escuela Benjamín Franklin, calle Carrollton, cerca del arco giro a Saint Charles. Yo soy, tú eres, él es, ella es, nosotros somos, ellos son. Caminando a Burger King después del colegio con Benji y Sandi para comprar papas fritas, tomando el tranvía al almacén de Esprit, gastando todos nuestros sueldos de cangura en monederos de plástico y zapatos de lona. Caminando a Jax y comprando dulce de chocolate, mirando el río, coqueteando con los muchachos criollos en camisetas de rugby porque son guapísimos. Yo soy, tú eres, él es . . . cuál era la otra, ¿Vosotros? ¿Hay alguien que todavía use esa palabra?

La persona al otro lado de la línea me empieza a gritar en español a toda velocidad. No le entiendo bien pero me da la impresión que no le gustó un artículo que escribí sobre la conducta sexista durante el Desfile Puertorriqueño.

—Escriba una carta al editor—le informo.

Miro a mi alrededor, y allí está Chuck. Ha colgado el teléfono y le molesta que no esté sentada en la silla enfrente de su escritorio, esperando sus eruditos consejos sobre el mundo del periodismo.

Se desplaza vestido con pantalones caquis y tirantes a la entrada de su oficina. Tirantes, señoras y señores. Hace un entrecortado y nervioso movimiento para darme a entender que no debería estar al teléfono en el escritorio de la cooperativa.

—Enseguida voy—digo, sonriente, y me disculpo a la persona que llamó y cuelgo.

Devuelvo el aparato a la atónita estudiante y me acerco a Chuck que me saluda embutiendo sus ocupadas manos en el fondo de los bolsillos y dando saltitos con las bolas del pie.

—¿Qué diablos estabas haciendo allí? ¿Estás hablando con Castro?

Debería reírme, pero no lo hago. Antes intentaba reírme de los chistes de Chuck, pero siempre sonaba forzada y me miraba como dolido. Al fin dejé de intentarlo, en parte porque no merecía la pena que me salieran patas de gallo.

—Siéntate, dice.

Entre mi asiento y su amplio escritorio hay una mesa de centro abarrotada con revistas de moda. En una esquina hay un *New York Times* y en la otra el

Washington Post. Éste es el gran secreto de los directores de redacción de los rotativos de segunda categoría para cubrir las tendencias: lea otros periódicos y revistas y si dicen que está de «moda», está de moda. Y debe usar esa expresión precisa: «de moda».

Distingo que en el escritorio de Chuck debajo de un montón de papeles hay una revista *Playboy*. En realidad hay varios ejemplares. Varios ejemplares de *Playboy*. Con los lados húmedos y ondulados como si hubieran estado sumergidos en . . . no quiero ni imaginármelo.

—Ah, Chuck—digo, mirándolo fijamente y apuntando.

Se pone todavía más nervioso que antes, se ríe y revuelve las cosas por su escritorio con manos frenéticas.

—Oh, eso. Restos de la historia que escribió Bob sobre ese burdo luchador de Framingham que apareció en *Playboy*. Eso no es nada. Los otros, esos eran de la historia que escribió Jake sobre la aparición de Nancy Sinatra en *Playboy*. Ya sabes. Restos. Tenía curiosidad después de leer la historia. Quiero decir, ¿crees que esas fotos son de verdad? ¿Una señora a su edad? Es decir, Dios mío. ¡Probablemente sea mayor que mi mujer!

Cruzo las piernas y sueño despierta con todas las suaves cosas expuestas en los escaparates de Kenneth Cole. Junto los dedos y noto que me han crecido las puntas de las uñas y que las tengo feas y resquebrajadas. Nota propia: cita con la manicura. Aspiro profundamente, me alzo en la silla, intento aparentar natural.

—¿Y, cómo está usted? ¿Contenta?—pregunta.

No es tanto una pregunta como una orden. Mejor que esté contenta. En el mundo de Chuck todos están contentos. Sonría a pesar de los golpes bajos de la vida, beba champán, y maneje un automóvil extranjero.

Chuck asiente y dice que eso es bueno. Nos miramos fijamente un instante sin nada que decir. Entonces vuelve a poner los mocasines sobre la mesa del despacho y se coloca las manos detrás de la cabeza. A pesar de sus patas de gallo tiene un aspecto como si acabara de salir de un club de tenis cualquiera.

—Necesito preguntarle algo—dice.

Es el preludio habitual a los azotes psicológicos y espirituales que me dan con regularidad en este lugar. Me empieza a doler el cuello. Después la cabeza. Después el ojo izquierdo.

Sigue:—He recibido muchas cartas y llamadas telefónicas sobre el último artículo que escribió, el de su amiga el músico y los indios y el genocidio y todas . . . esas cosas.

—¿Y?

—Quiero hablarle como un amigo, no como su jefe de redacción.

Uh oh.

—Escribe bien, tiene garra. Por eso está aquí.

—¿Pero . . . ?

—Pero a veces pienso que sus opiniones son un poco fuertes e interfieren con lo que quiere decir.

—Oh.

—No creo que lo que aconteció en Nueva Inglaterra o en México sea verdaderamente un genocidio. El holocausto en Alemania fue un genocidio. Pero murieron muchos indios porque no tenían defensas contra las enfermedades del hombre blanco. No fue intencional.

Reflexiono en contestar, pero decido en contra. Sonríe, sonríe, sonríe.

—Pone a la gente a la defensiva atacándola a todas horas. Da la impresión de ser demasiado dogmática.

—Soy articulista. Se supone que sea dogmática.

—Seguro, pero mina sus argumentos por ser tan . . . combativa.

Soy cubana, de clase baja, y oriunda de una casa móvil. ¿Qué pretende de mí?

—Lo entiendo. No volverá a suceder.

—Todos opinan que está demasiado resentida. Sienten como si les quisiera predicar a todas horas.

—De acuerdo, bien, gracias por decírmelo—digo con una sonrisa forzada—. Lo tendré presente.

Zapatos nuevos. Cubrecama nueva. Respira.

—Sería una buena idea que pidiera la opinión de otros antes de proseguir con una idea. Estábamos hablando en la reunión de esta mañana sobre esto, y la mayoría de los editores piensan que sería una buena idea que se centrara más en su vida y menos en la política e historia y esa clase de cosa. Nadie aquí quiere verle autodestruir.

¿Esa clase de cosa? Asiento:—Tomo nota. Se lo agradezco.

—Bueno. Usted sabe, los artículos que la gente prefiere son del tipo de *oye, amigas.*

Intenta dar un chasquido con los dedos delante de su cara como un personaje negro de una comedia televisiva en el canal WB.

—¿Algo más?

—Sólo un par de cosas: ¿Está usted de acuerdo con todo esto? Parece que está disgustada.

—Estoy bien. De verdad. Lo estoy.

—¿Estamos en la misma onda?

—Absolutamente.

—Bueno. Dígame, ¿ha conocida a la nueva redactora de la sección de salud y ciencia?

Asiento. Sé a quién se refiere. Esa editora *negra* es lo que quiere decir. Esa redactora negra y hembra. Asume que tendremos mucho en común.

—¿Ha visto el automóvil que maneja?—pregunta en susurros.

Se coloca una mano al lado de la boca como hacen cuando susurran en los dibujos animados.

Efectivamente, he visto su automóvil. Es un Mercedes verde. También sabe vestir y a veces lleva hasta sombreros. Es de Atlanta.

—¿Cómo cree usted que una mujer así se puede permitir el lujo de ese automóvil?—pregunta cuchicheando.

Chuck se percata de mi expresión corporal o quizá facial, y se retracta, un poco:—No estoy diciendo, quiero decir, usted sabe, esas personas tienen el mismo derecho que cualquiera a comprarse el mejor automóvil que quieran . . .

—*Claro*—digo.

Chuck cambia de tema.

—Y dígame sobre esta cosa de Dominico—dice.

Hojea una *Vanity Fair* mientras habla. Su expresión corporal me indica que no está interesado lo más mínimo. Está interesado en implantes de pecho, escándalos del sexo y, bien, eso es todo.

—Bien, este es el trato—empiezo.

Coloco una mano en cada uno de los brazos de sillón, y es un gesto consciente porque mi inclinación en todas estas reuniones es enrollarme como una pelota y esconderme. Le explico el problema: Los puertorriqueños y dominicanos tienen mucho en común. Ambos son del Caribe y de tierras hispanohablantes, tienen comidas similares, y muchos valores comunes. Pero hay esto: un odio casi balcánico que sienten mutuamente.

—Sí. Son del mismo tipo de país. ¿Y por qué será que se odian?

Hago una pausa. ¿Me atrevo a corregirlo? Debería. Hacerlo.

—Puerto Rico no es un país.

Sonrío, intentando no parecer «combativa».

Pone los ojos en blanco y asiente rápidamente, como si no tuviera tiempo para molestarse con pequeños detalles, hojea más rápidamente la revista.

—Usted sabe lo que quiero decir. Está entrando de nuevo en terreno político. No queremos eso.

—Lo sé, lo sé, pero ésa es una gran parte de la razón por la que se odian. Los dos grupos están en Boston en grandes cantidades, luchando en muchos casos por los mismos trabajos mal pagados, viviendo en los mismos barrios. Porque son americanos de nacimiento, los puertorriqueños consiguen ayuda gubernamental, los dominicanos no. Los dominicanos tienen problemas de inmigración legal, los puertorriqueños no los tienen.

Me mira, desconcertado:—¿Por qué los puertorriqueños no tienen problemas de inmigración?

—¿Habla en serio?—pregunto.

—Fernández, esto es a lo que me refiero. Prosigue estas líneas de pensamiento raras que sólo tienen sentido para *usted*.

—Chuck, porque son americanos de *nacimiento*. Puerto Rico es territorio americano.

Pienso: ¿No enseñan eso en Harvard?

—O sea, ¿que pueden venir aquí sin más? No puede ser así, ¿verdad?

—Nacen aquí. No *vienen de* cualquier parte. Eso es el significado de territorio. Son tan americanos como usted, con la excepción que no los permitimos votar en las elecciones presidenciales si no viven en los Estados Unidos continental.

—Oh. ¿Realmente? Eso no puede ser.

—Es verdad.

No suspires, Lauren, no pongas los ojos en blanco. Sonríe, hermana, sonríe.

Se encoge de hombros como si todavía no me creyera, y dice:—Sigue. Pero le diré ahora mismo que sigo pensando que no es lo bastante personal. Quiero personas en tus artículos, de carne y hueso con las que la gente se pueda relacionar.

—De acuerdo. Así que los dominicanos tienen sus estereotipos sobre los

puertorriqueños, como que son perezosos o las mujeres demasiado indepen-
dientes, y viceversa. Los puertorriqueños tienen sus estereotipos de los dominicanos que son todos narcotraficantes o demasiado machistas.

Chuck cabecea furiosamente de su forma un tanto distorsionada esperando
que termine. Me pregunto cómo sería tener un editor que realmente, al verme,
no empieza a silbar el jingle del anuncio del restaurante ChiChi's.

Hago un esfuerzo para explicarle todo.

Chuck pone cara de «acabo de oler un pedo y yo soy un niño pequeño».
Esto es demasiado complicado para él. No le gusta la idea.

—No pienso que para el lector medio haya diferencia entre dominicanos o
puertorriqueños. Lauren, si no consiguen entender lo que está diciendo en el
primer párrafo, no van a seguir leyendo. Esto es un *periódico,* no un libro del
texto. Deles chicas reales con problemas reales. Ésta es «Estilos de Vida», y
no «Metropolitana».

—Los puertorriqueños y dominicanos lo entenderán—digo—. Si a usted le
preocupa. Si a este periódico le preocupa.

¿Por qué dijiste eso? Lauren mala, Lauren combativa. Palmada, palmada.

—No empiece con *eso* de nuevo. Ya hemos hablamos sobre esto. Su columna debe ser divertido, ligero, accesible. Significa el contrapeso a todo el material triste en el resto del periódico. Nada de política. ¿De acuerdo?

—Seguro, de acuerdo.

Una estudiante asoma su cabeza por la puerta y le dice a Chuck que su
esposa está en la línea cuatro. En un sólo gesto alza el teléfono, aprieta la línea
cuatro, y continúa hablando conmigo, ondeando una mano sobre como si estuviera dirigiendo una sinfonía:—Algo ligero, algo divertido. Usted sabe, «adelante, chica, descarada». Entretenido. Hola cariño.

Gira su silla hasta me da la espalda. Y con eso, me despide.

. . . Considere la columna de hoy un grito a todos los novios perezosos de
por allí, amigas. Muchachos, tienen menos de un mes para conseguir algo
perfecto a su muchacha para el día de San Valentín; y por favor, nada de
flores o chocolate, otra vez. Mientras están de compras, aquí hay algo
sobre lo que pensar. San Valentín era un cura romano que, a pesar de un
decreto del emperador Claudio II que no permitía a los soldados casarse,
continuaba oficiando bodas. ¡Ah, el poder del amor! Y como recordatorio
a todas las señoras que, al recibir una caja de chocolates baratos de su
fascinante Casanova, consideren dárselo, piensen: Valentín fue
canonizado por haber defendido la gloria del compromiso. No se
entreguen a menos que él piense quedarse.
—de Mi vida, *de Lauren Fernández*

usnavys

e l año pasado, Juan me invitó a San Diego por el día de San Valentín. Conseguimos visitar a Amber en Los Ángeles y ver el triste y pequeño agujero donde vive con ese estrafalario hombre rata mexicano; ése fue el único momento culminante del viaje. Insinué entonces que esperaba que la próxima vez me llevara a algún sitio mejor, este año lo ha organizado todo para llevarme a Europa. Me dijo que quería llevarme a Roma, el lugar donde nació el día de San Valentín. Salimos hoy.

Cuando recojo a Juan en su apartamento, parece asustado al ver todos los bultos que llevo. Tiene muy poca cabeza. Ay mi'ja, me vuelve loca. Hablo en serio. Tan sólo llevo dos maletas grandes de Louis Vuitton, una maleta pequeña para los bolsos, guantes, pañuelos, y zapatos, una caja de maquillaje, un maletín, mi bolsa de viaje, y un bolso de paja de Kate Spade, con suficiente espacio para meter mi botella de agua, revistas, CD, y chucherías.

—Sólo vamos un fin de semana largo—dice. ¿Por qué tienes que traer todo *esto*?

Sí, me quedé con ganas de decirle, pero es un fin de semana largo *en Roma*. Supuestamente es el regalo de San Valentín, pero dice que era demasiado caro ir a Roma el verdadero día de San Valentín. Así que lo estamos celebrando a principios de enero. ¿Vulgar, no? Pero así son siempre las cosas de Juan. Puse los ojos en blanco bajo mis gafas de sol de Oliver Peoples y me callé la boca, porque me dije a mi misma (y a Lauren) que esta vez sería buena con Juan. Lauren me recordó que Juan llevaba mucho tiempo ahorrando sus céntimos para poder ofrecerme esto y que debería apreciarlo, tal como dijo, de forma provechosa. El porcentaje de ingresos de Juan necesario para irnos a Roma por cuatro días es grande. Lo entiendo. Lo entiendo. Entiendo que está *arruinado*. ¡Sólo bromeo! Dios mío, mi'ja, a veces te tomas todo demasiado a pecho. Si de verdad me importara lo que gana Juan, no estaría con él. Pero para serte honesta, quiero a este hombre. Lo quiero más que a nadie en el mundo. Esto es lo que me asusta.

No me atrevo siquiera a *decirtes* lo que Juan traía. Una pequeña maleta de plástico verde, Samsonite, con una gran rajadura a un lado. Estaba mortificada. *Mortificada*. Quería recogerme en su ruidoso Rabbit de la Volkswagen, el que no tiene calefacción, pero en cambio tiene sucísimos limpiaparabrisas que lo embadurnan todo, y hay montones de vasos de café de papel regados por el suelo. Uh, uh, dije, de ninguna manera. Puedo *actuar* barriobajera, pero no lo soy tanto.

Le fui a recoger en mi BMW, que en las circunstancias no me parecía lo correcto. ¿No crees que estoy siendo buena? Y allí estaba él, esperando afuera en la calle, con esa pequeña y patética equipaje, con el pelo partido al medio y con esos zapatos de J.C. Penney que piensa son «buenos». Ay Dios mío.

Juan es atractivo hasta que *intenta* arreglarse bien, si es que esto tiene algún sentido. Cuando se deja el pelo tranquilo, se le riza naturalmente y resulta atractivo como un científico despistado. Su barba no está mal si la dejara crecer un par de días. Así casi se parece a su héroe, Che Guevara. La montura negra de sus gafas—que gracias a Dios elegí yo, muchas gracias—le hace aparentar inteligente e interesante. Pero cuando piensa que *tiene* que hacer un esfuerzo para parecer presentable, lo estropea todo. Se alisa el pelo como un estudiante de tercer grado, se afeita la barba para descubrir su débil mentón. ¿Y todos esos cortes que se hace con la navaja de afeitar? El nene nunca aprendió a afeitarse. Los lentes del contacto que lleva puestos le irritan los ojos y acaba pareciendo que o llora o se pasa el día bebiendo. Lleva «pantalones» de poliéster que cree parecen buenos, en lugar de los jeans y las sudaderas con los cuales se siente más cómodo. No les digo nada que no le haya dicho ya a él. ¿Pero me escucha? No. No te confundes. Mi'ja, creo que es increíblemente guapo. Me trastorna. Lo único que me gustaría más de él es que tuviera más dinero. ¿Es esto un crimen?

Cuando me llamó y me dijo que teníamos la opción de volar de Boston a Roma por el aeropuerto de Heathrow en Londres, o por el aeropuerto de Dublín en Irlanda, escogí Londres, por supuesto. Mi'ja, el irlandés no tiene ninguna sofisticación, eso ya lo sabes. Me hubiera gustado que existiera un vuelo directo de Boston a Roma, pero no los hay. Podríamos haber tomado un vuelo directo probablemente desde Nueva York, y eso habría sido lo más fácil, pero no se lo planteé. Juan realmente no piensa de forma práctica. Vive obsesionado por el trabajo, intentando inventar nuevas maneras para que sus programas funcionen mejor. A veces tienes que agitarlo para conseguir que te escuche.

Así que aquí estamos, en la última etapa del viaje, de Londres a Roma. He estado montada en aviones durante las últimas doce horas. Mi'ja, eso es doce, con un uno y un dos. Doce horas intentando acomodarme en estos pequeños asientos, porque Juan no pudo conseguir primera clase. Doce horas que se me duermen los pies dentro de estos zapatos puntiagudos de color rojo Saint John's; tengo el pie ancho, pero no aguanto llevar zapatos anchos, sobre todo si son de color rojo. Doce horas sin un verdadero baño o una verdadera comida. Doce horas escuchando los cuentos de los hombres que Juan ayuda en su centro de rehabilitación. David, adicto a la droga durante casi veinte años y que ahora mantiene un trabajo en Wendy's y lleva sobrio todo un año. Luis, el que quemó la casa por fumar crack en la cama y casi muere abrasado, es ahora un empleado del departamento de limpieza, dejó la droga y encontró una novia buena. Y sigue. Hay muchos finales felices. Esos son los que más le gustan. Pero también los hay tristes. No me importa escuchar las historias. Yo sé que siempre digo que quise dejar el «barrio», y así lo hice. Y no regresaría allí por todo el oro del mundo.

Admiro lo que hace Juan. Tiene un título de ingeniería civil de Northeastern y podría haber hecho un sinfín de cosas para mejorar su posición social, pero tomó la dura decisión de renunciar a un mejor nivel de vida para devolver algo a nuestra comunidad. Me lo ha explicado todo y lo entiendo. Yo estoy en las mismas. Créanme, he tenido ofertas de trabajo de empresas privadas que hacen el mismo tipo de trabajo que hago en The United Way. Y casi pagan el doble de lo que yo estoy ganando. Pero es que probablemente soy más parecida a Juan de lo que la gente cree; necesito sentir que el trabajo que hago, importa. Pero, aun así gano cuatro veces más que ese muchacho. Es triste, chica.

Le cuento todas las tonterías que comentan sobre Elizabeth, que si es una lesbiana. La gente es idiota. La llamé y le dije que a mí no me importaba. No me importa. No me importa con quién se acuesten mis temerarias, con tal que traten bien a mis chicas. Le pregunté si esa poeta suya, tipo «los muchachos no lloran», la trataba bien. Me dijo que sí y le contesté que eso era todo lo que me importaba. Me lo agradeció y empezó a llorar, diciéndome que Sara no quería hablarle.

—Eso es una estupidez—dice Juan—. Sara es una desgraciada.

—Eran las mejores amigas. Qué extraño.

—¿No te hace preguntarte si alguna vez fueron algo más que buenas amigas?—pregunta Juan.

No había pensado en eso.

—*En serio* que lo dudo. Sara es muy chapada a la antigua.

Elizabeth dijo que Lauren y Amber la apoyaban. Todavía no había hablado con Rebecca, pero estoy segura que no será cruel, aunque no apruebe, no sabe ser grosera con nadie. Una vez publicó un artículo en *Ella* sobre las lesbianas latinas.

Lauren es la más grosera de todas. Hasta yo me estoy hartando de la manera que bebe esa muchacha y de cómo nos da consejo a todas horas como si no supiéramos nuestra propia historia. Pienso que es la gringa que lleva dentro que la hace ser así, una gran sabelotodo que con sólo estar a su lado te da dolor de cabeza. Juan y yo conversamos sobre la vida, el arte, la política, nuestras familias, y todos los temas del mundo. Eso es lo mejor de nosotros, la manera como nos comunicamos. Si fuera una mujer, sería mi mejor amiga. Si fuera una muchacha, hasta podría permitirme el lujo de llorar delante de él.

Por fin aterrizamos en Roma. Acaba de amanecer. Estoy tan cansada que lo único que quiero hacer es ir en taxi a un suntuoso hotel y desplomarme.

Juan tiene otros planes. Ha decidido alquilar un automóvil e intentar manejar él mismo por Roma. Mi'ja, nunca ha estado en Roma. Se sorprende cuando ve que el volante de nuestro verde, pequeño, y triste Fiat está a la *derecha*. Coño, además, no ha dormido en veinticuatro horas y sus lentes de contacto han irritado tanto sus ojos que parece que alguien les ha echado el ácido de la batería. Se olvidó de traer la solución salina y no quiere quitárselos y ponerse los espejuelos, porque son los únicos que ha traído. Triste como el infierno.

No les tengo que decir que Roma es una de las capitales más grandes de Europa, y como pronto descubrimos, no sólo tiene reglas de tráfico diferentes a las que tenemos en Estados Unidos, sino que también está enredada en docenas de proyectos de reconstrucción de muchos de sus lugares históricos. Nos quedamos atascados en el tapón más activo y horrible que he visto en mi vida, con la gente gesticulando entre sí desde motocicletas y taxis. Todos gritaban y agitaban sus grandes y velludos brazos. Incluso las mujeres tienen vello en los brazos. ¿Es que no han oído hablar de la cera caliente? Me está dando el peor dolor de cabeza de mi vida, una presión *aquí* en la frente. Parece incluso como si a los tenderos y a los obreros les gustara desgañitarse en su pequeño y horrible idioma sólo para ponerme de mal humor. Parece que estuvieran hablando español para retrasados mentales. Creía que Puerto Rico era ruidoso. No es nada comparado con Roma.

Nos toma tres horas encontrar el barrio dónde se supone que está nuestro hotel, porque Juan continúa tomando unas rutas equivocadas y pensando que entiende el suficiente italiano para recibir instrucciones de personas que no tienen ni idea de lo que él les está diciendo. Es demasiado orgulloso para admitir que no tiene ni idea de lo que está haciendo, mi'ja. Y todavía soy buena y no lo critico. Hablo en serio. Por fin localizamos el sitio, gracias a algunos romanos que hablan un español cantado, pero cuando finalmente llegamos a él, empiezo a desear que estuviéramos otra vez atascados en el tráfico.

Esperaba otra cosa. Sé que no debería quejarme, pero estoy acostumbrada a un cierto nivel de confort. Sé que el viaje no me ha costado nada y que Juan está tratando de ser bueno por el día de Valentín, un mes antes. Ni siquiera me quejé cuando pensó que deberíamos ir a Roma en *enero*, cuando hace frío y está triste. He *intentado* ser paciente y buena con el muchacho.

Pero, mi'ja, no estoy acostumbrada al tipo de hotel que Juan ha reservado para nosotros. Yo viajo todo el tiempo por mi trabajo, y saben el tipo de lugares que pido a Travis que me reserve. Quiero decir, Juan debería haber sabido solamente por el nombre que este lugar no iba a ser muy bueno. ¿Hotel Aberdeen? ¿Quién va a Roma y se hospeda en cualquier cosa llamado Aberdeen? Te lo juro. Suena como algo que encontrarías detrás de una fábrica de procesar carne en la región central de los Estados Unidos. La vista al frente del edificio es del ministerio italiano de defensa. ¿Qué romántico, verdad, mi'ja? El hotel es pequeño, oscuro, y huele a antiséptico y tripas revueltas. Pero estoy tan cansada que no tengo energía para protestar. Sigo a Juan con mis adoloridos pies hasta nuestro cuartito, con la desvencijada cama tamaño de matrimonio.

—De ninguna manera—digo al ver la cama.

—¿Cómo?

—Que no me voy a acostar contigo. Ya lo sabes. Necesitamos un cuarto con dos camas. Consigue un cuarto con dos camas.

Me siento en la sillita llena de bultos y pongo cara de culpa.

Juan deja caer los hombros y se frota los ojos. Una de sus lentillas sale disparada y cae en el suelo. Se pone a gatas y empieza a dar golpecitos en la sucia y dura alfombra con aspecto de Mister Magoo.

—Vas a coger una enfermedad si vuelves a ponerte esa cosa en el ojo—digo.

—De acuerdo. Lo que tú digas.

Se quita la otra lente de contacto y se le cae también al suelo, saca un par de gafas de la maleta y se las coloca. Se las quita y se frota el puente de la nariz. Suspira. Tiene esa mirada borrosa que se le pone cuando no puede ver dónde va.

—¿Navi, no podrías esperar hasta mañana? Los dos estamos cansados. Te prometo que no voy a intentar nada. Vamos a descansar.

—Dos camas—y sostengo dos dedos en alto.

Me deja en el cuarto y regresa quince minutos más tarde con otra llave. Vamos al nuevo cuarto con sus dos camas. *Tamaño individual.* No soy una mujer pequeña. Las camas individuales italianas, como todo en Europa, desde la ropa y las porciones en los restaurantes, hasta las propias personas, son más pequeñas que el equivalente americano. No sé cómo se supone que duerma en este cachivache; es como si fuera la cuerda de un equilibrista. No digo nada porque no quiero hacer sentir peor a Juan de lo que ya se siente. Ni siquiera hay un botones, y Juan tiene que regresar al automóvil para buscar mis bultos.

Mientras lo hace, chequeo el baño y el armario. Muy soso y funcional, y absolutamente nada lujoso. No podré usar mi secador de pelo ni mi pinza de rizar, porque en Roma usan unas tomas de corriente eléctricas de locos, mi'ja. Y en este hotel no hay ningún secador, claro. Ya saben lo velludas que son estas mujeres italianas, y les gusta que el pelo se les seque goteando, salvaje e indomable. Voy a parecer un perro de lanas electrocutado, a menos que Juan halle una solución. Voy a parecerme a la hermana de Buckwheat. Necesito hablar con él seriamente.

Sin embargo, estoy tan cansada. Esperaré que Juan traiga las maletas con mi ropa interior en una de ellas, sacaré mis pijamas de seda, el azul claro con la bata a juego, y cambiaré la espantosa luz azul del baño. Sin decirle una palabra a Juan, me meto en mi chirriante camita y me duermo con los angelitos.

Cuando despierto más tarde, averiguo que Juan ha estado explorando los alrededores buscando algo que comer, y ha colocado nuestra comida en la tambaleante mesa. Ha traído pizza italiana que es muy diferente de la pizza americana, porque es muy fina y realmente no tiene mucho queso, algunas pastas frías, y una ensalada fresca. Compró vino, agua en botella, y unas flores frescas que ha puesto en la pequeña y manchada jarra del baño. Hasta ha traído dulces italianos en una caja blanca atada con una cinta.

—¿Quieres que te sirva?—pregunta.

Me levanto y me siento en la mesa, disculpándome por haber sido desagradable anteriormente. Dice entenderlo, porque los dos estamos cansados.

—Pero mejor será que encuentres un adaptador para el enchufe del baño— le digo—. No puedo salir en público sin usar mi tenacilla de rizar.

—Está bien. Lo que tú quieras.

La comida está deliciosa y decido no exigirle que busque otro hotel. He vivido en peores sitios que este—de hecho la mayoría de mi niñez—y puedo aceptarlo. No estoy contenta, y quiero que sepa que no estoy contenta, pero no voy a herirle intencionalmente. Eso sería una grosería.

Después de comer, nos turnamos en ducharnos y vestirnos. Escojo un sencillo traje negro y unos zapatos de tacones, cubriendo el conjunto con un echarpe. Le pido que no cometa el mismo error con el pelo y la ropa, y que elija algo decente de su maleta. Juan ha hecho reservaciones esta noche para asistir a un concierto en un club de jazz en la zona de moda de Roma. Insisto que tomemos un taxi, y parece intranquilizarse. Sé que probablemente es porque ha calculado este viaje hasta la última lira. Le digo que yo pagaré el taxi, y asiente con reservas. Vamos al cajero automático de al lado y encontramos un taxi. Me dice que un amigo suyo le dijo que el club tiene música salsa en la parte de arriba. Cuando llegamos allí, comprobamos que es verdad. ¿Y, adivinen qué? ¡Hay cientos de puertorriqueños! Yo no lo puedo creer. Es como si nunca hubiéramos dejado Boston. Bailamos casi toda la noche, y regresamos en taxi al calabozo. Me divertí a pesar de no querer, y hasta permití a Juan unos toques, aunque no lo hacemos todo y encima le hago darme primero un masaje en los pies.

Al día siguiente se levanta de nuevo temprano, buscando un adaptador para ese estúpido enchufe, y logra conseguir fruta, pan, queso, y café del desayuno para servírmelo en la cama. Me visto. Escojo un conjunto de Escada negro y blanco, haciendo juego con unos pantalones negros. Añado unos zapatos bajos de Blahnik blanco y negros y una lujosa capa de alpaca de Giuliana Teso (hecho en Italia, claro) y mis gafas de sol. Me pongo un par de guantes de cuero negro y transfiero mi cartera y celular a un bolso de cuero liso Furla, en blanco y negro.

Entonces me propone el itinerario del día. Vamos a ver el Foro y el Coliseo, el Arco de Septimio Severo, la Casa de las Vestales, y toda esa clase de cosas. Caminando. Todo *caminando*, muchacha. Ay, no, mi'ja.

—Espero que hayas traído zapatos cómodos—dice con una irónica sonrisa—. No creo que debas llevar *esos*.

Apunta un dedo tembloroso a mis pies.

No traje zapatos «cómodos». Lo siento. No llevo el tipo de zapatos que otras personas llaman cómodos. Ni tampoco tengo jeans. Durante mi infancia, mi mama me enseñó que las chicas no llevan zapatos de deporte o pantalones, y aunque lo resentí en ese momento (tampoco me permitieron aprender a montar bicicleta), ahora tengo la necesidad de llevar zapatos atractivos y elegantes en todo momento.

—¿Qué les pasa a éstos?

—Navi, vamos a ir *caminando*—me dice—. Parecen cámaras de tortura.

No digo nada. Afuera, el cielo empieza a nublarse. No me cambio los zapatos, a pesar de sus repetidas advertencias. Se rinde diciendo:—Lo que tú quieras. Son tus pies.

Claro, quiere conducir de nuevo, porque piensa que el Foro está demasiado lejos del hotel para tomar un taxi. No digo nada. Examina su pequeño mapa lo mejor que puede, y yo me paso el viaje entero agarrada del techo de la puerta y de cuadro de mandos porque pareciera que en cualquier momento vamos a ser aplastados por un enloquecido conductor italiano. Estaciona el carro en un espacio designado para turistas y noto que el precio por ese derecho es casi el mismo que si hubiéramos tomado un taxi. Me quedo callada. Cuando salimos del automóvil, ha empezado a llover. Menos mal que traje un paraguas, porque Dios sabe que al caballero no se le ha ocurrido nada así de práctico.

Juan agarra su polvorienta, barata y pequeña cámara de fotos y empieza a fotografiar todo lo que ve. Le sigo los pasos e intento mantener el ritmo. Es duro para mí, pero parece no darse cuenta. Va y viene corriendo a donde estoy sentada musitando sobre la historia y «el entorno». Entonces, dice que quiere *subir* el Palatino, esa enorme colina donde los ricos construían sus casas. Subir, muchacha. Apenas puedo caminar, y él quiere escalar cosas. Le digo que lo esperaré abajo, cerca del Arco de Tito.

—¿Estás segura?—pregunta.

Miro a mi alrededor. Acaba de llegar un autobús lleno de canosos de Nevada, que chacharean con ese horrible e infantil acento.

—Oh, estoy segura—digo.

La lluvia cae más fuerte.

—Juan, me lo estoy pasando en grande. No te preocupes por mí. Me encantan todos estos edificios y personas viejas.

Juan agita su cabeza y suspira:—Vamos, Navi—dice—. Es un lugar increíble. Subamos y echemos una mirada alrededor. Dicen que la vista desde la cima es fantástica.

—No, gracias.

—No importa—dice—. Me quedo contigo. No quiero que te quedes sola. Además, está lloviendo.

—Ah, ¿de verdad?—pregunto, sarcástica.

Lauren, lo siento, pienso. No puedo mantener esa promesa que te hice, mi'ja. Tengo hambre y estoy mojada y cansada, y mi capa de alpaca está empezando a oler a perro mojado.

—Todavía tenemos tiempo para ver hoy el Vaticano—sugiere. Me encojo de hombros. Me ofrece su mano para ayudarme e intenta abrazarme y besarme, mientras dice algo tonto sobre lo romántica que puede ser Italia bajo la lluvia. Tengo frío. Tengo hambre. Me duelen los pies. Le doy un empujón y lo alejo.

Regresamos al automóvil que estaba en el parqueo que cobraban muy caro. Juan le pregunta en su deficiente italiano al encargado cómo llegar al Vaticano y el hombre dispara las indicaciones tan rápido que me marea. Juan le da las gracias, y se adentra de nuevo en el tráfico de los camicaces.

—¿Sabes a dónde vas?—le pregunto. Estoy seguro que no lo sabe.

—Seguro—dice intentando sonar alegre.

Levanta un puño, como alguien que acaba de decir «Al ataque», y grita:— ¡Al Vaticano! ¡Para ver al Papa!

El estómago me gruñe tan ruidosamente que puede oírlo. Me mira, y con el dorso de la mano se golpea la frente.

—Oh, Navi, lo siento—dice mirando su reloj—. Se ha pasado la hora del almuerzo. Estoy confundido con el cambio de horas. ¿Tienes hambre?

Casi nunca come, y es flaco. Así que, claro, se olvidó de la *comida*. Quiero decir, estamos en *Roma*. ¿Quién quiere comer *allí*?

No digo nada. Apenas lo miro y *espero* que él entienda lo infeliz que me he sentido todo el día. Traga, y pregunta de nuevo si tengo hambre. Entre dientes contesto: ¿Qué crees?

Empieza a doblar por las esquinas al azar en ese endeble carrito, evitando a perros y a perdidos, a gatos y a niños, en su intento por buscar un restaurante. Se detiene en el primero que le llama la atención a *él*. Es una *trattoria* con mala pinta, en medio de un bloque residencial gris, dentro del cual hay unos viejos sentados fumando puros y mirando un partido de fútbol en una vieja televisión en blanco y negro. Juan consigue parquear el automóvil cerca, y cuando entramos, todos se vuelven y nos miran fijamente. ¿Qué pasa, quiero decirles, nunca han visto a una señora con buen gusto y estilo en su vida? Dios mío. Juan parece satisfecho, como si hubiera encontrado un tesoro oculto.

Me pregunta lo que quiero y le digo que no sé, porque no entiendo «el menú»: una pizarra vieja y polvorienta llena de palabras italianas tontas. Una mujer con ojeras profundas y una prole de niños con la cara sucia, corriendo a su alrededor y tirándole de la cinta del delantal, intenta comprender a Juan y minutos después nos trae un par de platos con algo que parece carne y pasta. Me lo como. No está malo, realmente, pero no es de cinco estrellas. El vaso de agua está grasiento.

—Juan, espero tengas pensado llevarme *algún día* a un buen restaurante durante este viaje—digo cuando regresamos al automóvil—. Quiero decir, esto es *Roma*, está lleno de sitios elegantes. ¿Por qué tienes que llevarme a un antro así?

Juan parece enfadado:—¿Pero alguna vez dejas de quejarte?

Seguimos el resto del camino al Vaticano sin decirnos palabra. Juan intenta encontrar algo en la radio, y se decide por una extraña música de discoteca italiana, que me da de nuevo dolor de cabeza con todos esos sonidos y chasquidos electrónicos. El aire está frío y rancio y llueve a cántaros. Los limpiaparabrisas manchan el cristal delantero con una sustancia aceitosa que parece flotar en el aire de Roma. Nublado, frío, y en un automóvil horrible. Juan debe sentirse como en casa.

En Ciudad Vaticano hay colas para todo. Bien podría ser Disneyland. Por fin logramos entrar en el edificio principal y empezamos a mirar la exquisita obra de arte. Juan tiene que estropear el momento diciéndome en su voz de conferenciante que el Vaticano tenía relaciones con los nazis, y supuestamente con la mafia. A veces me recuerda a Lauren con sus declaraciones políticas. Escucho lo más educadamente que puedo, pero pienso que es una grosería por su parte hablar de esta manera en el propio Vaticano. Los dos somos católicos, y me sorprende que no tenga el mismo temor y reverencia por el lugar que tengo yo. Soy demasiado cortés para pedirle que se calle, pero nunca he pasado tanta vergüenza en mi vida, eso puedo asegurarlo.

Cuando vamos al hotel, estoy hasta la punta del pelo. Quiero a Juan, de verdad. Pienso que es un tipo bueno, un tipo inteligente y un tipo guapo. Pero no piensa en los demás. No me ha preguntado ni una sola vez lo que me gustaría hacer. No ha intentado llevarme a los tipos de cosas que me gustaría ver. Aunque intenta encontrar un buen restaurante para cenar esa noche, y se ofrece a comprarme «unos buenos zapatos» cuando pasemos una tienda de deportes (como *si . . .*), y el resto del viaje es simplemente más de lo mismo. Quiere caminar por todas partes. No sabe a dónde va la mitad del tiempo. Se quiere «perder» por los barrios romanos y comer en el primer antro que encuentra en lugar de los sitios elegantes. Cuando devolvemos el automóvil y tomamos el avión a Heathrow, me siento aliviada. Doce horas en avión me vienen bien. Estrujo mi cuerpo en el diminuto asiento, me pongo los auriculares, e ignoro a Juan cuando intenta hablar conmigo.

Cuando aterrizamos en Boston, ha entendido la indirecta. Estoy enfadada con él. Me defraudó la manera que me trató en el viaje. Cuando el avión se detiene ante la puerta de salida, saco mi celular del bolso de Kate Spade y marco el número del Doctor Gardél, con Juan sentado a mi lado.

—Hola, Doctor—digo—. ¿Cómo *está* usted? Oh, estoy bien. *Gracias* por *preguntar.* Usted es muy cortés. Eh, eh . . . eh, eh. . . . Bueno. He estado muy ocupada con un proyecto, pero ahora tengo algún tiempo disponible. ¿La sinfónica? Eso sería *maravilloso.* Qué buen gusto tiene usted.

A mi lado, Juan se cubre la cara con las manos.

Normalmente no uso esta columna para hablar sobre las artes, pero anoche vi una muestra que me emocionó, y quise informar a los lectores sobre mi experiencia. Fue la primera semana de actuaciones del festival de música primitiva de Boston en la Emmanuel Church, en celebración de la Semana Santa. Las actuaciones, dieciséis coristas interpretando composiciones inglesas y españolas antiguas de Tomás Luis de Victoria, me dieron esperanza que los bostonianos podamos, a pesar de nuestras diferencias, celebrar algún día en armonía todas esas cosas que tenemos en común, en lugar de concentrarnos en todo lo que nos separa...

—de *Mi vida*, de Lauren Fernández

amber/cuicatl

Cuando Gato se despierta, me dice que vio la luz del quinto sol brillar en un sueño, y que entonces apareció el Jaguar y dijo que debíamos adelantar mi ceremonia de nombre a este fin de semana, antes de verme con Joel Benítez.

Tenemos cita para ir a la casa de Curly en La Puente dentro de tres semanas para en una pequeña y privada ceremonia darme un nuevo nombre, pero los espíritus le han comunicado a Gato que la ceremonia tiene que ser grande, pública, e inmediata. Me sostiene suavemente y dice:—Si acudes a esa reunión sin tu verdadero nombre, no encontrarás todo lo que debes.

Siempre ha tenido razón en estas cosas. Gato tiene sueños que no son sueños. Los sueños de Gato son conversaciones con los espíritus animales del universo mexica.

Nos levantamos, nos damos nuestra ducha matinal juntos y comemos nuestra fruta en el pequeño balcón en la parte posterior del apartamento. Gato se dispone a organizar la ceremonia, y me retiro dentro de la casa. Una canción me golpea en mi interior. Las contracciones han empezado. La canción está esperando nacer.

Me siento en el suelo con mi guitarra, trabajando en la progresión de los acordes, mientras Gato habla por teléfono. Le oigo apenas en el fondo.

—'Mano, es que es muy urgente, urgente, urgente que hagamos la ceremonia pronto, pero pronto—dice. Me concentro en mi nueva canción, la del Hermano Oficial. Cuelga, y espera que haga una pausa en mi actividad antes de ponerme al día.

—Curly dice que mañana está bien—dice—. Tenía otra ceremonia, pero la cambiará. Entiende la importancia, y dijo que el Jaguar también se le apareció a él. Tiene que ser, Amber. Ya verás. Hay poco tiempo pero pienso que podemos avisar a todos.

Vuelve a hablar por teléfono durante varias horas, avisando a todos en nuestro grupo del baile azteca, para organizar una gran danza mañana por la tarde. Cuando termina, ya tengo el esqueleto de la canción y he empezado a colgarle pedazos de carne. Saca su tocado y escudos del armario y empieza a limpiarlos para la danza.

En total, treinta de las treinta y seis personas del grupo dicen que podrán venir. El lugar cambia de la casa de Curly a un espacio abierto en Whittier Narrows. No hay suficiente espacio en casa de Curly para una danza completa, con tambores y todo y Whittier Narrows es el lugar donde normalmente solemos ir. Paso el resto del día terminando mi canción.

Gato limpia el apartamento y compra los comestibles en la cooperativa de alimentos. Cuando llega la noche hacemos el amor y escuchamos la voz verde y profunda de la luna.

El domingo, todos nos reunimos en el parque a mediodía. Me pongo el vestido morado largo y bordado con muchas capas, el tocado de oro, y mocasines. Gato lleva sólo un taparrabo, campanillas en los tobillos, y su tocado grande de plumas. Los otros miembros del grupo se visten parecido.

Las familias visten sus mejores ropas de domingo, la mayoría son de México o Centroamérica y hablan español. Las mujeres se contonean en sus trajes de saldo y llevan niños en los brazos o empujan sus cochecitos. Los hombres llevan sombreros de vaquero blancos y jeans ajustados negros, con enormes hebillas en el cinturón y botas vaqueras de piel de avestruz amarillas. Algunos llevan estéreos portátiles que vociferan canciones de Los Tigres del Norte o del Conjunto Primavera. Las bebitas tienen cintas rizadas en la cabeza, y llevan colgando en las orejas diminutos pendientes de oro. Los niños corren y juegan vestidos con pantalones y botas. Las familias montan en barcos de pedal en el lago, o se pasean por la orilla comiendo churros y tortas. Los jóvenes con pañuelos en sus cabezas afeitadas, se dan las manos elaboradamente y miran a las chicas con sus holgadas sudaderas y aretes grandes. Los quiero a todos.

La mayoría no sabe qué pensar de nosotros vestidos con nuestras ropas ceremoniales mexicanas. Somos orgullosos príncipes indios y princesas, reyes y reinas. Cuando algunos se ríen de nosotros, siento tristeza y rabia. Intento hablar con ellos sobre lo que estamos haciendo, quiénes somos. Sé como se sienten; yo era como ellos. Eso era antes de que descubriera las mentiras de la historia. Antes de que comprendiera que llevo en mis venas sangre de gente ancestral y orgullosa. Les digo que estamos aquí para honrar el pasado, para honrar a nuestros antepasados que murieron defendiendo su cultura. Algunos automóviles nos pasan y tocan la bocina en solidaridad, algunos levantan los puños y gritan:—¡Qué viva La Raza!

Muchas veces hay personas que parecen entender lo que estoy diciendo, sobre todo los más jóvenes. Todos tenemos fotografías en nuestros álbumes familiares de un bisabuelo que llevaba trenzas. La mayoría de nosotros sabemos que somos indios. Sólo que esos americanos pretenciosos que trabajan en el *Los Angeles Times* no quieren reconocernos. Ese periódico nos ha calumniado tantas veces que ya he perdido la cuenta. Una vez fuimos allí para hablar con un mexica que tenía un alto cargo, de unos cincuenta años, que parecía una réplica de Sitting Bull. No quiso oír nuestro mensaje. Igual que Rebecca. Los incomodamos.

Prendemos atados de salvia y los ponemos en los bordes de nuestro círculo para quemar y limpiar el área de malos espíritus. Los que tocan los tambores preparan su equipo. Nos congregamos sin hablar mucho. Inclinamos las cabezas en silenciosos rezos. Las mujeres recogen sus vibradoras, los hombres sostienen escudos y vibradoras. Curly se sitúa en el medio del círculo y se dirige a todos en español, inglés, y Náhuatl. Recuerda a todos la manifestación esta semana antes los estudios de DreamWorks donde proyectan hacer una nueva película de dibujos animados para destruir lo que queda de nuestra historia. Nos habla de otra manifestación contra los estudios de Disney, ésta dirigida a Edward James Olmos.

—Ese vendido quiere hacer una película sobre Zapata—dice Curly—. ¡Necesitamos mostrar al estudio que no queremos que ese europeísta vendido nos interprete! ¿Están conmigo?

Rugimos.

Finalmente, nos recuerda que escribamos a todo el que podamos para conseguir apoyo a la legislación que una de nuestras hermanas mexica ha propuesto en el norte de California, para que el gobierno nacional reconozca a los méxicoamericanos como indígenas.

Ahora Curly nos dice que hoy estamos aquí para bailar en mi honor, Amber, y mi reunión mañana con una marca discográfica interesada en mi música. Dice que es importante, porque si me contratan, el mensaje mexica viajará por toda la tierra.

—Por favor, únanse a mí y recemos por el éxito de nuestra hermana de mexica y de su música.

Uno de los miembros del grupo, un abogado de espectáculos llamado Frank Villanueva, levanta la mano y pregunta si puede hablar. Curly dice que sí.

—Me gustaría ofrecer mi presencia en la reunión con la marca discográfica—dice—. Si Amber me lo permite.

—Gracias, hermano Frank, por su generosidad—dice Curly—. ¿Amber? ¿Qué dices?

Miro a Gato, y asiente. Tiene los ojos encendidos. Entonces recuerdo, Frank representa a algunos de las mayores promesas de mexica en Hollywood.

—Digo que sí, y gracias.

—Sería un honor. Me alegro que acepte—dice Frank—. Todos hemos escuchado su música y sé que triunfará. Pero no tiene ningún sentido para una artista joven ir sola a una reunión como esta. Se le puede hacer tanto daño a una ávida y joven artista. ¿Cuándo y dónde es la reunión?

Se lo digo, y él asiente:—La encontraré allí.

Miro fijamente las ofrendas que hemos amontonado en el centro de nuestro círculo, la fruta y el incienso, y me concentro, siento el águila dentro de mí abrir sus alas, remontándose al sol. Siento que me rodea la energía de mis hermanas y hermanos. Curly dice que hoy escogerá un nombre para mí, un nombre de mexica, que me ayude y me conduzca a mi destino. Comienzan a sonar los tambores.

Bailamos tres horas sin parar. Vanesa Torres, que está demasiado embarazada para bailar, reparte botellas de agua. Entro en la zona, el mismo lugar que alcanzo cuando actúo en público, el mismo lugar que alcanzo cuando Gato y yo corremos por las colinas por horas. Siento las energías del universo dentro de mí. Me pierdo en los espíritus. Sé que así es cómo las cosas deben ser. He llegado aquí, a este punto en mi vida, por alguna razón.

El baile se interrumpe. Curly vuelve a entrar en el círculo. Me invita a unirme a él. Me arrodillo ante él, y me da mi nombre.

Cuicatl.

Ya no seré Amber. Seré Cuicatl. Es un nombre fuerte, un nombre que significa «canción» o «cante»; un nombre que con el poder de comunicar a través de la música. Es el nombre que debería haber tenido, es el nombre de mi verdadero destino. Si los españoles no hubieran llegado y matado a mi gente en Aztlán, si no hubieran tomado nuestros pueblos y ciudades, reduciéndolos a escombros, si no nos hubieran llenado de su pólvora y las venenosas comidas, yo habría sido Cuicatl. Lo más bonito de todo es que aún no es demasiado tarde. Todavía tengo tiempo de abrazar mi verdadero yo, mi yo de mexica, mi bello yo mexicano: Cuicatl.

Regresamos a casa y mi madre ha dejado un mensaje en el contestador automático pidiéndome que la llame. Lo hago. Está en casa, y contesta el teléfono.

—¿Diga?

—Hola, Mamá.

—¡Oh, Amber! ¿Cómo estás?

—Bien, Mamá. ¿Y tú?

—Muy bien, mi'ja. ¿Dónde has estado?

—Hoy tenía la ceremonia de denominación.

Silencio. Mi mamá puede decir más con su silencio que con sus palabras. No aprueba el movimiento de mexica. Nunca lo ha dicho, pero es obvio. De la misma manera que no le gusta como me arreglo el pelo, la cara, o lo que le he hecho al automóvil que me regaló. Nunca lo dice abiertamente pero hace otras cosas, me envía fotos de mujeres en las revistas, con una notita diciendo que piensa que me quedaría bien el pelo con el corte de la foto.

Después de una pausa suficientemente larga para hacerme sentir incómoda, me pregunta:—¿Recibiste el paquete que te envié?

—Sí, Mamá. Siento no haberte llamado. He estado muy ocupada. Gracias.

Quiero regañarla, ¿sabes? Quiero gritarle porque nunca se interesa por lo que hago en las ceremonias, por no venir nunca a uno de mis conciertos, por nunca preguntarme cómo le va a Gato, por nunca preguntar sobre mi vida. Pero no lo hago. Puedo tirarme encima de una muchedumbre de roqueros alterados, pero no puedo arriesgarme a perturbar a mi mamá. Tengo veintisiete años y todavía no tengo el valor de confrontar a mi madre. Es ridículo.

—Pon todas tus cosas dentro de las bolsas y usa la aspiradora para sacar todo el aire. Lo deja todo bien compacto y lo puedes poner en el armario sin que ocupe tanto espacio.

—Lo sé, Mamá. Gracias.

—Puedes usarlo para mantas o suéteres, esas cosas.

Es su manera de pedirme que cambie la decoración de mi apartamento.

—De acuerdo, Mamá.

—Los conseguí a través del canal de venta por televisión. Compré otros para tu abuela y para tú, niña. Los compré con facilidades de pago. Pagas todo en cinco pagos fáciles y convenientes.

Siempre adivino cuando mi madre está citando la «TI-vi».

—Qué bien, Mamá. Gracias.

—Para que puedas tener más espacio.

Traducción: No aprueba el tamaño de mi apartamento.

—Qué bien. ¿Cómo está Papá?

—Está en el Rez, donando dinero a la causa indígena.

Así es como mis padres describen su última adicción: jugar en el casino. No concibe que esto pueda ofenderme. No entienden que nosotros *somos* indios. Piensa que los mexicanos, o como ella dice los «mesicanos», es una raza. El número de salas de juego en las reservaciones del condado de San Diego están aumentando tan rápidamente que me enferma. Mis padres iban una vez al mes, ahora van todos los fines de semana, quizá incluso todos los días. Mi mamá todavía no está jubilada, pero toma el autobús que va al casino de Jubilados entre semana, porque dice es gratis y encima te regalan una hamburguesa.

—Mamá, preferiría que no lo dijeras así, no está bien.

De nuevo el silencio.

—Vi una oferta de trabajo estupenda en el periódico. Te vendría a la perfección—dice por fin—. Te la mandé por correo. La debes recibir mañana.

—No necesito trabajo, Mamá.

—Sólo lo estoy diciendo, en caso de que . . .

—Gracias.

—Te la mandé por correo.

—Gracias.

—Pagan muy bien, mi'ja. Once dólares la hora.

Está harta de enviarme dinero para pagar el alquiler, pero no se atreve decírmelo.

Cambio el tema:—¿Cómo está Pedro?

—Le va muy bien. Vino la semana pasada para ayudar a tu papá a cortar ese árbol.

—¿Qué árbol?

—El que está detrás en la colina.

—¿Ese pino enorme?—pregunto.

Adoro ese árbol, de niña pasaba muchas horas contemplando el mundo allí debajo. Debe tener quinientos años. No puedo creer lo que yo estoy oyendo.

—¿Y por qué?

—A tu papá le preocupaba que fuera a caerse sobre la casa. Ya sabes cómo es él.

Ahora soy yo la que me callo.

—Pedro está buenísimo. Le va muy bien en el trabajo. Siempre da gusto verle. Es alguien en quien yo siempre puedo depender.

Y yo no lo soy. Eso es lo que quiere decir. Claro que siempre se alegra de verlo. Son tal para cual.

—Me alegro, Mamá.

—Te quise llamar para ver si habías recibido el paquete y decirte lo del trabajo. Es de ayudante admininintrativa.

No puedo contar las veces que la he corregido, pero nunca lo capta. Sé que ella sabe decir «administrativa». Debe tener el azúcar baja.

—Está bien, Mamá.

—Por si estabas buscando algo.

—No lo estoy, Mamá. Mañana tengo una reunión con una marca discográfica.

—Ay, qué bien, mi'ja. ¿Todavía sigues tocando esa música mexicana?

—Mamá, toco rock.

—Bien, que buena noticia lo de la reunión. Rezaré por ti.

—Gracias.

—Cuídate.

—Tú también, Mamá. Come algo. ¿De acuerdo? Bebe un poco de jugo.

—Te quiero.

—Y yo también te quiero.

Cuelgo, y suspiro. Gato me mira desde donde se oculta bajo su teclado, con simpatía en sus ojos. Sabe que las llamadas telefónicas de mi madre me enloquecen. Está escribiendo una nueva canción, una balada llamada «Cuicatl». Toca unas estrofas y se me pone la carne de gallina. No lleva camisa, sólo sus rasgados jeans de cintura baja y sus sandalias de cáñamo tejido. Tiene recogido el pelo y lleva una cinta de cuero en la frente. Mi príncipe de mexica.

—¿Qué haría sin ti?—le pregunto, rodeándolo con mis brazos. Es cálido y sólido.

—Estarías bien sin mí—dice—. Eres fuerte.

Hago la cena, verduras crudas y grano de trigo, con piña de postre. Después de cenar, hacemos el amor. Prueba mi nuevo nombre otra vez.

—Es perfecto. Tu nombre es perfecto—dice—. Te va bien.

Y nos quedamos dormidos en la acogedora envoltura de nuestro amor.

Al día siguiente me despierto temprano. Estoy demasiado nerviosa para comer, pero Gato me obliga a que beba un poco de té. Me frota los hombros, me ayuda en la ducha. Me decido por los ajustados pantalones que encontré en una boutique de moda en Venecia, llenos de retratos de la Virgen de Guadalupe, los mismos que llevé a la reunión con las temerarias en Boston, los que provocaron convulsiones a Rebecca. Llevo un ajustado y corto suéter rojo, botas rojas, y trinchera negra. Me pongo ligas rojas en el pelo, el maquillaje, unas gargantillas, y anillos góticos de plata oscura en cada dedo. Gato dice que estoy bien. Le pregunto qué piensa que necesito llevar. No contesta, dice que deje todo en manos de Frank.

Los dioses están contigo en esto—dice—. Lo presiento.

Gato me lleva hasta Beverly Hills para la reunión con Joel Benítez. Frank me encontrará allí. Gato me deja justamente al frente, y me pide que lo llame a su celular cuando termine. Los celulares son el único lujo que nos hemos permitido, además de nuestros instrumentos; en Los Ángeles el tráfico es tan espantoso que debes tener uno. Gato dice que se va a meditar a un parque cerca del centro comercial Beverly; pasará todo el tiempo enviándome buenas vibraciones. Me despido con un beso y camino hacia mi destino. Cuando paso el guardia de seguridad en la mesa de la entrada y entro en el sepulcral y lujoso ascensor (hasta el ascensor aquí es bueno. *¡Mexicatauhi!*) casi no me lo creo. Nunca he estado más nerviosa en mi vida.

Cuando entro, Frank ya está sentado en la oficina de Joel; no parece la misma persona. Sólo lo conozco vestido de mexica. Hoy lleva un conservador traje azul y una llamativa corbata de diseño. Tiene la misma intensa mirada en sus ojos, pero al verle así, con las piernas cruzadas casualmente, con su perilla bien recortada y sus gafas metálicas, nadie sabría que es un bailarín azteca. Mi disco compacto suena en el estéreo. Ambos hombres se levantan para saludarme. La asistenta de Joel, Mónica, una rubia alta con una bandera venezolana en la cadena del cuello, ronda cerca. Es delgadísima y lleva unos ceñidos pantalones y una camisola debajo de una blanca y transparente camisa.

—¿Desean un café o un té?—me pregunta.

—Nada, gracias.

—¿Agua?

—Está bien.

Mónica sale rodeada de una nube de dulce perfume. Joel. La oficina es grande y elegantemente diseñada, con dos sofás de cuero blanco, pinturas al óleo, y una gran ventana detrás de Joel. La pared está ocupada por un centro de entretenimiento grande y deslumbrante, y un sistema estereofónico enormemente sofisticado. Discos de oro y plata enmarcados adornan otra pared. Los poderosos y pequeños altavoces cuelgan de cada esquina. La música está muy alta. Tenemos que gritar para escucharnos. Joel menea su cabeza al ritmo de la canción, un reggae y cumbia mezclado con metal, y un pesado y pulsante sonido de bajo que imita el latido del corazón. Madre Oscura. Es uno de mis favoritos.

—*So*—dice Joel, en inglés.

Me alegra que no hable en español. Tengo soltura, pero prefiero no negociar en ese idioma.

—Amber.

—Cuicatl—lo corrijo.

—Así es; Frank ya me informó al respecto—dice con una sonrisa irónica. Junta sus yemas de los dedos delante de él:—«Kwee . . .». ¿Cómo se dice?

—Cuicatl.

—Cuicatl. A esto sí que hay que acostumbrarse.

Mónica regresa con mi agua y un vaso de hielo. No un vaso, sino una copa azul de vaso soplado con burbujas de aire pequeñas tipo mexicano.

—Vamos al grano, Joel—dice Frank en tono de negocio—. No perdamos más tiempo.

Me asusta su actitud. En nuestras reuniones de mexica, siempre es cortés, casi tímido.

—Joel quiere ofrecerte un contrato—me dice—. Su marca está entusiasmada contigo. Les gusta tu música. Quieres llegar al mejor acuerdo posible, porque vas a ganar millones de dólares para esta compañía si te contratan, ¿no es verdad?

—Sí—digo, aunque no estoy segura que estoy de acuerdo.

Joel le da a Frank una mirada de respeto e irritación.

—Ya hemos hablado unos minutos, y creo que podemos llegar a un acuerdo—agrega Frank.

—Estoy seguro que lo vamos a hacer—dice Joel con una mirada medio dolida.

—Cuicatl, lo que he propuesto está delineado aquí.

Frank me pasa una carpeta llena.

—Le he dado otra también a Joel. Es muy básico. Ésta no es la única marca discográfica interesada por ti y él lo sabe. He incluido datos del mercado del género y la demanda, y algunas cifras de venta mundiales de artistas similares. Lo que estamos pidiendo, en las circunstancias, es razonable. Joel lo sabe. Queremos unirnos a la marca que nos dé más apoyo y recursos. He detallado lo que necesitamos de adelanto, presupuesto de promoción y puntos para el artista como compositor, intérprete, y productor. Me gustaría que nos tomáramos unos minutos para examinar los números, y ver lo que opinamos.

Joel abre la carpeta, lee durante unos minutos, y aprieta el botón del altoparlante. Marca una extensión de cuatro números y cuando contesta, una voz masculina le empieza a hablar agitadamente en español. Le invita a que venga a repasar la propuesta en ese instante.

Gustavo Milanés, el presidente de la marca, se persona. Es más joven de lo que yo había imaginado, alto, con un corte de cabello rizado y grandes lentes. Me da la mano y me dice que ha oído hablar muy bien de mí. Los hombres ajustan unos números, pelean por otros, todo en español. Transcurre una hora sin que diga una palabra. Siempre que termina mi disco, Joel Benítez aprieta su remoto y vuelve a ponerlo hasta que me harto de escucharlo.

Los ejecutivos empiezan con sugerencias que me hacen sentir nauseabunda: que use mi antiguo nombre, un poco más de pop, que me quite el anillo de la nariz, que me aclare el pelo.

Frank los corta de cuajo.—Es perfecta tal como es. Deben saber lo que tienen delante. ¿Han visto cuántos jóvenes asisten a sus conciertos? Hay colas alrededor de la manzana; eso sin presupuesto de promoción. ¿Entienden la demanda que hay de una artista como ella? No hay nadie que se le parezca. El material está listo; ha grabado seis de sus propios compactos. Es un proyecto fácil, sin riesgo. Ustedes lo saben y yo lo sé. Avancemos.

Continúan hablando en español. Se me pasan las náuseas.

Finalmente, Frank dice que él está de acuerdo con la propuesta y sus modificaciones. Joel sugiere reunirse la semana próxima para firmar el contrato. Frank es inexorable en que debemos hacerlo ahora:—Caballeros, pensé que iban en serio—dice.

Joel comenta algo sobre necesitar la aprobación del director financiero de la compañía. Frank lo contrarresta, diciendo que ya se debe haber discutido el tema y establecido máximos y que la oferta debe entrar dentro de lo aceptable.

—Tenemos otras posibilidades.

Empieza a recoger sus papeles:—Cuicatl, vámonos.

Joel y Milanés hablan en voz baja por un momento. Entonces Milanés dice que volverá en breve con un contrato:—Puedo tardar una hora—dice.

Frank dice que está bien. Esperamos. Por un breve momento me pregunto si puedo confiar en Frank. Realmente no lo conozco. Pero él es mexica. No tengo ninguna razón para dudar de él.

Nos entregan el contrato en dos horas. Miro a Frank, y me susurra la palabra Náhuatl de «confía en mí».

Firmo.

Joel firma.

Milanés firma.

—Me gustaría tener una conferencia de prensa la próxima semana—dice Joel—, para anunciar la firma del contrato. Deberíamos salir al mercado en abril.

—Tendrás tu primer cheque en seis semanas—me dice Joel.

Su actitud ha cambiado, y está claro que es él, no Frank, quien lleva la voz cantante.

—Por esta cantidad.

Escribe.

—Usa eso para cualquier mezcla o producción y para las nuevas canciones que quieras grabar.

Apunta un número enterrado en la fina letra del voluminoso contrato. Me quedo con la boca abierta y Frank se ríe. Hago rápidamente la matemática. Son millones. Me habría conformado con cien mil.

Joel explica—Es para gastos, claro, pero sobre todo para producir tu primer álbum, con fecha de entrega a finales de marzo. No lo derroche. Ahora parece mucho, pero tendrá que pagar todo el tiempo del estudio, la producción, la ingeniería, las mezclas, los músicos. Todo menos la promoción que empezaremos hoy mismo.

Miro fijamente la cifra.

—Cuando nos entregue el álbum dentro del plazo previsto—dice Joel—, le daremos lo que quede del dinero.

Apunta a otra cifra: más millones. Me quedo de nuevo con la boca abierta. Los ojos de Frank brillan y sonríe la sonrisa poderosa y ancestral de nuestra gente.

—Además—continúa Joel—ganará puntos adicionales por el porcentaje de cada álbum vendido, así como puntos por las canciones que se toquen en la radio, como compositora, artista, y productora ejecutiva. Y, claro, cualquier ganancia que se acumule durante su gira promocional que será de alcance internacional. Hemos acordado invertir mucho en promoción, e imagino que la conocerán al menos por Latinoamérica, España, y entre los hispanohablantes en los Estados Unidos. Para este tipo de música, Asia es una posibilidad. Lo es. Siempre lo es. Los derechos extranjeros son otro asunto, pero Frank se asegurará de obtener un trato favorable. ¿No es verdad, Frank?

Frank asiente.

Dice Joel:—Eh, Cuicatl, sé que no quieres hacer un sencillo en inglés. Pero piénsalo. Cada vez colaboramos más con Wagner. Tu sonido tiene potencial de traslado al mundo anglo.

—¿Cuánto sumará eso?—pregunto. Ya no *tengo* que cantar en español. Un idioma europeo u otro. ¿Qué más da?

—Depende de ti—dice Frank—. Pero podría ser tanto como un par de millones más.

—Chinga—digo, sin pensar.

—Oye esto—dice Joel, mirándome divertido.

Entonces, porque se ha firmado el contrato, porque soy Cuicatl, protegida por el espíritu de Ozomatli y Jaguar, no importa si parezco una paleta. Sorprendida, grito fuerte de nuevo la misma palabra.

Joel se pone de pie cuando salimos y me abraza:—Bienvenida a la familia Wagner, Amb . . . er, Cuicatl—dice—. Debe tener claro que esperamos mucho de ti.

De veras.

Estamos a mediados de febrero, generalmente buena época para el
mercado inmobiliario, pero la mayoría no conseguimos casa en ninguna
parte de esta ciudad. ¿Por qué? Porque según un nuevo estudio, el precio
medio de una casa en Boston es el tercer más alto en los Estados
Unidos. Una casa aquí vale casi el triple de lo que costaría en
cualquier otra parte. Me gustaría poder comprarme una casa, pero
como otros millones de aquí, permaneceré apasionadamente liada
con este alquiler en esta ciudad carísima, pagando, como hago
a menudo, un precio muy alto por el amor.

—de *Mi vida*, de Lauren Fernández

lauren

stoy escondida detrás de la pequeña cómoda de cartón llena de calcetines en el armario de la sala de Ed. Llamé al trabajo diciendo que
estaba enferma, tomé el puente aéreo de Delta a LaGuardia, y fui en
un taxi al estupendo apartamento de dos cuartos de Ed en el Upper East Side.
Chuck Spring me volvió a echar la bronca ayer, por no ser lo suficiente «latina»
en mi modo de escribir, y en vez de arriesgarme propinándole un puntapié en
los dientes, decidí escaparme y curiosear un poco. Entré en el apartamento con
mi propia llave. No está esperando mi visita hasta el próximo fin de semana.

Hace unos minutos registré sus cajones y bolsillos, buscando la evidencia.
Encontré una grande caja de condones azules, faltando seis, y un pasador de
pelo en forma de mariposa que no es mío. Ed no es el tipo que usa condón;
el pasador podría ser suyo. (Notan que dije una caja grande de condones, no
una caja de grandes condones.)

Acaba de entrar por la puerta y no está solo. Atisbo a verla pasar, a través
de una grieta en la puerta del armario, con sus ruidosos y vulgares tacones,

unas sandalias de plástico blanco de tacón alto. Afuera está helando. Sospecho que esté loca. También lleva una minifalda de punto rosada con triángulos blancos, con medias color carne. No acabo de ver su cara. Parece tan joven como se oía en el contestador, pero más oscura de lo que esperaba. Por algún motivo su voz de niña malcriada no me sonaba a la de una prostituta de Juárez, con pintura de labios naranja resquebrajada y una enorme y seca permanente. Su último mensaje confirmaba su cita aquí esta noche para cenar.

—Te haré la cena—decía atontada y orgásmica—, en tu casa.

Efectivamente, estoy loca de remate. Pero tengo razón. Necesito toser. Contra. Lauren, aguanta, aguanta. Trago, cierro los ojos, pienso en otra cosa. El impulso pasa. Abro los ojos justamente en el momento que Ed le propina una nalgada a la muchacha. Riéndose entre dientes, se quita el blazer azul marino con los botones de ancla dorados y se lo entrega a ella. Ay, no. Me paralizo. ¿Abrirá el armario? Susurro las palabras:—Por favor no, por favor no.

Funciona. Suelta la chaqueta encima de una silla.

Escucho como Ed orina largamente con la puerta del baño abierta. Lola empieza a revolver los armarios buscando ollas y cacerolas. Ed descarga el inodoro y sale silbando. Se detiene delante del armario y se estira, eructa, y se dirige a la sala. Aunque la cocina y la sala son el mismo cuarto, diferenciado tan sólo por los azulejos y la alfombra. Ed se desploma sobre el sillón de cuero, el que tiene todos los bártulos de masaje bajo su piel, y pone CNN en la televisión. Eructa.

Qué encantador es. Hablan despacio en español mexicano, mientras ella corta una cebolla con precisión y rapidez. Intento oír lo que dicen, pero las burdas cañerías a mi lado han empezado a repicar en mis oídos. Calefacción de vapor de edificio antiguo. Aclaro un poco mi garganta confiando que nadie me escuche. Pronto huelo el aceite calentándose, cebollas fritas con polvo de chile, frijoles colorados, y carne. Pasan un anuncio del partido de fútbol de los Cowboys y, como era de esperar, Ed sube el volumen y salta del asiento con un brazo en alto como John Travolta en *Saturday Night Fever*. He visto ese movimiento muchas veces; pretende golpear un balón de fútbol americano sobre el piso como si lograr su propio tanto.

—¡*Ajuá*!—grita, mientras agita el culo.

Lola ni la mira. Ed parece defraudado que no se haya fijado en su proeza atlética. Se encoge de hombros, se sienta y se ríe de un anuncio de cerveza que muestra a unos tipos haciendo tonterías. Me inclino hacia delante y arrugo los ojos a través de la abertura; veo a Lola plantada delante de la estufa revolviendo con tanta fuerza que sus grandes y firmes nalgas se menean. Una vez, cuando la mamá de Ed me preguntó si «sabía cocinar los platos favoritos de mi'jo». Bromeé diciéndole que «hacía la tostada perfecta con mantequilla cuando no trabajo». Frunciendo el ceño, susurró en el oído de Ed y salió del cuarto.

Estoy llena de picazón y tengo que orinar cuando Lola llama por fin a Ed a la mesa. Oigo ruidos, sillas corriéndose, Ed que silba la música del programa de discusión de O'Reilly. Se me ha dormido el pie. Me estoy ahogando. Escucho cubiertos raspando los platos. Abre otra lata de cerveza. Y otra más.

—Delicioso—comenta Ed—. Chula, eres una gran cocinera, igual que mi madre . . .

Ay.

Si interrumpo ahora, él dirá que sólo son amigos. Debo esperar.

Yo me quedo retorcida y encogida hasta que Lola acaba de lavar los platos, de secarlos con un paño, de guardarlos, y de frotar los hombros de Ed mientras se hurga los dientes con el dedo meñique. Finalmente, oigo el sonido húmedo de besos. Muge como un toro enfermo, ella se ríe tontamente como un pollo. Le dice que es bonita. Lola lo llama «guapo», ahora *sé que* está loca de remate.

Ed es muchas cosas, pero no es guapo.

Sus voces retroceden a la alcoba. Es sorprendente cuantas mujeres quieren acostarse con ese mexicano feo y grande. Podría abalanzarme ahora mismo y darle un puntapié en el culo. Pero quiero cogerle en la situación más comprometedora posible. Le daré un par de minutos, algo más que eso y habrá terminado. Estúpido armario; huele como un almacén. Guarda sus trajes en la sala, la ropa deportiva aquí. Para Ed eso significa pantalones caquis, mocasines, botas vaqueras, y gorras de los Dallas Cowboys.

¿Guapo? Quizá, si entorna un poco los ojos. Ser *casi* guapo es peor que ser feo de remate, porque engaña con su buen cuerpo y elegante vestir. Tiene una cabeza grande como la de un asno, y pienso haber mencionado un par de veces que su cara está repleta de huecos viejos causados por el acné. Sus orejas tienen lóbulos bulbosos que no se notan al principio, pero después no les puede quitar los ojos. Tiene la nariz torcida y ancha y uno de sus ojos está más bajo y le llora más que el otro, como un perro San Bernardo abandonado en una parada de camiones. Pero es alto—*saben* que eso cuenta mucho para un hombre—y

tiene unos dientes preciosos y una bonita sonrisa. Su cuerpo es casi espectacular por todo el squash que juega y el sushi que come, pero tiene papada. No *me pregunten* por qué; he intentado adivinarlo y no encuentro otra explicación que sus malos genes. Fuma cigarrillos de vez en cuando, pero no se nota porque siempre tiene chicle en la cartera. ¿Ven? Con un tipo como Ed, puedes escoger ver el vaso medio vacío, o medio lleno. Depende de uno.

Empiezo a moverme, lo más furtivamente posible con las articulaciones heladas y doloridas y con la vejiga desfallecida. Un par de caquis bien almidonados me golpean la cabeza. Los quito de en medio con un manotazo; tiene aproximadamente veinte pares, todos colgados en fila. Viste como si se hubiera criado en los clubes privados del país, en lugar de los rodeos mexicanos. Los viernes, Ed «viste sport», y sale con sus amigos (tipos blancos) de la oficina a darse tragos en los bares de deportes del Upper West Side. Me dijo que le habían preguntado si era camboyano, paquistaní, ese tipo de cosas. ¿Nunca le preguntaron si era *mexicano*, saben? Cuando se lo dijo, actuaron como si acabara de pasar Elvis desnudo y encima de una cabra. Sonrió abiertamente y les dio ese guiño tan hortera y ese chasquido. Claro que sí.

Cuando acababa de conocer a Ed, era funcionario de información del alcalde de Boston; y yo era una corresponsal novata que cubría el Ayuntamiento. Estaba persiguiendo a un par de tipos calladamente, pero había perdido mi fe en los hombres latinos. Él fue el primer latino que encontré que sabía distinguir si «la mujer» que acababa de entrar sola en el restaurante era un tipo disfrazado. La mayoría no pueden. Ven a un fulano con la nuez en la garganta, las piernas afeitadas, una falda ajustada, una peluca rubia y larga, lápiz de labios rojo, y tetas falsas y grandes y se tropiezan y caen unos encima de otros, poniendo los labios en forma de beso y cantando: *Ay, Mami. Ven aquí preciosa, bella, mujer de mi vida, te amo, te adoro, te quiero para siempre.* Imbéciles totales.

Ed no era así. Fue el primer latino que había conocido moderado y profesional, el primero que no se quejaba de la opresión y el imperialismo a cada rato. Fue el primer chicano que no tenía ningún interés en «lowriders», o en los grandes murales de graffiti. Jugaba al golf, soltando risitas con los blancos de la misma manera que ellos lo hacen. Usaba la palabra «absolutamente» a todas horas, cada sílaba sonaba crujiente y movía la cabeza como si eso le preocupara. Irradiaba tanta gracia y puro *poder* que me deslumbró. Pensaba que Ed era el tipo exacto de hombre estable con el que me gustaría tener hijos. Aparentaba ser el tipo que nunca deja la manguera para regar pudrirse al sol, como hacía Papi. Un tipo organizado. Así que qué importaba que no me atrajera sexualmente ni un ápice. Ningún matrimonio que conozco tiene buenas relaciones sexuales.

Me arrastro fuera del armario y veo unos recipientes de Tupperware amontonados en el mostrador con una etiqueta amarilla que dice: Lunes, martes, miércoles, jueves. La hermana de Ed, María, viene los fines de semana para lavarle la ropa y cocinarle. Ella es diseñadora gráfica, pero hace esto, como si fuera su deber. Deja enchiladas de pollo, menudo, tamales, frijoles pintos, y arroz rojo para cada comida, y se va sin sonreír. Tenía una buena oferta de trabajo en Chicago, pero se quedó en Nueva York para estar cerca de su hermano. ¿Es que tiene acaso *seis años*? Le pregunté a él, y me dijo que se criaron en un hogar pobre y tradicional, con una mamá soltera mexicana que no tuvo reparos en usar el cinturón para disciplinarlos, por lo que María y él estaban muy unidos. María mira fijamente abajo y se niega a hablar cuando intento darle conversación, solamente porque yo soy la novia de su hermano. Es un tanto rara. No estoy segura de querer saber lo *unidos* que llegaron a estar, ¿de acuerdo? Le cocina. Le lava sus calzoncillos de Calvin Klein. Le plancha hasta la punta dorada de los calcetines.

Voy de puntillas hasta la puerta entreabierta de la alcoba, pisando el sucio sostén amarillo limón de Lola. Es tan barato y ridículo como sus zapatos plásticos. Puedo escuchar el sonido de los muelles de la cama tipo trineo de Ethan Allen. Se me congela la sangre y no puedo ni respirar. Me detengo y escucho durante un largo minuto e intento recordar que amo a este hombre.

Me propuso matrimonio en Nochevieja, en un elegante hotel del centro de San Antonio, mientras su mamá lloraba en su servilleta sujeta por una ramita de abeto. Fue una gran ocasión, con champán, cena, y baile, con su familia entera allí presente. Montó todo un espectáculo, arrodillándose y ofreciéndome ese anillo barato con tal drama, que todos se pusieron de pie y le ovacionaron, un puñado de desconocidos, con grandes cabezas tejanas. Estuve feliz por transcurso de una hora, mientras bailamos al ritmo del pésimo grupo, al estilo Huey Lewis, y soplamos los silbatos de papel y nos llenamos el pelo de confeti.

Entonces fuimos a nuestro cuarto y consumamos, por así decirlo, nuestro compromiso. De repente, era diferente. Se volvió brusco y empezó a hablar español, algo que nunca hace.

—¿Eres tú mi puta?

Gruñía, con los ojos enloquecidos:—¿Eres mi puta? ¿Eres mi pequeña prostituta toda abierta para mí? ¿Eres mi zorra?

Cuando después le pregunté al respecto, se disculpó y dijo que su primera experiencia sexual lo había corrompido para siempre. Ocurrió en un pueblo a poca distancia de la frontera mexicana, a donde fue llevado por sus tíos a una casa de putas, a enseñarle a ser un hombre cuando tenía trece años. Bebieron tequila, y se fue a un cuarto maloliente color rosado Pepto-Bismol, con una prostituta embarazada. Cuando salió, sus tíos le dieron una palmadita en la espalda y un manojo de dinero en una caja de zapatos. Se amontonaron en el Crown Victoria del tío Chuy y cantaron corridos hasta llegar a San Antonio. Como dije, *entonces* me lo debería haber imaginado. Pero escogí ver el vaso, bien, ya saben. Medio lleno. Lo que no sabía es que estaba medio lleno, pero medio lleno de *bilis.*

No es por tanto sorprendente que jadeara idénticos insultos a la señorita Lola, cuando intento sacar valor para situarme en el umbral del dormitorio.

—*¿Eres mi puta, mi putita estúpida, toda abierta para mí?*

Sólo que ella dice:—Sí.

—*Sí, Papi, soy tu putita estúpida, dame duro Papi, dame duro, así de duro, chíngame, si quieres, métemela por detrás. Con ganas, mi amor, rómpeme.*

Su castaño y velludo culo se mueve de arriba abajo, con los pantalones a modo de acordeón alrededor de sus rodillas, la hebilla del cinturón resonando al chocar. Todavía lleva su camisa blanca almidonada, y la corbata. Lo único que veo de Lola son sus pequeños pies con las uñas color rosa sucio, con las cursis sandalias todavía encajonadas, botando alrededor por las orejas de él. *Rómpeme,* repite. Rómpeme.

El tiempo pasa despacio. Me veo agarrar la escudilla de latón donde guarda todos sus brillantes gemelos y alfileres de corbata, hasta los nuevos con la bandera americana; y lo lanzo contra ese enorme culo. Da en el blanco. Gruñe como el perro que es. Oigo que Lola grita, pero está lejos, un eco de altísimo tono. Agarro otras cosas de su cómoda, escritorio, y estantes. Los marcos de las fotos, las botellas de colonia, los libros, un teclado de computadora, un par de tijeras, un pisapapeles de Snoopy jugando al golf, el teléfono en forma de fútbol, todo lo que puedo se los tiro encima.

Ed coloca a Lola delante de él como un escudo. Su cara demuestra por un minuto terror, rojo, sudado, y feo. Tiene la boca abierta, los dientes descubiertos. Gruñe. Veo *su* perfecto y pequeño cuerpo castaño, con las piernas bien abiertas, esforzándose por guardar el equilibrio. Grita, se libera de su apretón, y va cabalgando al baño con esos ridículos zapatos. Parece chiquita, perfecta, asustada, y *joven*. No puede tener más de dieciocho. ¿Dónde conocería a una mujer *así*?

—No es lo que piensas—dice Ed, sustituyendo el miedo por una encantadora mueca, manos delante, palmas hacia arriba.

Camina arrastrando los pies hacia mí, con los caquis como cadenas de prisión alrededor de sus tobillos.

—¡Hijo de puta!—le grito.

Lo ataco con mis puños, rodillas, y pies.

—¡Eres un hijo de puta! ¡Cómo te atreves! Cómo has podido!

Me agarra por las muñecas.

—Aguanta—dice—, estás sangrando. Tratemos ese corte antes de que se te infecte.

Da un chasquido con la lengua como si fuera una niña que acaba de romper el bote de galletas con aire protector.

—No me toques—rechiflo—. *Tú* eres la infección.

—Lauren, no seas ridícula. Ya sabes que te quiero. Me lo tenía que sacar del cuerpo. Así somos los hombres. Mejor ahora que después de la noche de boda, ¿correcto?

—¡Ay Dios mío!—le araño los ojos, y le escupo en la cara—. ¡Te odio!

Retrocede y veo el preservativo azul que cuelga pegajoso en la punta de su perdida erección. Huelo en su piel el perfume barato de la muchacha, su juvenil sudor con olor a almizcle. Me dice:—Sabes que te amo. Tranquilízate. Respira profundamente. Hablemos sobre esto.

—¿Pero estás loco? En tu baño hay una *jovencita* . . .

—¿Ella? No. No significa nada para mí.

Se sube los pantalones y se encoge de hombros.

—Sabes que tú eres a quien yo amo. Conoces nuestra cultura. Pensé que me entendías.

Le miro fijamente con la boca abierta. Casi contesto, pero me lo pienso mejor. En cambio, doy una vuelta para irme.

—Cariño, espera—me llama, caminando detrás de mí—. ¿Qué pasa con el día de San Valentín en Lake Tahoe? ¿Vienes, verdad? Hablamos más sobre esto.

Abro la puerta de la calle.

—¿Es un viaje de esquí con mis compañeros y sus novias? ¡He pagado mucho dinero por ese viaje! ¡Ahora no lo puedo cancelar!

Le miro de frente por ultima vez.

—Llévate a Lola.

Cierro de golpe la puerta, y me caigo por las escaleras hasta la calle. Iba a tirar el anillo pero me imagino que lo puedo empeñar y conseguir algo que puedo usar, como un *pet rock*. Tengo ganas de morirme. Me detengo en la tienda coreana de la esquina y compro una bolsa de Cheetos Picantes, una caja de donuts de azúcar, tres tabletas de chocolate, y una lata de Pringles, y detengo un taxi. Me como hasta la última migaja salada y dulce camino al aeropuerto.

Después de alcanzar nuestra altitud de crucero, me encierro en el baño del avión y me meto el dedo en la garganta, encima del retrete de metal endeble. Cuando termino, le pido al sobrecargo vino blanco bien frío. Cuando el avion aterriza en Boston, se ha empezado a poner el sol y me siento bastante mal.

Llamo a Usnavys desde un teléfono publico del aeropuerto, y le digo lo que pasó. Me cuenta que su médico también la plantó.

—Los hombres son unos desgraciados, mi'ja—dice.

—Acertaste con esa. (Hipo.) Desgraciados hombres.

—¿Has bebido?

—(Hipo.) ¿Cómo? No. ¿Porqué me lo preguntas? (Hipo.)

—Me alegro que no tengas automóvil, mi'ja. Te iré a recoger. Ahora mismo no debes quedarte sola. Vamos a hacer algo divertido.

Usnavys me lleva a una barra del barrio cerca de Dudley Square. Los proyectos donde ella creció están cerca de aquí, rodeados de edificios medio destruidos y bodegas con toldos amarillos. El disc jockey toca «ambos» tipos de música, salsa y merengue, para atraer a «ambos» tipos de personas: el puertorriqueño y el dominicano. Usnavys habla. Yo bebo. Yo hablo. Ella bebe a sorbos el vino blanco.

Estoy enfadada. Efectivamente lo estoy. Las dos lo estamos. Enfadada y defraudada. Hablamos de nuestras situaciones respectivas y nos ofrecemos consejos. El mío a ella: Dale una oportunidad a Juan y deja de preocuparte por el automóvil y los zapatos que tiene. El suyo para mí: Dale algún tiempo, espera que venga un buen hombre, y la próxima vez, asegúrate que tiene mucho dinero.

—No—digo, bebiendo mi tercer vaso de Long Island Iced Tea—. ¿Sabes qué voy a hacer?

—¿Qué?

Echo una mirada alrededor de este vertedero, a los dominicanos con caras cuadradas, afros cortos, grandes bocas, y ropa holgada de diseñador. Es antinatural la manera que mueven las caderas cuando bailan, como los metrónomos. Se mojan los labios constantemente, de la misma manera. Descubro uno mucho más guapo que el resto. Mandíbula fuerte, pestañas largas, labios carnosos, nariz perfecta, hombros anchos, y vestido con buen gusto. Podría ser modelo de Ralph Lauren. ¿Sabe a quién se parece? Al presentador de Soul Train, la estrella negra de la televisión. Tiene una mirada inteligente. ¿Por qué me sorprende? Quiero oír su historia. Probar su sal.

Inclino mi vaso hacia él.

—Navi—mascullo—. Yo, mi estimada, voy a ir a casa con ese hombre de allí.

—¿Cuál?

—El guapetón con la camisa de cuadros verde oscura y la chaqueta de cuero de Warner Brothers.

Lo mira y agita la cabeza.

—Ah, ése, mi'ja—dice, frunciendo los ojos, y menea la mano delante de su nariz como si acabara de llegar un mal olor—, ése no merece la pena.

—Pero para mí sí, esta noche.

—Ay Dios mío. 'Tas loca. ¿Sabes qué? 'Tas muy loca, mi'ja.

Pone su mano encima de la bebida que el mozo me acaba de entregar:— Ya has bebido bastantes de éstos. Ya sé que te sientes herida, mi'ja, pero vamos a casa, ¿de acuerdo? No seas tonta. *Conozco* a ese tipo. No es nada bueno.

—Claro que los es. Míralo.

Le retiro la mano y me bebo el trago de un golpe, limpiándome la boca con el dorso de la mano cuando termino.

Hablo en serio. Es guapísimo. Parece un revolucionario, un guerrero.

Se percata que le estoy mirando y me sonríe. Es como esos dibujos animados cuando estalla un flash de la boca de alguien: *¡ping!* El corazón se me cae pesadamente.

—Es un narcotraficante, como dijo Rebecca. Confía en tus temerarias. Tienes que olvidarte de los hombres como ése.

No veo por ninguna parte el parecido entre este joven y atractivo dominicano y el estirado amante de putas Ed. Así que me pongo defensiva.

—Ah, y supongo que tu sórdido doctor es mejor.

Es un golpe bajo y lo resiente.

—Lo siento—digo rápidamente—. No quise decir eso. Es que simplemente lo quiero. ¡Lo quiero!—y golpeo la mesa con el puño—. Lo que Lauren quiere, Lauren consigue, blah, blah.

—Ya, basta—dice, retirándome la bebida.—Es suficiente.

—Está buenísimo, muchacha. Míralo. Está que quema.

Usnavys pone cara como si alguien le hubiera pedido que comiera ratón molido. Busca en su bolso negro y brillante la polvera de Bobbi Brown.

—Pienso que no, mi'ja. Puedes conseguir algo mejor. Sé paciente.

—No *quiero* algo mejor. *Tenía* lo mejor, ¿recuerdas? Lo *mejor* está jodiendo ahora mismo a una niña mexicana, con bragas sin entrepierna, de Fredericks de Hollywood. Lo mejor te dejó colgada esta noche. Lo mejor no es mejor, ¿entiendes lo que estoy diciendo?

Usnavys se empolva la nariz con el dedo meñique fuera. Se ríe dramáticamente, verificando para asegurarse que alguien, cualquiera, está observando que lo está pasando en grande aunque *no sea así*. Miro de nuevo al buen mozo y veo dos cositas jóvenes, revoloteando a su alrededor. Tienen el pecho plano y llevan coletas en la cabeza. Adolescentes. Más adolescentes. Tengo el impulso de acercarme y darles una tanda hasta que observo que él no parece interesado. Sigue mirando hacia donde estoy.

Le quito el vaso a Usnavys y de dos veloces tragos tomo el contenido antes de que me la pueda quitar. Y, sólo por molestarla, también me bebo su vino. Sintiéndome invencible, me bajo del taburete y me dirijo contoneando hacia él. Usnavys pone los ojos en blanco y ni intenta detenerme. Me conoce lo suficiente para saber que no tendría sentido.

Está de pie entre un grupo de jóvenes. Hablan bromeando en un español rápido, con mucho argot. La mayoría tiene un aro de oro en cada oreja. Capto algunas palabras aquí y allí. Pretendo dirigirme a alguna otra parte, pero cuando camino por delante de él, le sonrío. Él me dice hola en inglés, o más bien, «hahlo», y sonríe. Sus amigos me miran y cambian incómodamente de sitio. Supongo que a un lugar así no vienen muchas personas como yo. No llevo lo que otras mujeres de aquí: mini vestidos ajustados de mal gusto, o pantaloncitos con tacones altos. De repente me siento muy cohibida. Visto unos holgados pantalones de lana a cuadros del Gap y un suéter de cuello alto marrón que hace juego. Ah, y mis gafas. No son sexy, digamos. Y el pelo lo llevo recogido, porque después del día que tuve no me apetecía secármelo con el secador. Mi maquillaje también es distinto. Ellas tienen los labios oscuros y los ojos poco maquillados. Yo tengo los labios pintados de claro y llevo algo más de maquillaje en los ojos.

—Lauren Fernández, su casa es tu casa, Boston—dice el buen mozo, dando saltitos sobre sus talones como un niño feliz.

Ah, claro. Los carteles. Me reconoce de los estúpidos carteles.

—Eres más clara—dice—. En los anuncios pareces más morena.

De veras.

No estoy segura qué hacer. Todos sus amigos me han dado la espalda, no estoy segura por qué. El muchacho bonito me mira fijamente a los ojos, mojándose los labios, como me imaginaba, sus manos cruzadas delante de su entrepierna, apoyado contra la barra.

—¿Tienes número?—pregunta sin rodeos.

Su inglés tiene tanto acento español como acento callejero de Boston. Recuerdo lo gorda, tonta, y poco atractiva que soy, y me vuelvo para ver si su pregunta va dirigida a alguien más delgada, bonita, o mejor vestida. No es así. Está hablando con *moi*.

¿Puede realmente ser así de sencillo? ¿Es así su mundo? Nada de perder tiempo, hablándome de su licenciatura o de su portafolio de inversiones. El cuarto gira. La sangre fluye a mi pelvis. Me siento caliente y sudada y gorda y fea y tonta y engañada y triste y curiosa, al mismo tiempo. ¿Puede un hombre así de guapo estar realmente interesado en alguien como yo? Ahora visto la talla ocho, de eso estoy segura, pero todavía no una seis.

—Sí—digo.

Saca una pluma y un pequeño libro de direcciones del bolsillo de su chaqueta y lo abre en la «F» por «Fernández». Le doy el número.

—Eres muy bonita—me dice en su inglés raro—. Nena, eres muy bonita. Te quiero.

¿Me quiere? Miro hacia Usnavys. Está mirándome, escudándose los ojos como lo haría alguien viendo un terrible accidente de automóvil. Curiosa, pero sin querer ver lo que pasa.

—¿Cómo te llamas?—le pregunto.

—Jesús—dice.

Sus amigos se ríen. No sé porque. Entonces me dice—Jesús, no. Tito. Sí. Tito Rojas.

Sus amigos se ríen de nuevo. Entonces:—Amaury.

No hay ninguna risa.

—¿De dónde eres?

—De Santo Domingo.

—¿Qué haces?

—Limpieza.

Es limpiador. Eso es bastante noble.

—Llámame—le digo.

El suelo se me mueve por debajo de los pies, y me tengo que agarrar a su brazo para evitar caerme. Estoy bebida. Apunto y le digo:—Esta noche.

Empiezo a alejarme, gritándole:—Llámame esta noche. Yo también te quiero.

Los amigos levantan sus cejas y Amaury parece avergonzado. Vuelvo donde Usnavys y le digo:—¿Ves? No es narcotraficante, como dijiste. Es un hombre de la limpieza. Limpieza.

Le saco la lengua.

—¿Se llama Amaury?—pregunta la sabelotodo.

Afirmo.

—¿Es de Santo Domingo?

Afirmo de nuevo.

—¿Te habló de sus hijos?

Muevo la cabeza negativamente. No distingo si me habla en broma. Se ríe bien alto.

—Ay, mi'ja. Tienes mucho que aprender sobre los latinos.

—¿Qué quieres decir con eso?

—Na'. Olvídate.

—¿Crees que no soy latina? ¿Por qué, porque soy clara de tez? ¿Piensas que para ser latina tienes que haber crecido en los proyectos?

—Técnicamente, lo eres, sí. Pero sí tienes algunos problemillas serios con tu parte blanca. Muchacha, de veras que me confundes.

—¿Mi lado latino *es* blanco, ¿o te has olvidado? Somos de todos los colores.

—No me empieces a redactar uno de tus artículos ahora mismo, ¿de acuerdo?

Finge un aburrido bostezo.

—No estoy de buen humor. Además, ya sabes a que me refiero.

—Cállate.

—Como quieras, mi'ja.

De eso no pienso hablar esta noche.

—Me va a llamarme esta noche—presumo—. Cuando llegue a casa. Le deseo. Después de hoy, muchacha, me lo *merezco*. Saborearlo, comérmelo, escupirlo. Así es como lo hacen *ellos*, y así es como *lo voy a hacer* de hoy en adelante.

Usnavys se encoge de hombros:—Entonces no puedo detenerte—dice—. Todo lo que te estoy diciendo es que tengas cuidado, mi'ja. Quiero decir mucho cuidado. Conozco a su familia desde hace mucho tiempo. ¿Y nunca ha tocado una fregona en su vida, de acuerdo? Créeme. Ese tipo no sirve pa'na.

Para nada, ¿eh?

A mí me suena perfecto.

* * *

Amaury llama cuando llego a casa como dijo que haría. Me pide la dirección. En contra de mi mejor juicio se la doy.

—Llego en quince minutos—dice en un inglés machucado—. Prepárate, nena.

Cuelgo y me recuesto aturdida en el sofá de flores de Bauer que compré rebajado en la sección de oportunidades del sótano de Jordan Marsh. Miro el montón vívido de trozos de fotos apiladas en la mesa de centro de cristal. Las rompí todas, cada reliquia de Ed. ¿La de nosotros en la exhibición al aire libre de Botero en Manhattan, el año pasado? ¡Destrozada! ¿Esquiando juntos en Nueva Hampshire? ¡Rasgada! ¿Ed con gorro de chef, sonriendo al lado de una cacerola de lasaña quemada, con sabor a jabón de lavar, su único esfuerzo de cocinar algo para alguien? Echa trizas. Mi CD de Ana Gabriel se lamenta en el fondo. Me lamento en alto hasta que mi geriátrico vecino de arriba golpea el suelo con lo que supongo debe ser su bastón.

Me comí dos cajas de helado mientras rompía las fotografías, vomité, comí un poco más, bebí un par de cervezas, vomité de nuevo, bebí un poco más. Y lloré. Como una retrasada mental. Quiero decir, ¿porqué llorar si te estás librando de un «texican» feo e ignorante como Ed, *antes* de haberte atada a él? Por la misma razón que los exiliados cubanos hablan de Cuba todo el tiempo. La Cuba que dejaron ya no existe. Lloras porque lamentas el sueño, no el verdadero lugar, o la persona. La pérdida de la persona que pensabas era, no la que es. Papá Noel no existe. No hay ningún Ed en mi futuro, enseñando a nuestro hijo a guardar la manguera de regar.

¿Quince minutos? Escarbo con los dedos de los pies torcidos la alfombra azul de pelo largo, pongo los labios en forma de beso a mi gato, Fatso, que duerme en la ventana grande, con forma de luna en cuarto creciente. Me ignora, la beso todavía más duro. Beso, beso, beso, beso. Finalmente, la despierto. Bosteza mostrando los colmillos y alza su gigantesco y redondo cuerpo. Se estira, se deja caer, y se tambalea hacia mí con sus pequeñas y delicadas extremidades. Es mi culpa que esté gorda, claro. Yo soy quien le da cuatro latas de Fancy Feast diarias. Así es como le demuestro mi amor. Ella me muestra el suyo frotando mis espinillas, dejándome restos de pelo blanco cuando se va. Le rasco por detrás de las orejas hasta que ronronea.

—De acuerdo, grandota.

Agarro la lata de galletas condimentadas con salmón de la mesa auxiliar y la abro; el sonido la hace darse vueltas desesperada, lloriqueando en círculos. El gato de Pávlov. Le tiro unos cuantos. Los escarba lo mejor que puede, para ser gato tiene malos reflejos, se los come con gusto, ronroneando y mascando al unísono:—¿En que lío nos hemos metido ahora?

Me pongo en pie, me empiezo a caer, y comprendo—de nuevo—que no estoy sobria. Todavía estoy borracha. Me sostengo del pasamano blanco y bajo cuidadosamente al piso de mi apartamento donde están la cocina, el comedor, y el baño.

Este apartamento tiene estilo. Techos altos, moderno. A la moda. Por lo menos tengo esto, *aunque* sea gorda, fea, y no tenga prometido.

Es amplio y claro con toneladas de luz, artístico. Es el mejor lugar or en que he vivido. Usnavys me hizo mudar aquí, no te lo pierdas. Pensé que no podría permitirme el lujo. Pero me decía:—Mi'ja, deja ya de ser tan tacaña y de tener mentalidad de pobre. Ahora te puedes permitir el lujo. Conflictos. Conflictos.

Tenía razón. Todavía no me he acostumbrado de veras a tener bastante dinero. Más que suficiente. Recuerdo demasiados los días que Papi me daba el dinero del almuerzo en una bola húmeda que sacaba de su bolsillo, suspirando y diciendo mientras lo sacaba: «No estamos hechos de dinero, recuérdalo». Y siempre se lo tenía que pedir, ¿lo sabían? Cada maldita mañana. Papi se olvidaba de cosas así. Era un buen papá, pero mal profesor. No recordaba esas cosas. Nunca teníamos bastante dinero.

De acuerdo, hecho. No hablaré más de Papi. Perdón.

Así que ahora tengo dinero, y no sé qué hacer con él, excepto acumularlo para el hambre inevitable. ¿Este juego de comedor? Usnavys me lo hizo comprar. Lo mismo con el juego de dormitorio del apartamento de abajo.

—No esperes—dijo—. Viva ahora.

Sostengo la pared para equilibrarme y «camino»—o algo ondulante y parecido—hasta el baño. La caja del gato está sucia otra vez. Tengo que arreglarla. No puedes recibir a un hombre en tu casa con la caja del gato sucia. Probablemente todo el apartamento apesta a sus pequeñas cagaditas recubiertas de pelo gris. Yo ya no lo noto. Soy inmune. Pero quiero darle una buena impresión a mi narcotraficante.

¿Narcotraficante?

Dios mío, Lauren, ¿qué has hecho?

Dejo correr el agua caliente en la bañera; tardará unos tres minutos en calentarse. Es un buen apartamento, renovado recientemente, pero como el resto en esta congeladora y carísima ciudad, tiene las cañerías viejas. Siempre hay algún problema con los apartamentos en Boston para las personas en mi nivel de ingresos. Sé que gano más que la mayoría de las personas, de acuerdo, pero ésta es la cosa: Cuesta más vivir en Boston que en cualquier otra ciudad del país, bastante más, aun más que en San Francisco. Así que acabas con seis cifras sobre papel, pero vives como un estudiante graduado.

Tengo que volver a Nueva Orleáns donde las cosas tienen sentido. Las palmas, la humedad, los huracanes, los Hermanos Neville, el Café du Monde, el cangrejo de río, los entierros con jazz. Desde que vine aquí no he parado de tener mala suerte. Agarro el pequeño recogedor rojo y empiezo a echar la caca de Fatso en el retrete. Hace plaf, plaf. Quiero demasiado a esta gata, ¿de acuerdo? Demasiado endemoniado *esfuerzo* esta gata. ¿Lo aprecia? ¿Qué creen? Entra y empieza a dar vueltas en la estera de baño, la primera estera de baño buena que tengo en mi vida, una cosa morada que compré en una tienda de artículos para cama y baño en la calle Newbury. Deja pelo por todas partes. La acabo de lavar. Tengo que lavar esta estera de baño cada dos o tres días, por su pelo. También tengo que pasar la aspiradora cada dos días. Deja su pelo por todas partes. Ese es uno de los motivos que no me siento una mujer de éxito a pesar de lo que piensen los demás. Las mujeres de éxito si tienen gatos, pero tienen el pelo bajo control, ¿entienden lo que digo? No andan rodeadas de una niebla de pelo de gato, como la Pocilga con su suciedad. Yo sí. Voy a cualquier parte perseguida por esta nube de pelo de gato. El otro día, en el supermercado, Bread and Circus, cuando compraba comida que pensé era saludable y podría hacerme superar este problema con la bulimia, una señora en la cola empieza a *estornudarme* encima y me pregunta si tengo gato. Le digo que sí, y me dice que se lo imaginaba por toda la pelusa que tenía en la chaqueta.

—¿No pensó alguna vez utilizar un cepillo de ropa?—pregunta olfateando—. ¿Qué le pasa, señora? ¿No la conozco de nada y se atreve a decirme estas cosas a la cara?

Fatso termina lo que está haciendo y me mira, en cuanto termino de poner todo, tiro de la cadena, y lo reemplazo con arena higiénica, rociándolo todo con Lysol y va ella de puntillas, se coloca encima, y hace otra caca gigantesca.

—¿Y tú, *Bruto*?—le pregunto.

Me ignora.

Esta es mi vida. Lysol, la caja del gato, y Ed jodiendo a esa flaca y puta pequeñita.

—Al menos pensé que podía contar contigo—le digo a la gata.

Me derrumbo de nuevo sollozando.

Fatso termina sus necesidades, escarba indiferentemente a su alrededor, y sale disparada, con la pierna de posterior temblándole hacia el vestíbulo. No es una gata que se mueva demasiado rápida. Es grande, redonda, regordeta. El veterinario me dice que la ponga a dieta. ¿A dieta? ¿Una gata? Mis parientes en Cuba se esfuerzan por conseguir suficientes calorías de sus estúpidas libretas de racionamiento, ¿y quieren que ponga a mi *gata* a *dieta*? Vaya mundo.

Además, depende de Fatso, no de mí, si cree en la ley. Todavía está vigente una ley en Massachussets que prohíbe los gatos porque esos hombres que colgaron a todas esas chicas en Salem creían que los gatos eran personas, o algo por el estilo. Por lo que supongo que Fatso, no es legalmente mía. Me ha elegido como su *esclava*. Debería sentirme honrada. Por lo menos *alguien* me quiere. Limpio su último mugre y vuelvo a rociar el Lysol. El agua ahora está caliente, retiro la cortina de la ducha (también de buena calidad, morada oscura, a juego con la estera) y alzo la palanca de la ducha.

Me desnudo y me miro la cara un segundo en el espejo encima del lavamanos. Parezco enferma, hinchada, y cansada. Parezco vieja, gorda, y tonta. ¿Cómo voy a arreglarme lo suficiente en quince minutos para impresionar a un tipo como Amaury? ¡Han visto a las chicas con las que anda! Dejaron el colegio en el noveno grado para poder dedicar su tiempo a cosas como afeitarse las piernas y delinearse los labios. ¿Por qué iba a interesarse alguien como él en este pálido monstruo con el pelo desarreglado y gafas? Tengo una teoría: Si trabajas en los periódicos más de tres años, empiezas a parecerte a un cadáver bailarín como el del vídeo de Michael Jackson. Los periódicos son *fábricas* que piensan que ellos son *oficinas*. Y todas las tardes los edificios enteros tiemblan con las prensas que empiezan a rodar y la tinta sale disparada por las aberturas. No hay luz natural en ninguna parte, sólo un gran almacén donde las personas están sentadas mirando fijamente sus monitores. No hay nadie más pastoso, más grasiento, más enfermizo, con peor aspecto que las personas que trabajan en los periódicos.

—Usted me hace enfermo—yo me digo—. Usted es tan fea.

Tiempo. Pasa. El cuarto. Gira.

Me doy cuenta de que por un rato estaba parada allí haciendo muecas a mí misma mientras que el agua se regaba por todo el piso. Estoy borracha. ¿Ya se lo había dicho? Me parece que sí.

¿Cuánto tiempo he estado parada allí? No sé. ¿Estarían tocando el timbre de la puerta? No lo oigo, ya que el agua hace mucha bulla. No tengo mucho tiempo. ¿Qué estaba haciendo yo? Ah, sí, me acuerdo.

Lloro y me insulto.

Río y me meto en la ducha y empiezo el largo proceso femenino de ponerme atractiva. Tú sabes lo que estoy diciendo, y no te hagas la que no. Afeitarse, lavarse, restregarse la piel, salir de la ducha, secarse, untarse, afeitarse esos pelitos que quedaron en el tobillo izquierdo, y simular que no duele cuando uno se da una cortada. Echarse desodorante por dondequiera. Bañarse en perfume. Meterse en un ajustador que levanta los senos, y tener que aguantar el hilo invasor del bikini. Buscar algo provocativo en el clóset, algo que no te haga lucir gorda. El color negro es lo que mejor te queda. Medias y un suéter del Limited. Tampoco se puede lucir que has pasado mucho trabajo. Póntelo todo. Ah, pero todavía no has terminado. Aún le tienes que prestar atención a la cabeza. Es decir, lo que tienes por fuera y no por dentro. (Eso no tiene esperanza.) Te pones el pelo largo dentro de una toalla para que no te moleste, y te embadurnas esa crema que dice previene las arrugas, aunque eres prueba en carne y hueso de que eso es mentira. (¿Por qué fue que nadie me dijo que una empieza a lucir vieja a los veinte y pico años?) Y después te pones la base, el colorete, la base para los ojos, la sombra; te sacas las cejas, te las rellenas con polvo negro, y te arreglas el rímel así, con la boca abierta. Mi'ja, es imposible arreglarse el rímel con la boca cerrada. Es que no funciona así. Y siguen los labios. Delineador, creyón, darle un besazo al aire, secártelos con un pañuelo de papel. Después te pones polvo por encima de todo el magnífico desbarajuste, para que todo quede bien, como dicen. Te sacas el pelo de la toalla, le pasas cepillo, te lo secas con una secadora de pelo por cinco minutos, después tomas un cepillo grande redondo y te cepillas el pelo poco a poco—centenares de pocos en total—, hasta sacarle el rizo, para que te quede lacio, te brille, y te luzca «natural». Yo tengo tremendo pelo portugués rizado. Ser mujer femenina es como cuidar a un jardín Victory en la PBS.

Examino el producto final en el espejo de cuerpo entero, en el dormitorio de abajo, y tengo que reconocer que si me veo bajo la luz adecuada y desde un ángulo bueno, no me veo tan mal, como siempre me creo que me veo. Elizabeth y las otras temerarias siempre me están diciendo lo bonita que soy y que tengo que dejar de menospreciarme tanto. Quizá sea verdad, pero si tienes que hacer tanto esfuerzo para verte bonita, entonces lo más probable sea que no lo eres.

Es muy posible que las niñas bonitas no tiran toda la ropa sucia en el piso del clóset. Ahora tengo trajes de saya y chaqueta, igual que mis otras temerarias, pero yo los acolcho. Les paso la plancha y así les quemo la tela, ya que no se debe plancharlos. Trato de arreglarlos echándoles perfume. Entonces imagínate qué lío, con el pelo de la gata y la bulimia. Mi boda ha sido cancelada. Y ahora, viene a verme un narcotraficante.

Es un perdedor nato.

Subo, meto la vajilla a la fuerza en la lavadora de platos, le quito las migas a la mesa del comedor, recojo todos los pedacitos de las fotos y las cajas de helado, y los echo en la basura debajo del fregadero. Ya. Terminé. Lista para que me enamoren.

No. Aguanta. Él es dominicano, ¿no es verdad? ¿De la isla? Entonces le debe gustar la música latina. Registro mi colección de CD, ignoro músicos de la talla de Miles Davis y Missy Elliot, y encuentro uno de merengue. Eso es lo que le gusta a esos «homeboys», ¿no es cierto? Merengue. Olga Tañón. Pongo el CD en el estéreo y me voy para el sofá a esperar. Estoy borracha, como ya habré dicho. Olvídate de Ed y de su cabezona llena de picaduras. Lo odio. Agarro el teléfono, marco su número, y cuando contesta, cuelgo. Cuatro veces. Empiezo a llorar otra vez. Llamo a Usnavys y le digo que quiero matar a Ed.— ¿Podemos contratar a un asesino a sueldo? ¿De verdad lo podemos hacer?

Usnavys gruñe con la voz del sueño interrumpido.—Mi'ja, café—se queja—, vete y tómate un café. Vete a dormir. Descansa, «temeraria». Mañana hablamos.

—Y acaba de meterle un tiro. Es tan cabezón que es imposible fallar.

Da un suspiro:—¿Está Amaury allí?

—No.

—Me alegro. Él es peligroso. A ti no te hace falta vivir en peligro. Cariño, te tienes que querer más.

—¡Qué buena idea! Amaury le puede meter un tiro.

—Buenas noches, mi'ja. Vete a dormir ahora. Pero sola. Hablamos por la mañana. No vayas a hacer ninguna tontería.

Toca el timbre. Saco unos cuchillos grandes de una gaveta en la cocina y me pongo a correr como una loca, dejándolos en escondites convenientes en cada cuarto: debajo de los cojines del sofá, entre mi colchón y los muelles, entre las toallas que están amontonadas en al armario para ropa blanca. Por si las moscas. Me reviso el fondillo en el espejo una vez más. Me sacudo la cabeza. ¡Luces, cámaras, acción! Lo más probable sea que esté ovulando.

Le toco el timbre para dejarlo entrar, y lo espero para que me encuentre allí en el primer piso. Tiene puesto la misma camisa de cuadros verdes y blancos, chaqueta de cuero, pantalones caqui, y botas Timberland.

Aunque yo me había degenerado hasta convertirme en una vieja espantosa desde el momento de mi mayor gloria en el bar, él se veía igual. Mejor. Se veía mejor. Él no caminaba, se paseaba. Se sentía seguro y estaba contento de verme. Un «homeboy», pero de verdad.

—¿Qué es lo que . . . ?—dice con una sonrisa.

Está cantando, brincando, está inspirado. Me pasa por el lado y entra en mi apartamento como si nada, sin esperar que le diga que entre, y empieza a pasarle los dedos a todo, asintiendo con la cabeza. Hasta abre mis armarios, y mira lo que hay dentro de ellos, mientras que canta la canción de Olga Tañón y baila.

No le tiene miedo a nada.

—¿Qué haces?—le pregunto en mi español malo.

—Nada—contesta en español. Fue la primera vez que le oigo hablar el idioma, y sonaba más educado de lo que pensaba. Por ejemplo, la mayoría de la gente del barrio sólo dice «na'», como lo dice Usnavys. Pero él dice «nada», usando las dos sílabas.

—Sólo quería ver—dice él.

—¿Ver?

—*Yeah*—dice en inglés.

—¿Para qué?

Me ignora y continúa su recorrido. Al fin, se detiene en la sala del piso de arriba, tirándose en el sofá como si la casa fuera de él. Planta los pies, con las botas y todo, encima del sofá, pone las manos sobre sus partes privadas, y sonríe con la alegría de un tigre cachorro. Jamás había visto yo algo semejante. No hubo saludos ni charla. Sólo esto.

—*Make yourself at home*—le digo sarcásticamente en inglés, acercándome a él con cautela, mientras el apartamento gira alrededor de mi eje alcohólico.

—Tienes una casa muy bonita—me dice en español, abriendo los brazos como un viejo amigo pródigo. Y después en inglés:—*Come here, baby.*

—No sé—le digo.

Ríe, y dice:—¡Oye, ahora!

Me siento en el piso de la sala, y digo:—Dime algo de ti primero.

Esto lo hace reír bien fuerte, con una risa retumbante. Oigo un sonidito electrónico que vibraba. Hala el beeper rojo plástico del cinturón, lo mira, y se pasa la lengua por los labios.

—¿Qué quieres saber? me pregunta en inglés—. Ya conoces de todo.

No conozco nada de este tipo.

Y en español me dice:—¿Me equivoco, o tú me vas a decir que me llamaste esta noche para hablar?

—¿Tú vendes drogas?—le pregunto.

Frunce los labios y luce asustado, como burlándose de mí.

—Usnavys dice que tú vendes drogas. Me mentiste con lo de la limpieza, ¿no es cierto?

Se está riendo tanto que se aguanta la barriga. Coño.

—Oye, ahora—dice otra vez,—escucha bien, *man*.

No tengo idea de lo que él dice.

—En serio, necesito saber. ¿Tú vendes drogas o qué?

Me reclino sobre las manos tratando de aparecer cómoda y tranquila. Me doy cuenta, con una sensación que me enferma, que lo más probable es que lo estoy mirando a él de la misma manera que mis colegas blancos con remordimientos de conciencia me miran a mí. Por favor, latinita exótica, no me lastimes.

Me mira, aún con la sonrisa en la cara. En inglés él dice:—*What you care, eh? What matter what I do?*

Es que no me quiero meter con alguien que venda drogas.

Se encoge de hombros:—Bueno—dice.

— ¿Es eso lo que haces?

Se sienta derecho y comprendo que se siente tan incómodo conmigo como yo con él. Empiezo a sentir compasión por él.

¿Hacer qué, mamita?

Tamborilea con los dedos juntos.

— Vender drogas.

—Drogas, no.

Se apoya en la mesa de café y levanta el estuche del compacto de Olga Tañón, lo abre y saca el folleto, pretendiendo estar interesado en él. Entonces, sin mirarme, añade:—Droga. Sólo una droga. La cocaína—, entonces me mira y hace una mueca.

Debería saber que éste es el momento en que le exiges al narcotraficante que se largue. Lo acompañas a la puerta y no vuelves a hablar con él. Rebecca debe tener algún libro de etiqueta con el protocolo para este tipo de situación, ¿no? Uno no va a la universidad, trabaja duro, se convierte en redactora de uno de los periódicos más importantes del país y se gasta miles de dólares en terapia, para de repente empezar a acostarse con un narcotraficante.

¿Pero saben qué? En cuanto él te lo dice, quiero decir, en el momento que lo dice, en cuanto lo confiesa, mi cuerpo hace *boing*. Para ser específica, mi clítoris se despierta y presta atención. La espina dorsal me castiga, mis pezones se ponen erectos y saludan al sostén *pushup*. Comprendo, con un sentimiento debilitante, que este joven gángster me *atrae*.

—Mejor será que te vayas—miento—. Las temerarias deben mantener las apariencias.

Él dice algo en español rápidamente, que no comprendo. Le pido que lo repita, y lo hace, en inglés.

—Nunca la he tocado.

Me mira con una sinceridad que apenas puedo creer. Hace años que hago entrevistas y generalmente tengo buen radar. Sé cuando alguien está mintiendo. Él no lo está.

—¿Quieres decir la cocaína?—pregunto.

—Sí, claro—dice.

Claro. Se encoge de hombros de nuevo y mira la biblioteca al lado de mi mesa de computadora. Continúa hablando despacio en español para que pueda entenderlo.

—Lauren, tampoco se la he vendido a mi gente. Se la vendo a los abogados. A los gringos. Ellos son los que la compran—, y con una risa agrega—, mi gente no puede permitirse ese lujo.

Me siento a su lado en el sofá, con toda la ternura y sosiego de un asesor social.

—Entonces, ¿porqué lo haces?—pregunto.

Me sorprende por segunda vez, y se levanta. Camina hacia el estante y examina los títulos.

—¿Te gusta éste?—pregunta sacando una versión en español de *Retrato en sepia* de Isabel Allende. Una vez acometí aproximadamente treinta páginas con mi diccionario de español-inglés, buscando cada tercera palabra y apunté una buena lista de palabras que tenía que aprender en un bloc de notas. Recuerdo bien las primeras frases, porque tuve que leerlas varias veces para poderlas entender.

Amaury, con el libro cerrado en sus grandes y oscuras manos, recita de memoria las dos primeras frases: «*Vine al mundo un martes en el otoño de 1880, en San Francisco, en casa de mis abuelos maternos. Mientras que dentro de esa casa laberinto de madera mi madre jadeaba y empujaba, su corazón valiente y huesos desesperados laboraban para abrirme un camino, la vida salvaje del barrio chino hervía fuera, con su aroma inolvidable de comida exótica, su torrente ensordecedor de gritados dialectos, sus enjambres inagotables de abejas humanas que iban deprisa de un lado a otro*».

—¿Sabes leer?—pregunto.

Se ríe de nuevo, empieza a bailar al ritmo de la música.

—Sé leer, sí.

—No, no lo quise decir de esa manera, quise decir . . .

—No hay problema.

Se encoge de nuevo de hombros y empieza a mirar las fotografías enmarcadas en la repisa de la ventana. Se detiene en la de Ed. *Ups*. Me olvidé de esa.

—¿Quién es?—pregunta en inglés.

—Nadie.

—Ah, entonces debe ser alguien—dice en español, pestañeando.

—Eres listo—digo.

Examina mis CDs.

—Son demasiados puertorriqueños—comenta.

—¿Qué?

—Aquí no hay ningún dominicano. Todos son puertorriqueños.

Entonces, con voz burlona:—Puerto Rico, Puerto Rico, Puerto Rico. Tío, estoy *harto* de Puerto Rico.

—¿Y esto?—pregunto, refiriéndome a Olga. De nuevo la risa.

—Boricua.

—Oh. Perdona. No tenía ni idea. Creía que era dominicana. Canta merengue.

—Nada.

Intento seguirlo, pero tropiezo al levantarme y aterrizo con un porrazo en el suelo.

—Permíteme adivinar—dice lentamente en español ayudándome a levantar—. Que alguien te plantó y fuiste al club con tu amiga para vengarte. Así que usted me eligió, para usarme, ¿verdad?

—Eres muy listo.

Me examina con ojo crítico. Inteligente. Un tipo verdaderamente inteligente. Entonces me besa fuertemente. Me fundo en él, le devuelvo el beso. Nos acercamos al sofá, nos dejamos caer. Me detengo.

—Te toca a ti—digo, o más bien, berreo—. Eres un narcotraficante inteligente y guapo y puedes conseguir la mujer que quieras, y usas a las mujeres constantemente para tu propio beneficio y después las tiras como un trapo.

Mueve la cabeza.

—No eres buena—dice en inglés—. No me conoces en lo más mínimo.

Continuamos besándonos y retozando dos cuerpos extraños entre sí. Empiezo a arrancarle la ropa. Se siente, huele y sabe tan bien como pensé Salado. Manoseo la cremallera de sus pantalones.

Me detiene.

Lo intento de nuevo.

Me detiene.

Detiene.

A mí.

¡A mí!

—¿Qué pasa?—pregunto—. ¿Es que no te *gusto*?

—Sí, mi amor, me gustas muchísimo—dice.

Le gusto yo. Y mucho.

—Entonces, ¿cuál es el problema?

—Estás borracha—dice en inglés—. Y nunca me aprovecho de ninguna mujer borracha. Entonces, en español:—Es mi ética profesional.

—No estoy borracha—digo.

Mi lengua de madera y mis babosas palabras de caucho dan a entender otra cosa. *Ups.*

Mira su beeper de nuevo, se levanta, se inclina sobre mí y me levanta del sofá.

—¡No hagas eso!—grito en su salado y oscuro cuello—. Estoy demasiado gorda, te harás daño. Me vas a dejar caer.

—No estás nada gorda—dice—. ¿Quién dice eso? Eres bellísima.

Me coloca sobre la cama y me arropa. Empiezo a llorar, lágrimas húmedas y enormes de alcohólica. Las gotas del rímel manchan la sobrecama.

—Piensas que soy fea, ¿eh?—pregunto—. Lo sabía. Puedes conseguir todas esas chicas bonitas del club y yo soy tonta y gorda.

—No, no, mi amor—dice sentándose a mi lado en la cama.

Me seca las lágrimas con sus dedos, y en inglés me dice:—Eres tan bonita.

—No, no lo soy. Mírame. Doy asco. Nadie me quiere. Ed me odia. No puedo creer que estaba con esa niña tonta.

—Bien—dice—. Me voy. Te llamaré después.

—Sí, seguro.

—Te quiero.

—Oh, seguro.

Me derrumbo sollozando en la almohada, el peso de lo que me ha ocurrido me aplasta, convirtiéndome en nada. Estoy asqueada que mi prometido me engañara y ahora no puedo ni tener un desliz con un narcotraficante de poca monta. Incluso *él es* demasiado bueno para mí, ¿no es así? La vida es un asco, hombre.

—Me gustan tus libros—dice de pie en el umbral de la puerta en español—. Por eso me largo ya. ¿Entiendes?

—¿De qué hablas? Sal de aquí—y entierro la cabeza bajo la almohada.

Me dice en inglés:—Si una mujer tiene malos libros lo hago una vez, quizá dos, ¿sabes?

Camina hacia mí, alza la almohada, besa mi mejilla, y sonríe.

—No tendríamos nada que hablar si tuvieras malos libros. O si no tuvieras ningún libro.

—¿Cómo?

—Me gustas—dice en español—. Eres una buena mujer, decente, inteligente. Una mujer profesional. No quiero estropearlo. Ahora mismo podría aprovecharme de ti, pero sería una conducta inaceptable.

—Tienes que estar *bromeando.*

En español lento, para que lo entienda, me dice: :—Opino que has estado bebiendo demasiado. Puedes tomar una decisión de la que te arrepentirás. Y no quiero que te equivoques conmigo. No quiero ser el hombre que agarras porque estás de rebote. No soy tonto. Reconozco a una buena mujer cuando la encuentro. No encuentro demasiadas. Eres una buena mujer.

No lo creo. ¿Sr. Peligro el Narcotraficante es el buen tipo aquí? ¿Está pensando en *mí*?

—De acuerdo—digo.

Me incorporo, lagrimosa:—Si eres tan inteligente, si te preocupan tanto los buenos libros, ¿qué haces vendiendo drogas? Eso no es algo demasiado inteligente.

Regresa a la cama, se sienta, y se apoya en un lado y saca una cartera del bolsillo de atrás. La abre y empieza a pasar las fotografías.

—Aquí—dice, deteniéndose en la foto de una cuarentona con un gran parecido a él—. Por este motivo.

Señala. Miro su cara y me sorprende nuevamente al ver que tiene lagrimas en las esquinas de sus ojos castaño oscuros.

—Mami.

—Es bonita—ofrezco.

—Es guapísima—me corrige en inglés—. Y está muy enferma, que Dios la bendiga.

Continúa en español hablando despacito para que pueda entenderlo:—Tiene cáncer. No puede trabajar. Y está criando los hijos de mi tía, uno de ellos es retrasado mental. Vive en Santo Domingo. ¿Sabes cómo nos cepillamos los dientes en su casa? Con un vaso de agua destilada, afuera, en el patio.

Imita ese degradante ritual.

—En donde vive mi madre no sabemos lo que es el agua potable. Allí las cosas son muy difíciles. Así que hago lo que tenga que hacer.

Lo intento, pero me cuesta imaginarme a este locuaz hablador de intensa mirada, atractivo, fuerte, y poderoso, viviendo en ese tipo de miseria. ¿Realmente vienen de sitios así las personas como él? Quiero decir, mi educación de izquierdas me dice que sí, que existen, que hay personas inteligentes e increíbles por todas partes. Pero nunca lo creí realmente.

—Podría ir a la escuela, podría conseguir un trabajo normal.

Saco un pañuelito de la caja encima de la mesa pequeña y me sueno la nariz, sintiéndome algo mejor, pero todavía gorda y fea.

Se ríe de nuevo, y dice en español:—Uno no puede vivir con lo que te pagan aquí. No tengo tiempo para ir a la escuela. Ellos necesitan el dinero *ya*. Se moriría antes de que pudiera terminar la escuela. Lo intenté. Tenía trabajos normales. No podía mantenerme ni a mí mismo y menos a nadie más, solamente con lo que te pagan aquí. Necesito bastante dinero para traerla aquí a recibir un tratamiento.

Se me ocurre que pudiera estar tomándome el pelo, manipulándome. Pero hay algo en él. No es mentiroso. Está llorando. A menos que sea un consumado actor, este tipo está diciendo la verdad.

—No quise hacer esto—dice—. Cuando vine aquí, no pensé que terminaría de esta manera. ¿Crees que queremos hacer esto?

—¿Cómo empezaste?

—Te encuentran—dice—. Buscan tipos como yo. No siempre vestía así. Vine aquí con las sandalias y un abrigo de mujer que me dio mi hermana. No sabía lo que era el frío. ¿Sabes? Y no tenía ni para comprarme una hamburguesa. Tenía hambre. Estos tipos siempre regresan, sabes, regresan a Santo Domingo de Nueva York y Boston y visten bien, tienen celulares y consiguen cosas para sus madres, y mienten a todos diciendo que trabajan limpiando edificios o cualquier otra cosa. Así que cuando Mami se enfermó, vine para acá. No soy el primer idiota que piensa que todo aquí es fácil. Eso es lo que dicen todos en mi tierra.

—¿Y tu papá?

—No tengo papá. Vive en Puerto Rico. Es boricua. Desgraciado.

—Lo siento.

Se encoge de hombros de nuevo, y dice en español:—Me consiguieron la ciudadanía y no tuve que bregar con la migra. Cuando vine era un niño y no sabía nada. Los distribuidores que me encontraron, me lo pusieron fácil, me dieron lana, un automóvil, y aquí estoy, vendiendo droga.

—¿Cuántos años tienes?

—Veinte.

Sabía que era más joven que yo pero no sabía cuanto más. Es un niño.

—¿Cuánto tiempo llevas aquí?

—Tres años.

—¿Dónde aprendiste sobre Isabel Allende?

—Por aquí. Hay una librería que vende libros en español en Cambridge. ¿Podría haber ido a la escuela en Santo Domingo, pero ¿sabes lo que hacen a los muchachos que quiere estudiar como yo? Les disparan. La policía. Cuando caminaba a la escuela me disparaban para verme saltar. No es como aquí. Es otro mundo. No lo entenderías. En Santo Domingo todos somos pobres.

—¿Pero no pueden buscarse un trabajo y una vida mejor?

—No. Ése es lo que hacen las personas de tu tipo. Allí no. Mi tipo de personas, no.

—Dios mío.

No sé qué más decir. Me está contando su verdad, y su verdad es espantosa. No quiero oírlo. Sólo quería un atractivo matón para usarlo y desecharlo. Ahora no puedo hacerlo. Todavía pienso que es guapo, pero ahora también siento compasión por él.

Y me gusta. ¿Pero qué me pasa?

—Acuéstate ahora—dice, comprobando de nuevo su beeper, y después me dice en inglés—, Tengo que irme. Cariño, regreso mañana, ¿está bien? Mañana vengo a verte.

Por segunda vez esta noche y contra mi mejor juicio, digo que sí.

Se despide con un beso.

Y así empieza mi relación con Amaury Pimentel, el narcotraficante instruido.

Sólo faltan dos semanas para que comience la temporada de béisbol.
Todos los partidarios de que los Red Sox se muden del estadio Fenway,
levanten la mano. ¿Qué es esto? ¿Todos están de acuerdo conmigo que
no hay mejor lugar para ver un juego de pelota que el gran monstruo
verde en mitad del Back Bay? Hay muchas cosas que adoro de la
primavera en esta ciudad—los cerezos en flor de la calle Newbury, las
fiestas callejeras, pero lo que más me gusta es el estadio Fenway en el
mes de abril. Adoro el fresco olor de la primavera en el aire. Me
encantan los perros calientes, cubiertos de chili y queso. Me encanta la
cerveza en los vasos plásticos. Pero sobre todo, lo que más me gustan son
las nalgas de Nomar Garciaparra en esos ajustados pantalones de béisbol.
(Nomar, cuando estés disponible, avísame, ¿de acuerdo?) ¡Tres salvas
para los Red Sox, Fenway Park, y los pantalones de béisbol ajustados! A
veces, es mejor seguir dejando de lado algo viejo. Pero en el caso de
nuestro maravilloso estadio, es mejor quedarse bien quieto.
—de *Mi vida*, de Lauren Fernández

rebecca

meto la llave en la cerradura, empujo la puerta y grito.
—¿Brad?
No hay respuesta.

Cuelgo la chaqueta roja en el gancho de metal detrás de la puerta, dejo caer mi cartera y bolso en el suelo de madera de la entrada, reviso los lugares habituales: en la mesa, en la nevera, en el bloc de notas de mi escritorio. No ha dejado ninguna nota. Se me quita el dolor de los ojos. Se relajan mi cuello y hombros. Respiro profundamente, abro de nuevo los puños. No está en casa.

Perdóname, Jesús, pienso, pero me siento aliviada. Hace una semana que no ha estado por aquí.

Esto es demasiado bueno para ser cierto.

La ducha caliente y humeante me hace sentir bien. Me demoro apoyándome en los azulejos blancos y cierro los ojos. Respiro profundamente otra vez. Me lavo el pelo, sintiendo mis dedos en el cuero cabelludo por primera vez en mucho tiempo, sintiéndolos de verdad. Me lavo el cuerpo sin apuro. Hoy tengo la piel enardecida. No puedo explicarlo. Me siento bien, joven.

Tenemos que responsabilizarnos de nuestra propia imagen, porque nadie lo va a hacer por nosotros. Repito en mi cabeza las palabras del discurso de esta noche. *No soy única. Hay miles como yo. Sólo necesitan una oportunidad.* Me preparo. Esta noche será perfecta.

Cuando me siento limpia, cierro la ducha, coloco el tapón de caucho blanco en el desagüe, echo un cubito perfumado con especias y naranja en el agua y lleno la bañera de agua caliente. Añado unas gotas de gelatina de burbujas de sandía rosa al agua, empujo el botón en el estéreo del baño y empiezo a escuchar mi CD de Toni Braxton. Me sé de memoria todas las letras. Me deslizo entre las burbujas, apoyo la cabeza contra la almohada del baño color melocotón, y escucho a mis pensamientos.

La anulación. La anulación. La anulación.

Me tiembla el estómago por la emoción de haber terminado con Brad.

Cierro los ojos, me deslizo dentro del agua, sumergiéndome toda e intentado ahogar cualquier pensamiento negativo. En estas circunstancias, ¿es una anulación un pensamiento negativo? Creo que no.

La anulación.

Subo para coger aire, me miro las uñas rojas de los pies que se vislumbran entre las burbujas, me río sola. Me siento bien. Esto no puede ser un pensamiento negativo. He conocido a Marion Wright Edelman, a Colin Powell, y a Cristina Saralegui. Todas las personas famosas que admiro tienen algo en común: tiene actitudes positivas. Pienso pensamientos positivos, todos los que puedo imaginar, cuando escucho el CD. Pero hay algo enroscado en mi vientre. No puedo concentrarme.

Mis manos se mueven bajo el agua a lo largo de mi piel, los dedos buscando lugares de placer que he ignorado demasiado tiempo. Me toco. Me siento culpable, pero siempre me siento culpable cuando hago esto.

Por algún motivo la cara de André sigue apareciendo ante mis ojos, sonriendo. Los hoyuelos. Muevo mi dedo en pequeños y lentos círculos en mi sitio secreto, y siento que mis piernas se ponen tensas con una deliciosa presión. André, André fuerte, grande. ¿Cómo trataría a una mujer en la cama? Digo su nombre casi en alta voz. Llamó de nuevo hoy a la oficina y dejó otro mensaje de «espero que bailes» con mi ayudante. Es atrevido e indecoroso.

Me excita.

Oigo a Consuelo golpear la aspiradora contra la puerta, mientras limpia la alcoba. Modero mis pensamientos, detengo mis manos, asustada que pueda descubrirme. Aprieto de nuevo las piernas, espero sin respirar; tal es el silencio que puedo oír las diminutas burbujas estallar en la superficie del agua. Cuando se aleja el sonido del motor, empiezo de nuevo. Me pregunto si Brad encuentra a Consuelo «natural». Pensamiento negativo. *Zas, zas.*

Sumergida de nuevo en la anaranjada agua de sandía, con André. Sexy. *Zas.* Es inútil. Mi cuerpo vibra por él. Manipulo más rápido, más rápidamente, hasta que mi cuerpo revienta en un millón de estrellas.

Abro los ojos. ¿Qué he hecho? La luz parece demasiado luminosa. El aire demasiado quieto Me inunda la culpa. Como siempre, sigo rápidamente hacia delante, intento olvidarme.

Cambio el paisaje a las montañas de Sandía después de una tormenta de nieve, limpio y fresco. Respiro el color del cielo de mi ciudad natal, un azul luminoso, claro, y calmante. Tiro de la palanca que cierra el desagüe y salgo de la perfumada agua caliente, con el cuerpo envuelto en una espesa toalla de algodón blanca sacada de mi enorme armario meticulosamente organizado.

Si no tuviera que hablar, me pondría algo un poco llamativo, quizá el vestido largo de terciopelo negro con la chaqueta bordada. Pero esta noche necesito algo que transmita fuerza, dignidad y el espíritu empresarial de una minoría triunfante.

Alberto, mi comprador personal, eligió un elegante traje de chaqueta negro con un corte que me hace parece más alta de lo que soy. Lo llevó a un sastre para ponerle unos detalles tipo mexicano en rojo y amarillo brillante en los puños. También escogió los zapatos y el bolso, sutiles sin ser demasiado provocativos. Los accesorios son pequeños y artísticos. Deben ser de alguna parte del sur de la frontera. Un buen detalle.

Los conjuntos que algunas mujeres llevan a los eventos de la Asociación de

Comerciantes Minoritarios me asombran. Desgraciadamente, muchas mujeres hispanas se ridiculizan—así como a los demás—presentándose en vestidos de baile de gala. Las que tienen peor gusto son caribeñas. Prefieren los colores tan fuerte como sus voces, y piensan que el escote es un recurso comercial.

Podría tomar una muestra casual de los vestidos que llevan las mujeres a estos eventos de la Asociación de Comerciantes Minoritarios, y unir el atuendo al grupo étnico exacto, sin ver a la persona que lo lleva. Un vestido rojo ajustado, corto, con un vuelo, sería una latina. Cualquier traje o vestido con un rebuscado sombrero o un broche excesivamente vistoso, sería afro-americana. Los trajes más conservadores corresponden a las americanas asiáticas. Un apretado corpiño con aburridas zapatillas de boudoir, correspondería a una hispana. No miento cuando digo que he visto mujeres en nuestros eventos con este tipo de atuendo.

• • •

Llego temprano al hotel y me inscribo con los organizadores. Afortunadamente daré la presentación principal durante el almuerzo, porque me siento incómoda comiendo delante de los demás. Son pocos los que entienden mis hábitos alimenticios y estoy cansada de explicar por qué evito la cafeína, el azúcar, la grasa, la carne, y los productos lácteos. El organizador me dice que me sentaré en la sala principal, en la mesa encabezada por André Cartier, a petición de André. Al escuchar su nombre se me acelera el pulso.

Hago acto de presencia en el cóctel, en uno de los cuartos de la conferencia más pequeños en el pasillo. Trato de ganarme al público dando la mano, aprendiéndome de memoria los nombres y moviéndome rápido para conocer a otros. Me asombra descubrir cuántas personas no entienden el propósito de un cóctel. Uno no va a un cóctel de negocios para socializar con sus amigos o con otras personas que ya conoce. Uno no va a un cóctel para disfrutar de la comida y la bebida. No va para encogerse muerto de miedo contra la pared y mirar como los otros hablan entre sí.

El propósito de un cóctel es conocer a posibles contactos de negocio y que lo conozcan a uno. Es increíble la cantidad de personas que todavía van a este tipo de evento con sus amigos de la oficina y se pasan todo el tiempo de pie con sus bebidas frías en la mano derecha. Se debe sostener la bebida en la mano *izquierda*, porque la mano derecha es la que se ofrece a las personas que se supone estás conociendo. No causa buena impresión dar la mano a alguien cuando la propia está fría y húmeda.

La gente empieza a llegar al salón y se sientan en sus mesas. Me uno a ellos. Muchos cometen la equivocación de abrir la servilleta y ponerla en el regazo antes de tiempo, o, peor todavía, se olvidan completamente de ponérsela. El momento apropiado de colocar la servilleta en el regazo es después de que quien preside la mesa lo hace, no como piensan muchos que es en el momento que te sientas a la mesa. André llega puntualísimo. Claro que sí. Ése es uno de los motivos que es un hombre de éxito, de eso estoy segura. Es puntual. Es alto, con la piel muy oscura, casi completamente negra, y de un atractivo clásico. Impresiona con su elegante esmoquin y corbata de pajarita y faja color terracota.

Lo encuentro por el salón, dando la mano, sonriendo, y saludando a los asistentes. Sus modales son intachables y excelentes. Como ocurre con las personas más sofisticadas, es tan natural en su gentileza que no te percatas que está siendo gentil. Toda su atención se dirige a los demás, a las personas con las que hace contacto. Está interesado en ellos, les hace sentirse bien sólo con conocerlo. ¿No es ésa la meta? La gente lo encuentra atractivo porque no trata de impresionarlos y los hace sentirse bien consigo mismos.

Me incorporo para saludar a André, y pasa fácilmente de nuestro apretón de manos a un cortés abrazo y al caluroso beso en la mejilla. No ha hecho esto con nadie más en el salón.

—Rebecca, ¿cómo estas?—pregunta, hurgando mis ojos con los suyos.

Son exquisitos, almendrados y oscuros. Huele a canela. Me excita estar cerca de él.

—Estoy bien, gracias, André—digo con una ligera agitación en la voz—. ¿Y cómo estás tú?

—Muy bien, gracias—dice con su acento británico.

Continuamos hablando de pie. Me felicita por un reciente artículo sobre mi persona en la revista *Boston*. Lo felicito por un artículo que vi en el periódico sobre la compra que hizo su empresa, de una empresa de software más pequeña la semana pasada. Se nos acercan personas y nos relacionamos con la confianza y gracia de verdaderos profesionales.

Cuando nos sentamos, todos damos nuestra atención al ponente que hace las presentaciones, André se acerca y me susurra al oído:—Rebecca, esta noche estás sensacional, verdaderamente sensacional.

Me sorprendo. Considero devolverle el cumplido: de hecho el también está sensacional, pero no creo sería apropiado de mi parte. Sonrío gentilmente y se lo agradezco, consciente del rubor en mis mejillas. Me observa, y se me queda mirando mucho más tiempo de lo apropiado.

Después de dar la bienvenida a los nuevos miembros, todos nos ponemos al día respecto a los problemas de la organización, incluso las contrataciones, promociones, y otros hitos importantes para los miembros; entonces se anuncia la cena. Los camareros empiezan a llevar las ensaladas a las mesas, y los comensales empiezan a comer, algunos en el momento correcto, otros no, algunos con los tenedores correctos, otros no. Uno de los organizadores se me acerca para indicarme que debo acercarme al estrado. Me excuso y la sigo. Me sorprendo cuando se oscurecen las luces y proyectan un vídeo de cinco minutos sobre el éxito de *Ella* en una pantalla al fondo del salón. No sabía que lo iban a hacer. Contengo el impulso de llorar. Los asistentes aplauden y aclaman cuando finaliza el vídeo, y subo los peldaños del podio. De pie aquí, enfrente de más de mil personas, comprendo de nuevo: Esto es lo mío. He alcanzado mi meta.

Pronuncio mi discurso. Las personas se ríen cuando esperaba lo harían y aplauden cuando esperé que lo hicieran. No menciono nada de mi vida personal, excepto para agradecer a mis padres haberme inculcado una fuerte ética de trabajo y un compromiso con el profesionalismo. Con una sincera sonrisa cuento la increíble historia de André Cartier y su cheque mágico, utilizándolo como ejemplo para los que han triunfado, de ser intrépidos y ofrecer ayuda a los demás. André se levanta cuando se lo pido y acepta la ovación. A pesar mío siento un choque casi eléctrico a través de mi cuerpo cuando lo miro. Me compongo, y termino el discurso.

La gente se levanta para ovacionarme. Regreso a la mesa y a un André radiante. Como las partes de la ensalada que no están contaminadas con el pegajoso aliño.

André me ofrece champán para celebrar nuestro éxito con la revista, pero rehúso. No bebo. Él bebe de su copa a sorbos, mirándome con una sonrisa en los ojos. Una sonrisa sexy. Me doy cuenta que tengo hambre.

Miro a lo lejos y me lleno el estómago de agua.

Después de la cena, un conjunto de «R&B» empieza a tocar los éxitos de Stevie Wonder, y la gente se acerca a la pista de baile. André me guiña un ojo:

—¿Vas a acceder esta vez?

—No—digo—. No sé bailar.

—Todos podemos bailar—dice.

—No es que no me *gusta* bailar—digo—. Es que de verdad no *puedo*.

—Tonterías—dice.

Aunque jamás hablo de mí, le cuento la vez que intenté bailar en la universidad, logrando tan sólo que las temerarias se rieran de mí. Recuerdo que Lauren aprovechó la oportunidad para recordarme que era «india», que no lo soy. «Tu gente no sabe *bailar*», me dijo. Nunca me olvidaré de eso.

—Esas no son amigas—dice simplemente.

—Sí, sí lo son. Sólo que son muy honestas. Tengo dos pies izquierdos.

Continúa mirándome a los ojos, callado. Alza una ceja y espera.

—No puedo bailar—repito. Me siento incómoda.

—Tonterías—dice.

—Cuando bailo, me parezco a una idiota.

Se pone de pie y me ofrece su mano.

—¡No!—protesto.

—¡Sí!—insiste. Se acerca y me acaricia la mejilla con un dedo—. Sí, *puedes*.

Y allí, golpe, allí está. El deseo por segunda vez hoy. Y pensar que casi me había olvidado de cómo se sentía.

Me agarra la mano suavemente:—Ven.

Me pongo de pie:—No sé.

—Tan sólo relájate—dice.

—Te lo advierto, no es mi culpa si te piso o te hago daño.

Se acerca un poco más, me mira directamente a los ojos y susurra sugestivamente:—Pienso que me *gustaría* si me hicieras daño . . . un poquito.

Todo el cuerpo se me ruboriza, pero no digo nada.

El grupo cambia de Stevie Wonder a algo vagamente familiar. Me arrastra hasta la pista de baile y sonríe. De repente me pongo muy nerviosa. La música es buena, el grupo es bueno, y reconozco la canción de mis años de escuela secundaria, una vieja canción con mucho contrabajo, algo sobre fresas. André se mueve con soltura, suavemente, fácilmente, y no puedo evitar notarlo, sexualmente. No como si quisiera, sino porque es simplemente una de esas personas que están llenas de energía sexual, una persona poderosa, inteligente, segura, y feliz.

—Así—dice, moviéndome los hombros con sus grandes manos—. Suéltate. Disfruta de la música.

Doy un paso al lado, acerco el otro pie, *paso-juntos, paso-juntos.* Incluso *yo* me doy cuenta que estoy tiesa. Podría estar en clase de aeróbic.

—Así es—dice con una sonrisa triunfal—. Así es.

Me siento como si marchara en un desfile militar. Mi cuerpo no se mueve con la música, por lo menos cuando miran los demás. *Paso-juntos.*

André emula mis movimientos, añadiendo su propia gracia, exhibiendo aun ahora unos modales impecables. Me acuerdo de algunas de las letras de hace tiempo, de un tiempo cuando la vida era más sencilla. Musito la letra.

—¡Así es!—André grita por encima de la música—Déjate ir.

Siento la cabeza ligera. Estoy disfrutando. ¿Acaso es pecado? Cuando te casas con un hombre, ante Dios y tu familia, se supone que purgas tu corazón de la capacidad de sentir lo que estoy sintiendo ahora mismo. No se supone que te emociones al lado de otro hombre. No se supone que te preguntes como sería estar con él en lugar de tu propio marido, no se supone que sueñes con pasear juntos en primavera, por la orilla del río Charles.

Cambia la música a una canción más lenta. André se acerca a mí, y retrocedo. Me permite guardar mi distancia, pero continuamos bailando. La canción es melancólica y empiezo a sentirme un poco triste a pesar de mis esfuerzos. Me echo hacia atrás como invitando que me escuche.

—¿Piensas que soy natural?—susurro.

Inclina su cabeza de lado como un pájaro para indicar confusión divertida.

—¿Natural? No, no es la primera cosa que viene a mi mente cuando pienso en ti. ¿Por qué?

—Bien. ¿Cómo me describirías? Tengo curiosidad.

Sonríe abiertamente, me acerca más, me sostiene firme, y nos movemos juntos. La gente nos mira fijamente, sé que lo están haciendo.

André empieza a susurrarme al oído:—Rebecca Baca, para mí, es *inteligente,* y lo sabe. Es *culta,* y lo sabe. Es preciosa, pero no lo sabe, y está muy sola, pero no lo *confiesa.*

Quiero dar la vuelta y salir corriendo, alejarme de este lugar. Dijo lo que estoy sintiendo. Me retiro, pero me acerca suavemente de nuevo.

Continúa, bajito, rápido, y urgente:—Rebecca Baca es la mujer en la que pienso cuando estoy por dormirme y es la mujer en que pienso cuando me despierto por la mañana. Es la mujer más asombrosa que conozco.

No puedo controlar ni mi corazón ni mi sangre que siento derramarse hasta el suelo. Me siento débil de alegría. No sé que decir; no estoy preparada para esto. Bailamos hasta que termina el grupo pero yo no quiero detenerme.

—Sabes—dice cuando recogemos nuestras chaquetas del guardarropa y nos dirigimos a buscar el carro—, podríamos continuar. Es viernes por la noche. Conozco algunos clubes buenos en la ciudad.

—Es tarde—digo.

—No es verdad, no es verdad—dice con risa amable, dando golpecitos a su Rolex—. Sólo son las once.

—No creo que sea *apropiado*—digo—. Debes saber que . . .

Parece confundido y enseguida ofendido.

—André, estoy *casada*. Y soy una figura pública. Eso es lo que quise decir. No porque, no . . .

Me sujeta con la mirada, y sonríe mostrando sus hoyuelos.

—Sabes—dice—, todavía no conozco a tu marido. Nunca va a ningún evento.

—Lo sé.

—No creeré que estás casada hasta que lo conozca.

Frunce el entrecejo poniéndose serio, y alcanza mi mano para besarla dulcemente.

—Si fueras *mi* esposa, estaría en todos los eventos celebrando tu éxito.

—Estoy, estoy casada.

—¿Felizmente?

Trago con dificultad. Me pillo.

—Sí—miento—. Estoy felizmente casada.

Es la primera vez que recuerdo tener una mini expresión. La boca se me mueve.

André lo nota y sonríe:—Me dijiste que no sabías bailar—dice arqueando una ceja—. *Eso* era mentira. ¿Estás completamente segura sobre tu marido?

Entrego el boleto al mozo, logro controlar mi cara, y le sonrío a André:— Buenas noches—digo. Hasta la próxima vez.

Nos quedamos de pie sin hablar hasta que traen mi automóvil. André me abre la puerta suavemente, y subo en él. Cuando cierra, dice—Júrame que estás felizmente casada y dejaré de perseguirte.

Evito su penetrante mirada, meto la llave en el arranque, y me alejo sin responder.

No quiero que Dios sepa la respuesta.

No me gusta utilizar anécdotas cursis para esta columna. Es un truco barato de la profesión, y en la escuela de periodismo juré que si alguna vez tenía mi propia columna, nunca me montaría lo que me gusta llamar «un Paul Harvey». Pero la furia me obliga a revelarles algunos momentos personales conmovedores. Vean, tengo esta amiga cuya generosidad en el universo de mis amigos es incomparable. La demostró primero cuando éramos estudiantes de segundo año en la universidad y al ver a una mujer pobre sin abrigo estremecerse en una tormenta de nieve, le regaló no sólo el abrigo que llevaba puesto sino el sombrero, los guantes, el echarpe, y un vaso de cartón con té caliente que acababa de comprar. Y veinte dólares. Siguiendo las enseñanzas de La Biblia, un libro cuyos preceptos sigue mi mencionada amiga, dona el quince por ciento de su sueldo a obras benéficas, a veces más. Siempre que me burlo de la gente, que es aproximadamente cada seis minutos, si estoy con esta amiga es probable que me pregunte por qué tengo la necesidad de ser tan mala. Conozco a suficientes personas egoístas y enojadas. Son fáciles de encontrar. Pero no conozco a muchas personas como Elizabeth Cruz.
—de *Mi vida,* de Lauren Fernández

elizabeth

res una tortillera loca!—grita el tipo.

Pulso el número siete para saltar el mensaje. No necesito escuchar el resto. He recibido docenas de recados que empiezan de la misma manera. Me quieren ver muerta. Me odian. Todos los ministros evangélicos del área parecen haberles pedido que desciendan sobre mí, para salvarme de las llamas del infierno.

Algunos de los chiflados hasta han hecho la peregrinación a la cadena

WRUT-TV, de lugares como Montana, como si fuera a aparecer en *Good Morning America*. Pero en lugar de sostener carteles que felicitan a alguien por el cumpleaños, ondean pancartas proclamando, «Adán y Eva sí, Adán y Esteban no». Pero aparte de estos locos con buenas intenciones, lo que más me preocupa es el hecho de que el productor nacional del noticiero quien me rogó que me uniera a su equipo ahora no me devuelve las llamadas. Cuando lo llamo, sólo logro hablar con su asistente, y por su tono frío, mis peores temores se hacen realidad: ya no me quieren más.

Mi vida cambió en un instante, en cuanto salió el primer artículo en el *Herald*. Paré en el Dunkin Donuts, cerca de la oficina de WRUT del centro, esa mañana, para tomarme un café fuerte. La cajera, Lorraine, una inmigrante haitiana mayor que normalmente es muy amable conmigo, tiró el cambio sobre el mostrador en lugar de ponérmelo en la mano, e hizo un ruido seco con la lengua reprobándome. El que tuesta los bagels tenía el *Herald* extendido sobre el mostrador de atrás, abierto en la ya famosa foto mía besando a Selwyn. Lorraine no me deseó un buen día, como de costumbre. No me habló de sus hijos en la universidad. No dijo, como solía hacer a menudo, que le encantaría que fuera su hija. Murmuró «repugnante», y se retiró al cuarto de atrás.

Quizá sea paranoica; mi madre lo sabrá. Pero aún no hemos hablado del tema. No sé cómo hablar con ella del mismo. Yo sé que ella nunca deja de leer diariamente los rotativos de Boston en el Internet como una manera de mantenerse involucrada en mi vida. No ha cambiado su actitud hacia mí en ninguna forma que se pueda notar. Estoy segura que tarde o temprano vamos a hablar del asunto. Pero por ahora, no.

Siempre anticipaba con ilusión la primavera en Boston, por los paseos a través del verdor de los Commons en todos sus jardines. Ahora, evito los lugares públicos. Mantengo las cortinas cerradas. Trabajo. Pero me apresuro regresar a casa y me oculto. Selwyn y yo hemos intentado retener un poco de normalidad; Alquilamos unos DVD por el Internet, comemos palomitas hechas en el microondas del cuenco plástico grande de Ikea, nos pintamos mutuamente las uñas de los pies en el suelo mientras se cocina la carne asada. A Selwyn le han salido canas desde que esto empezó, y toma Maalox como si fuera agua. Es como una planta verde, y se muere despacio sin la luz del sol. No se queja de las nuevas cerraduras en las puertas, o las amenazas en su buzón de la universidad. Pero yo sé. Yo sé. Si las cosas no cambian, la perderé.

—Tenía que enamorarme de una estrella de cine—bromea, pero hay algo de verdad.

El *Gazette*, conocido por ser aburridísimo, se unió a la caza de brujas, publicando encuestas y gráficos sobre la opinión pública del fiasco. Publicaron un editorial a favor de los gays, pero ese geste ayudó poco. Lauren se ha portado muy bien conmigo y escribió un par de artículos apoyándome, diciendo al público que no se metieran en camisa de once varas. Con la excepción de Sara, todas mis amigas me han apoyado; eso algo que no esperaba. La gente siempre da sorpresas.

Últimamente los locos dan más miedo, sobre todo con las noticias que sobre mi sexualidad ha divulgado el doctor Dobson, en ese programa de radio de la extrema derecha cristiana. Hay una cruzada nacional por email para destruirme. Le mandan a mi jefe una carta ya preparada en un cibersitio, y en éste también hay una carta de la red nacional. Soy una mujer perseguida, una mujer odiada, y el programa *60 Minutes* me quiere entrevistar. (Le dije que no.)

Mis colegas ni hablan del tema. No me preguntan si estoy bien. Se hacen como si nada ha cambiado, pero se siente incómodos. Lo siento en la manera que evitan mirarme en el ascensor. Lo siento en el hecho que somos la única fuente de noticias del pueblo que no ha cubierto el tema de mi sexualidad.

¿Qué puedes hacer con tu corazón en un momento así? En la oscuridad y el frío del principio de mis solitarias mañanas, siempre podía contar con la luminosa sonrisa y la charla de Lorraine para ayudarme a empezar el día. Teníamos una hermandad que proviene de vivir en la oscuridad, de, ¿cual es la palabra? *Sobrevivir.* De sobrevivir en la periferia alejadas del sol, de levantar nuestros adormecidos ojos a las estrellas, esforzándonos por mantenernos despiertas. Normalmente, hablábamos cinco o diez minutos. No era mucho. Pero era el simbolismo de la cosa. Extraño la normalidad. Confortante. A veces me regalaba el café. Ahora no soy bienvenida ni en mi propia vida.

Ayer tarde, mientras esperaba en la camioneta a que cambiara el semáforo cerca de casa, un vecino blanco, blanco como masa cruda, se rió de mí en la entrada de su casa comía uvas de una manera demasiado bruta para esa fruta delicada.

Gritó:—¡Qué pérdida! ¡Mira tú! Y, además, eres una negra atractiva. Lo que necesitas es un hombre que te haga rectificar.

Cacareó. Cacareó alto y por un buen rato como un loco. El mundo empezó a girar y no había donde esconderse. ¿De veras que se agarró *allí*, con sus manos grandes y panosas? ¿De veras que me sacó su lengua grande, rosada e hinchada, este hombre al que saludaba por encima de mi valla?

Esta mañana manejé al trabajo en un estado de pánico, el corazón batiéndose contra mi esternón, y aquí estoy ahora, en el oscuro parqueo subterráneo, asustada de salir, borrando el contestador de mi celular. Selwyn cree que le estoy prestando demasiada atención a lo que ella llama «la controversia limitada y desechable de tu lesbianismo», pero Selwyn no es periodista. Yo sí lo soy. Me estremezco, y no del frío. El mundo me asusta. He dado las noticias durante cinco años. Padres que estrangulan a sus hijos. Hombres que torturan a los gatos. Personas que esclavizan a otros. Conozco la maldad del mundo.

—No te obsesiones—dice Selwyn en mi mente. Es imposible.

Enciendo el estéreo del automóvil y pongo la estación AM de noticias. Se demora diez minutos pero allí está el tema favorito del día, Liz Cruz es tortillera. Cambio de emisora a un programa de charla llamando a la estación.

El locutor se está riendo, y dice:—¿Jack, qué les pasa a estos hispanos? ¿Es que todos los guapos son gays? Primero Ricky Martín, ahora Liz. Ricky, me importa un bledo. Mi esposa te desea, así que tírate a todos los hombres que quieras, ¿entiendes lo que digo? Estupendo. ¡Pero Liz, no! Mi esposa está contentísima. Ahora se está vengando. Qué perra vida. Lo próximo será que Penélope Cruz también es gay. Entonces me corto las venas.

Salgo disparada de mi automóvil al ascensor.

Paso por maquillaje y la reunión matinal sin que nadie diga una palabra, aunque deduzco por la manera indirecta que me examinan, que todos quieren que me vaya de allí. Claro que quieren. Nuestros índices de audiencia están desplomándose. Todos pretenden estar de acuerdo con que continúe aquí.

Sobrevivo el noticiero e intento recomponerme. Convertirme en la mujer de acero. Ahora todo me da igual. Quizá no digan nada, quizá no ensalzarán el veneno. Quizá me despertaré de este sueño y todo será como antes. No hay nada en las noticias sobre mí.

Acaba el noticiero. Me dirijo al camerino para quitarme el maquillaje. No me quito la chaqueta azul oscura y perlas. Llevo jeans porque nadie ve lo qué los locutores llevan más abajo de la cintura. Normalmente me cambio y me pongo unas sudaderas o algo más cómodo, pero hoy no. Hoy no quiero sentir el frío del aire de WRUT en mi cuerpo. No quiero exhibirme.

El director del noticiero, John Yardly, toca a la puerta y entra suspirando tres nítidas veces cerrando la puerta tras él. Aunque es temprano por la mañana, este hombre paquidermo con grandes gafas, ya brilla de sudor y huele a cebolla. No quiero ni imaginarme lo que desayuna.

—¿Estás bien?—me pregunta.

Sus dedos golpean nerviosamente sus muslos. Siempre tiembla como un gorrión, pero hoy más de lo normal. Fuerzo una sonrisa y le digo que sí.

—Me alegro—dice—. Porque todos estamos preocupados por ti. Ya lo sabes.

Continúo quitándome el maquillaje y lo miro por un instante en el espejo. Sus ojos mienten. Es la primera vez que ha mencionado él, cómo decirlo, la conmoción que he creado. Y observo que le molesta.

—Te voy a preguntar derecho—dice. Parece avergonzado—. Quiero decir, sin rodeos.

—John, tranquilo—digo—. La palabra «derecho» no me ofende.

Se ríe a carcajadas.

—Liz, ¿es verdad?

El enojo se apodera de mí. Debajo de mí. Me rodea por doquier. Quiero alejarme flotando. Necesito a Selwyn aquí. Ella sabría qué decir. No se sentiría herida de esta manera, ya que se ha endurecido con el paso de los años. Esta ciudad, esta vida aquí, tan fría. Toda frialdad.

—¿Porqué?—pregunto—. ¿Importaría?

John niega vigorosamente con la cabeza y se ríe incómodamente:—No, claro que no—dice—. Soy tu amigo. ¿Somos amigos, verdad? Sólo quería comentarlo contigo y decirte que aunque sea verdad, todo el equipo de WRUT te apoyará y te defenderá.

—¿Habrán hablado a escondidas?

—No, claro que no. Pero como director del noticiero, tengo que dejar aclarado a todos que hay que apoyarte. En otras palabras, nada va a cambiar.

—¿Cambiar? ¿Cómo qué?

—Quiero decir, que todavía eres nuestra presentadora favorita de la mañana.

—Oh, quiere decir, ¿bajarme de categoría o despedirme?

—No dije eso. Dije que las cosas no cambiarían.

—No sería legal si lo hicieran—digo—. ¿Correcto? Massachusetts es uno de los estados donde es ilegal discriminar a alguien por ser homosexual.

—No, no lo sería—dice con sonrisa amarga—. Pero eso no viene al caso. El hecho es que aunque cada día recibamos más llamadas, más emails, cientos de ellas, Liz, de todo el país y del mundo, pidiéndonos que te despidamos, no lo vamos a hacer.

Cientos de llamadas. Han recibido cientos de llamadas.

—Podríamos preparar un comunicado—dice—. Intentar arreglar las cosas.

—¿Qué tipo de comunicado?

—Negándolo. Podríamos desacreditar a O'Donnell. De todos modos, todos la odian.

—¿Será ese el motivo por el que dan su programa todas las semanas? ¿Porque todos la odian?

—Honestamente, sí. La gente quiere escuchar lo que dice para discrepar con ella. Es cruel y vulgar. Liz, tienes una gran ventaja sobre ella. El público piensa que eres buena y bonita. Piensan que Eileen es una zorra.

—Déjame pensar lo del comunicado—digo.

Tengo que reconocer que sería bueno regresar al anonimato de antes. Al mismo tiempo, sin embargo, hay algo liberador en que por fin todos sepan la verdad, Sara incluida. Cualquiera que sean las consecuencias. Y la verdad es la verdad. Si emprendemos la guerra contra Eileen O'Donnell y el *Herald*, habrá más gente siguiéndome, más secretos, más de la auténtica Elizabeth Cruz escondiéndose en los bordes de mi vida con una linterna y un compás, como si no perteneciera allí, como si no tuviera derecho a ser yo misma.

—Si eso es lo que quieres hacer, no tenemos demasiado tiempo. Me gustaría entregar algo a los medios de comunicación en las próximas horas. Cosas como ésta no se pueden dejar de lado por mucho tiempo. Creo que ya hemos esperado demasiado, pero quise ver la reacción del público y ahora la conocemos. No están perdiendo interés. Nos tenemos que proteger. Más vale dar la cara.

—Lo sé. Te daré mi respuesta al final del día, ¿de acuerdo?

—De acuerdo. Buen trabajo esta mañana, como siempre.

Se levanta y abre la puerta. Empiezo a caminar para pasarle, pero me detiene.

—Antes de bajar en el ascensor al garaje, creo que deberías ver algo. Ven conmigo.

Me lleva a su oficina en el sexto piso desde donde se divisa la calle. Es media-mañana. El bullicio normal de un centro oficial, trabajadores que se apresuran a sus trabajos. Pero abajo, justo en la entrada de WRUT, hay seis personas, con chaquetas y sombreros, algunos de ellos con pancartas, y otros con velas encendidas. La mayoría cantan juntos. Unos sostienen niños, otros cruces. No oigo bien lo que están diciendo, pero me lo puedo imaginar. Los he visto cuando salgo fuera del edificio durante las últimas ocho semanas. El vil fuego en su mirada lo dice. Las señales lo dicen. «PIENSEN EN NUESTROS HIJOS» dice una, y «¡NUESTRA ESTACIÓN! ¡NUESTROS VALORES!—grita otro.

Estacionados a lo largo de la acera están los furgones de noticias de las otras estaciones de la ciudad. Los reporteros entrevistan a los manifestantes.

—Todos me están solicitando subir y entrevistarte—me dice John, adelantando su mandíbula hacia los reporteros que pululan alrededor—. Es justa la noticia que han estado esperando.

—Lo sé—digo—. Hijos de puta.

—Ya.

—¿Por qué les *preocupa*? Es tan medieval.

John se demora en contestar. Mira fijamente a la gente. Hago lo mismo. Los dos miramos fijamente durante un rato. Entonces me dice:—Les preocupa porque todos te deseaban, todos los hombres. Y todas las mujeres querían ser como tú.

—Eso no es verdad—digo.

—Seguro que lo es. Liz, el noticiero de la televisión no trata de informar. Trata de entretener. Se trata de «sex appeal». Si eres gay o lesbiana, no pueden fantasear como antes.

—¿Es eso lo que piensas?

—Es lo que *sé*. Mira a George Michael. ¿Cuándo fue la última vez que escuchaste una de sus canciones en la radio? Liz, alcanzamos el primer lugar gracias a ti—dice—. Porque eres bonita, encantadora, y dulce. Porque para esta ciudad representabas a la mujer perfecta. Una mujer negra bonita que habla como una blanca, pero que es realmente hispana. Fue un golpe maestro. Cuando te contratamos, logramos que todos los que tienen alguna causa nos dejaran tranquilos. Lucharemos contra esto, ¿verdad?

Su última revelación era tan ofensiva que no estaba segura de lo qué quería hacer:—No sé.

—Considéralo—dice con un suspiro defraudado—Sólo considéralo.

—Lo haré. ¿Me puedo marchar?

Asiente:—Ten cuidado allá fuera—dice—. La gente está loca. ¿Quieres que te acompañe el guardia a tu carro?

Indico que sí.

La guardia, una gorda y masculina mujer, me mira con simpatía:—No deje que le afecten—me dice cuando entro en mi camioneta—. No les deje ganar.

Me coloco un sombrero y unas gafas de sol antes de apretar el botón y abrir la puerta del garaje y salir a la luminosa luz del día.

Las luces de los flashes destellan y me ciegan.

—*Jesús, María, y José*—digo.

Aprieto el acelerador hasta el fondo y me alejo de las cámaras, saltándome el primer semáforo en rojo para poner distancia entre nosotros. Los periodistas son peores que los manifestantes, ya que están formando un lío de la nada para así aumentar el número de televidentes. Me siento mareada, ya que me parece que me están comiendo viva. Tomo las calles laterales a través de las tortuosas colinas del North End, y entro en la autopista en una impensada entrada lejos de la estación.

Sé conducir tan bien para perder a la gente que me siento como un delin-cuente. ¿Por qué debo sentirme así, sólo por ser quien soy? ¿Por qué tengo que esconderme y correr? Respiro con alivio una vez que estoy en la autopista, corriendo demasiado para que me alcancen.

¿Pero a dónde voy? No puedo ir a donde Selwyn. No puedo llamar a Lauren, o a Usnavys o a Rebecca porque todas están trabajando. Sólo me queda Sara. Necesito hablar con alguien y desahogarme, y decidir qué hacer. ¿Me hablará? Tengo que pensar bien lo que estoy haciendo.

Uso el celular para llamar a Selwyn a su oficina.

—No vayas a casa—le digo—. Los periodistas están por dondequiera.

—Dios mío.

—Así es.

—De todas formas, vamos a cenar en casa de Ron esta noche—dice—. Ron es un compañero de trabajo, un profesor de voz suave que enseña un curso en literatura del odio. Él y su esposa nos han ofrecido su casa.

—De acuerdo—digo—. ¿Pero dónde voy hasta entonces?

—A algún sitio seguro, a alguna parte donde no te hayan visto antes.

Sara.

Marco el número de Sara y ella contesta, suena cansada y vacilante.

No me cuelga, pero no habla.

—Por favor—le ruego—. Te extraño. Necesito hablar contigo.

—Liz, lo siento—dice—. No puedo. Estoy organizando un viaje la próxima semana con Roberto. Lo siento. Estoy ocupada.

—¡Sara! ¡Me quieren crucificar!—empiezo a llorar—. No sé qué hacer. Sé que no estás de acuerdo, ¿pero me odias lo suficiente para querer ver mi carrera destrozada por unos idiotas?

Después de unos momentos de silencio, cede:—De acuerdo, puedes venir. Pero sólo un rato. Hasta que decidamos qué hacer. Pero no puedes estar aquí cuando llegue Roberto. Me mataría.

sara

Oye, chico, ¿qué he hecho? Elizabeth no debería estar aquí. Mira, lo sé. Pero parecía como si estuviera en peligro. Y ahora mismo me necesita. Una no renuncia a diez años de amistad porque tu marido quiera. Yo no. Pero necesito tiempo para hablar con Roberto sobre todo esto, para asegurarme que no va a hacer algo tonto. Con él nunca sabes. Ella está en casa y ahora estarán saliendo de la escuela. No quiero que los niños la vean cuando lleguen a casa y se lo digan a su papá. Tendré que encontrar algo nuevo con que sobornarles para que se callen. El dulce ya no es suficiente.

Vilma sigue limpiando el mismo sitio en la televisión de vídeo juegos de los niños y escucha mi conversación con Elizabeth. Es entrometida, pero no me traicionará. La conozco. Ella es fiel a mí, y no a mi marido.

Elizabeth está sentada en el mullido sillón de nuestro cuarto de estar, bebiendo a sorbos un café que le llevó Vilma. Cada vez que acerca la pequeña taza blanca a sus labios, su elegante mano, de dedos largos y delgados, tiembla; haciendo ruido cada vez que la vuelve a poner en el platillo. Mira absorta la limpia alfombra beige, se limpia la garganta como si quisiera hablar y se queda helada.

—Liz—digo, y me mira—. Fíjate. No me importa con quien te acuestas. De verdad que no.

—¿De veras?

—Sí, de verdad. ¿Crees que soy idiota? A mí me da lo mismo. Pero Roberto no quiere que nos veamos. Piensa . . . él piensa—no puedo terminar la frase.

Miro al suelo y murmullo revolviendo una bebida imaginaria en el aire:—Tú y yo, yo y tú. Ya sabes.

Al otro lado del cuarto, Vilma se tropieza con sus propios pies, resoplando.

—¿Piensa que somos amantes?—pregunta Elizabeth riéndose.

Veo que los hombros de Vilma se levantan y se tensan. Se va a quitar el polvo del la caja de los CD, suspirando al andar.

—Sí—digo—. Eso es lo que piensa.

Vilma menea la cabeza. Elizabeth sigue riéndose.

—Eh—digo—. ¿Porqué es tan cómico? ¿Piensas que soy tan fea o algo así? Sería buena amante. Tú sabes que sería una gran amante.

—No, no—dice Elizabeth—. No lo dudo. Pero honestamente nunca te he visto de esa manera. Nunca—se corta.

Oigo a Vilma susurrar en español:—Ay, Dios mío.

Me mira.

—¿Nunca te he atraído?

Escucho sorprendida mi propia voz. Chico, tengo que admitir que me siento un poco defraudada. Quiero decir, ¿por qué no tendría que encontrarme atractiva? ¿Es que ahora soy algún tipo de monstruo? Debería decirle a Vilma que se largara, pero me divierte escandalizarla de esta manera.

—Sarita, lo siento, Sarita—dice Liz afectuosamente—. No eres . . . mi tipo.

Frunzo la frente como herida.

—¿Y quién lo es?—le pregunto, no estando segura que quiero saber la respuesta.

Sonríe tímidamente arqueando una ceja.

—¿Una de las temerarias?—pregunto.

Asiente débilmente.

—¡No puede ser!—grito—. De acuerdo, de acuerdo, déjame ver, déjame adivinar.

Pienso durante un momento. Rebecca tiene el pelo más corto. A las lesbianas les gustan las mujeres con el pelo corto, ¿no?

—Rebecca—digo.

—Ni en un millón de años—responde Liz.

—Entonces ¿quién?

—Lauren.

Ahora soy yo la que me río.

—¿Lauren? ¿Lauren la loca? ¿La que escribe que es una semilla florida en el periódico? Coño, chica, pero 'tas loca. Yo soy mucho más guapa que Lauren. Soy la más guapa de todas las temerarias . . .

Liz se ríe:—De acuerdo, si tú lo dices.

—Olvídate, chica. Sabes que estoy bromeando. Lauren es bonita. Está *loca*, pero es bonita. Aunque es lo suficientemente rara para que pueda: oh—me detengo comprendiendo que acabo de insultar a Elizabeth.

—No te preocupes—dice.

—¿Desde cuándo sientes esto por ella?

Elizabeth se ruboriza, o lo que en ella sería un rubor. Parece una colegiala, las rodillas apretadas juntas, un puchero en la boca. «Años».

—¡Ay, Dios mío—exclama y nos reímos juntas.

Noto que Vilma me mira con una advertencia en sus ojos, y me dirijo a ella en español.

—Señora, sé que dice no entender inglés, pero si todo esto es demasiado para su delicada constitución, estoy segura que hay más cuartos que limpiar.

Vilma frunce el ceño y se marcha del cuarto sin una palabra.

—¿Se lo has dicho?—le pregunto a Elizabeth sintiéndome como una jovencita chismosa.

—¿Vilma?—pregunta Liz, incrédula.

—No, tonta. *Lauren.*

—No, no, no, no, no. Nunca.

—¿Se lo puedo decir?

Dios mío, me encantaría ver la cara de Lauren cuándo oiga esto. Esa muchacha es demasiado sensible, permite que todo se la coma por dentro. Esto la confundiría aun más. Sería divertido.

—Te agradecería que no lo hicieras.

—¿Por favor? Nunca se sabe. A lo mejor, ya sabes.

—No querrá. No lo hagas. Lo digo en serio.

—Está bien. Aguafiestas.

—Ah, claro. Esto es divertido. Corriendo para salvarme el pellejo de un manojo de periodistas. ¡Qué divertido!

El olor del café me da ganas de vomitar. El doctor Fisk dice que las náuseas matinales, en mi cuarto mes, ya se me deberían haber pasado, pero no es así. Tengo hambre a todas horas, pero nada me apetece menos los gofres helados y la crema de cacahuete. Tengo todavía más náuseas. Lo bueno de esto es que significa que voy a tener una niña. Se me cierran los ojos. Quisiera enroscarme y dormir una eternidad. No tengo la energía para bregar con esta realidad. O la paciencia.

—¡Coño, mujer, ¿en qué estás pensando, eh?!—le grito a Elizabeth.

Retrocede, se sobresalta, y derrama el café encima del tapizado de flores de la silla.

—Deberías olvidarte de los «Christians for Kids», y seguir con tu vida. Deja que se queden con todas esas señoras maquilladas y con las pestañas postizas. Honestamente, no sé por qué todavía no has renunciado. Hazlo, por favor, y búscate otra causa.

—No puedo—contesta, secándose la manga a golpecitos.

—¿Qué quieres decir con que no puedes? Líbrate del radar de los cristianos locos, espera que toda esta estupidez pase, y se acabó.

—Sara, si lo dejara, ellos ganarían. ¿No lo entiendes? Si lo dejara, sería como admitir que no puedes ser una buena cristiana y lesbiana a la vez. Y no creo eso. No lo creo en absoluto. Creo que Dios no comete errores y que soy una expresión terrenal de Su perfección.

—¿Has considerado alguna vez volverte judía?—pregunta Sara—. Tenemos rabinas lesbianas.

—Por favor no entremos en *eso*—me dice—. Ya lo sabes. No puedo convertirme de repente en *judía*.

—Jesucristo era judío.

—No entremos en el tema—dice Liz en inglés.

—Probablemente no deba.

—No. Probablemente no.—

—Vilma, mi amor—digo—. Se nos ha derramado el café, ¿puedes echarnos una manita?

Vilma vuelve de su destierro por cotilla con un trapo mojado, un cubo y un limpiador, y las orejas listas para más. Elizabeth se levanta y se sienta en el suelo con las piernas cruzadas, al lado de la mesa de centro.

—Te vas a arruinar la salud si sigues obsesionada con esta estupidez—le digo, cambiando finalmente al español que usamos generalmente entre nosotras.

Mira como extasiada sus zapatos de tenis. Vilma, con cara impasible, pretende no oír nada. Realmente, me alegro que esté aquí, para impedir que le pegue a Elizabeth.

Mujer chismosa.

Y continúo:—Lo mejor que puedes hacer es poner distancia entre tú y esas personas que quieren hacerte daño. Acuérdate, ellos no te conocen como te conocen tus amigas. Sólo están escribiendo mierda porque eso es lo único que saben hacer. Lo más probable sea que te han envidiado durante años, y ahora gozan saber que lo más probable sea que no te darán la gran oportunidad a nivel nacional que tanto anhelan. Muchas veces, los periodistas se portan como personas odiosas de muy poco carácter. No deje que eso te pase. Ocúpate de tu felicidad.

Liz me mira un instante frunciendo el ceño y dice:—Creo que no eres la más adecuada para hablar.

—Ella tiene razón—dice Vilma, sin interrumpir su trabajo—. Escúchela, Sarita.

Duele. Tienen razón, claro. Pero no se supone que esto sea sobre mí. Se supone que sea sobre Liz.

—Desearía no haberles dicho nada—digo. No es tan malo como piensan.

Vilma me fulmina con la mirada un instante, y continúa fregando.

—Claro. Es que eres un poco . . . torpe. ¿Verdad? ¿No es eso lo que les dices a todos?

Pongo mis pies debajo del sofá donde estoy sentada, como si eso pudiera protegerme de la verdad de sus palabras. Me cubro la curva creciente del vientre y cualquier arañazo o cardenal con el borde de mi largo suéter azul.

—Tengo partido el corazón, totalmente partido—digo—. No puedo creer que estabas fifando mujeres todos estos años y nunca me lo dijiste.

—Yo no fifo. Eso es lo que hacen los hombres.

—Bueno, lo que sea que hagas.

—Sara, yo las quiero. Amo a las mujeres. No lo vulgarices.

—Lo siento—digo—. Pero estoy realmente herida. ¿Porqué no confiaste en mí lo suficiente para decírmelo?

—Sara—dice excusándose—. No es que no confiara en ti. Fui yo. Me tomó mucho poder admitírmelo a mí misma, ¿no lo entiendes? Y todavía no lo hecho, no completamente.

—No puedo creer que sea verdad, sobre todo tú. Quiero decir, siempre pensé que las lesbianas eran feas. Tú eres tan femenina. Tan bonita.

Ella dice sólo una palabra en contestación:—*Mitos.* Son mitos.

De hecho, Liz se ve bonita, normal, como siempre, pero observo ojeras de agotamiento bajo sus ojos. Parece tan cansada, tan triste, tan sola. No puedo creer que esté aquí. No puedo creer que ella es . . . una de *aquéllas*. Intento imaginármela con una mujer, pero no puedo.

—¿Qué se siente?—pregunto.

—¿Qué quieres decir?—inquiere.

—Estar con una mujer.

—No sé contestar eso. Cada persona es diferente.

—Siempre me lo he preguntado, ya sabes, curiosidad normal.

—Oh, oh.

—Apostaría que una mujer sabe darte más placer que un hombre, ¿eh?

—Sara, no sé. Realmente depende más de la persona.

—Verdad. Tiene sentido. Lo siento. Estoy parloteando. No sé qué decir. Me hubiera gustado que confiaras más en mí. Me lo deberías haber dicho.

—No sabía cómo reaccionarías.

—Reaccionaría como reacciono a todo lo demás. No soy ninguna doctora Laura.

—No estoy diciendo que lo seas. Simplemente tenía que ser cauta, había tanto en juego.

—Lo único que quisiera es que me lo hubieras dicho. Eso es lo único que ha cambiado entre nosotras, ¿sabes? Ya no confío tanto en ti.

—Todavía soy la misma—dice Elizabeth, golpeándose el pecho con una mano—. Nada ha cambiado.

—No, pienso que todo ha cambiado. Para ti. Opino que por tu bien debes dejar esa organización, y quizá incluso tu trabajo. Liz, la gente está loca. Sólo dos palabras: Matthew Sheppard.

Liz rechazó lo que decía con un movimiento de la cabeza:—No me parece que la cosa está tan mala. Vamos. Sé responsable. La mayoría de la gente son liberales en su forma de pensar. O por lo menos eso es lo que yo creo.

Vilma, que quita el polvo de la mesa de centro, me mira a los ojos un instante con comprensión.

—¿Estás segura que eres lesbiana?

—Supongo que sí. Sí.

—Entonces vive como lo que eres. Liz, no me puedo creer lo que te estoy diciendo. Mi vida, sé orgullosa de quien eres. Al carajo con lo que los demás piensen. Piensa en todos esos muchachos gays y lesbianas que te ven a ti, y así se sienten mejores de sí mismos.

—Haremos un trato—dice.

—¿De qué se trata?

—Viviré orgullosa como lesbiana, cuando tú dejes a Roberto. Él no va a cambiar. Eso ya lo sabes, ¿verdad?

—No estamos hablando de mí, ¿recuerdas?

—¿Por qué no? Hablemos de ti.

Vilma trae un plato de queso y galletas, el olor al queso envía a mi cerebro señales de vomitar. Supongo que a mi hija no le gusta el queso. Me incorporo y salgo corriendo al baño de la cocina. No tengo tiempo ni de cerrar la puerta. No tengo tiempo ni de llegar al retrete. Una bilis amarilla pálida y pedazos de gofre se precipitan al suelo de azulejos verde, al lavamanos de pedestal blanco, al asiento del inodoro.

Liz me sigue, angustiada, y se sitúa en la puerta del baño.

—Ay, Díos mío, Sarita. ¿Estás bien?—me pregunta.

Me sujeto a la tapa del retrete con las manos y me vuelvo para mirarla. Es tan bonita. ¿Cómo es posible? Si yo fuera así de bonita, me gustaría que todos los hombres del mundo me desearan. Siento mi abdomen contraerse con la arcada y regreso al agua. Esta vez a tiempo, el vómito se esparce por la taza. Sigo con arcadas sin tener nada que expulsar. Tengo un sabor amargo y crudo en la boca. Mi boca tiene sabor amargo y crudo, mis dientes recubiertos y finos.

—¿Quieres ir al hospital?—me pregunta.

—Vete—le digo, frotándome con papel higiénico—. Sal de aquí.

No recuerdo haber vomitado delante de Elizabeth desde que estábamos en el primer año de la carrera y bebíamos demasiado para que nos importara.

—Si no te importa, prefiero vomitar en privado.

—Estás muy enferma, lo siento. No tenía ni idea.

—Estoy bien—le digo. Tiro de la cadena para vaciar el inodoro y me tambaleo hasta el lavamanos. Uso el papel higiénico para limpiar la suciedad, me enjuago la boca con agua fría, me lavo la cara, y me la seco con una toalla de algodón egipcio color crema.

—No—reconsidero mirándola en el espejo—. No estoy bien. Estoy enferma con todo esto. Estoy muy angustiada por ti.

—¿Has vomitado por *mi* culpa?—pregunta.

—Sí—la empujo y camino hacia el cuarto de la televisión.

Vilma ha estado de pie como un centinela en la puerta del baño, con el cubo y el trapo. No nos mira a ninguna de las dos cuando pasamos.

Elizabeth prosigue conmigo por el vestíbulo al cuarto de proyección, caminando rápidamente. Oigo a Vilma correr el agua en el baño limpiándolo después de mi visita. La entrañable Vilma.

—Lo siento, Sara—dice Elizabeth.

Se cubre la cara con las manos mientras habla. Eso era lo que consolidó nuestra amistad, la manera tan latina que teníamos de pelear.

—No quiero que te disgustes tanto. Estoy bien. Se me pasará dentro de un rato.

Sigue hablando, golpeando la parte de atrás de una mano con la palma de la otra.

—Siento que esto te esté llegando a afectar. No lo permitas. Ya soy mayorcita. Puedo manejarlo. El hecho de que me aceptes es más importante para mí que lo que puedan pensar la gente del canal.

Miro el reloj digital que brilla en la caja del cable. Los niños están al llegar de la escuela y querrán su leche de soya y sus galletas integrales antes de enseñarme sus deberes. No quiero que la encuentren aquí.

—Tienes que irte—digo.

—¿Porqué?—pregunta.

—Roberto—contesto—. Nosotras podemos continuar siendo amigas, pero tienes que darme algún tiempo para convencerle a él sobre ti. Está muy enfadado contigo.

—¿Roberto se enfadó porque soy lesbiana?—pregunta.

—Eso fue lo que dijo. Te llamó pervertida y otras cosas. Es una tontería.

No te preocupes. Pero no puedo permitir que los niños te vean aquí. Piensa que estamos liadas. Tú y yo. Qué locura, ¿verdad? ¿Por qué pensaría una cosa así?

—Sara—me dice, acercándose y sentándose cerca de mí. Me escudriña mis ojos con su mirada.

—¿Qué?—le pregunto—. ¿Por qué me miras así?

—Hay algo que debería haberte contado hace mucho tiempo.

Siento un vacío, otra ola de náuseas. Siento lo que me va a contar.

—No lo hagas—digo—. No quiero oírlo.

—Debes saberlo.

Nos miramos fijamente durante un instante y me dice:—Debes saberlo porque pienso que estás en peligro a su lado.

—Prosigue—digo, preparándome.

—Cuando estábamos en la universidad, ¿recuerdas ese viaje que hicimos todos a Cancún durante las vacaciones de primavera? Tú, yo, Roberto, aquel tipo Gerald con el que estaba saliendo, Lauren y otro ¿cuál era su nombre?

—Alberto. Él de los granos.

—Alberto. Granos a granel. Ése.

—Claro. Liz, ¿cómo voy a olvidarme de un viaje así?

—Bien—y respira profundamente—. ¿Recuerdas el día que fuimos a practicar el submarinismo, y que tuviste problemas con el equipo, y por eso te decidiste esperarnos en el barco?

—Sí—dije—. Preferí hacer el «submarinismo» con unas margaritas, en el litoral.

—Bueno, pues estábamos todos en este arrecife de coral, y Roberto—se detiene, y respira profundamente—, Roberto nadó hacia mí y me tocó bajo el agua.

—¿Qué quieres decir con que te «tocó»? Estoy furiosa.

—Que me tocó. Me tocó a lo largo de la espalda con la mano y me la puso en el culo.

—No, no lo hizo.

—Sí lo hizo.

—Probablemente la corriente le empujó hacia ti.

—Sara. Por favor.

—¿Y qué hiciste?

—Estábamos en agua poco profunda. Le agarré la mano, lo levanté, y le pregunté qué estaba haciendo.

—¿Y?

—Dijo que estaba haciendo lo que es natural para un hombre.

—Eso es una estupidez. Roberto nunca diría algo tan estúpido.

—Eso es lo que dijo.

—Éramos jóvenes, no significa nada.

No puedo creer lo que estoy diciendo. Parezco idiota.

—Sarita, fue hace tiempo. Pero él sigue mirándome. Me ha mirado desde entonces.

—¿Y? ¿Mirar es ahora un crimen? Todo el mundo te mira.

—Pienso que quizá ése sea el motivo por el que está tan enfadado. Y por lo que me cuentas, las cosas cada vez se ponen peor con él. Estoy angustiada por ti. Él no es ningún santo. No lo necesitas.

—A veces le odio.

—Deberías. Pero no por lo que me hizo a mí. Si no por lo que te está haciendo a *ti*.

Miro el reloj. Puedo oír a nuestra niñera entrar en el parqueo con mi automóvil.

—Liz, te tienes que ir. Ya.

—Lo siento mucho, Sara.

Me abraza. La abrazo, la separo, la abrazo de nuevo.

—Va. Hablaremos después.

—De acuerdo—dice, mientras se le resbala una lágrima por la mejilla—. Estoy asustada.

—Mis hijos están por entrar en casa y no los quiero a tu alrededor.

—Dios mío, Sara, ¿tienes que ser tan mala? Quiero a esos muchachos, y ellos me quieren.

—No quiero que le digan a su padre que estabas aquí—me corrijo—. Liz, me mataría.

—¿Piensas que sería capaz de eso?

—Cariño, es un decir.

—Es más y lo sabes. Bien puede matarte.

Vilma asoma la cabeza por la puerta y pregunta si preciso algo.

—Algunas galletitas saladas—digo—. Por favor. Y una 7-Up.

—Sí, señora.

—¿*Saltines* y 7-Up?—pregunta Liz, con una sonrisa escapándosele entre las lágrimas mientras recoge el bolso y las llaves—. ¿Sara, estás embarazada otra vez? No me mientas. Siempre sé cuando lo estás.

—Debes dejar ese trabajo—le digo.—Y esa causa. Hay miles de filantropías en el mundo. Puedes conseguir otro trabajo.

—¡Lo estás! ¡Estás embarazada de nuevo!

Me abraza otra vez. Sonrío.

—No se lo digas a nadie—susurro.

—No te preocupes. Felicidades, mi amor.

—No me llames así—bromeo—, o pensaré que soy tu tipo.

Pestañeo. Se ríe.

—Nos vemos, chica—dice.

—Te llamo pronto—digo—. Ten cuidado allí fuera.

Mira rápidamente a la entrada, se encoge de hombros y se enfunda en un chaquetón varonil.

—Y tú—me dice—. Ten cuidado *aquí dentro*.

La acompaño a la puerta principal y la abro. Se para en seco, retrocede e intenta decir algo, pero oigo a los niños que entran en la cocina por la puerta del garaje y le cierro la puerta en las narices.

Me arrastro hasta mi cuarto y me derrumbo en la enorme cama tamaño California King. Quizá sean las emociones del embarazo, o quizá el susto de tener que aceptar que mi mejor amiga es *una de ellas,* o tener que admitir lo que siempre he sabido instintivamente: Roberto está enamorado de Elizabeth.

Vilma aparece a mi lado con una bandeja con galletas y un refresco.

—Déjalo allí mismo—le digo, limpiándome las lágrimas con la parte posterior de mi mano.

No se inmuta.

—¿Qué?—pregunto.

—Debe comer algo. No tiene buen aspecto.

—Ahora mismo no puedo comer—sollozo—. Tengo el corazón partido.

Vilma coloca la bandeja en mi mesilla, toma el vaso de refresco en sus expertas manos, y se sienta a mi lado en la cama.

—Aquí—dice suave y maternalmente—. Sarita, beba. Necesita estar fuerte.

Abro los labios, y tomo un poco del refresco. Me aturde.

—No, por favor, no puedo—le digo.

Vilma me acerca una galleta a los labios.

—El bebé también necesita su fuerza—dice.

—¿Lo sabes?—pregunto.

Vilma cabecea imperceptiblemente:—Claro, Sarita. Coma.

Mordisqueo la galleta, encantada de que me haya llamado de nuevo Sarita. Cuando termino, Vilma me hace comer dos más. Me fuerza a terminar el refresco.

—¿Cómo lo supo?—pregunto.

—Yo sé cosas—dice, golpeándose el pecho cerca del corazón—. Ahora descanse un rato. Toda esta tensión es mala para el bebé.

Vilma me besa en la cabeza de la forma que lo hacía cuando yo era niña y se va del cuarto.

Sollozo bajo mi cubrecama de pluma de ganso forrado de franela rosa hasta que Seth y Jonah entran corriendo a mi cuarto, llenos de juvenil energía. Se suben en mi cama. Jonah, con su manita, me retira cuidadosamente el pelo de los ojos y me pregunta qué me pasa. Sethy se golpea el pecho como Tarzán y da saltos mortales de la cama al suelo. Les cuento que su mamá se cayó y tiene una pupa, pero que se recuperará.

—¿Está Papá en casa?—pregunta Jonah—. ¿Él te hizo la pupa? A veces odio a Papá.

—No—digo—. No digas esas cosas.

Les abrazo y les pregunto cómo les fue.

—¿Sabías que tía Liz es *tespiana*?—pregunta Seth, abriendo la boca simulando horror palmoteándose la cara como Macaulay Culkin en esa tonta película.

—*Shh*—le dice Jonah a su hermano—. No digas nada.

—¿Quién te lo dijo?—le pregunto a Seth, asustada por lo inoportuno del momento. ¿La vio aquí? Dios, espero que no. Espero que no le diga nada a su padre.

—Andrew Lipinski.

—Bien, la mamá de Andrew Lipinski le va a lavar la boca con jabón, porque no es verdad. No hables más de esto en esta casa.

Hablamos del colegio y los mando para abajo con Sharon y Vilma para merendar. Normalmente no soy tan fría con mis muchachos, pero ahora mismo siento que no puedo con todo. Ya sabes cómo es; cualquier pequeña cosa podría sacarme de las casillas. No me gusta llorar delante de mis niños.

Roberto llega a casa del trabajo de buen humor. Su voz alegre resuena en el vestíbulo.

—Amorcito, gané el caso—anuncia, y luego silba la melodía «*We're in the Money*».

—¡Felicidades!—grito.

Gracias a Dios. Por lo menos hoy hay *unas* buenas noticias en esta casa. Me arreglo el pelo, me quito el rímel de los ojos, y sonrío desde lo alto de las escaleras como la perfecta esposa. No quiero que sepa que sé lo de Cancún. Que Dios me ayude, nunca sacaré el tema. Roberto empieza a bailar, me invita con los brazos y bajo la escalera corriendo hacia él con todo el falso entusiasmo que puedo; piensa en Ginger Rogers, me digo a mí misma. Me alza, me da una vuelta, riéndose. Me lleva a la cocina, me sienta, y me planta un beso en los labios.

—Estás preciosa—me dice—. Cuando gano un caso, siempre me pareces más guapa.

Vilma frunce el entrecejo sobre la olla encima del fuego en desacuerdo. Roberto no se da cuenta. Bromea con Vilma mientras ella prepara la cena, un bistec cubano «kosher» con cebolla, arroz, frijoles, y plátanos.

—Qué bien huele—dice, tocándole la espalda a Vilma.

Mete un tenedor en los frijoles y los prueba. Se lleva los dedos a los labios, y tira un beso al aire exclamando:—¡Qué ricos!

—Cariño, si me permites, tengo que hacer pipí—le digo sonriente.

El olor a bistec frito me manda de nuevo al baño. Cierro la puerta, y dejo correr el agua para encubrir el ruido que hago sobre el retrete.

* * *

Cuando me compongo, busco a Roberto y a los niños que están en la sala de proyección. Roberto se arrastra a gatas por la afelpada alfombra con Seth en la espalda. Jonah sentado a un lado, los observa con una seria mirada.

—¿Están locos? ¿Qué hacen?

—¿Estás bromeando?—dice Roberto—. ¡Estamos jugando a vaqueros e indios! ¡Mis chicos son los mejores! Olvídalo.

Me derrumbo sobre el sofá, y Jonah se me sube encima. Se sienta de rodillas, frente a mí, y me pone un dedo en los labios, la preocupación arruga su diminuta frente.

—¿Mamá, estás bien?—susurra.

—Claro—miento, y le doy un beso en la mejilla—. Ve a jugar con tu padre.

—¿Tengo que hacerlo?

—¡Jonah! ¡Ve!—y lo levanto y lo empujo hacia Roberto.

Vilma nos sirve la cena en la cocina, en lugar del comedor, porque Roberto quiere ver las noticias para enterarse si han dado cobertura a su gran victoria. Trabaja en Fidelity Investments, y el caso lleva algún tiempo en las noticias.

Los chicos cenan y se pelean, y la niñera se retira a su cuarto a leer y a comunicarse por el Internet con sus amigos en Suiza. Como unos frijoles y me esfuerzo por tragarlos. Vilma se da cuenta que no me encuentro bien. Me ofrece más galletas. Roberto ni lo nota. Mastica con la boca abierta, tiene una mano en la barriga y con la otra apunta el mando a distancia zapeando los canales de televisión.

Hay unos cuantos anuncios y enseguida empiezan las noticias locales. Miro la televisión, y no puedo creer lo que veo. Allí, en la pantalla, está nuestra casa.

¡Nuestra casa!

La cámara se desplaza y enfoca la camioneta de Elizabeth, parqueada en nuestra entrada. El reportero informa que una periodista, de un canal de televisión de la competencia, que fue recientemente «revelada como gay», había llegado esta mañana a esta «lujosa mansión en Brookline, cerca de Chestnut Hill Reservoir», después de un loco viaje en zigzag escapando de una manifestación religiosa y de los periodistas que la perseguían. A Roberto se le cae el mando al suelo con un golpe. Su puño aterriza en la mesa.

El reportero mira sus notas, y dice que el registro oficial indica que la casa es propiedad de Roberto J. Asís, «un destacado abogado local, involucrado en el polémico pleito de Fidelity Investments que ha estado últimamente en las noticias».

El reportero informa que el abogado está casado con Sara Behar, una vieja amiga de Cruz en la universidad.

—La razón de esta visita es desconocida—dice sugestivamente—, y cuando alcanzamos a Liz Cruz, no quiso pronunciarse.

—Dejen a la gente en paz—grita Liz a la cámara, cubriéndose el rostro y llorando—. Ocúpense de sus asuntos. Dejen a esta pobre familia tranquila.

Salgo corriendo, pero no me da tiempo de llegar al baño y vomito en el suelo de la cocina. Roberto ya se ha levantado, escupiendo trozos de filete e insultándome a gritos. Los niños se abrazan y gritan.

Jonah me sigue, gritando:—Mami, Mami, ¡no!—pero Seth lo agarra y lo arrastra con él debajo de la mesa.

—¡Escóndete!—chilla.

Roberto me agarra del pelo y me voltea hacia él. Toda la cocina huele a vómito.

—¡Papá! Déjala—grita uno de los niños.

—¿Qué te he dicho?—pregunta, clavándome un dedo en la cara—. ¿No te dije que no quería a esa lesbiana en casa?

—Ya lo sé—contesto con miedo—, intenté desanimarla pero vino. Tenía miedo, y me dijo que no tenía a donde ir. Lo siento.

—Intentaste desanimarla, ¿eh? Es por eso que estuvo en esta casa, ¿por qué la disuadiste?

Me empuja contra el mostrador. Me cubro instintivamente el vientre con las manos e intento apartarme.

—Por favor, Roberto, no lo hagas—le ruego.

A Vilma y a Sharon no se las ve por ninguna parte. Vilma trató de auxiliarme antes, pero le pedí que no se inmiscuyera. Sharon también intentó ayudarme una vez, pero Roberto le dijo que se ocupara de sus asuntos o la enviaría de vuelta a Suiza.

—Nuestra *casa*—dice molesta—. Ésa era *nuestra casa*. No puedo permitir que nuestra casa se asocie con esa mujer. ¿Sabes lo qué esto supondría para mi carrera? ¿Estás *loca*?

Cuando trato de correr, me agarra de nuevo.

—¿O sea, que estás enamorada de ella?—me pregunta con su cara pegada a la mía.

Me agarra el suéter y me lo arranca.

—¿Cómo? ¡Por supuesto que no!—y me libero de sus manos y corro hacia la puerta de la cocina que da al patio, donde la nieve derretida de la última tormenta gotea rítmicamente sobre el porche de madera. Nunca lo había visto tan enfurecido.

—Me has oído bien. ¿Están liadas?

—¡Estás loco!—le chillo.

Me golpea en plena espalda y pierdo la respiración. Caigo al suelo escabulléndome como puedo. Tira al suelo la cafetera, la batidora, un bote de galletas de porcelana en forma de gato, que se hace añicos al lado de la mesa donde están escondidos los niños. Es un monstruo.

Oigo a los chicos llorar.

—¡Seth! ¡Jonah!—grito, cuando me agarra la cara estrujándomela y torciéndome la cabeza de un lado a otro y halándome para que me ponga en pie. El dolor es insoportable. Grito. Los niños. Tengo que protegerlos.

—Vayan al cuarto de Vilma, y cierren la puerta con llave. ¡Ahora mismo!— y me obedecen y se dispersan como pájaros asustados.

—No es lo que piensas—le digo—. Además, yo no fui quien intentó ligarse a Liz en Cancún. Fuiste tú.

—¿Qué?—me pregunta—. ¿Qué acabas de decir?

Tiene la cara a unos centímetros de la mía. Puedo oler el filete y la cebolla en su aliento. Me cae una gota de su saliva en el ojo.

—Me has oído bien. Yo sé que la quieres.

Me da una bofetada.

Me escapo otra vez, abro la puerta de atrás y corro llorando hacia el porche, hacia la noche fría y oscura. Mi mundo se me derrumba. La temperatura ha bajado e hiela la nieve derretida que empieza a convertirse en espeso y transparente hielo. Roberto me persigue, con ojos de loco.

—¿Quién te lo ha dicho?—pregunta.

—Liz—digo, apoyándome contra la barandilla.

Está encima amarrándome la cabeza con un brazo, ahogándome:—¿Qué te dijo?

—Nada.

No puedo moverme. Me suelta la cabeza, y me atrapa abrazándome violentamente.

Roberto tiene lágrimas en los ojos.

—¿Nada?—me pregunta, clavándome una mano entre las piernas—¿No te dijo nada? ¿Te dijo que me chingó? ¿Eh? ¿Allí mismo, entre las piernas? ¿Te contó esa parte? ¿Qué lo hizo en el hotel cuando te estaban dando un masaje?

—No—le digo—. No lo creo.

—¿No te contó que lo hicimos de nuevo cuando volvimos? ¿Cuándo estabas en casa de tu madre?

—Deja de mentir, eres un sinvergüenza.

—Es verdad. Lo hizo—y sonríe, el hijo de puta—. En nuestra cama, y le *gustó*.

Con un movimiento de cadera obsceno me golpea el cuerpo duramente.

—Le gustaba que la templara duro, porque es una puta como tú. No me extraña que las dos están chupándose la una a la otra todo el tiempo.

Ahora soy yo quien lo abofeteo:—¡Carajo!—grito—. ¡Te odio!

Me agarra las manos y me las fuerza hacia atrás hasta que pienso que se me quebrarán por las muñecas.

—¡No!—chillo—. Roberto por favor, no.

Ahora está gruñendo, maldiciendo, insultándome de todas las maneras que puede. La madera del porche está resbaladiza, y trato de no caerme. Me agarro del pasamanos como si fuera un salvavidas.

—Por favor, Roberto, estoy embarazada—lloro—. No puedo caerme.

Se detiene y me mira fijamente.

—Más te vale no mentirme—me dice.

—Roberto, no, te lo juro, no te estoy mintiendo. ¿Por qué crees que estoy engordando? ¡Casi no como! ¿Por qué crees que corro al baño constantemente? Es para vomitar.

—Buena intentona—me dice—. Esto no te va a ayudar. Conmigo ya no te sirven las mentiras, ¿comprendes lo que te digo?

—No miento. *Estoy* embarazada. Estaba esperando la fecha de nuestro aniversario para decírtelo, para darte una sorpresa. Te lo iba a decir la próxima semana en la Argentina. Por favor.

Millones de lágrimas calientes y pesadas me caen por el rostro. A la vista de las lágrimas se anima.

Me sacude:—Dime la verdad, Sara—me exige—. Esto no es un juego.

—Te estoy diciendo la verdad. Vamos a tener una niña.

—¿Una niña?—y continúa agarrándome dolorosamente, pero sus ojos se ablandan un poco, esperanzados.

—Vamos dentro—digo—. Te enseñaré la prueba del embarazo. Las he escondido en el armario.

—Espero que no me estés mintiendo—me repite.

—¿Y tú qué?—pregunto—. ¿Estás mintiendo? ¿De verdad te acostaste con ella?

—Sí—me dice.

—¿La quieres?

—La quería—me dice—. Pero ya no. Sarita, te quiero. No aguanto imaginármelas juntas de pareja. Me enloquece. Es el peor insulto para un hombre.

Está jadeante, la cara roja, furioso.

—No soy lesbiana—le digo—. Soy tu *mujer*. Te quiero. Eres el único hombre al que he amado. ¿Por qué nos hacemos esto? ¿Y los niños? Ay, Roberto. Por el amor de Dios. Nos hace falta ayuda profesional.

—¿De veras estás embarazada?—su voz es suave y tiene esa dulce sonrisa que me derrite el corazón.

Le acaricio la cara y me compadezco de él, como hago siempre que se disculpa después de pegarme.

—Te juro que lo estoy.

Me acerca a él en lo que parece un movimiento amoroso, pero algo pasa. Me resbalo en el hielo, me suelto de su mano, y entonces el tiempo se detiene, y siento cada escalón primero sobre mi trasero, luego sobre la espalda, y después rodando sobre mi estómago. Uno, dos, tres, cuatro, cinco, seis, siete, ocho. Me doy contra los ocho escalones, y aterrizo en el afilado hielo. ¿Me empujó él? ¿O me resbalé yo? No lo sé.

No puedo moverme. El dolor en la espalda es demasiado intenso. La cabeza me sangra en los ojos, y tengo la boca llena de un líquido caliente y salado. Sangre. Espero que se haya terminado, pero no es así. Me sigue, insultándome y chillándome con terror. Quiero decirle que tenga cuidado con los escalones, pero no puedo ni hablar.

—¿Qué te pasa?—chilla—. ¿Porqué te caes por las escaleras en tu estado? Mejor no me mientas. ¿Es así cómo cubres tus mentiras? ¿Cayéndote por las escaleras?

El dolor en mi útero viene al instante. Siento un estallido, el mismo cuando se rompe la fuente y empiezan las contracciones. Sólo que esta vez, llega con seis meses de adelanto, y el dolor me agarra todo el cuerpo. Estoy paralizada de miedo, o lesionada. No lo sé. Se arrodilla a mi lado, y cuando no me muevo o hablo, me pellizca las mejillas duramente.

—Levántate—me dice con roña. Se ha vuelto loco. Me abofetea de nuevo.

—Mujer, no es el momento de jugar conmigo. Levántate. Si de verdad estás embarazada, levántate.

Y hace algo inconcebible: Me patea una y otra vez, en el costado, y siento olas dolorosas de sangre. Mi bebé no.

—Por favor, por el amor de Dios, Roberto—lloro por dentro—. Para, por favor.

Me vuelve a patear, en la cabeza. Oigo un crujido en la cara. En un estallido de rojo y estrellas, veo a Vilma bajar deprisa los escalones y saltar sobre él por detrás, con un reluciente cuchillo de cocina en la mano.

Está gritando: ¡La has matado, hijo de puta, esta vez la has matado!

Veo sus hinchadas piernas con medias hasta la rodilla volar por el aire cuando la levanta y oigo su cuerpo caer de golpe a mi lado. Escucho el ruido del cuchillo en el hielo.

Es lo último que recuerdo.

Un nuevo estudio que saldrá la próxima semana en la edición del veinticuatro de marzo, indica que las personas con más éxito en nuestra sociedad son las que mejor mienten. Cuanto mejor mienta, según el estudio, más lejos llegará en su carrera y en su vida personal. Tengo que reconocerlo: miento mucho. ¿Y usted no? El jefe le pregunta qué tal le va y le dice que bien. Un amigo con un corte de pelo horrible le pregunta qué le parece y le dice que fantástico. Cuanto más nos importa alguien, parece como si estuviéramos más dispuestos a mentirles. ¿No es de extrañar pues, que la gente siempre se decepcione con el amor? Hemos evolucionado para confiar en los mentirosos.

—de *Mi vida*, de Lauren Fernández

usnavys

n avi, sé que estás allí. Contesta el teléfono. Por favor. Tenemos que hablar.

No, hem, hem. *Pienso que no.* Por lo menos hasta que me pida perdón por lo de Roma. Me tapo con la manta y le dejo que hable al contestador.

Tres meses y no ha tenido el valor de llamar. Y de repente la semana pasada, empieza a llamar otra vez como el que no quiere la cosa. Pero esta vez no me coge, mi'ja. ¿Qué se cree, que soy masoquista?

Además, esta tarde fui al hospital después de que Rebecca me contara lo de Sara, y me quedé pasmada mirando su cara amoratada con todos esos tubos por dentro y por fuera y no podía creer lo que dijo el médico: Que quizá nunca vuelva a despertarse. Su marido le hizo eso. Rebecca estaba tan sorprendida como yo por este asunto. Piensas que conoces a la gente, y de repente ocurre algo así, es obvio, mi'ja, que nunca los conoces en absoluto. ¿Quién quiere casarse después de ver esto? Estoy decepcionada con los hombres.

Los odio a todos.

Me tumbo en el sofá de piel verde y aprieto el mando para cambiar el canal de la televisión panorámica al otro lado de la habitación. El radiador se enciende con un reconfortante silbido. Por la entreabierta cortina de encaje, veo que ha empezado de nuevo a llover. Aunque ya hace un poco más de calor, mi'ja, algunas noches quieres tener el calentador encendido, ¿sabes lo que digo? Comodidad. Necesitas comodidad. Coloco los recipientes de la comida que he ordenado sobre mi regazo, y ataco. Sopa de pollo, arroz, frijoles rojos, ensalada. Comida de consuelo. Pido dos de cada. Cuando pides para llevar, nunca te dan suficiente.

Necesito una alfombra más grande para este cuarto. Con este frío húmedo, no es suficiente. Esta noche necesito calor. Es una de esas noches, mi'ja, que quieres abrazarte a alguien grande y fuerte, a menos que como yo, no encuentres a nadie grande y fuerte que valga la pena abrazar. Así ha sido toda mi vida. Ahora mismo siento pena de mí misma y podría llorar. Necesito llorar. Puedo llorar sola, y puedo llorar delante de mis amigas. Pero no puedo llorar delante de un hombre.

Los hombres son una mierda.

Todo empezó con ese hombre de Baní, que dejó preñada a mi madre en Puerto Rico hace veintinueve años. En Boston, cuatro años más tarde, decidió que ser padre era demasiado trabajo. Regresó a la República Dominicana y nos dejó plantadas. Pensarías que no lo recuerdo, era tan pequeña cuando se fue, pero sí lo hago. Me acuerdo de él perfectamente. Era un hombre grande y moreno. Grande en el sentido de pesado, no de alto. Era bajo, fuerte, negro, con un fuerte acento español. Tenía que enrollarse el bajo de los pantalones. Debe haber sido muy duro para él. No creo que Boston fuera buena con él. Mientras estuvo aquí, trabajó mucho pero nunca progresó. Y eso le molestaba. Me acuerdo cuando le contemplaba, sentada a sus pies, mientras me contaba cuentos imitando a los personajes de los dibujos animados para hacerme sonreír. Me hacía reír. Era tan rechoncho y sus brazos tan fuertes que cuando me alzaba me sostenía en ellos.

Quizá pienses que no recuerdo su fragancia, pero la recuerdo, olía a madera. Trabajaba manejando un camión para una compañía de mudanzas y se pasaba el día subiendo pianos por las escaleras; cuando llegaba a casa olía a madera y a sudor. Lo recuerdo como si fuera ayer. De verdad. Mi madre dice que no puede ser que recuerde todo eso, pero sí lo recuerdo.

También recuerdo a mi hermano Carlos. Se parecía a Papá, y empezó a trabajar con él en la compañía de mudanzas para traer dinero a casa. Hacía los deberes y me cantaba hasta que me quedaba dormida. Recuerdo que a unos muchachos de su edad no les caía bien, porque había dicho a la policía que habían robado una tienda. A la primera oportunidad le dispararon. Ocurrió delante de mí, cuando me acompañaba a casa desde el autobús que cogía para llegar al colegio de blancos lejos de casa, donde cursaba séptimo grado. Lo mataron delante de mí. Recuerdo el ruido, el ambiente, el olor, pero ahora no quiero hablar de eso. No quiero pensar en ello. He tenido que despertar demasiadas veces del sueño donde vivo todo de nuevo, y del que me despierto gritando.

Esos fueron dos hombres que me amaron y que perdí; no creo que mi corazón pueda soportarlo de nuevo. Me miras y piensas que siempre estoy feliz y alegre, pero no es así. Nadie sabe lo que es perder alguien como lo sé yo, ya sabes lo que quiero decir. Al final se lo conté a las temerarias y no lo podían creer. Esperé ocho años para contarles lo de mi padre y mi hermano, y se quedaron de piedra, mi'ja, totalmente de piedra. Creían que me conocían, así son las cosas conmigo. La gente piensa que me conoce. Pero no es así.

Por lo que he observado en esta vida, a los hombres pobres los asesinan o te abandonan. A los ricos se les ve felices con sus esposas e hijos. En los proyectos no se encuentran demasiados hombres, ¿sabes lo que quiero decir? De donde yo vengo, los chicos que conoces acaban muertos, en prisión, o regresan a Puerto Rico o a la República Dominicana, y nunca más los vuelves a ver. De donde vengo, los hombres te rompen el corazón.

A veces cuando me pongo a pensar en esto, siento que no puedo continuar. Aunque suene como un disparate, días como hoy—cuando los retoños empiezan a florecer en las ramas de los árboles, alegres y esperanzados, preparándose para la primavera y el amor—me siento tan deprimida que no creo que pueda levantarme de nuevo. Pero tengo que intentarlo, aunque sólo sea porque soy propietaria y tengo responsabilidades.

Mi inquilino está haciendo ruido arriba de nuevo. Alquilar el apartamento de arriba fue lo mejor que he hecho en mi vida. El alquiler cubre la hipoteca, menos cien dólares. Pero tengo que escuchar su vida. Escucho cuando mueve los muebles, cuando descarga el inodoro, cuando se lava los dientes, cuando lava la ropa. Hasta escucho cuando se le cae un vaso y se rompe.

Pero por el dinero que me ahorro merece la pena. Es una casa antigua de estilo Victoriano de tres pisos, que todavía estoy arreglando. Falta un escalón en mitad de la escalera de atrás y todavía me queda por arreglar esa gotera del baño de arriba. Pero soy propietaria, y reduzco mis impuestos.

He decorado mi parte a mi gusto, con espejos de marcos dorados y jarrones Art Décos llenos de plumas y juncos, en colores pasteles en el suelo. En los quicios de las puertas de algunas habitaciones he puesto grandes esculturas negras de gatos, y en mi cuarto tengo una cama con dosel. Tengo una mesa de comedor de cristal, con sillas negras. Aquí tengo todo lo que necesito y el próximo fin de semana voy a comprar un juego de dormitorio para la habitación de invitados, aunque mi madre diga que no vale la pena gastar dinero en la casa hasta que encuentre un buen hombre. ¿Y si nunca lo encuentro? Le pregunto. Ni siquiera me contesta. Intento explicarle que estoy feliz así, totalmente feliz de vivir en esta casa que es mía y que he llenado de objetos que me gustan, aunque sospecho que sabe que es mentira.

Sola no soy feliz. Necesito un hombre. Un buen puertorriqueño.

Pero no se lo digas a Lauren. Pondrá esa mirada de rabia tan suya y empezará a largarme un discurso sobre que aunque tenga el tipo ideal, eso no puede superar lo pobre que uno es. Sí, lo sé. Lo sé. Pero he sido pobre y no quiero volver a serlo. ¡Qué me parta un rayo! Lauren no tiene ni idea de lo que es ser pobre. No pobre como lo que ella piensa significa ser pobre, cuando no puedes ir a un colegio privado o algo así. Me refiero a pobre cuando tu mamá ha tenido que rebuscar entre los cojines del sofá para juntar suficiente cambio para comprar leche para la semana; cuando se han acabado los bonos de comida y estás hambrienta e irritable. Así de pobre. No quiero pensar en aquella época. Quiero pensar en hoy.

Este edificio está bien, pero estoy demasiado cerca de Jackson Square y me preocupa el carro. Los únicos BMW que ves por aquí son los de los talleres de desmonte. Por la noche se oyen disparos y ha habido muchas noches que no he podido dormir por la alarma de algún carro. También se escucha a los pandilleros vagando en grupos por los alrededores, aullando como búhos y gritando a sus amigos. Hay una nueva cafetería una manzana más abajo, y un café francés con sombrillas en las mesas de fuera en el verano. Estamos «gentefying» el barrio, yo y todo los «yupis» latinos. Pero no lo suficientemente rápido.

Cambio los canales buscando una buena película de amor. Tiene que haber algo, alguna mentira cinematográfica donde pueda ver que los hombres son buenos y decentes.

Al médico se le sigue olvidando ir a nuestras citas. Desde hace dos semanas es así. Llama para disculparse, me envía flores y una noche después del trabajo, cuando estoy haciendo compras de queso gourmet en esa tienda al lado de Symphony Hall, ¿adivina quién aparece con una vieja bruja igual a Celia Cruz, con peluca roja? ¡Él! Iba todo arreglado como los que acababan de salir del Symphony, ¿sabes? Abrigo largo negro de lana y esa bonita bufanda de cachemira. Tomé mi carrito y me puse detrás de ellos en la cola. Estaban comprando huevos orgánicos, pan integral, y el zumo de naranja que viene en un recipiente de plástico transparente con asa. Tropecé con él y me aclaré la garganta con mucho estruendo. Se volvió para mirarme y se veía como surgían enormes gotas de sudor de su enorme nariz como lo hacen los champiñones después de la lluvia.

—¿Le conozco?—me pregunta, con ese acento tan argentino suyo—. ¿Me *conoce?*

La mujer sonríe educadamente y le pone la mano en el hombro. Tiene garras como Cruella DeVille y lleva un enorme brillante en el dedo anular. Es su puta *mujer,* mi'ja. Resulta que estaba casado.

—No—le dije—. Usted no me conoce. Me ha debido confundir con una puta barata.

Tuvo los cojones de llamarme al trabajo al día siguiente, con el cuento de que ya no quiere a su esposa. Se está muriendo de cáncer, dice, y tiene que quedarse con ella hasta que fallezca. Dice que está con ella por *piedad.* Y le digo que cualquier hombre que usa la palabra «piedad» para describir lo que siente por su moribunda esposa, se merece que lo tiren de un avión sin paracaídas. Se me subió el gueto. Podría haber sido La India. *¿Quién tú te crees que eres, eh? ¿Tú te crees muy hombre, eh, muy macho así, eh, pero tú no sirves pa' na'; tú eres un sinvergüenza, un sucio, no tienes corazón, no tienes na', y no creo na' de lo que me dices' ahora, oí'te? No te creo na'.* Colgué. No volvió a llamar.

Suena el teléfono, y lo dejo sonar una, dos, tres veces. Salta el contestador.

—Usnavys—es Juan otra vez—. Mira. Contesta, ¿estás bien? He pasado por tu casa y he visto tu carro y las luces encendidas. Sé que estás en casa. Háblame. Tenemos que hablar sobre esto. No podemos seguir fingiendo que no tenemos un problema. Te quiero.

No hago caso del teléfono e intento concentrarme en la película. Mi inquilino está dando golpes. Sé lo que es. Ojalá no lo supiera. ¿Pero qué coño hace allí arriba? Es feo y bizco con un maldito Jeri Curl, y encima lo hace más que yo. La próxima vez que consiga una casa y la renueve, voy a renovar la planta baja, para no tener que escuchar lo que hace la gente toda la noche.

El agente del FBI quiere que me mude a Texas, ¿verdad? Odio Texas, chica. ¿Lo conoces? Es como si alguien tomara un cuchillo de mantequilla y lo aplastara. Huele a petróleo por todas partes, a petróleo y a basura. He estado allí exactamente tres veces para visitarlo, y no hay *nada* para una mujer como yo en Texas. No quiero discriminar o generalizar, mi'ja, pero cuando me dijo que había Latinos por todas partes, pensé que después de todo, quizá podría vivir en Texas, pero necesito estar con los caribeños. Esos mexicanos allá abajo son tan callados, sobre todo las mujeres. Es otro mundo. Cada vez que abro la boca me miran como si estuviera loca y los hombres creen que soy de Jamaica. Allá no hay ninguna *cultura*. Aunque es verdad que consigues mucha casa por poco dinero. Dijo que me quería comprar una enorme casa de ladrillo amarilla fuera de Houston en algo llamado «Sugarland». A eso me refiero. No quiero vivir en un sitio nombrado «Sugarland». Me envió unos folletos con dibujos de las casas que están construyendo. Eran preciosas, mi'ja, con enormes escaleras, candelabros, y tres chimeneas. ¿Sabes cuánto cuesta eso? Menos de lo que pagué por esta mierda en pleno gueto, ¿comprendes? Me dijo que estaba a punto de comprar una de esas casas grandes de muñecas y que quería inscribirla a mi nombre para demostrarme cuánto me quería, y lo loco que estaba por mí. Ese también está chalado. Le gustan las mujeres grandes. Eso es lo que es, pienso. Quiere mi cuerpo. Fue el primero que me compró ropa interior sexy. Le gusta mirarme. ¡Está loco! Es un flaco ítaloamericano, muy blanco y aunque lo intenta, no entiende lo importante que es mi cultura para mí. No tiene nada malo, pero no tiene lo que realmente necesito, mi'ja, que es un hombre latino y mejor todavía que eso, un hombre puertorriqueño. Incluso me conformaría con un cubano. Un hombre con *sabor*. No vas a convencer a una mujer puertorriqueña a que se vaya a Texas con un americano como ése, a una casa enorme en las afueras de Sugarland. Me moriría. Necesito frijoles con mi arroz, sabes. Necesito metros y museos y vida urbana, sabes lo que estoy diciendo. Es bueno y todo, tiene dinero y hasta me ha dicho que quiere estudiar medicina forense, ¿te lo imaginas? ¿Yo, esposa de un médico del FBI, viviendo en Texas? Oh. Oh, *pienso que no.* Así que se acabó.

Tan, tan desilusionada. Estoy desilusionada con todos. Estoy desilusionada con Lauren por salir con el camello Amaury. ¿En qué estaría pensando? Le atrae el peligro. No tengo ni idea de por qué. Es bastante lista, y no está mal. Pero con ella todo es tropezar y caer. Me estoy hartando de levantarla. Cualquier día de éstos me la encuentro en el hospital, cosida a balas. A veces me da pena que una mujer tan preparada se ponga la altura de esos mezquinos para demostrar que es tan latina como nosotros, aunque su piel sea blanca y su español de pena. Tiene el complejo de no sentirse suficientemente latina. Es triste. Ese no vale la pena. Amaury tenía tantas mujeres que en mi barrio le llamábamos *el Árabe*, porque tenía como un harén.

Y también está Sara. La pobrecita.

Y Elizabeth. ¿Qué le pasa a la gente? Si no te gusta con quién se acuestan, no lo pienses. No es tu alcoba. No es tu *asunto.*

Vuelve a sonar el puto teléfono:—Navi, soy yo, Juan, estoy en la estación del metro, en una cabina. Voy a verte y mejor que me abras la puerta.

Ay, Dios mío. Justo lo que me faltaba. Tengo el pelo hecho un asco. No llevo nada de maquillaje. Estoy en bata y zapatillas. Me huele el aliento a arroz amarillo con pollo. ¿Por qué me hace estas cosas? No quiero escenas. Lo único que quiero es tumbarme con mi arroz con pollo y mis pasteles y mi café con leche. Necesito a alguien para darme un masaje en los pies, sabes, pero no a Juan. Necesito un hombre, mi'ja. ¿Por qué es tan difícil? No voy a abrirle la puerta cuando venga. Y punto.

Por fin encuentro una película en blanco y negro en el canal de las películas de amor, algo con Ingrid Bergman. Pongo el mando en la mesita de cristal, sujeta por una base blanca esculpida imitando a columnas romanas con un gran orbe. Incluso esta mesita me recuerda a Juan. Su madre tiene una exactamente igual en su casa en Spanish Harlem. ¿Por qué será que todo lo que he hecho hoy me recuerda a él? Fui a la peluquería, y había un hombre con gafas y perilla esperando para cortarse el pelo parecido a Juan. En el restaurante de comida para llevar sonaba Michael Stuart, su cantante de salsa preferido. Casi todo. Hoy todo me recuerda al hombre más pobre del mundo.

Llama a la puerta. Todavía no he cambiado el timbre, que suena como una gacela moribunda y me pone los pelos de punta. No toca una vez sino como mil veces seguidas. Y otra vez, y otra vez, y otra vez. Lo malo de esta casa es que el timbre suena en mi parte de la casa y en la de mi inquilino. Así que escuchas que han dejado de hacerlo y que mi inquilino baja la escalera con un estruendo para ver quién está en la entrada.

Me ato bien la bata, abro la puerta, y salgo al rellano de la escalera donde me encuentro a mi inquilino como Dios lo trajo al mundo, excepto por una vieja toalla blanca alrededor de la cintura, de pie con la puerta abierta en la intemperie maldiciendo a Juan.

—Maldito imbécil—le dice—. ¿Pero no sabes qué hora es? No tienes que tocar el timbre tantas veces, tranquilízate que alguien vendrá. ¿Pero qué coño te pasa?

Juan me mira agachando la cabeza, como derrotado:—Navi—me dice en español—. ¿Me dejas entrar?

Mi inquilino me ve, da la vuelta y vuelve a subir la escalera ruidosamente:—Dile a tu amigo que no sea tan pesado—me dice.

Menuda cara tiene. Creo que le voy a subir la renta.

—¿Qué quieres?—le digo a Juan.

—Navi. Sólo quiero hablarte.

—¿Hablar? Son las diez y vienes aquí sin invitación, como Robert Downey, Jr., colado. Vete a casa—le digo.

—Por favor, Navi, ¿puedo entrar y hablar contigo un minuto?

Desde hace cinco años lleva la misma chaqueta vaquera negra con forro de franela escocesa. No puede calentarle. Por supuesto no lleva guantes. Tampoco gorro. Y estamos a bajo cero. Está empapado, y parece un perro extraviado. Este cabrón ha vivido en Nueva York y Boston toda su vida, y todavía no se ha comprado un abrigo bueno. Obsérvalo tiritar como un perro mojado. ¿Qué carajo le pasa?

Suspiro:—Entra, pero sólo te concedo un minuto.

Tengo que reconocer que a pesar de todo, me alegro de verlo. Se le ve guapo. Se le ve sano, tiene las mejillas de un rosado brillante por el frío, y aunque esté flaco se le ve fuerte. Ojalá tuviera un buen abrigo y un buen gorro, incluso un móvil para que no sintiera tanto miedo por querer abrazarme en el sofá en una noche como ésta, cuando lo único que quiero es ver películas juntos. Me duele cada vez que veo su pobre y afligida persona.

—¿Por qué no llevas un abrigo decente? ¿Qué demonios te pasa?

—Ahórrate las críticas, ¿sabes?—me dice, entrando por la puerta al salón. Extiende la mano y cierra la puerta él mismo, algo que nunca le he visto hacer antes.

—No te estoy criticando.

—Sí, lo estás, como siempre. Es lo que mejor haces, Navi.

Sonríe de una manera confidente y perturbada que nunca he visto.

Nos sentamos, yo en el sofá y él en el sillón de cuero verde a juego. Mira los recipientes de comida de aluminio y de papel que están en la mesita.

—¿Estaba bueno?—me dice con una sonrisa.

Como me educaron bien—aunque *fuéramos* pobres—le ofrezco algo caliente para beber. No queda comida.

—No—me dice—. Quiero ir al grano. No has contestado al teléfono, y está bien. No quieres hablar conmigo, y lo acepto. Pero quiero que sepas una cosa, Navi, te quiero. Odio que te quejes de mí constantemente, odio que me mires como si fuera mierda de perro, y odio que pienses que puedes encontrar alguien mejor que yo, y odio que tengas a otros de repuesto para hacerme daño. Odio que me culpes a mí por todos los que te han hecho daño en tu puta vida. No soy tu padre. No soy tu hermano. Soy yo. ¿Y sabes qué? Estoy harto de todos esos otros hombres merodeando a tu alrededor todo el tiempo. Reconoce de una vez que me quieres. Que de verdad me quieres. ¿No es así? Dime la verdad. Así es como es.

No sé qué contestar. Tiene razón. Sé que tiene razón. Pero no quiero darle el gusto.

—Quizá—le digo—. Quizá.

—¡Ajá!

Se levanta y empieza a pasear por la habitación como enloquecido. Nunca he visto a Juan así.

—¿No entiendes lo que está pasando?—pregunta—. Me quieres tanto que no me dejas quererte. ¿Lo captas? Eres tan complicada, mujer, que he tardado una década en entenderte.

Estoy a punto de llorar. Acababa de decir algo que no quiero oír. No quiero llorar delante de él.

—¿No lo entiendes? Todos esos payasos, todos esos médicos, y todos esos que me restriegas por las narices, son un juego. No los quieres como me quieres a mí. Reconócelo. Les dejas entrar en tu vida porque sabes que no te van a hacer daño como te lo hizo tu papa. ¿A qué tengo razón, eh? ¡Estás llorando porque tengo razón, reconócelo! No me puedo creer lo tonto que he sido todo este tiempo, pensando que estabas enamorada de esos idiotas, y que volvías conmigo porque no tenías a nadie a quien joder. Y yo, tan patético y loco por tu culito puertorriqueño, lo acepté y te aguanté. ¿Sabes qué? No he besado a otra mujer en diez años, Navi. No he mirado a otra mujer, ni he pensado en nadie más que en ti. Casi me mata, casi me vuelve loco. ¿Todas esas veces que me insultas como si no tuviera sentimientos, ¿sabes? Y me quedo allí parado como un imbécil, tragando. La única razón por la que lo has hecho es porque soy el único que realmente te conoce, ¿eh? Soy el único que sabe que no eres una niña mimada como todas tus amiguitas. Soy el único que sabe que eres como George y Weezy, superándote. Y me odias y me quieres por eso, porque nadie te comprenderá como lo hago yo. Dime que miento, Navi, dime que no es verdad. Sí. ¿Lo ves? No puedes.

Ay, Dios mío. Me está haciendo llorar.

—Se acabó el minuto—digo.

—No, acababa de comenzar, Navi. Cierra el pico y escúchame. O yo, o ellos. No puedes tenerlo todo. No voy a repetir lo de Roma por tu culpa. ¿Sabes que daría mi vida por ti? De verdad lo haría. Tenemos casi treinta años. Quiero tener hijos contigo. Quiero pasar el resto de mi vida contigo y quiero jubilarme en Puerto Rico contigo. ¿Entonces qué va a ser? ¿Yo, o ellos? ¿Ellos, o yo? Depende de ti. Te voy a dart cinco minutos para que los pienses, y entonces me voy, y o vuelvo aquí con un anillo de compromiso, o nunca más pondré los pies en esta casa.

—¿Me estás pidiendo que me case contigo?

—Sí, supongo que sí.

—¿*Supones*?

—Lo estoy haciendo, ¿no lo ves? Sé que no te puedo regalarte el anillo que quieres, y sé que no llevaré la ropa apropiada a la boda, y que te burlarás de mí. Lo sé. Sí, te lo estoy pidiendo. Mira. Me estoy arrodillando aquí mismo, al lado esta cursi mesita de gueto que tanto te gusta, esta mesa fea que me revuelve el estómago, y te lo estoy pidiendo. Usnavys Rivera, ¿te quieres casar conmigo? ¿Te quieres casar con un hombre bueno, honrado, y mal vestido como yo? Nunca te engañaré, nunca te mentiré, seré un buen padre, haré todo por nosotros, y te amaré ahora y siempre, como lo llevo haciendo los últimos diez años. Navi, ¿qué dices? ¿Te casas conmigo? Deja de joder y cásate conmigo ya. Sabes que quieres hacerlo.

—Se me han pasado mis cinco minutos con tu verborrea.

—Está bien. ¿Okay? Está bien. Esto es lo que voy a hacer. Voy a subir a arreglar el escape de agua de tu estúpido baño porque no aguanto más el goteo; esa gotera es tan estrepitosa como ese estúpido abrigo de piel rosa nuevo que llevas a todos lados ¿Dónde está? ¿En este armario?

Me levanto para impedir que abra el armario.

—No, quédate allí mismo. ¡Ajá! ¿Ves?—y se ríe—. Te quiero, tontita, chiquilla de gueto. Ni siquiera le quitas la etiqueta. Es tan triste. Sé que mi chaqueta es triste, y puede que no te gusten mis zapatos de J.C. Penney, pero por lo menos están *pagados*. Ahora voy a subir, y cuando vuelva me vas a dar una respuesta. ¿De acuerdo? Allá voy. Voy a subir ahora. Adiós.

Miro extasiada la película. Y lloro sin parar hasta que regresa.

—Bien, entonces ¿qué?—me pregunta, con las manos llenas de grasa negra.

Ya no oigo el goteo. Ha arreglado el lavabo.

—Sin anillo, no es una verdadera petición de mano—contesto.

—Cierto—y alza las manos, como un policía deteniendo a las masas—. Es verdad. Quédate allí mismo.

Sale corriendo y vuelve de la cocina con el cierre del pan de molde, en forma de anillo.

—De momento tendrá que ser esto—dice, manoseándolo torpemente, dejándolo caer y recogiéndolo de nuevo—. Y de todas formas no importa, porque cualquier anillo auténtico que te consiga te va a decepcionar, así que toma. Tómalo. Tómalo y date cuenta que el anillo no es lo importante. Es el hombre, la mujer, el amor que se profiesan, y el que aunque pierdan sus anillos, siempre se querrán. ¿Comprendes eso, Navi? Coge el maldito anillo. ¿Cuál es la respuesta?

—Este anillo es una mierda—le digo.

Se ríe. Alza los brazos sobre la cabeza y grita: ¡Te quiero, mujer! ¿Eso no es suficiente?

Pienso en su pregunta. No le va a gustar la respuesta:—No—le digo—. No lo es. No es suficiente.

Juan se derrumba. Se cubre la cara con las manos y cuando mira hacia arriba, tiene lágrimas en los ojos y manchas de grasa negra en las mejillas. Me mira, y se encamina hacia la puerta.

—Ya has elegido—dice. Ahora me toca a mí.

Y se va.

Ay, mi'ja. Nunca pensé que lo haría.

El primero de abril (día de los Santos Inocentes aquí) es una de las fiestas más crueles de nuestra cultura. ¿Cuándo, sino arrebatamos tan alegremente las esperanzas de los que nos rodean? Normalmente evito hablar con la gente el primero de abril, pero este año tuve que llamar a mi amiga Cuicatl. ¿La recuerdan? ¿La estrella de rock anteriormente conocida como Amber? Ayer, primero de abril, vi el número de Billboard *de esta semana, me avisó uno de los reporteros de música aquí en la* Gazette. *Y allí en la portada estaba mi amiga, Cuicatl. El artículo decía que las ventas anticipadas del disco que saldrá próximamente al mercado, habían tenido más éxito de lo esperado, y un par de importantes críticos de rock la alababan como la próxima estrella del pop americano. No me lo podía creer, y la llamé para felicitarla. Me aseguró que no era ninguna broma de los santos inocentes, y casi me ahogué de alegría y envidia. La lección para todos: Nunca te rindas.*

—de Mi vida, de Lauren Fernández

cuicatl

gato y yo mirábamos fijamente la revista *Billboard*. Estaba abierta en la página de la lista latina, y allí estoy, Cuicatl, No 1, por el sencillo y el álbum. Voy a la lista de los cien principales, y allí estoy otra vez, No 32, con una marca. Quiere decir entre todos los discos del país, en inglés o en español. Bebo té, me vuelvo hacia Gato, y nos besamos.

—Lo conseguiste—me dice rotundamente.

Su voz suena lejos, y no me mira de la manera como suele hacerlo. Tiene los ojos puestos en la caja de la guitarra en la esquina. Los brazos le cuelgan a los lados.

—¿Qué he hecho?—y le agarro la barbilla y lo vuelvo hacia mí. Su cara se mueve, pero su mirada se fija en la pared detrás de mí.

—Has llegado a número uno.

La frente se le arruga con tristeza. ¿Por qué está tan triste?

—Gato—digo. Se aleja de mis caricias—. Gato, mírame.

Se levanta y se acera a su guitarra. Suspira.

—¿Qué te pasa?—pregunto—. ¿Por qué te comportas así?

Coge la funda de la guitarra, la deja en el suelo, da unos pasos hacia la puerta, vuelve:—No lo sé—dice.

—¿Qué es lo que no sabes?

Por fin, deja de moverse y nuestros ojos se encuentran. Los tiene rojos. Anoche se retorcía despierto casi toda la noche, moviéndose y lloriqueando, enredado en las márgenes de una pesadilla de la que no podía hablar por la mañana, por mucho que le preguntara.

—Nosotros—dice.

Cruza los brazos sobre el pecho y vuelve a suspirar. Nunca ha habido un problema con «nosotros». En la vida. Se encorva y me percato que desde que alcancé el éxito, los hombros se le han ido inclinando hacia delante, su pecho hundido sobre el corazón. No tiene fuerza para resistir lo que me está pasando. Le empequeñece de una forma que no desea.

—Gato, nada ha cambiado—digo, intentando parecer gentil y suave.

Es difícil para cualquier hombre, pero todavía más para un hombre mexicano. Me levanto y me acerco a él. Se aleja de nuevo, esta vez pasando a través de las cuentas colgantes, pintadas con la imagen de la Virgen de Guadalupe, hasta el comedor, y se sienta en una mesa rústica pintada a mano con colores brillantes, al lado de su taza fría de infusión de esta mañana. Lo sigo, y me repito. Intento frotarle los hombros, su sumisa geisha. En el espejo con el marco de estaño amartillado, parezco alta, demasiada alta. Me inclino, para parecer más baja. Algo, cualquier cosa. Le beso la coronilla como una madre cariñosa. Una parte de mí odia lo que estoy haciendo. Parte de mí quisiera estar sola con mi guitarra.

—¿No ha cambiado nada? ¿Verdad?—pregunto.

—Todo ha cambiado—dice bajo, sin mirarme.

Me retira la mano como si tuviera miedo a contagiarse.

Me quedo con la boca abierta, igual que mi madre cuando ve el precio de una etiqueta que no se puede creer.

—¿Estás bromeando?—pregunto.

—No, no lo estoy.

Se levanta y se pasea, alejándose de nuevo. Lo sigo.

—Pero lo único diferente es el dinero, Gato. Todo lo demás es igual.

—Por supuesto.

—¿Y eso que quiere decir?

—¿No has oído lo que están diciendo de ti?—pregunta, y me mira enojado, apoyando las manos sobre la mesa que nos separa.

—¿Quién?

—El movimiento. La gente del movimiento.

—No—digo, y me invade la adrenalina con el peso de lo que me acaba de decir—. ¿Mi gente está hablando de mí a mis espaldas? ¿Qué están diciendo?

—¿Lo ves? Tienen razón. Te has vuelto muy comercial. Te has olvidado de tus raíces.

—¿Qué? ¡Es una locura!

—Llevan hablando de ello en el «Red Zone», y en otros programas de radio durante semanas. Tú ya ni las escuchas. Estás demasiado ocupada escuchando tu canción en las cadenas de los cuarenta principales.

—¡No las escucho porque estoy agobiada de trabajo! ¿Cómo pueden decir eso de mí? ¿En qué se basa?

Gato mueve la cabeza:—Escribiste una canción en inglés—me dice.

—¿Y? ¿En qué se diferencia el inglés del español? Ambos son idiomas europeos. Además, es mi primer idioma.

Gato se ríe con aversión:—Jurabas que nunca grabarías en inglés.

—¡Pero estabas de acuerdo cuando dije que sería una concesión! ¡Es uno de los sacrificios que tengo que hacer para que nuestro mensaje llegue a más público! Incluso lo dijiste tú. El inglés es el idioma del «crossover». Es un idioma universal.

—Eso era antes.

—¿Antes de qué?

—Antes de todo esto.

—¿Todo esto qué?

—*La Raza* está decepcionada contigo. Muestras el ombligo en MTV. Dicen que eres una Christina Aguilera cualquiera.

—¿Y qué?—y me invade la rabia—. ¡No me parezco para nada a esa chica! ¡Eso lo sabes tú!

—¿Así qué no lo eres? Están transmitiendo mezclas de «Hermano Oficial» en Jack in the Box. Por Dios, Amber.

—¿Amber?

—Deberías haberte quedado con ese nombre. Te va mejor.

—Soy Cuicatl. Y no puedo controlar como editan mis vídeos. Es puro marketing.

—Dicen que has traicionado a Aztlán. Como Shakira. No lo puedo aceptar.

—No puedo creer lo que estoy oyendo. No puedes pensar eso de mí en serio. ¿De mí?

Me golpeo el pecho como un gorila:—¡Me conoces demasiado bien!

—Dicen que estás disfrutando a tope la etiqueta de princesa latina pop.

—¡Tú sabes que eso no es verdad! Es como me llaman los periodistas porque no saben que decir. Yo no me hago llamar así.

—Bueno, pues tendrás que educarlos.

—¿Piensas que no lo he intentado?

—No lo parece.

—¿Gato, les digo la verdad, pero escriben lo que les da la gana. ¡No puedo controlar lo que escribe cada desgraciado en el mundo sobre mí!

Gato sale de nuevo de la habitación, pero esta vez se dirige a nuestro dormitorio. Lo oigo mover cosas. Vuelve con tres bolsas de viaje.

—Gato, por favor—le digo—. ¿Adónde va esto realmente?

—Voy a quedarme con un amigo.

Sostiene en la mano un sobre familiar de papel hecho a mano, con bonitas flores secas estampadas en la gruesa tela, tipo fibra.

—¿Con quién?

—Con un amigo.

Se le nota culpable y se mete el sobre en el bolsillo de los jeans. Así que de eso se trata.

—¿Con una amiga?

No dice nada. Recuerdo la joven admiradora, una bella mexicana con el pelo largo hasta las rodillas, que siempre intenta ser la primera en llevarle agua en las danzas. Nos reíamos juntos de su obsesión con él, como se colocaba cerca del escenario en todos sus conciertos. Le enviaba regalos, le escribía cartas de amor. Se los enviaba en gruesos sobres de papel hechos a mano que olían a agua de lluvia. No me acuerdo de su nombre. No quiero saberlo. Ella lo adora. Por eso quiere quedarse con ella ahora.

—Un hombre puede salir de México—digo—, pero nunca deja de ser mexicano.

—¿Qué quieres decir con eso?

—Gato, ¿es tan frágil tu amor propio? ¿Necesitas ir corriendo a una muchachita que te adora porque yo ya no puedo ser eso? Nunca pensaste que sería la primera, ¿verdad?

—No tiene nada que ver.

—Tiene *mucho* que ver—digo.

Estoy cansada. El dolor que me ahoga es tan profundo, que no siento nada de momento. Lo sentiré después, cuando me envuelva el silencio.

—¿Tiene que ver con que le has dado la espalda al movimiento—dice él.

—Vete—digo—. Si piensas que me he vendido como Christina «mírame las tetas nuevas que tengo» Aguilera, entonces vete. Si no entiendes lo que estoy tratando de hacer, Dios mío. Creía que me querías. Creía que me conocías. Ni me quieres, ni me conoces. Fuera. No te necesito.

—Está bien—dice.

—Te habría pasado lo mismo—le digo mientras abre la puerta.

—¿Qué me habría pasado?

—Un contrato discográfico. Todo esto.

Me mira fijamente, fríamente:—Todavía pasará. Sólo que *yo* no me vendo.

—Mi disco es poco comercial.

—¿Por eso es número uno? Nadie alcanza el número uno haciendo arte. Todos en el movimiento sabemos eso. Eso lo sé yo. Eso lo sabes tú.

—Y una mierda—digo—. Yo no he cambiado nada.

—Así es como nosotros lo vemos—dice, sintiéndose el portavoz de la comunidad entera del rock en español.

—Entonces me parece que *todos* sufren un complejo de inferioridad masivo—digo—. ¡Por eso prefieren alabar a un grupo de pendejos que apenas saben tocar, antes que alabarme a mí! ¡No pueden aguantar que uno de ustedes triunfe! ¡Sobre todo si es mujer!

—Amber, ya no eres una de las nuestras.

—Cuicatl.

—*Amber*—pronuncia mi nombre como un insulto.

Cruza al umbral, y cierra la puerta.

Me derrumbo en los cojines haitianos del suelo, tumbada en el silencio que me embarga; miro la revista *Billboard* abierta en el suelo y me siento culpable. El batería me trajo *Billboard*, y otros artículos de prensa sobre mí: *Seventeen*, *YM*, *Latina*, *The Washington Post*. *The New York Times* me llama «una Zach de la Rocha latina, mezclada con Eminem—en Cancún.»

Las ojeo todas, leo declaraciones inventadas que no son más que aproximaciones de cosas que dije, escritas de una forma que nunca las diría, por gente demasiado vaga para tomar buenos apuntes o utilizar una grabadora. Si no me conocieran y no escucharan mi obra, pensarían que es verdad, que soy una difícil, una enfadada «Alanis latina», o una «Joplin latina», o una «Courtney Love latina». Los medios de comunicación americanos escriben como si una «latina» no fuera lo suficientemente buena para ser ella misma, sin calificación étnica, sin comparaciones con la música blanca (o negra). *Por supuesto* que los «moshers» en el movimiento piensan que les he dado la espalda. La mujer de estos artículos no se parece *en nada* a mí. *Así* es como se hace la historia. Los periodistas hacen autoterapia con gente como yo de telón de fondo y el mundo como testigo, y las palabras aunque falsas, se graban, listas para ser cosechadas por futuras generaciones de historiadores. Ninguno sabemos la verdad de lo que ocurrió antes de nosotros, nunca, ni incluso lo que pasa ahora. Todo se filtra a través de periodistas e historiadores. Me pone enferma. Furiosa. En otras palabras, me siento inspirada para escribir.

Pero primero, quiero averiguar si La Raza piensa que les he dado la espalda. Voy a la cocina y llamo a Curly al móvil. Le cuento lo que ha pasado con Gato, lo que ha dicho Gato.

—No es verdad—me asegura Curly.

—Me ha dicho que todos hablan mal de mí.

—No es verdad—le oigo incómodo.

—¿Qué pasa, Curly? ¿Qué es lo que no quieres decirme?

Se le escapa un silbido.

—Escúpelo—le digo.

—No quise decírtelo antes—confiesa—. Pero si estamos hablando mal de alguien, es de Gato.

—¿De Gato? ¿Por qué?

Otro suspiro:—Cuicatl. Sé fuerte.

—¿Por qué?

—Desde que dejaste de venir a las danzas, ha pasado mucho tiempo antes y después de las ceremonias hablando con Teicuih, la joven muchacha del «Diamond Bar».

—¿Cuánto tiempo?

—Mucho. Vienen juntos. Se van juntos.

Gato me había estado diciendo que un amigo nuestro lo llevaba y lo traía. Una noche llamó para decirme que se quedaba en casa de su amigo porque estaba demasiado cansado de bailar para traerlo a casa.

—¿Estás bien?—pregunta Curly.

¿Lo estoy? No lo sé. No puedo saberlo.

—Sí—digo.

—Es lo mejor que podía pasar—dice Curly—. Necesitas concentrarte en tu carrera. No te preocupes por lo que dijo Gato. No quería decírtelo, pero pensaba que no era el hombre adecuado para ti. No quería verlos casados, pero tú lo querías, él te quería. Pensé que me había equivocado. Cuicatl, has nacido para hacer grandes cosas. Necesitas un hombre especial y fuerte que entienda eso y te apoye mientras buscas la fama. Gato no es un hombre fuerte ni es especial, como tú.

Curly duda y continúa.

—¿Sabes cuánto quería Gato que le diera su nombre?

—Sí.

Gato ha estado detrás de Curly para celebrar la ceremonia de su nombre durante años.

—Tenía el nombre pero le dije que no lo tenía, porque no quería hacerte daño.

—¿De verdad?

—El nombre de Gato es «Yoltzin». ¿Sabes lo qué significa ese nombre?

—¿«Pequeño corazón»?—pregunto.

—Así es.

—Nunca lo vi de esa manera.

—Lo sé.

Tiene razón. De repente lo sé. Sin embargo, me siento como si me hubieran apaleado:—Sí—digo—. De acuerdo.

—Reuniré a Moyolehauni y a los chicos, e iremos a tu casa y nos quedaremos esta noche contigo—me dice—. Te haremos la cena.

—Por supuesto que sí.

—En un momento así deberías tener familia alrededor.

—De acuerdo.

Miro alrededor de mi magnífica casa nueva. ¿Extraño a Gato? ¿Lo extrañaré? Ya lo creo. Pero sobreviviré. Están pasando tantas cosas. No puedo creer lo rápido que ha cambiado mi vida. Primero el dinero. Después el reconocimiento. Y ahora he perdido al hombre que amo. Te enteras de gente que consigue el éxito de la noche a la mañana. En mi caso no ha sido exactamente de un día a otro, porque llevo tocando música casi toda mi vida, pero nunca me imaginé todo esto.

El dinero era increíble. En una semana, Gato y yo pasamos de vivir en un apartamento chico encima de una tienda de arreglar relojes en Silver Lake Boulevard, a tener nuestra propia casita en Venice, a tres cuadras del mar, con un sótano suficientemente grande para poder ensayar nuestros dos grupos. La casa es normal pero cara, comparada a lo que estábamos acostumbrados. Al mes de comprarla, me di cuenta que podía haberme comprado algo mucho más grande. No estaba acostumbrada a gastar dinero y no sabía si debía.

El otro gran cambio fue el trato de mis padres, sobre todo después de que me enloquecí y les invité a Las Vegas una semana en ese hotel que se parece a Venecia en Italia. Casi se mueren del susto. No era algo que esperaban de mí, y tampoco esperaban que pagara la camioneta de mi padre, o que le comprara una nueva bicicleta de montaña. Les sorprendí con todo esto. Ya no me miran como si estuviera loca. Son amables con Gato, y me preguntan por él. ¿Qué voy a decir ahora? «Mamá, Papá, lo siento, Gato piensa que me he vendido». Incluso no sabrían qué es venderse, ¿porqué cuestionaría alguien el éxito?

¿Cómo puede pensar eso de mí? ¿Cómo puede? El cabrón. ¿No necesito su culo famélico?

La última vez que vi a mi familia en Oceanside, no podía creer lo que vi en la mesita, junto al mando a distancia y el folleto de mi madre de la Tienda en Casa. Un libro sobre la historia del movimiento mexica. Qué raro que sean ellos los que ahora preguntan sobre la historia de mexica, y Gato sea el que me rechace. ¿Es verdad? ¿Han estado todos hablando de mí tal y como dice él? ¿Son realmente tan mediocres?

Gato y yo no derrochamos el dinero en nosotros. Le pagué a Frank su quince por ciento, aunque no me lo pidió, pero se lo había ganado. Le pedí que fuera mi manager y agente. Estaba de acuerdo. Tenemos una buena relación. Dimos algún dinero a Olin, del movimiento mexica, en Boyle Heights, para que contrataran un editor de pruebas para esas notas de prensa que envía a todas partes. Es un buen hombre, y tiene buenas intenciones. Pero me gustaría que fuera un poco más profesional; los mexica tienen que ser más esmerados y persuasivos en como presentan el movimiento a los medios de comunicación. Tal y como están las cosas ahora, demasiada gente cree que estamos locos. ¿Nosotros? ¿Tengo derecho a usar esa palabra? Supuestamente ya no soy una de ellos, ahora que me han invitado a actuar en los Premios MTV.

Pienso en todas las veces que he criticado a mujeres como Shakira y Jennifer López—¿me estaba comportando igual que los que ahora me atacan? Sí. Odiaba a alguien que nunca me había presentado y no conocía. Pero ahora verán. La gente en el movimiento verá. Elevaré su filosofía a la conciencia de la gente normal.

Verán.

Aztlán está subiendo. A través de mí.

Con el dinero haremos nuestra versión de *The Road to El Dorado*, y esta vez diremos la verdad. Esta vez, las indias no serán putas que coquetean con los avariciosos españoles. Esta vez el sacerdote indio no será un salvaje dentón que precisa ser iluminado y rescatado. Esta vez, el mundo sabrá lo que hicieron los españoles con nosotros. Esta vez, hablaremos de los millones de personas que murieron a manos de los españoles, esta vez, se oirán las voces del noventa y cinco por ciento de los indígenas de México y Centroamérica. Nuestro holocausto indígena se elevará en cada nota tocada en el escenario y yo contaré sus historias.

Cuicatl hablará.

Oigo canciones brotando de mi cabeza. Todos estos sentimientos. Empiezo a tatarear, a cantar unas cuantas letras, me doy la vuelta, y miro fijamente el techo. Canto tan fuerte como puedo. Nadie está aquí para escucharme. Y quizá no sea algo malo. Quizá estaré mejor sola, sin tener que preocuparme del delicado ego de un hombre como Gato. No me derrumbaré como lo hace Lauren. No me aferraré sin sentido, como lo hace Sara. No pasaré la vida deseando algo que no puedo encontrar, como hace Usnavys. Permaneceré aquí, en este espacio donde las palabras y las melodías me encuentran. Haré música. Nada cambió en mi corazón cuando llegó el dinero. Necesito la fuerza para estar sola. Eran los hombres quienes vendían a las mujeres en el pasado azteca, ¿verdad? Había casi quinientos nombres de hombres en el censo azteca del siglo XVI y menos de cincuenta para mujeres. Los hombres tenían grandes nombres, descriptivos de las posibilidades de la vida. A las mujeres las nombraban en relación con otros hermanos, o nombres como «mujercita». Me siento más ligera, como si por fin pudiera respirar.

Estoy contenta de como me quedó el disco. Me salió como quería. Mola. No te das cuenta de cuánto cuesta hacer un buen álbum. Podría haber gastado más dinero, mucho más dinero, lo haré con el próximo disco.

La compañía discográfica cumplió con sus promesas. Han estado promocionando mi trabajo con los medios de comunicación en los EE.UU., en Latinoamérica—odio llamarla así—, y en Europa. He estado dando entrevistas en los últimos dos meses, y ahora están empezando a publicarse. Me invitaron a tocar en el programa de Regis y Kelly, y lo hice la semana pasada. La próxima semana voy a salir en el *Tonight Show* y en *Saturday Night Live*.

Voy a estar de gira los próximos doce meses, y quiero que el concierto no se me vaya de las manos. No tengo ni tiempo ni energía para echar de menos a Gato. Lo pondré en un par de canciones y ya está.

La versión inglesa de mi primer sencillo (no quería grabar en inglés, pero Gato me convenció, señalando que sería la mejor manera de extender la palabra) la tocan en KISS-FM en Los Ángeles y en las estaciones más importantes de FM. Tocan mi canción en MTV, y los chicos llaman y piden mi canción en TRL. Hice el vídeo hace un tiempo. Me cuesta creer que la versión final de este vídeo se centra en los músculos de mi estómago, en mi cuerpo, en mis tetas, y en mis ojos, pero vale. Al principio estaba muy enojada, pero Gato me tranquilizó y me recordó que en todo hay que hacer concesiones, éste es el precio que debo pagar ahora para tener control total después, éste es el precio que pago para que el mundo escuche los gritos guerreros de mi gente.

No puedo ir al supermercado sin que me paren para pedirme autógrafo, sin que alguien me diga que parezco más pequeña que en la televisión. Supongo que por la televisión pareces más grande, y por eso a mi madre le gusta tanto, ya que piensa que todo lo que ve allí es mejor que lo que tiene en la vida real. Por eso le gusto más ahora, porque por fin me vio por televisión. Yo y mis ideas fueron una realidad para ella por primera vez.

El único sitio público donde puedo ir sin que me molesten es el West Side, donde casi todos son famosos y nadie le da importancia. Si voy a cualquier sitio al este del río de Los Ángeles, olvídate. Supongo que la mayoría de los chicos mexicanos no escuchan los programas de rock mexica en la radio, los cuales—según Gato—hablan pestes de mí. Los chicos salen de sus Chrysler, me señalan, y gritan, entonces, ¿les tengo que gustar, no es cierto? Me imagino que es el precio de la fama. Dejé de ir a los bailes en Whittier Narrows, porque se me echaban encima, y desmerecía la ceremonia. Probablemente hizo que la gente del movimiento pensara que me había vendido, ahora que lo pienso.

Di mi primer concierto en Los Ángeles la semana pasada, y mi hermano vino a verme. Canté el primer sencillo en inglés, «*Brother Officer*», y me miraba desde la primera fila. Estaba nervioso, pero tenía algo sagrado en los ojos, el poder del águila alzándose sobre él. Creo que hasta ese momento no sabía quien era yo. Ahora lo sabe. También está empezando a darse cuenta de quién es él. Es un indio. Un orgulloso hombre mexica. De eso se trata. Estoy enseñando a los que necesitan oír mi mensaje. Los convertidos pueden rechazarme, pero ampliaré su número. Ya verán.

Enciendo el ordenador en mi oficina y abro el correo electrónico. Hay un mensaje de Frank, detallando las fechas de mi gira mundial. Todo está organizado. Miro las fechas y el nombre de las ciudades. Viajaré a más de treinta naciones con mi mensaje. Se me pone la carne de gallina.

Le contesto a Frank:—Todo conforme, menos el treinta de mayo en Managua. No puedo estar allí.

Esa noche, se reúnen las temerarias.

Debería estar deprimida. ¿Por qué? Sobre todo porque fue mi
cumpleaños la semana pasada, y sólo me falta un año
para cumplir los treinta.

Allí está. Ah, y encima hay todos estos artículos sobre como las
mujeres pierden fertilidad a partir de los veintisiete, lo que significa que
tengo dos años de óvulos de segunda calidad y sin la mínima
oportunidad de ser mamá.

Pero increíblemente, nada de esto me deprime. Al contrario, estoy
feliz. Por primera vez en mi vida, creo ser feliz. Ahora, para todas las
asiduas lectoras que leen mi columna con amor o con reserva, no importa
mientras la lean, pensarán que estoy feliz por Amaury. Y es verdad, ha
transformado mi vida y la ha colocado en un buen lugar. Pero la razón
principal de mi felicidad es porque me he dado cuenta que ya tengo lo
que he estado buscando tantos años. Y lo he tenido una década.

Me refiero a la familia. Todos sabemos que en la que nací no fue
muy buena. Y he tenido mala suerte para encontrar al hombre ideal para
formar una familia. Pero he sido muy tonta (y borracha) para darme
cuenta que las mujeres que han sido mis amigas en los últimos diez años,
son mi familia. Son amorosas, locas, creativas, animadas, vivaces, lo que
siempre busqué en una familia.

Cuando empiezo a dudar de mí misma, cuando vuelve el dolor de mi
pasado, tirándome de las piernas de los pantalones, no es mi madre, ni
mi padre, ni mis novios, ni mis jefes, sino las temerarias las que me
respaldan. Son las que me recuerdan que soy bella. Son las que me
ponen las cosas en perspectiva.

Cuando empiezo a sentirme vieja y desesperada de que nunca voy a
tener una familia, son mis chicas las que salen al paso y me recuerdan en
voz alta: Ya tienes una.

—de *Mi vida*, de Lauren Fernández

usnavys

esto es lo que se llama un «pow-wow» de las temerarias.

Estamos aquí todas, salvo Sara, que todavía está en el hospital y Amber, que está de gira en alguna parte de Tennessee, haciéndole promoción a su álbum. Un álbum, mi'ja. Me llamó hace un par de semanas para ponerme una de sus canciones. Me dio escalofríos. Pero quizá fue el batido de guayaba que estaba tomando, cremoso y frío. Le tomamos el pelo, pero eso es lo que siempre hacemos. Me siento tan orgullosa de ella.

Sara es la razón por la cual hemos venido a cenar esta noche. Rebecca pensó que sería una buena idea crear un fondo común y elaborar un plan para evitar que vuelva a estar en peligro. Al visitar a Sara, yo misma vi la manera en que defiende a ese hombre. Ella cree que él estaba tratando de abrazarla cuando se cayó por la escalera, y que nosotras no entendemos lo difícil que ha sido su vida.

Nos encontramos en el Caffé Umbria, uno de los restaurantes nuevos de moda de la ciudad. Es un local largo, estrecho, y con techos altos. La comida es tipo gourmet europea, e infunde el aire con intenso olor a ajo y crema. Lauren fue la que nos habló de ir a este lugar, presumiendo en una de sus columnas que pocas mujeres chef logran triunfar como la de Umbria. Me importa un comino los genitales que tenga el cocinero, ¿sabes? Lo único que me interesa: ¿Es buena la comida? Cada mesa tiene una gran botella verde de agua con gas, italiana, dentro de un recipiente para mantener frío el champán. Ni una sola vez me sirvieron una botella de agua tan buena cuando estuve en Roma. Tuve que regresar a Boston para beber agua italiana gourmet. ¿Ves lo que estoy diciendo? No es justo.

Rebecca ya está sentada en una mesa cerca de la barra, cuando llego con Lauren, a quien fui a recoger a su oficina de paso para aquí. No entiendo por qué esa chica no se compra un carro. Debe de pensar que nos gusta llevar su cabeza rizada por todas partes, lamentándose sin parar de su jefe. Si lo odia tanto, por qué no se larga, o por qué no hace lo que hice yo: cerrar el pico el tiempo suficiente para *terminar* de jefa.

Rebecca lleva un blazer cruzado marrón chocolate que vi en la boutique de Anne Klein en Saks, sobre un suéter azul de seda. Eligió mi mesa favorita, con vista a la Catedral de la Santa Cruz, y frente a la calle Washington. Pensarías que estamos en Europa, sentadas mirando ese maravilloso edificio antiguo de piedra gris, bebiendo agua con gas y comiendo esta comida, pero mejor porque aquí todos hablan inglés y español correctamente. La clientela es profesional, entre los veinte y los treinta, educados y con estilo, pero vestidos informalmente. Me alegro haberme gastado la plata en este traje pantalón de Carolina Herrera para esta reunión, y estos botines tipo Oprah Winfrey, con tacón alto de Stuart Weitzman. Salí del trabajo un par de horas antes, y me detuve en el Spa de Giuliano Day, en la calle Newbury, para darme un tratamiento corporal donde te envuelven en mantequilla suiza de cabra, mi favorito. Tengo la piel tan suave que podría derretirme. Como soy clienta fija, además, me tiñeron las pestañas de negro. Me gusta. Hacen de todo en Giuliano, y aunque todos dicen maravillas sobre el salón, miras a esas blanquitas de pelo fino que trabajan allí y estoy segura que no saben arreglar un pelo como el mío. Eso lo dejo para las chicas de mi barrio. Además, sé que estoy bien, como los tipos de la barra que no dejan de mirarme. ¿Cuánto costará el metro cuadrado en este local? Parezco como si fuera la dueña.

Rebecca lee el último numero de *In Style*, con una de esas viejas estrellas en la portada, una que supera los cuarenta y cinco, pero todavía es atractiva. Al lado de ella, amontonados en la mesa, hay media docena de folletos sobre el síndrome de la mujer maltratada, violencia contra las mujeres, y técnicas apropiadas de intervención y comunicación. ¿Ves lo que quiero decir? Rebecca piensa en todo. Se me tenía que haber ocurrido traer algo así. Yo soy la que trabaja para United Way. No hay muchas personas de las que pienso pueda aprender, pero Rebecca es una que admiro. Le veo un ligero cambio en el pelo.

—¿Te has hecho mechas?—pregunto.

Rebecca se pasa la mano por el pelo y se ríe:—Sí, en caoba. ¿Qué te parecen?

—Te quedan bien, mi'ja. Me gustan.

El camarero es moderno, maricón perdido y arrogante, y no necesita ni papel ni lápiz para recordar incluso la orden más grande. A veces, mi'ja, me siento mal por toda la gente con talento malgastando sus dones. ¿No podría encontrar algo mejor con esa memoria prodigiosa?

Todas nos abrazamos. Nos hemos visto varias veces en el hospital, y hemos hablado por teléfono, pero es la primera vez que nos reunimos desde que pasó lo de Sara, para hablar de ella.

—Es tan horrible—digo yo.

—Yo me quedé tiesa—dice Rebecca—. No tenía ni idea.

—Pobre Sara—dice Lauren—. No lo puedo creer.

Todas sacudimos la cabeza.

—Todos esos tubos—digo.

—Le duele mucho—dice Rebecca.

—Por eso necesitamos hacer desaparecer a Roberto—dice Lauren.

Nos quedamos mirándola incrédulas.

—¿Espero que estés bromeando?—le pregunto.

—No, hablo en serio—dice.

Rebecca me mira y suspira.

—Ese color te favorece mucho—le dice a Lauren.

Se refiere al blusón de verde olivo que Lauren lleva sobre un suéter de cuello vuelto, del mismo color que la deliciosa nata de Devon. También lleva jeans ajustados dentro de unas botas de montar color crema tostada, y pequeños aretes de oro en las orejas. Últimamente está más delgada. Se le ve muy bien.

—¿Dónde puñetas conseguiste esa blusa, mi'ja—le pregunto, tocándola con la punta de los dedos. Es de buena calidad.

—En Ann Taylor, donde siempre—dice—. Lo siento, no tengo mucha imaginación cuando voy de compras.

—Te sienta muy bien con ese pelo—dice Rebecca, y me sorprende, porque rara vez alaba a Lauren—. Te quedaría estupendo con ese collar de plata que tienes.

Rebecca huele a manzanas crujientes, frescas. Adivino que se ha puesto Té Verde de Elizabeth Arden. Lauren lleva un perfume de limón con oscuras notas de especias que no reconozco.

—¿Qué perfume llevas?—le pregunto—. Qué rico.

—¿Ah, éste?—y se olfatea la muñeca—. Se llama «Bergamot» del Body Shop. Me encanta. ¿Te gusta?

—Huele bien. ¿Cómo se llama?

«Bergamot»—y hurga en la espaciosa cartera Dooney & Bourke para sacar una botella de perfume. Me la entrega diciendo:—Quédate con ella.

—No, no puedo—digo.

—No seas tonta. Puedo comprar más. Voy a esa tienda casi todas las semanas. Me *encanta* lo que tienen. Toma. Está recién estrenada. La acabo de comprar.

—Pero es tuya.

—Quiero que te quedes con ella—y me planta un beso en la mejilla.

A veces Lauren es muy caribeña. No sé si se da cuenta.

—Gracias, mi vida—le digo, porque sé que con ella no se puede discutir.

Abro la botella y me pongo un par de gotitas detrás de los oídos:—Me encanta. Huele esto, Rebecca.

Rebecca olfatea la botella abierta y mueve la cabeza con aprobación.

—Está muy bien. Me alegro de que hayan podido venir las dos—dice Rebecca, señalando la mesa—. Siéntanse, por favor.

—Yo también me alegro, encanto—y le aprieto la mano—. Ha sido tan buena idea hacer esto. ¿Verdad que ha sido buena idea?

Le pego un codazo a Lauren que parece tensa. Definitivamente, tiene algo contra Rebecca, y estoy hasta los huevos de ella.

—Sí, es una buena idea—dice Lauren.

Nos sentamos todas. Copio a Rebecca y coloco mi servilleta de tela blanca en mi regazo. Lauren no copia, a pesar de que ya ha empezado a mordisquear un panecillo caliente de la cesta. De la forma más delicada posible, extiendo la mano y le pongo la servilleta en su regazo. Parece avergonzada, y sonríe.

—Bocaditos, cariño—le digo en voz baja—. Parte pequeños trozos con los dedos, y no muerdas con los dientes.

—¿Qué les traigo a las damas para beber?—pregunta el camarero.

—Me gustaría una Coca—le digo—, con limón.

—¿*Light* o normal?—pregunta.

—¿Te parece que estoy en dieta?—pregunto.

Me retiro de la mesa y con un gesto señalo el vientre. Se le inflan las narices. Se pone colorado y no sabe qué decir. Las temerarias se ríen.

—Una Coca normal—dice el camarero—. ¿Y para usted, señora?

—¿Cuándo me he convertido en señora?—nos pregunta Lauren.

El maquillaje de ojos también se le ve fantástico. Morado. Por fin utiliza morado. Llevo años detrás de ella para que lo pruebe.

—Entonces *señorita* —dice el camarero, en plan de zorro agradable—. ¿Así es mejor?

—Mucho mejor—dice Lauren—. Estoy bien sólo con Pellegrino.

Rebecca ya tiene un vaso de té helado. Cuando se va el camarero, nos entrega un juego de folletos.

—Ustedes quizá conozcan todo lo que hay en estos—dice—. Pero los encontré muy informativos.

—Seguro que sí—dice Lauren.

No me puedo imaginar porque esta tía siempre tiene que ser tan grosera.

—Elizabeth debe estar al caer—digo, intentando cambiar de tema.

Cuando estoy cerca de Lauren, me parece que corro detrás de ella como su criada personal. Es como mi madre, habla sin pensar.

—Sí—dice Rebecca—. Debemos esperar a que llegue.

—La pobre Sara—digo, y me acuerdo de su cara amoratada y quiero llorar—. ¿Por qué no nos lo dijo?

Lauren y Rebecca mueven la cabeza. Nadie habla y miramos la carta unos instantes.

Elizabeth aparece y camina rápido hacia nosotras. Lleva sus jeans de siempre, sudadera, y zapatos tenis, con una gabardina de hombre. No lleva maquillaje. Otra vez una ronda de abrazos. Elizabeth huele a jabón Dove.

—Creo que me han seguido hasta aquí—dice. Parece asustada.

—¿Quién?—pregunto.

—Los periodistas.

Lauren se acerca a la ventana contoneándose, como si llevara un bate de béisbol. Ésa está siempre lista para pelearse, en cualquier parte.

—Ellos no tienen vida—digo—. No te preocupes por eso.

Lauren ya está en la acera, gritándole en la cara a alguien. El hombre tiene una cámara y se rinde. Como la mayoría de la gente que se mete en líos con Lauren.

Se pierde enseguida y se va. Busca otras fuerzas hostiles y camina hacia un carro parqueado en doble fila al otro lado de la calle.

—Un día de éstos acabará mal—dice Rebecca.

—Alguien debería detenerla—dice Elizabeth—. Esta gente es peligrosa.

—Ella no tiene problemas—digo—. Sabe cuidarse.

Rebecca le pasa a Elizabeth el juego de folletos. Se vuelve al camarero. La reconoce inmediatamente, se ilumina su cara.

—Ay, Dios mío—dice él—. ¡Pero si eres tú! No puedo creerlo.

Elizabeth se prepara para lo peor sin saber a qué atenerse. Yo también.

—Es que . . . es que me *encantas*—dice el camarero—. ¡Eres mi heroína! Tengo una foto tuya en la pared de mi casa. Tienes tanto valor. Eres una inspiración para todos nosotros.

—Gracias—contesta Elizabeth, pero se la nota incómoda.

Mira afuera a Lauren que discute con una pareja de hombres de mediana edad en una furgoneta, y los ojos del camarero la siguen.

—Si cualquiera intenta entrar aquí, confía en mí, te defenderemos—dice—. Puedo parecer una reina, pero sé luchar como un hombre.

Elizabeth se ríe:—Gracias.

—Sabes—suelta el camarero—, eres más guapa al natural que en la tele. ¡Ay, no creía que fuera posible!

—Gracias.

—Tranquila. Liz ¿qué te puedo traer de beber? Invita la casa.

En la zona de servicio, los otros camareros cuchichean señalándonos.

—Sólo agua.

—¡Venga ya! Invita la casa. ¿Un poco de vino? Tenemos una lista de vinos fantástica, exótica.

—No bebo, gracias. El agua es suficiente.

—¿Té? ¿Café? ¿Nada?

—Eh . . . , ¿tienes chocolate caliente?—y Elizabeth se estremece, temiendo haber dicho una tontería.

—Te puedo batir un moka capuchino. ¿Qué te parece?

La rodea con un brazo como si fueran viejos camaradas.

—Me parece bien.

—Enseguidita vuelvo.

Cuando se va el camarero Elizabeth parece aliviada.

—¿Estás bien?—le pregunto, y asiente.

—Me he hecho famosa por las razones equivocadas—dice—. Qué raro es este mundo.

—Seguro que sí—dice Rebecca, mirando por el rabillo del ojo sospecho-samente al camarero.

Lauren vuelve, murmurando obscenidades, las mejillas encendidas por el aire frío.

—¿Tienes un arma?—le pregunta a Elizabeth.

—No.

—Debes pensar en conseguirte una.

Rebecca alza la vista:—Lauren, por favor. ¡Qué barbaridad!

—Necesita un arma—repite Lauren—. Una barbaridad es dejar que esta gente te arruine la vida.

—Decidamos qué vamos a comer—digo alegremente.

—Sólo trato de ayudar—dice Lauren.

—Claro que sí, mi'ja—digo yo—. Siéntate y busca algo que te guste en este maravilloso menú.

Se lo entrego. Salir con Lauren es como tener un hijo.

El camarero con las bebidas nos recita los platos del día:—Para empezar tenemos mejillones con pisto de albahaca, absolutamente fabulosos. La sopa del día es crema de lechuga con mantequilla de langosta, inolvidable. Como plato principal tenemos rulada de cerdo magro—para desmayarse, se lo pro-meto—, y soufflé de bacalao con papas, milagroso.

La boca se me hace agua y tengo que tragar.

—Chicas, ¿están listas para pedir?

Rebecca asiente con la cabeza y nos mira a cada una; asentimos.

—Liz, empieza tú—dice el camarero.

—Voy a tomar la sopa de lechuga. La raya, ¿cómo la cocinan?

—Has elegido bien—dice el camarero—. La raya viene en cuatro triángulos de pescado frito sin espinas, sobre coliflor y papas, decorado con guisantes y migas de pancetta ahumada.

—Suena bien—dice Elizabeth—. Uno para mí.

—¿Y para usted?—dice mirándome.

—Voy a tomar dos primeros, carne y ensalada de camarones.

—¿Los dos?

—Sí.

¿Pero qué espera este tipo? Las raciones aquí son tan pequeñas que apenas se ven.

—Y los *goujonettes* de lenguado.

—Una buena elección—y mira a Lauren—. ¿Y usted, señorita?

Lo interrumpo:—Todavía no he *acabado.*

—Ay, lo siento. Siga.

—También me gustaría probar la sopa de lechuga.

—Bien. ¿Algo más?

—Necesitamos mucho pan.

—Por supuesto. ¿Algo más?

Me llevo un dedo a los labios, pienso un momento, y dicen ellas:—No, eso es todo.

—¿Señorita?—se dirige a Lauren.

Lauren mira la lista molesta:—Quiero el plato de pasta.

—¿Algo de primero? ¿Quizá el alioli de verdura?

—¿Es pesado?

—Para nada. Muy ligero.

—Bien.

—Estupendo. ¿Algo más?

—Eso es suficiente.

Me mira fijamente.

—¿Y usted, señorita?

Rebecca le sonríe al camarero:—Quiero el *saucisson.*

—¿Algo más?

—No.

—Es una ración muy pequeña, señorita.

—Lo sé. Está bien.

—Ah, vamos—digo—. Te vas a morir de hambre.

Rebecca sacude la cabeza y le devuelve la lista al camarero. No ha tomado nota, pero repite la orden sin equivocarse y se marcha hacia la cocina.

—Bueno—dice Rebecca

—Sí, bueno—hago de eco.

—Como ya saben, he pensado que podríamos unirnos para elaborar una estrategia para ayudar a Sara a recuperarse, de tal manera que nunca más tenga que pasar por esto.

Lauren, que tiene los codos apoyados en la mesa, pone los ojos en blanco.

—Es una gran idea—digo yo—. Unámonos.

—Sabemos que ella todavía lo quiere—dice Rebecca—. Y no creo que sea muy productivo criticarla por eso. Pero necesitamos enfrentarla de una manera positiva, y decirle que se merece algo mucho mejor que esto. Sara necesita saber que estamos aquí para ayudarla.

Elizabeth se inclina hacia delante y se limpia la garganta:—Es buena idea—dice—. Pero creo que hay una forma mejor de comunicarse con Sara.

—¿Cuál es?—pregunta Lauren.

—Ella detecta la falsedad—le dice Elizabeth—. Por lo que tenemos que asegurarnos que no parezca falso o que nos dé pena. Hay una asistenta social en el hospital, y ella ha intentado hacerlo así, y les digo no ha funcionado. Sara no se considera una víctima.

—Es bueno saberlo—dice Rebecca—. Entonces, ¿cómo crees que debemos hacerlo?

Justo entonces suena mi teléfono móvil. Contesto. Es Juan. Quiere saber dónde estoy. Le digo que estoy en Umbra, para recordarle que soy una señora con estilo y gracia, y después le pido que no me vuelva a llamar. Sigue hablando cuando apago el móvil. Cuando cuelgo, he perdido mucho de la conversación.

—Lo siento—les digo—. ¿Me pueden poner al día?

Rebecca dice:—Bueno, Liz estaba diciendo que Sara no quiere que la traten como a una víctima, así que hemos pensado que la mejor manera de enfocar esto, es que hagamos una intervención con Sara, pero que sea Liz la que hable. Ellas son íntimas amigas, y Liz es la que mejor se comunica con ella.

—Fantástico.

—Debemos crear un fondo común y hacer desparecer a Roberto—dice Lauren.

Elizabeth se ríe:—Realmente no es mala idea.

—Muy graciosa, Lauren—dice Rebecca—. Ahora en serio. Esto es un tema serio.

—Bah, estoy intentando relajar el ambiente—dice Elizabeth—. ¿Por qué siempre te metes con Lauren?

—¿Quién, yo?—pregunta Rebecca—. Perdona, pero es ella la que siempre se está metiendo *conmigo*.

Me sorprende. Nunca pensé que viviría para ver a Rebecca afrontar esta situación directamente.

—No te estoy atacando—dice Lauren, fulminándola con la mirada.

—Sí, lo estás haciendo. Siempre que digo algo pones los ojos en blanco, o suspiras o haces muecas. ¿Qué te he hecho yo?

Nunca he escuchado a Rebecca hablar tan enfadada.

—Vaya—digo.

No hay salida. Creen que son las únicas dos personas en esta habitación.

—Eres tan estirada que me pones enferma—dice Lauren—. Bien, ya lo he dicho. Entras aquí con tus folletos, como si lo supieras todo, y tratas de controlar toda la conversación y «planear estrategia». Ni siquiera puedes hacerme un cumplido sin criticarme por no llevar el collar apropiado. Actúas como si estuvieras en una reunión de negocios, te lo juro. Cuando estás con tus amigas no sabes como relajarte.

—¿Estirada?

—Oíste bien.

—Por lo menos no estoy loca y fuera de control como tú. Por lo menos no siento la necesidad de contarle al mundo entero todos los problemas de mi vida.

—¿Qué quieres decir con eso?

—Venga, venga, venga, ya está bien—dice Elizabeth—. No se peleen.

—No—dice Lauren—. Se veía venir desde hace mucho tiempo, y por fin le voy a decir lo que pienso.

Lauren dispara a Rebecca sus defectos como si fuera la lista de la compra.

—Ya está bien—digo—. Lauren, basta ya.

Por primera vez percibo que Lauren tiene unos celos increíbles de Rebecca. ¿Cómo no me había dado cuenta antes?

Miro a Rebecca, y me sorprende verla llorando, dignamente, pero llorando. Llorando, mi'ja.

Me levanto y la abrazo. Lauren está tan sorprendida como yo.

—Lo siento—le dice Rebecca a Lauren—. Lo siento, no soy perfecta. Tienes razón. Tienes razón en muchas cosas. *Estoy* asustada. *Soy* una estirada. *Estoy* tensa. No bailo. Sí, estoy casada con un monstruo. Pero ¿por qué tienes que decírmelo? ¿Acaso crees que no lo *sé* ya?

Lauren se asombra:—Yo, yo—tartamudea.

—Has ido demasiado lejos—le dice Elizabeth—. Lauren, Rebecca es un ser humano.

—Hay algo que tampoco sabes—dice Rebecca.

Me conmueve:—Rebecca, cariño. No tienes que decir nada. No hemos venido aquí para vapulearte.

—No, quiero hacerlo—dice ella—. ¿De acuerdo, Lauren? Para que sepas que estoy tan jodida como tú. Estoy enamorada de André, el hombre que me ayudó a empezar mi empresa. Quiero divorciarme de Brad, pero no sé cómo lo tomará mi familia. Me siento sola. Mi padre no hace más que mandar a mi madre, y ella es mucho más inteligente que él y le odio por eso. Con lo único que he tenido sexo en los últimos meses ha sido con mi mano. Deseo tanto estar con André que no puedo concentrarme en el trabajo. Allí está. Lo dije todo.

Ahora sí que está llorando.

—Vaya toalla—dice Lauren. Parece avergonzada.

—Estarás contenta, ¿no?—le digo a Lauren—. De verdad, mi'ja, ¿pero qué coño te pasa? A ver si dejas ya al camello.

—No, espera, todavía no he acabado—dice Rebecca—. Lauren, te envidio. Seguramente esto te sorprenda. Pero te envidio. Eres mucho más libre que yo. Dices lo que piensas. Tu vida es apasionante. Ya lo he dicho todo.

Elizabeth apoya la cabeza en las manos y todas miramos fijamente la mesa en silencio cuando regresa el camarero con los primeros platos.

—Perdona, Rebecca—por fin dice Lauren—. No tenía ni idea.

—Miren esto—dice Rebecca.

Ella saca una bolsa de Victoria's Secret a rayas rosas y blancas de debajo de la mesa:—Miren lo que he comprado hoy.

Saca un conjunto de ligas rojas muy sexy, con braguita y sujetador, y lo pone encima de la mesa.

—No lo puedo creer—exclamo.

—Pues créetelo.

—¿Para quién es?—pregunta Elizabeth.

—Para nadie. Eso es lo más triste. Se van a aburrir en el cajón con todo lo demás. Tengo tantos.

Me río:—¡La vida privada de Rebecca Baca, al descubierto!

—Muy graciosa—dice.

—Tienes que tener a alguien para ponértelos—dice Elizabeth—. Si no, ¿para qué sirven?

—André suena como un gran tipo—dice Lauren—. Póntelo para él. ¿A quién le importa? Becca, todas odiamos a Brad, lo siento, pero le odiamos. Es un auténtico comemierda.

—Me ha dicho que me quiere—dice Rebecca. Su sonrisa revela que no habla de Brad.

—¿André?—le pregunto. Ella asiente con la cabeza—. ¿Entonces cuál es el problema, chica?

—Los católicos no miran con buenos ojos el divorcio.

Elizabeth dice:—Mira, últimamente he estado pensando mucho en Dios. En mi opinión, Él está de acuerdo con lo puro y limpio de nuestros corazones.

—Sí—dice Rebecca—. Quizá.

Lauren abraza a Rebecca. Ambas lloran. Una ronda de disculpas.

—¿Están todas con tensión premenstrual también?—pregunto.

—Joder, sí—dice Lauren.

—Pues pensándolo bien, sí—dice Rebecca con una sonrisa.

—Ay, Dios mío—murmura Elizabeth.

Entonces llega el resto.

Cuando nos ha servido, el camarero se inclina hacia nosotras:—No quería interrumpirlas antes, pero hay un tipo aquí que dice conocerlas. Tiene una caja y dice que es algo para una de ustedes. Pensaba que a lo mejor es uno de esos locos, por eso quería preguntarles. ¿Quieren que llame a la policía?

Todas nos volvemos al unísono y miramos hacia la puerta. Allí, con el pelo mojado y la raya en medio como Alfalfa, está Juan, lleva su mejor traje (que no es decir mucho) y sujeta una cajita dorada en sus temblorosas manos. Me sonríe y me saluda con la cabeza, torpe como siempre. Mi corazón late descontroladamente.

—Ay, Dios mío—digo.

—¡Juan!—grita Lauren—. Ven para acá, hombre.

—¡No!—grito. No sé qué hacer. Quiero salir corriendo.

Las temerarias se ríen.

—Sabes—dice Rebecca—. Aquí hay otra intervención que estaba pensando proponer hoy, se refiere a ti y a ese agradable hombre que está allí.

—¿No es un *amor*, chicas?—pregunta Elizabeth—. Tiene tan buen corazón.

—Es un buen hombre—dice Lauren—. Y te adora.

Veo que Juan tiene un ramo de flores escondido detrás de él, envuelto todavía en plástico transparente. Está sudando.

—Gracias a Dios que sigues aquí—dice, sin aliento, cuando llega a la mesa—. Hola a todas.

E inclina una gorra invisible hacia las señoras:—Ahora, si me disculpan, tengo un asunto que me reclama.

Se desploma ladeándose sobre una rodilla en el suelo delante de mí y alzando las flores me dice:—Son para ti.

Yo las cojo. Se limpia la garganta varias veces, parece haber perdido la voz. Empieza a hablar pero le sale un chillido. Es triste. Me avergüenzo de querer tanto a este hombre.

—Vamos, Juan—Lauren lo anima—. Sabes como hacerlo.

Traga. Abre la caja.

Dentro, te lo juro, aparece el anillo más bonito que he visto en mi vida. Un anillo de platino, con tres brillantes. Lo habíamos visto juntos hace meses, cuando atravesábamos el centro comercial Copley. Estoy asombrada de que se acordara. El anillo costaba cerca de seis mil dólares; en realidad no mucho, pero para Juan es una fortuna.

—Por fin adiviné porque odiaste Roma—me dice—. Siento haber tardado tanto. *Te* tenía que haber preguntado que querías hacer, en lugar de arrastrarte donde quería ir yo. Pensaba qué apreciarías la planificación, sin tener que pensar en nada, sólo en relajarte, pero me equivoqué. Tendría que haberte llevado a un sitio mejor para comer. También me avergüenzo por eso.

Mi corazón parece que va a explotar.

—Y también he descubierto por qué me dijiste que no la primera vez que te pedí que te casaras conmigo—dice—. Creía que era porque no era suficientemente bueno para ti, pero no es eso. Es porque tú no crees que eres suficientemente buena para mí. Tienes miedo que te abandone como hicieron todos los demás. Navi, nunca lo haré. Nunca te abandonaré. Sé que soy corto de estatura, y sé que no tengo un centavo, pero te quiero con todo mi corazón, y el mío es bastante grande.

Por mis mejillas empiezan a caer lágrimas. Juan también está a punto de llorar.

—Voy a intentarlo de nuevo, antes de que sea demasiado tarde—me dice.

No puedo respirar.

—Usnavys, mi amor, ¿te quieres casar conmigo?

Miro a las temerarias. Todas sonríen. No puedo hablar. No sé qué hacer. Todos en el restaurante nos miran.

—*Estúpida,* di que sí de una vez—dice Lauren, tan diplomática como siempre—. ¿Qué coño te pasa?

—Por favor, Navi, di *algo.* Me duele la rodilla—dice Juan—. Creo que me la he roto.

Extiendo la mano para coger la caja.

—Es perfecto—digo—. Pero eras perfecto sin esto. Claro que me casaré contigo.

Las temerarias aplauden y todo el restaurante se une. Juan deja caer la cabeza en mi regazo, pone su mano en la mía, y me la llena de besos.

—Gracias—dice.—Te prometo que te voy a hacer la mujer más feliz del mundo.

Me coloca el anillo en el dedo y me da un beso.

—Eh, chicas—les digo a mis amigas cuando me suelta Juan—. Espero que no les importe, pero hoy voy a irme un poco más temprano.

—Vete—dice Rebecca.

—Lárgate—dice Lauren.

—Te felicito—dice Elizabeth.

Levanto a Juan del suelo y le hago girar sobre sí mismo. Entonces salimos corriendo de Umbra en el claro y bello atardecer.

¡Época de impuestos! ¿Por qué eso me hace contraerme? Quiero decir,
nunca he debido nada. Nunca he estafado o he mentido en mis
impuestos. Soy una buena muchacha, y siempre me devuelven algo.
Pienso que es la pobreza. Ahora no soy pobre, pero lo era. Y cuando has
sido pobre, las cosas de dinero te incomodan toda la vida. No deberían.
Debería brincar de alegría en época de impuestos, igual que debería
poder elegir hombres dóciles y honrados que racionalmente sean buenos
para mí, en lugar de tropezar accidentalmente con ellos cuando escojo
tipos buenos que pienso equivocadamente que son malos. Pero en
cuestiones del corazón y de impuestos, el "debería" no tiene sentido.
Gracias a Dios por errores como mi nuevo hombre.

—de *Mi vida*, de Lauren Fernández

rebecca

brad se muda un soleado y fresco lunes de primavera. Los pájaros cantan en los árboles, y las flores parecen danzar en la brisa por la avenida Commonwealth. Cuando se muda, no estoy en casa. Estoy muy ocupada con reuniones todo el día, terminando la revista, arreglando temas de impuestos con mi contable, y visitando a Sara en el hospital de nuevo. He organizado a su familia y amigos para mantener una vigilia constante a su lado. No quiero que esté sola cuando se despierte, y se despertará. Nunca he rezado tanto por algo en mi vida.

Después del trabajo me encuentro con Carol, mi agente inmobiliaria en un café de moda pintado de amarillo en el South End, para comer rápidamente una ensalada de alcachofas y salir a buscar casa. Llevo buscando durante meses, y todavía no he encontrado algo que me guste. Carol está a punto de tirar la toalla. Por eso de vez en cuando le envío algún regalo, para hacerle saber que valoro su esfuerzo, y que busco casa en serio. Debe ser muy difícil trabajar a comisión, cuando pasan meses y no cobras un centavo. Quiero que sepa que la aprecio. Me aseguré que me enseñara todas las casas disponibles en el South End, pero la oferta en el mercado inmobiliario es escasa. Lo comprendo. Sé ser paciente. Si he aprendido algo de mi quimérico matrimonio con Brad, es esperar el momento oportuno y confiar en mis instintos. A nunca conformarme más.

Como de costumbre, el primero es un apartamento de alquiler inaceptable, sucio y en mal estado. El segundo tiene posibilidades. Pero el tercero, me encanta. ¡Por fin! Meses buscando, y aquí está, la casa de mis sueños. Es una señal de Dios de que por fin mi vida va a cambiar.

La casa residencial está en una tranquila calle con árboles en la vereda y un camino de piedras y césped. Es de cinco plantas, con un par de habitaciones espaciosas y elegantes en cada planta, y con una gran cocina en forma de isla a nivel del jardín. Cuando revisamos la serena biblioteca de tonos oscuros, le susurro a Carol que quiero hacer una oferta; lo hago, aunque la anciana rubia que vende la casa insinúa varias veces que está fuera de mis posibilidades. Mientras miro el baño principal, por ejemplo, la dueña me muestra el bidé, y me explica en voz demasiado alta y lenta que esto es lo que usan los europeos para enjuagarse después de usar el inodoro. Cuando admiro los candelabros en el vestíbulo, me dice:—Sí, Minka es una iluminación muy *cara,* cariño.

Y lo primero que dijo cuando llegamos, fue que no estaba interesada en «alquilar la casa».

Ignoré sus comentarios, no reaccioné. Sin embargo, la sonrisa de Carol desaparece y mira a la dueña con disimulada indignación durante todo el recorrido por la preciosa casa. Cuando Carol y yo salimos a la calle empedrada, con la fuente burbujeando en la medianía, se les escapa un bufido de asco y se disculpa, como si tuviera la culpa. Está indignada.

—Esta gente—dice—. Lo siento mucho.

Le toco el hombro y digo:—Carol, deja que el dinero hable por sí solo. Es la mejor política. Ofrezcamos un millón doscientos justos. Es un poco más de lo que piden.

Llego a casa y ya no están sus cosas. O, mejor dicho, ha desaparecido la ropa, los efectos personales del baño, el ordenador, y los libros. Las únicas cosas que trajo a este apartamento, y las que le importaron lo suficiente para llevárselas.

También hay una nota, garabateada en lápiz, al dorso de un sobre usado, encima de la mesa del comedor. Ha encontrado a otra, me dice, una mujer íntegra, apasionada, y con ideas. Se llama Juanita González, y la conoció en el autobús a Harvard Square. Subraya con dos líneas el nombre de Juanita González, como si me importara. Me imagino que ha encontrado a su tierra madre, su causa inmigrante, la mujer que obedecerá las bajas expectativas que sus padres tienen de las mujeres con apellidos españoles.

Mejor para él.

En el resto de la nota me informa que va a presentar los papeles para el divorcio.

—Muy bien—digo en voz alta.

Me importa un carajo. No era un verdadero matrimonio; era un experimento antropológico.

Me quedo mirando por la ventana hacia la oscuridad un buen rato sin moverme, mirando a la gente pasear por la ancha alameda de la avenida Commonwealth, vestidos con suéteres o en camisas abotonadas, los abrigos de invierno de momento están guardados. Soy feliz, absolutamente feliz. Y me siento tan culpable que es insoportable. Trato de resumir en mi mente el matrimonio. Abro carpetas de archivo en mi cerebro, y perfiles, y organizo el caos que tengo hasta que puedo manejarlo. Podría llorar, claro, pero no sé para qué. En los últimos meses era como si estuviera desligándome de Brad, acostumbrándome a estar sin él poco a poco. Su desaparición no me sorprende, ni tampoco estoy dolida, sino preocupada por cómo se lo explico a mis padres y cómo arreglo mi nulidad para poder volverme a casar algún día ante los ojos de Dios.

Doblo la nota y la guardo en el cajón del escritorio de roble del estudio. Me siento en la silla de cuero del despacho y empiezo a revisar las facturas y a pagar las cuentas. Pego los sobres y de un dispensador dorado saco los sellos. Los dejo en una ordenada pila en la bandeja de salida. Cojo el teléfono y comienzo a llamar a mi madre, pero cuelgo. Ahora mismo no estoy preparada para sus comentarios. Seguro que piensa que todo se va a solucionar. Pero no es así. No quiero oírle decir eso. Las temerarias se llamarían unas a las otras, o me llamarían para hablar de lo que les estaba pasando, si estuvieran en mi situación. Pero no me encuentro cómoda hablando con ellas sobre esto en estos momentos. Me sugerirían tonterías sin pies ni cabeza, como salir a tomar una copa. Mejor solucionarlo y organizar mis sentimientos sola. Una parte de mí quiere llamar a André. Es la única persona que puede darme un buen consejo. Pero no creo que sea apropiado llamarle. ¿Qué le diría? *¿Hola André, me estoy divorciando. Creo que te quiero?*

Voy a la cocina a picar algo. Es demasiado pequeña, sin ningún espacio para el mostrador. Me encantaría que aceptaran la oferta que he hecho por la casa. Lavo una manzana en el fregadero y me siento frente al mostrador y me la como con una galleta «graham», y un vaso de agua de la jarra Brita. Me tiemblan las manos, en parte por el hambre y en parte por el susto—o es la emoción—de estar por fin sola. El apartamento está tan silencioso sin el incesante teclear de Brad, sin su constante sonarse la nariz, y sin sus interminables discursos filosóficos.

No estoy segura de lo qué voy a hacer. Voy a ir al gimnasio, y después a la librería. Cuando llega una crisis personal, hay que continuar con la rutina de la mejor manera posible, rodeada de rituales y actividades familiares. Hay que mantenerse activa, y no pasar mucho tiempo pensando en los problemas. Brad nunca entendió que la filosofía es como la psicoterapia, tal y como yo lo entiendo; es el dominio de personas egoístas que no están dispuestas a apretarse el cinturón y realizar el duro trabajo necesario para seguir viviendo. Es importante ser inteligente, pero también es importante tener una inteligencia activa. Cuanto más te aplatanas pensando en tus problemas, más tendrás. Voy a comprar algunas revistas, las que nunca he visto, y buscar nuevas ideas. Hay que mantenerse informada de las tendencias empresariales y ver qué es lo que hay allí fuera. No puedo creer la cantidad de revistas nuevas que salen cada semana.

* * *

Antes de que termine la semana, un mensajero me entrega los papeles del divorcio. No me pide ni un centavo. Puedo quedarme con todo, menos con el dinero de su fondo. Mi revista está valorada en diez millones de dólares. No me ha pedido nada de eso. No lo quiere. ¿Y por qué lo tendría que hacer? Sus padres se alegrarán tanto de nuestro divorcio que probablemente restituyan sus rentas, por lo menos hasta que se enteren de Juanita González. Ya no es mi asunto. Firmo los papeles sin consultar con un abogado, los meto en un sobre dirigido al abogado de la familia de Brad en Michigan, y pongo un sello.

Ya está.

Llamo primero a Nuevo México, y encuentro a Mamá en casa. Como esperaba, se ve decepcionada.

—O sea, ¿te estás *divorciando*?—pregunta con voz quejumbrosa.

Oigo música de ópera de fondo.

—Sí Mamá, me estoy divorciando. Tengo que hacerlo.

—Que Dios te tenga misericordia—me dice—. Ya sabes como va a afectar a tu padre.

—¿A mi *padre*?—pregunto. Es la primera vez que la contrarío—. ¿Y yo qué?

—Que Dios te tenga misericordia—repite.

—Todos cometemos errores, Mamá. Dios entenderá por qué.

—Si Dios comprendiera este tipo de error, el divorcio no sería pecado.

—Quizá la gente lo ha ya vuelto pecado—digo.

—¡Eso es una blasfemia!

—Mamá, Brad sólo se casó conmigo para fastidiar a sus padres. ¿Comprendes? Creía que era una especie de exótica inmigrante, o algo parecido.

—¿Es un hombre bueno, Rebecca. El matrimonio nunca es fácil. A veces tienes que trabajarlo.

—¿Es lo que has estado haciendo todos estos años?

Nunca he llevado la contraria a mi madre o desacatado su opinión.

—¿Pero qué estás diciendo?

—Siento defraudarte.

—Que el Señor tenga compasión de tu alma—me dice—. Te sugiero que reces un poco.

—No, no pienso rezar—digo—. Y no voy a intentar arreglarlo. Brad y yo nos divorciamos. Acabo de firmar los papeles hoy. ¿Y, sabes qué? Estoy feliz.

—No creo lo que oigo. Tú allí, delante de Jesucristo, haciendo promesa solemne. ¿Pero piensas que mi matrimonio con tu padre ha sido un cuento de hadas? No, no lo ha sido. ¿Pero piensas que me he rendido? Hemos trabajado duramente por este matrimonio, y por esta familia.

—Respeto lo que tú y Papá hayan hecho, Mamá. De verdad. Es muy bonito. Pero tú no conoces a Brad como lo conozco yo. Era totalmente inadecuado para mí, madre.

—Eso es bazofia. Él me gustaba.

—Tú no lo conocías. Yo sí. He tomado la decisión correcta. A Dios no le va a importar.

—Eso es blasfemia.

—Voy a colgar ahora, Mamá.

—¿Y quién será el próximo, Rebecca? El próximo, vendrás a casa casada con un judío o un chico de color.

¿Un chico de color?

—Adiós, Mamá.

Clic.

Espero hasta la próxima reunión con mis amigas de la universidad para decírselos. Y me doy cuenta tristemente, que no tengo más amigas íntimas que las temerarias a quien molestar con detalles de mi vida personal.

Marco el número de la casa de André, pero cuelgo antes de que empiece a sonar el timbre. Voy a esperar hasta la próxima semana.

· · ·

Pasa el lunes, y resisto la tentación de llamar a André. No quiero hacer nada estúpido. Hay mucho tiempo. Quiero asegurarme de lo que siento antes de cometer otro error. El martes, mi ayudante me interrumpe una llamada con un escritor que quiere venderme una idea, para decirme que André está en la otra línea. Acabo la llamada con el escritor y respiro hondo.

—Hola, André—digo después de apretar la tecla—. ¿Cómo estás?

—Hola, Rebecca. Estoy bien, gracias. ¿Y tú?

—Bien.

—Te llamo para ver cómo estás.

—Qué bien.

—En verdad te llamo para disculparme por la manera que me comporté en el cóctel el mes pasado. No debería haberte presionado. Fue una falta de respeto. Espero que no afecte nuestra relación de trabajo.

—No pasa nada, André. No te preocupes. No me molesté.

—¿De verdad que no?

Sonrío:—No. De verdad. Aprecio tu sinceridad.

—Aprecias mi *sinceridad.* Qué bien. Qué interesante.

—Y . . . la verdad es que no fui muy sincera contigo.

—¿No lo fuiste?

—No.

—¿Cómo es eso?

—Bueno, ¿te acuerdas que me preguntaste si era feliz en mi matrimonio?

—Claro que me acuerdo. ¿Cómo podría olvidarlo? Sospecho que no fuiste sincera conmigo.

—Tienes razón. Es más, *no* estoy felizmente casada. Ya no. Creo que nunca lo estuve.

—Sé que no te lo vas a creer, Rebecca, sobre todo después de como me comporté contigo, pero sinceramente me apena oír esto. Por ti.

—Lo creo. Eres una buena persona, André.

—Gracias. Tú también. Mereces ser feliz.

—Lo sé. Estoy trabajando en ello—y de repente sin más, le largo la verdad—. Brad me dejó la semana pasada, y ya ha solicitado el divorcio. Se ha terminado. Ya firmé los papeles.

Un largo silencio:—Cuanto lo siento. ¿Estás bien?

—Sí, bien. Se veía venir desde hace tiempo.

—Rebecca, me siento honrado de que me creas un amigo lo suficientemente bueno para contarme esto.

—Siento descargar todos mis problemas en ti, André.

—No estás descargando nada. Confía en mí, hoy me siento más feliz que nunca.

—Sabes, aunque suene extraño, yo también.

—¿Cómo tienes la agenda para cenar esta noche?

¿Esta noche?

—¿Esta noche, André?

Se ríe suavemente:—Sólo para cenar, un par de amigos conversando. A lo mejor te hace falta alguien con quien hablar.

—No puedo. Tengo planes. Estoy arreglando todo el papeleo para mi nueva casa.

—Bueno, te felicito. Eso es fantástico.

—Gracias.

—¿Dónde está?

—En South End, un brownstone. Verdaderamente es espectacular.

—Qué bien, estupendo. Me alegro por ti.

—Gracias.

—Te lo mereces.

—Era justo lo que estaba buscando.

—Sé como te sientes. Escúchame, si esta noche no puedes venir a cenar, ¿qué tal mañana?

Debería decir que no, ¿verdad?

—Está bien.

—¿Entonces nos juntamos en South End, en honor de tu nueva casa?

—Es una buena idea, André.

—¿Qué te parece el Hamersley's Bistro, en Tremont?

—¿El Hamersley's Bistro? ¡Estupendo! ¿Sobre las siete y media?

—Magnífico. Te veo entonces. Anímate.

—No te preocupes. Lo voy a hacer. No estoy tan disgustada como piensas—digo.

—Eso no me sorprende—dice—. Sospechaba que tu marido era un inútil.

—¿Un qué?

—Un inútil. Es una forma de decir fracasado.

—Ya veo.

—Tengo muchas ganas de verte.

—Entonces te veré mañana, André. Adiós.

—Chao, entonces.

Sigo trabajando a buen ritmo hasta que llega la hora de ir a la oficina de Carol, en la avenida Columbus, para acabar con el papeleo de la casa. Encuentro una plaza de parqueo justo delante de la oficina. No soy supersticiosa, pero he notado que cuando las cosas van bien en mi vida, cuando tomo las decisiones apropiadas para hacer las cosas que Dios quiere que haga, todo funciona, como el parqueo, y el tipo de conversaciones que escucho en público. Una vez hablé de esto con las temerarias, y Amber me dijo que esto era «sincronización». Cuando realmente estás en el camino adecuado en tu vida, me dijo, el universo te lo insinúa para que sepas que estás haciendo lo correcto. Estos tipos de cosas me han venido sucediendo todo el día.

Carol me ha dicho que la vendedora ha aceptado mi oferta, pero que me ha pedido un período más largo para mantener el depósito de casi dos meses. Le he contestado con una contraoferta que extiende el período original del depósito de un mes sólo una semana adicional. Le enviamos la oferta por fax al agente del vendedor, y en pocos minutos recibimos una llamada de la vendedora aceptando nuestras condiciones.

La casa es mía.

Voy a la florería y compro un centro grande de buen gusto para enviárselo a Carol mañana como agradecimiento, vuelvo al apartamento, y empiezo a organizarme para la mudanza. Pongo etiquetas a los objetos con los que me voy a quedar y a los que voy a tirar, y decido que los que me recuerden a mi matrimonio con Brad o a mi vida anterior los daré a la beneficencia. Compraré muebles nuevos para mi nueva vida.

Tomo un baño acentuado con diez gotas de extracto de mejorana—una fragancia que mi herborista asegura combate la soledad—y hojeo algunas nuevas revistas. Cuando por fin me meto entre las gruesas sábanas de franela perfumadas con un toque de extracto de pomelo (contra la apatía, incluso la sexual), me siento bien. Muy bien. Y muy cansada. Duermo como un tronco mejor que nunca, y sueño con André.

· · ·

Al día siguiente, me despierto temprano y voy a clase de aeróbic. Hago los recados de siempre: el tinte, la floristería. Y vuelvo a casa para llamar a una empresa de mudanzas de confianza y planifico la mudanza para el día después de firmar los papeles de mi nueva casa. Me ducho y me pongo un conjunto de pantalón negro con un suéter rojo debajo, algo que puedo utilizar tanto en la oficina como por la noche. Me acuerdo no proyectar demasiado. Esto no va a ser una velada en el sentido de una cita, no exactamente. No lo permitiré hasta que el divorcio sea un hecho. Será una velada informal con un amigo, algo que no he hecho en mucho tiempo, y quiero sentirme cómoda.

Llego al Hamersley's a la hora en punto, como lo hace André. Es más, los dos llegamos al mismo tiempo, y casi chocamos. André, siempre un caballero, me cede el paso. Lleva un traje, pero como siempre se le ve joven y enérgico, en lugar de estirado. Tiene mucha clase. Es todo lo que tengo que decir. Clase e inteligencia y belleza y, además, riqueza. Con buenos modales. No veo nada malo en él, aún *siendo* negro. Me importa un bledo lo que diga mi madre. No es mejor que los padres de Brad.

Entonces, juntos, André sujetando la puerta para mí, entramos en el restaurante. En un movimiento que nos hace reír a ambos a la vez, instintivamente sacamos el móvil y lo ponemos en modo «vibratorio»: la manera correcta de comportarse en público.

—Es casi como mirarse al espejo—bromea—. Asusta un poco.

Sonrío.

El Hamersley's Bistro es la elección perfecta, en estas circunstancias. No es una cita. Pero tampoco es totalmente inocente. Lo sé, y André también lo sabe. Se ve en la manera como pone la mano en mi espalda para guiarme a lo largo del restaurante, y se muestra en la manera como mis mejillas se encienden de emoción, a pesar de mis esfuerzos por controlar lo que siento.

Hamersley's Bistro es un lugar elegante sin ser pretencioso; es entrañable, pero no demasiado romántico, luminoso, abierto, de buen gusto, apreciado por cualquier bostoniano con estilo. André ha hecho la reserva. El personal lo conoce por su nombre. Estamos sentados en un apartado de la esquina, con vistas a la cocina abierta donde el chef prepara su magia llevando la gorra de béisbol puesta.

Pedimos de beber: él una botella de vino tinto, y yo agua mineral con gas y lima. Pide para empezar un quiche de queso de cabra y una tapa de ostra. Brindamos por mi nueva vida, con tanta fuerza que el vino salpica la mesa. Nos da a los dos risa.

—Lo siento—digo.

—No seas tonta—me dice—. Es la primera de muchas mudanzas que espero verte hacer con poder y alegría.

La comida es exquisita, y a pesar mío, como. A André no se le escapa. Parece contento.

—¡Esto es fantástico!—sonríe abiertamente—. Es la primera vez que te veo comer más de una cucharada de caldo o una hoja de lechuga.

Aunque le digo que no bebo, André me sirve una copa de vino.

—Un poco no te sentará mal—me dice—. Es más, he leído en *Ella*, esa revista maravillosa, que el vino tinto es bueno para el corazón. ¿Me imagino que verías el artículo? Aquí, cariño, pruébalo. Es uno de los mejores. Vive un poco, Rebecca. No te hará daño, te lo prometo.

Lo pruebo, y tiene razón. A pesar de no querer, bebo a sorbos hasta que la copa está vacía.

Pido salmón, y André pide pato, y empezamos a hablar. No pregunta sobre el matrimonio, y no me ofrezco a hablar de ello. No hay nada que decir. Más bien, empezamos a conocernos. Me habla sobre sus padres, nigerianos que emigraron a Inglaterra, y que tuvieron mucho éxito con sus negocios de sastrería.

—Eso explica tu impecable aspecto—digo yo.

—Pasa con toda mi familia—me dice—. Mi padre va siempre impecable. Mi madre también.

—¿Tienes hermanos?—le pregunto.

Me sorprendo de conocerle tanto tiempo y no saber la respuesta a esa pregunta.

—Sí—dice con una sonrisa cariñosa—. Tengo seis hermanos y hermanas. Yo soy el mayor.

—Vaya.

—Sí, vaya. ¿Y tú?

—Yo, ninguno—digo—. Soy hija única. Por eso se sienten tan defraudados conmigo.

—No puedo creer que alguien esté honestamente defraudado contigo, Rebecca. Has logrado tanto.

—Mi madre es católica. Piensa que debería seguir casada. Está convencida de que voy camino del abrasador infierno para la eternidad.

—Ah—dice—. ¿Y qué te parece eso?

—Horrible.

—Sí, te comprendo. ¿Crees que vas camino del infierno?

—No.

—Yo tampoco lo creo. Dios ha sido bueno contigo. Eres una buena persona.

—Sí—le digo—. Así lo creo. Gracias.

—Claro que sí. Sabes, los padres a veces dicen cosas que realmente no sienten. La mayoría de ellos se dejarían cortar el brazo por sus hijos. Al final siempre cambian de opinión. Para eso son padres.

—Lo sé. Ya lo superaré. Ahora tengo que vivir mi vida para mí.

—Eso parece muy saludable.

Me habla de su niñez en Londres. Su familia parece maravillosa. Yo le hablo de mi familia en Nueva México y mi amor por el desierto, los prejuicios de mi madre y los éxitos del negocio familiar.

—Por ejemplo, el hecho de que yo esté aquí contigo—le cuento—. Mi madre no aprobaría.

—¿Y por qué?—y se eriza ligeramente, como preparándose para un golpe que ya ha recibido antes.

—Porque eres negro.

Se ríe mucho y muy fuerte.

—Sí, me imagino que lo soy. ¿Y tú que opinas de eso?

—¿Yo?—me muevo en el asiento, incómoda. No esperaba que me hiciera una pregunta tan directa sobre ese tema.

—Sí, tú.

—¿Yo? Me da igual. No me importa. Me educaron de una cierta manera, y todo eso me viene a la mente, pues creo en lo que Martin Luther King dijo sobre juzgar a los hombres por su carácter más que por el color de su piel.

—Ah, sí. El viejo doctor King. Los americanos nunca se cansan de hablarme de él. ¿Sabías que él no fue el primero en decir eso?

—¿Ah, no?

—José Martí, el gran poeta cubano, lo dijo primero, un siglo antes.

—¿De verdad? Lo debería saber, ¿no te parece? ¿Por qué no aprendí de este tal Martí en la universidad?

—Sí, de verdad que no sé por qué.

Bebe el vino a sorbos y toma unos cuantos bocados de su cena. Se le ve distraído, y un poco tenso.

—Lo siento—le digo—. No puedo cambiar la manera de pensar de mis padres.

—No pasa nada. Pero no deja de sorprenderme—dice—, lo obsesionados que están los americanos con el color de la piel. He tenido que adaptarme a eso. Claro, creciendo en Nigeria, mis padres nunca me adoctrinaron de esa manera. Había problemas más graves: corrupción institucional, pobreza, y violencia. Problemas de casta y rango y una falta de acceso a la educación y a otros recursos.

—Claro.

No sé nada de Nigeria. Quiero decírselo pero no lo hago.

—Por lo tanto no nos educaron con una identidad racial, no de la manera como piensan los americanos. Siempre me choca cuando aquí la gente toca el tema.

Me sorprendo cuando me doy cuenta que estaba colocando los cubiertos en la mesa.

—También me preocupa la actitud que encuentro en los negros americanos respecto a la raza y la manera que tienen de culparla de todo lo malo que les pasa a ellos. Eso no puedo entenderlo en absoluto.

Esto, sí, comprendo. —¡Lo sé! Sé exactamente lo que me quieres decir. También lo hacen los hispanos. Todo el tiempo. Deberías escuchar a mi amiga Amber. Ella piensa que es víctima del genocidio. Intento explicarle que las verdaderas víctimas de genocidio están todas muertas. No puedes ser una víctima viva de genocidio.

—Es la tendencia de reprochar a los Estados Unidos.

—Hay mucha ira.

—Sí, hay, pero dirigida de mala manera según lo veo yo. Hablo en las escuelas, y veo algunos de estos jóvenes negros americanos haciendo novillos sin estudiar duro, o mal vestidos, y encima culpando al «sistema» de sus problemas. Quieren saber cómo he llegado tan alto y cómo he luchado contra el prejuicio. Les digo la puta verdad que no me he encontrado ningún prejuicio. He trabajado muy duro, soy bueno en lo que hago, y eso es todo. Los negros americanos no quieren oír eso, ni tampoco—francamente—los blancos que se quedan asombrados conmigo por las mismas razones.

—Los hispanos tampoco lo quieren oír. No todos, pero algunos. Bastante de ellos.

André mueve la cabeza:—En Nigeria, la escuela pública nunca fue una elección. Simplemente no existía. Estos chicos no tienen ni idea de lo bien que están aquí. Ésa es una de las muchas razones por las que mis padres abandonaron el África. Los negros de aquí intentan que me una a sus cruzadas, como si yo tuviera las mismas experiencias de vida que ellos, y no me interesa. Se hacen llamar afro-americanos, y no saben nada del África. Algunas veces les pido que me nombren dos ríos del continente africano, y no pueden hacerlo. Ni siquiera pueden nombrar cuatro países africanos. Me atrevo decir que la mayoría de los americanos creen que el África es un país, y no un continente. Si uno se trata de superar por medio de la educación, éste es un país maravilloso, y si las personas trabajaran duro, tendrían éxito. Es así de simple. Míranos.

—Es verdad. Míranos.

Me mira y sonríe:—Me encanta mirarte. De verdad.

El rubor, de nuevo:—Tú también alegras la vista, André.

Se apoya en la mesa, y me besa. Es un beso pequeño, suave, elegante, con los labios cerrados:—Tu marido está loco.

—Ex-marido. Bueno, pronto será un ex. Pero en mi corazón, ya lo es.

—Ah, me gusta como suena eso. Sabes, podría estar mirándote para siempre, Rebecca—me dice.

Yo me echo para atrás, avergonzada. No estoy segura de por qué, pero me preocupa que la gente nos esté observando. Me preocupa que la gente sepa que todavía no estoy divorciada, o que les importe que seamos de diferente se tonos de piel.

—¿Qué tal algo después? ¿Sería como el «postre» para ti?—pregunta, mostrando su buena educación una vez más al cambiar el tema al notar mi vergüenza.

—No como postre.

—Ya lo sé. Por eso estás tan delgada. Pero uno no te va a engordar. Sólo uno.

Llama al camarero con mano ligeramente alzada, y pide sugerencias:—¿Cuál es el mejor postre de esta noche?—pregunta.

El camarero le recomienda la tarta de chocolate caliente.

—Está bien—dice André—. Traiga una, y otra de algo también delicioso. Escójala usted. Eso, y dos cafés. ¿Bebes café, no, Rebecca?

—No. No tomo café. Tomaré una infusión.

El camarero asiente, y desaparece.

—Perdona que pida por ti—dice André—. Te tenía que haber preguntado primero. Cuando me mudé a los Estados Unidos, la gente pensaba que estaba loco por pedir té en lugar de café. Ya me he acostumbrado al café. Me encanta que prefieras el té, te lo aseguro. Nunca más pediré por ti.

—Está bien—digo—. Me gusta que alguien se haga cargo.

El camarero regresa con la tarta de chocolate y con una tarta de queso y arándanos. Me permito probar un bocado de cada una. Están tan ricas que casi me pongo a llorar. André sirve otra copa de vino a cada uno, y alza la copa para brindar de nuevo.

—Por este fin de semana—me dice, guiñando el ojo.

—Por este fin de semana—repito como un loro, y entonces, me doy cuenta que no tengo ni idea de a lo que se refiere—, ¿qué pasa este fin de semana?

—Nos vamos a Maine.

—¿Quién?

—Nosotros: tú y yo.

—¿*Nosotros*?

—Pensaba que lo sabías—me sonríe traviesamente, y le aparecen los hoyuelos.

—Nadie me ha dicho nada—digo. Me estoy comportando tontamente, debido al vino.

Pone una calurosa y suave mano sobre la mía—Te lo acabo de decir—me dice—. ¿Qué me dices? ¿Yo, tú, y un hotelito que conozco en Freeport? En Freeport puedes ir de compras. Invito yo. Si fuera otra época del año, incluso podíamos esquiar, pero el senderismo es agradable en primavera.

Tomo otro bocado de tarta de queso, tan cremosa y tan dulce que no puedo recordar nunca haber comido algo igual.

—Nunca he esquiado.

André se sorprende: ¿Te criaron en las montañas Rocosas, y nunca has esquiado? Te debería dar vergüenza.

—¿Pero sabes que Albuquerque está en las montañas?

—Claro.

Me río en alto:—André, no creerías cuanta gente no sabe eso. No creerías cuanta gente no sabe siquiera que Nuevo México es un estado, y mucho menos que la ciudad más grande está a más de cinco mil pies sobre el nivel del mar. Todos piensan que soy de un desierto caluroso.

—Así que vamos a esquiar. Podemos ir a Suramérica. Invito yo. Esquiar es una de mis pasiones. ¿«Cross-country»? No es peligroso.

—No sé.

—Entonces iremos de compras por ahora. ¿Tú *sabes* comprar?

—Ah, eso sí que definitivamente sé hacerlo.

—Te pasaré a recoger el viernes después del trabajo. ¿Te parece bien?

—¿Y si no quiero hacer senderismo?

—Entonces nos quedaremos dentro, o caminaremos por el bosque y hablaremos de la revista.

—Oh. *Eso* sí puedo hacerlo.

—¿Entonces tenemos una cita?

Mi madre se moriría si supiera lo que estaba a punto de hacer. Soy una mujer casada, católica, hispana, de una larga línea de realeza europea. Y estoy a punto de aceptar un fin de semana fuera de la ciudad con un británico africano que no es mi marido. Incluso podría ponerme la nueva ropa interior roja.

—Sí, André. Eso me gustaría mucho.

No estoy segura por qué esto me parece bien, pero me parece muy bien.

Sé que Dios lo aprobaría.

No suelo pedir donaciones en esta columna, pero acabo de recibir una
llamada telefónica terrible. La Casa de la Trinidad, el refugio de los
desamparados en Roxbury, se ha quedado sin papilla para los bebés
que nacieron esta primavera, y si no se consigan más donaciones,
los bebés pasarán hambre. Parece que ésta es la primavera menos fértil
en la historia de Boston, gracias a una anómala oleada de frío a
principios del otoño pasado. Por lo que les pido: No compre hoy
Starbucks, y compre una botella de Similac.

—de *Mi vida*, de Lauren Fernández

sara

e despierto. Las paredes son azul claro, las cortinas de cuadros
rosados y gris como en un hotel barato. Oigo el chirrido, huelo a
antiséptico y a salsa de carne. Me vuelvo hacia la sombra blanca
a mi lado, y veo a una mujer ajustando el nivel en dos bolsas sueros. Ve que
abro los ojos, y me sonríe.

—Te despertaste—dice. Parece sorprendida.

¿Despertaste? Intento repetir la palabra, pero mi boca está seca, mi garganta
llena de dolor y tubos de plástico. Sabe la pregunta por mi expresión.

—Llevas durmiendo más o menos por más de dos semanas—dice—. Estás
en el hospital, Sara.

Estoy conectada a unas locas maquinas. Los tubos en la nariz y en la garganta no me dejan hablar. Sólo pestaño, parpadeo, y trato de sentir los pies,
los brazos, las manos, las piernas y todo. No puedo. No puedo sentir nada de
ello. La enfermera me dice que va a decirles a «todos» que ya estoy «levantada», y entonces vienen todos a acariciarme la cara con las manos. Me sonríen
tristemente y se sientan.

Intento echar una mirada alrededor del cuarto lo mejor que puedo sin mover la cabeza, que está sujeta a un tipo de aparato. No estoy sola. Dos de mis hermanos están aquí, y unas cuantas temerarias también. Rebecca está aquí, Lauren está aquí, Usnavys está aquí. Se les ve cansadas, como si no hubieran dormido. Amber no está, aunque Rebecca me cuenta que el gran ramo de flores que está al pie de la cama es de ella. No es barato. Me pregunto de dónde ha sacado el dinero esta chica. Todo el mundo está aquí excepto la gente que más quiero: Roberto, mis hijos, y Elizabeth. ¿Dónde están?

Todos aquí piensan que voy a morirme. Yo, por esta vez, estoy sorprendida de no haberlo hecho. ¿Mi bebé, habrá sobrevivido? Me pregunto. Empiezo a pestañear, una y otra vez, para intentar que ellos comprendan la pregunta en mi cerebro. Creo que la comprenden. En ese momento, la desconocida en overall y un suéter de cuello vuelto morado, se inclina sobre la cama con esa mirada de lástima y comprensión en sus ojos azules.

—Sara, mi nombre es Allison—dice—. Soy una trabajadora social del Estado, y consejera en la unidad de violencia doméstica de la policía de Boston. Su médico me ha pedido que esté aquí para ayudarle en su recuperación.

Mis ojos van de una «temeraria» a otra «temeraria» y todas evitan mirarme. Usnavys llora. Lauren mira la lluvia por la ventana, o la nieve, no sé qué. Rebecca hojea una revista. Con todas las fuerzas que tengo, escupo una sola palabra:—Bebé—digo.

Las cejas de Allison expresan simpatía y quiero chillar.

—Lo siento, Sara—me dice—. Has perdido el bebé.

No. Esto no puede estar ocurriéndome. No puede ser. Mi garganta se comprime con los tubos y empiezo a llorar. La acción de llorar es como si tragara migas de cristal.

Allison me acaricia el pelo, y veo a Lauren que se pone la mano sobre la boca para evitar decir algo.

—La buena noticia es que vas a superarlo—dice Allison—. Tienes mucha suerte de estar viva, Sara. Tu marido podría haberte matado, quiero que esto quede bien claro.

—No—digo. Está usted equivocada. Fue un accidente. Me caí—croa mi voz.

Usnavys pone los ojos en Rebecca, que le devuelve la mirada para luego observarse los pies.

—Habían testigos, Sara, incluso tus propios hijos. No fue un accidente.

—Peleamos. Pero después hicimos las paces. Me resbalé en el hielo. Nunca me empujaría. Yo estaba consciente de que todo el mundo le iba a dar demasiada importancia. No lo conoces como lo conozco yo.

Allison, quienquiera que sea, me mira directamente a los ojos y sonríe benévolamente. Quisiera pegarle. ¿Por qué coño está aquí?

—Tienes una costilla rota, la mandíbula rota, el cráneo fracturado, y un pie roto—dice—. Y con la sangre que has perdido por el aborto, había dudas de si te recuperarías.

No puedo creer lo que estoy oyendo. ¿Roberto me hizo esto? ¿Será posible que fuera capaz de llegar hasta este punto? Intento sacar otra palabra:—Los chicos.

—Los chicos están seguros—dice—.—Su madre vino de Miami y ellos se están quedando ahora mismo con ella en casa de Rebecca, ya que fueron ellos los que llamaron a la policía. Su marido todavía está en casa. Su padre vendrá la semana que viene.

Los chicos están bien, me repito a mí misma. Gracias a Dios. Los muchachos están bien. ¿Pero por qué no están en casa con Roberto? ¿Por qué él está solo en casa? Ellos no lo entienden. No fue culpa suya.

—Le cuento todo esto porque quiero que quede claro en su mente la gravedad de lo que le ha pasado—dice Allison—. Todos sus amigos aquí me han dicho que no tenían ni idea de que la estuviera maltratando, y yo sé por experiencia que este tipo de lesiones no ocurren de la noche a la mañana. Esto le ha estado pasando durante mucho tiempo, Sara, y quiero que sepa que no puede volver, tiene que seguir adelante. Él no va a cambiar. Ellos nunca cambian. La tasa de recuperación de maltratadores es muy baja.

Mi bebé. Recuerdo la caída por los escalones, y Vilma, la valiente Vilma. Intento decir su nombre, preguntar por ella. Allison asiente.

—Lo siento—dice—. Wilma no se encuentra bien.

—Vilma—la corrijo, pero la lengua no me funciona bien.

—Su marido también le pegó a Wilma, y la tensión de esto le provocó un ataque fulminante al corazón. Está en la UVI.

Ay, Dios mío.

—Su hijo Jonah marcó el «911». Le salvó la vida. A su marido lo arrestaron por maltrato, pero ha salido bajo fianza.

Lauren finalmente salta: ¡Ese idiota dice que tu hijo lo traicionó llamando a la policía!

—Ahora no—dice Usnavys—. ¡Por el amor de Dios, mujer, cállate la boca!

¿Ése es un anillo de compromiso en el dedo de Usnavys? No me lo puedo creer.

—¿Quién te lo regaló Navi?—pregunto, distraída de momento.

—Hablaremos sobre eso después—me dice en español.

—Juan—suelta Lauren, en inglés—, por fin recapacitó.

Allison, que probablemente no entiende el español, sonríe:—Su madre le pidió a su padre que viniera. El Estado le ha quitado la custodia de sus hijos y no puede acercarse a ellos.

Lauren se acerca a la cama, llorando:—Voy a matar a ese cabrón—dice—. Te lo juro, Sara. Lo voy a hacer. Mi hermano conoce a gente en Nuevo Orleáns. Lo puedo arreglar. No estoy bromeando.

Rebecca se acerca y se lleva a Lauren lejos, diciendo:—Vamos, cariño. Dejemos que Sara descanse ahora.

—Necesitamos saber si está dispuesta a denunciarlo—dice Allison.

Pienso en la pobre Vilma, y como esta trabajadora social pobremente vestida pronunció chapuceramente su nombre, y cuánto la quiero.

Me encuentro mal, y el cuarto empieza a oscurecerse. Estoy tan cansada. Cierro los ojos y me duermo.

• • •

Cuando me despierto de nuevo, estoy sola. Es de noche, y ya no tengo ni tubos en la nariz ni en la garganta. El aparato de la cabeza también ha desaparecido. Me pregunto ¿cuánto tiempo he estado durmiendo? Puedo alzar la cabeza un poco, y veo que no estoy sola, ya que veo a mi padre cerca de la ventana en la oscuridad. Gruño para llamar su atención. Se acerca y está de pie al lado de la cama. Va vestido clásicamente: pantalones chinos, un polo Ralph Lauren, y mocasines marrones. Miro el informe médico en la pared que está enfrente de la cama y me doy cuenta de que han pasado tres días desde la última vez que me desperté. Tres días. Todavía estoy cansada, estoy cansada hasta los huesos.

—Ay, Dios, Sarita—me dice. Tiene los ojos rojos de llorar, y me dice:— ¿Por qué no nos lo dijiste? ¿Por qué no me lo dijiste?

—Lo siento, Papá—digo. Tengo la voz ronca y me duele la garganta.

—¿Tú? ¿Pedir perdón? ¿Por qué? Él es el hijo de puta que casi te mata. Él es el cabrón que mató a mi nieta.

Nieta.

—¿Era niña?—pregunto.

Mi padre asiente.

—¿Podían asegurarlo?

—Podían asegurarlo.

Empiezo a sollozar. Las convulsiones me hacen tanto daño en las costillas que casi me desmayo:—No—lloro—. No, Papá. Por favor. No, Dios mío.

—No hables más—dice.

Está de pie al lado mío y me acaricia el pelo, algo que no ha hecho desde que era muy pequeñita. Me consuela:—Descansa ahora. Nunca más tendrás que volver a verlo.

—Lo voy a denunciar, Papá. Lo voy a hacer. ¿Dónde está esa trabajadora social?

Parece desconcertado por un momento: —Ah, no lo sabes, ¿no?

—¿Qué?

—No encuentran a Roberto, mi vida.

—¿Qué? ¿Por qué no?

Papá suspira:—Él mató a Vilma, Sarita, murió ayer. Cuando la policía fue a detenerlo por asesinato, no contestó la puerta. La tuvieron que tirar abajo pero no estaba. Se llevó su ropa y algunos papeles. Encontraron su carro estacionado en el aeropuerto, con las llaves en el asiento.

—¿Qué?

—Salió corriendo, el muy cobarde.

—¡No!—lloro.

Me observa incrédulo.—¡No puedes seguir queriéndolo después de lo que te ha hecho!

No digo nada, y me toma la mano, me planta un pequeño beso tembloroso en ella.

—Yo siempre me pregunté si era él quien te hacía esos moretones. Tu madre siempre me dijo que empezaron cuando lo conociste, pero pensó que tenía que ver con el hecho de que te habías convertido en una señorita y no te sentías todavía cómoda en tu cuerpo. Como un caballo, decía, eras como un caballo aprendiendo a usar tus largas piernas.

—Me hizo daño, Papá—lloro—. Todo el tiempo. Durante años. Quise decírtelo, pero no quería que pensaras que era tonta.

—Ya, ya, ya ha terminado. Aquí está Papá. Nunca pienso que seas tonta.

—Necesito preguntarle cómo es que pudo haber hecho semejante cosa. ¿Adónde habrá ido?

Papá me suelta la mano:—Mató a Vilma, Sara.

Está contando las víctimas con los dedos, uno por uno, tranquilo y sereno.

—Mató a tu hija no nacida. Casi te mata a ti.

Miro a mi padre, esperando.

Papá continúa:—Ahora está escondido para no tener que verse cara a cara con la justicia por lo que ha hecho. No debes hablar con él más. Ya no debes pensar más en él. Es un cobarde. Tienes que seguir con tu vida y ser fuerte por los chicos. Él te hubiera matado si ella no lo hubiera detenido. Eso lo sabes.

—¿Por qué son las cosas así, Papá? No quiero que esto esté pasando. Quiero que todo sea como era en el pasado.

—Ay, mi'jita—dice derrumbándose en la silla al lado de la cama—. ¿Qué es lo que voy a hacer contigo?

Es demasiado. Lo he perdido todo. A Vilma, a mi hija, a mi marido, casi mi vida. Quiero ver a Liz. Necesito hablar con ella. ¿Dónde está? ¿Por qué no ha venido todavía? ¿Me ha dejado, también?

—Quiero ver a Elizabeth—le digo a mi padre.

—Ella vino más temprano, mientras estabas durmiendo.

—Por favor, llámala. Hazla venir de nuevo.

—Está bien. Le voy a llamar. Ahora, tranquila. Cierra los ojos, mi vida, trata de descansar.

• • •

Cuando vuelvo a despertarme, está allí, Elizabeth, brillante en una sudadera turquesa y jeans oscuros. Siempre he envidiado eso de ella, cualquier trapito le queda bien, no le cuesta trabajo estar guapa.

La desagradable asistenta social, Allison, está aquí también, y parece que han estado hablando entre ellas. Por la sonrisa falsa en la cara de Liz, puedo ver que Allison le cae tan mal como a mí. Quiero reírme a carcajadas, pero no lo hago. Debe ser una buena señal.

Me encuentro lo suficientemente bien como para sentarme. Elizabeth se disculpa por estar allí, y dice que tenía que verme, para disculparse.

—Todo ha sido culpa mía—dice—. Nunca debería haber ido allí. Lo siento.

Allison la interrumpe:—Liz estaba contándome toda la historia de lo que pasó. No es su culpa ni es la culpa de usted. Nadie es culpable de esto salvo el hombre que le pegó. Quiero que ambas comprendan eso.

Está bien, pero ¿quién te ha preguntado a ti?

Elizabeth sostiene un manojo de globos de helio, con el mensaje «*Get Well Soon*». Me mira y me sonríe tímidamente:—¿Un poco ridículo, eh?—me pregunta—. He visto las flores que Amber te envió, y sabía que no podía superarlas. Por lo que he comprado esto.

Me río un poco:—Gracias—digo—. Hablando de Amber, ¿de dónde habrá sacado el dinero para todo eso?

—¿No lo sabes?

—No sé nada. Su disco está en primer lugar en las carteleras nacionales.

—Su disco está el numero uno del país.

—¿Estás bromeando?

—No estoy bromeando. Pensaba que lo sabías. Es la próxima Janis Joplin, en español.

—No lo sabía. Vaya. Me alegro por ella.

—¿Me imagino que ustedes dos no hablan mucho?

—No fuera de las reuniones de las temerarias. No tengo mucho en común con los vampiros aztecas, sabes.

Nos reímos. Qué malas somos. Por eso somos amigas, yo y Liz. Tenemos el mismo sentido de humor.

—Está a punto de ser la vampira más famosa que conoces—dice Liz—. Cuidado con lo que dices.

—Anda, vete por allí. ¿Amber? ¿Famosa?

—¿Te mentiría yo en un momento así?

—No, claro, no.

—Yo siempre te dije que lo conseguiría. Nunca lo creíste.

—Sí, es verdad, ¿lo hiciste? Tú siempre has sido mejor que yo, Liz. Siempre has visto lo bueno de la gente. No como yo.

Nos miramos un momento, y Liz es la primera en bajar la mirada, a los pies.

Entonces le hago la pregunta clave, en español para que Allison no comprenda lo que estamos diciendo.

—¿Liz?

—¿Sí, Sarita?

—Roberto me dijo algo la otra noche, la noche que nos peleamos. Necesito saber la verdad.

Se le ve nerviosa.

—Claro, ¿qué es?

—Él . . . me dijo que ustedes dos se acostaron en Cancún.

—¿Qué? No, nunca.

Está a punto de escupir.

—¿Me lo juras?

—Sólo me he acostado con tres hombres en toda mi vida, y él no fue uno de ellos. Yo realmente no disfruto con los hombres.

—Pero estaba enamorado de ti. Lo sé.

—Quizá. Si lo estaba, es un imbécil.

Me río:—¿Qué tipo de mujeres tienen una conversación así en un hospital, en un momento como éste?

—¿Algunas de las que salen en el programa de *Jerry Springer*?

Me río de mí misma. No estoy enfadada, exactamente. No lo sé. Estoy entumecida. Su sonrisa es eléctrica. Es como en esas películas donde todo se convierte en una gran pesadilla. Estoy esperando despertarme y que todo sea diferente.

Miro por la ventana unos minutos. Pienso en las cosas, me pregunto si es sincera conmigo. Después de todo, me mintió sobre ser lesbiana todos estos años; sabe mentir muy bien. Ya no me importa mucho. La verdad, preferiría que se hubiera acostado con ella antes que con cualquier otra mujer en la tierra. ¿Le está bien empleado, no, enamorarse de una lesbiana? Es casi cómico. ¿No es de locos? Y no estoy tan enfadada como podría pensar. Quizá son los medicamentos contra el dolor, pero lo encuentro bastante gracioso.

—¿Sabes qué?—le pregunto, intentando relajar el ambiente, para volver a una conversación normal.

—¿Qué?

—¿Sabes lo que más duele de todo?

—¿Qué?

Sonrío:—Que tú nunca, ni siquiera remotamente, te has sentido atraída hacia *mí*. Quiero decir, ¿qué me falta? Mírame. Soy perfecta. Nunca me has encontrado atractiva, has dicho.

—¿Qué?

Me río:—¿No es estúpido? Es como me siento ahora mismo. Completamente rechazada.

—Jamás dije eso—dice Liz con una sonrisa cautelosa—. Hubo. . . . veces. Algunas veces, realmente.

—¿Cuándo?

—Unas veces. Algunas veces.

—¿Cómo cuándo? Dímelo.

—En la discoteca Gillians, la primera noche.

—¿En Gillians?

—Sí. Recuerdo observándote bajo esa luz naranja. Llevabas un largo abrigo negro de piel y uno de esos lazos de niña tonta en el pelo. Parecías las sobras del Brat Pack. Te hubiera dado un beso entonces.

—¿Por qué no me lo diste?

—¿Estás loca?

—¿Por qué no me lo diste?

—Sabía que eras heterosexual. No quería que a Rebecca le diera un ataque.

—¿Cómo lo sabías?

—Lo sabía.

—¿Cuándo más?

—La noche de la graduación. Cuando tuvimos esa fiesta en el apartamento de la madre de Usnavys, con toda esa comida frita repugnante. Cuando nos sentamos fuera en la escalera de incendios para escaparnos de toda esa grasa y humo, para sentarnos al aire, ¿te acuerdas de eso?

—Sí, me acuerdo.

—También puedo decirte lo que llevabas puesto esa noche. Pantalones cortos a cuadros y un conjunto rosa de punto, con tus perlas. Te quitaste el suéter porque hacía mucho calor esa noche, y me encantó como lucían tus hombros en el aire nocturno, suaves y blancos.

—Ah, sí. Recuerdo esa noche.

—Tenía unas ganas tremendas de besarte.

—¿Por qué no lo hiciste?

—Estabas comprometida con Roberto. No eras gay. Yo no quería ser lesbiana, quería ser normal. Luchaba contra ello todo el tiempo. Fui a casa y me puse a llorar.

—¿Por qué no me dijiste nada de todo esto?

Por miedo. No quería perderte.

—Bueno, soy una chica normal, curiosa. No me hubiera importado, sabes, probarlo. La universidad y todo. Eso es lo que hace la gente.

—No—Liz sacude la cabeza—. Esas son las palabras más duras que puedes decirle a alguien como yo. Estoy harta de todas las mujeres normales con curiosidad, nadie te hace más daño que una mujer heterosexual curiosa, Sara.

—¿Y ahora qué?

—¿Ahora?

—¿Te sientes atraída por mí ahora? Parece como si un camión me hubiera atropellado, y aquí nadie me trae maquillaje. Pero todavía no soy horrorosa, ¿no? Creo que no estoy mal para una mujer con mellizos que acababa de perder a su bebé y a su marido, ¿no crees?

—Sara, por favor, necesitas dormir.

—¿Crees que soy sexy?

Liz me mira con lástima:—Te quiero—me dice—. Eres mi mejor amiga. Y estás totalmente drogada o realmente cansada, o ambas cosas.

—¿Pero lo harías conmigo? Eso es lo que yo quiero saber.

Sonrió de forma sarcástica. Ahora se da cuenta que estoy hablando en broma.

—¿Eres una cubana loca, lo sabías?—me pregunta.

—Dímelo. ¿Ahora mismo, me lo *harías*? Con todos estos tubos dentro de mí, y todos los cardenales, y con la estúpida asistenta social mirando. Podría ser toda una aventura.

—No—dice—. Ahora mismo se te ve horrible, Sara. Prefiero que mis mujeres sean marimachas. ¿No hay nada de marimacha si un hombre te da una paliza, okay? Y necesitas lavarte los dientes.

Nos reímos.

Allison nos ve reír, e interrumpe:—Las dejo, señoritas, que hablen—dice—. Es bueno que tienes a alguien aquí para animarte. Para eso están las amigas.

—*Great*—digo en inglés—. Hasta luego, Allison.

Después en español, digo:—¡Fuera de aquí, zorra mal vestida!

Liz me contempla incrédula. Nunca digo cosas feas. Se sube a la cama. Está tan delgada que casi no se la ve. Se sienta a mi lado durante el resto de la noche, y no hay nada remotamente sexual en la manera en que nos abrazamos, nos contamos chistes y vemos programas basura en la tele, aunque tengo que admitir que quiero besarla un par de veces durante el *Tonight Show* de Jay Leno, sólo para ver si me gusta. Debe ser la morfina.

Liz se queda conmigo hasta el amanecer.

¿Debería preocuparme que a mi novio le guste el catálogo de la
temporada de verano de Victoria's Secret más que a mí? ¡Me lo encontré
en el baño el otro día, todo arrugado y manoseado, y estamos en mayo!
¿Por qué los hombres y las mujeres están tan condicionados en mirar
el cuerpo femenino? Estoy harta de tetas y culos.

—de *Mi vida*, de Lauren Fernández

rebecca

andré me recoge en mi nueva casa. Me he pasado el fin de semana de mudanza, y en el último minuto me tomé tres días de vacaciones para irme de viaje con él. Fue un impulso, y algo que no habría hecho hace un año. Me hubiera puesto histérica porque habría pensado qué nadie podría dirigir la revista sin mí. Pero André me convenció de que *Ella* podría sobrevivir unas cuantas horas sin mi presencia. Me aseguró que él no.

Esta vez conduce un Lexus SUV, blanco y beige. Lleva jeans. Nunca lo había visto en jeans. Le están muy bien, tan bien que el corazón me da un vuelco. Lleva mocasines negros elegantes, un suéter beige fino, y una chaqueta de cuero negra. Todo lo apropiado para un viaje a Maine. Yo llevo pantalones chinos con zapatos planos negros, un suéter rosado pálido y una chaqueta blazer de lana negra. Como verse reflejada en el espejo. Otra vez. He metido en la maleta varios camisones largos de franela, junto con otra ropa interior más sexy que nunca he usado; todavía no sé qué tipo de viaje va a ser, aunque tengo mis esperanzas.

—Qué guapa estás—me dice.

Me abraza, me da un beso amistoso en la mejilla. ¿Chicle de canela? ¡Qué bien huele! ¡Y esa sonrisa! Me encantaría meterlo en casa, cerrar la puerta, y arrancarle la ropa. Pero no lo hago. Le doy un educado apretón, y le tomo del brazo que me ofrece para ayudarme a bajar los escalones empinados de la acera. Me lleva la maleta. Abre la puerta de pasajero, me ayuda a entrar, y coloca mi equipaje en la parte trasera. El interior del carro huele como André, a especias y a limpio. Nunca me he sentido con tantas esperanzas desde que era niña y llegaba la Navidad.

Por ser día entre semana y temprano por la tarde, no hay mucho tráfico. Pronto estamos en la 95, dirigiéndonos a gran velocidad hacia el norte en el suave confort del Lexus, escuchando música sensual y rítmica. La letra está en un idioma que no entiendo.

—¿Qué es esto?—le pregunto.

—Es una cantante nigeriana llamada Onyeka Onwenu—dice.

—Canta muy bien.

—Sí. Y tiene mucho valor. Se puso en huelga de hambre para protestar porque no cobraba derechos.

—Eso es admirable. ¿Entiendes la letra?

—Claro que sí.

—¿Es yoruba?—pregunto.

—Sí—y sonríe, complacido—. Hoy tienes mil preguntas.

He estado investigando sobre Nigeria, pero él no tiene por qué saber eso.

—¿Qué otros idiomas hablan allí?—pregunto—. ¿Ibo y Hausa?

Se ríe y corrige mi pronunciación de ambos.

—Entonces has estado estudiando, ¿no?

—Un poco.

El paisaje pasa rápido, verde y exuberante. Hablamos con facilidad, sobre una variedad de temas, pasando Salem y Topsfield. Hablamos hasta Amesbury, y sólo paramos brevemente al cruzar un gran puente, para maravillarnos ante la belleza del lugar. Parece como si se hubiera detenido el tiempo, y de repente estamos en la carretera 495, a pocos minutos del hotelito Red Maple Inn en Freeport, propiedad de unos ingleses amigos de André.

—Son maravillosos—dice dirigiéndose hacia la entrada del hotel en un claro del bosque—. Ambos trabajaban en informática, pero acabaron por quemarse. Cogieron el dinero y se jubilaron. Esto era el sueño de Lynne, tener un pequeño lugar en los bosques de Nueva Inglaterra.

El hotelito es una serie de casas victorianas amarillo pálido con rojo y bordes en azul, distribuidas alrededor de un jardín central. A lo largo de los caminos del jardín, hay cómodas sillas de exterior. Algunas personas están sentadas leyendo, otras hablan bajito y toman té.

—Es encantador—digo, dándome cuenta que la manera de hablar de André se me está contagiando.

Casi nunca uso la palabra «encantador». Es una expresión demasiada británica.

—Hacen toda la jardinería—dice, mientras arrima el carro al lado del granero rojo—. A Lynne se le dan muy bien las plantas.

Un simpático cobrador dorado salta hacia el carro con una gran sonrisa en su cara. André abre la puerta, y llama al perro.

—¡Precious! Aquí, ¡Precious!

Abro la puerta y salgo. El aire es un poco más fresco que en Boston, limpio. Respiro hondo. El cielo es de un azul brillante. André y Precious se reúnen conmigo. A Brad nunca le gustaron los animales. Los odiaba. André apoya el brazo sobre mis hombros, y Precious olfatea mis zapatos. Oigo un chasquido, alzo la vista, y veo a una pareja sonriente saliendo por la puerta de tela metálica de lo que parece ser la casa principal.

—¡André, viejo colega!—llama el hombre.

Es joven para estar jubilado. Me imaginaba un hombre de unos sesenta y cinco; Terry y Lynne son de mi edad, con buenos físicos, y atractivos, con una tez pálida típicamente británica.

—¿Todo bien, Terry?

—¿Todo bien?—contesta el otro. Parece que esto es un saludo.

Precious está tan entusiasmado por toda la conmoción que empieza a ladrar.

—Cállate, Precious—dice la mujer, dando una palmada—. Vete a casa ahora.

El perro la obedece. Se limpia las manos en los jeans y me ofrece la mano. Me sonríe abiertamente.

—Soy Lynne—dice.

—Rebecca—digo—. Es un placer conocerla.

—Bienvenida al Red Maple—me dice.

—Gracias.

—Soy Terry—dice el hombre al darme la mano—. Me alegra que hayas podido venir. ¿Cómo te fue el viaje?

—Bien—digo.

—¿Con ese tipo al volante?—bromea—. Entra.

—Sabes, es la primera vez que André ha venido con una chica—bromea Lynn, dando un codazo a André cuando los cuatro caminamos hacia la casa.

—Sí, suele venir aquí con chicos—dice Terry muy serio.

—No les hagas caso a estos dos—dice André—. Se creen graciosos.

Sonrío y entro en el vestíbulo. La casa está decorada estilo rústico que me hace sentir feliz al instante. Hay flores frescas en potes y jarrones sobre diferentes mesas antiguas. Abundan los estampados florales y la luz del sol llena los espacios abiertos. También hay varios gatos.

—Es encantador—digo.

—Gracias—dice Lynne, apretándome el brazo.

Terry nos retira las chaquetas, las cuelga en el armario del vestíbulo, y nos acompaña a un acogedor estudio al lado de la enorme cocina rústica.

—Sé que les gustaría sentarse y charlar el resto de la tarde—dice con una chispa en los ojos—, pero Lynne y yo tenemos que hacer unas diligencias.

Guiña el ojo a André:—Les daremos las llaves, y nos veremos más tarde, quizá después de la cena. Están en la Gingham Suite, como solicitaste—, y luego dice bajito—: Es muy privado.

—Gracias.

—Nunca he visto a André tan enamorado—me dice Lynne por lo bajo—. Sabemos cuándo esfumarnos.

No sé qué decir.

Entonces, tan rápidamente como aparecieron, Terry y Lynne desaparecen, dejándonos a mí y a André con un juego de llaves.

—Son especiales—me dice, asintiendo con la cabeza—. Nunca he conocido a una pareja igual.

—Son muy agradables—digo—. Y directos.

—Sí—y André me toma de la mano.

—¿Vamos?—me pregunta.

—Dirige el camino—digo yo.

Salimos por la puerta trasera y cruzamos otro espléndido jardín (ahora: «espléndido») subiendo por un camino sinuoso, a través de un pequeño bosque hacia una aislada y modesta casita sobre una colina con vistas a un estanque. La casa es perfecta, una casa de muñecas con las contraventanas y la puerta de color burdeos.

—Es tan mona—suspiro—. Es preciosa.

—Sabía que te iba a gustar.

La Casa Gingham, sin otras habitaciones o gente alrededor. Hay un pequeño salón, una cocina, y un gran dormitorio con una cama kingsize cubierta con una colcha roja, morada, y azul. El dosel es de madera rústica. Alfombras tejidas de vivos colores tapan el suelo de madera gris. Las ventanas vestidas con cortinas rizadas a cuadros salpicadas con manzanas. Las paredes están empapeladas con un alegre y vivo papel, réplica de un diseño del siglo XVIII. Acogedora y curiosa, una casa de muñecas construida a escala por gente con dinero, visión, y pasión.

—Voy a buscar el equipaje—dice André—. Ponte cómoda.

Me dejo caer en una mecedora y siento como el estrés sale de mi cuerpo cada vez que respiro. A escondidas, separo las cortinas almidonadas y observo a André caminar por el sendero hacia la casa principal; admiro la manera como a los jeans le recubren la parte trasera de los pantalones. Tiene tanta clase. Me lo imagino encima de mí, y casi no puedo respirar.

André vuelve con las maletas, las pone en el dormitorio. Se sienta al borde de la cama y me mira en la mecedora.

—Ya estamos aquí—dice.

Sus ojos hambrientos me incomodan. Ese sentimiento me encanta, pero no sé qué hacer con él. Hace tanto tiempo que no he estado con alguien que tengo miedo de moverme. Creo que voy a caerme, o a tumbar algo. Tengo miedo y me siento torpe.

—Ya estamos aquí—repito como un loro—. ¡Qué bien decorada está! Esto es precioso. Han hecho un trabajo espléndido con todo.

Me mira sin decir una palabra y sonríe.

—Las paredes empapeladas, los suelos, todo es perfecto—cotorreo—. ¿Lo hicieron ellos, o contrataron a un decorador? Mi amiga Sara es toda una decoradora. Ahora que se tiene que buscar la vida, está pensando abrir una tienda de diseño. Creo que para ella es una gran idea.

Sigue mirándome con esa sonrisa. Sin hablar. Enlaza los dedos y me observa. Como no sé qué hacer, cotorreo.

—La voy a ayudar en todo lo que pueda. Ahora mismo necesita todo tipo de apoyo. Todas nosotras, el grupo de amigas de la universidad, estamos intentando ayudarle a levantar su negocio, estamos haciendo un plan de negocios mientras está en el hospital, y vamos a sorprenderla, hemos alquilado un local en Newton. . . .

Sigue callado, sonriendo, y ahora hace una mueca de risa.

Dejo de hablar.

—Ven aquí—dice, y señala la cama a su lado.

—No sé—digo.

Me encojo de hombros como una tímida niñita y me siento estúpida.

—Sí que los sabes. Por eso no puedes dejar de hablar.

Se lleva un dedo a los labios.

—Shhh—dice—. Escucha el bosque.

Me callo. Escucho pájaros, las hojas que se mueven en el viento. Escucho el agua rozando suavemente la orilla del estanque fuera de la ventana. André me hace un gesto para que me siente a su lado en la cama. Me niego con la cabeza y cruzo los brazos. Junto las rodillas fuertemente, y me columpio nerviosamente en la mecedora. No es así cómo imaginé que me comportaría cuando fantaseaba innumerables veces en este momento crucial. En mis fantasías iba a ser una sensual tigresa. Saltaría sobre él, le lamería, con ropa interior provocativa, en lugar del sencillo sujetador y las braguitas blancas de algodón que llevo.

André se levanta, todavía sonriendo, y viene hacia mí.

—¿Lo escuchas?—me pregunta, acercándose por detrás.

—¿El qué?—pregunto.

—El viento.

Cierra las contraventanas y las cortinas, y echa la llave a la puerta.

—Sí.

—¡Qué silencio!—dice.

—Sí.

—Demasiado—dice.

Ahora está delante de mí, me extiende las manos.

—Quiero oír el latido de tu corazón.

—¿El latido de mi corazón?

—Ven aquí.

Me toma de las manos y me levanta.

—¿No deberíamos ir de compras o algo parecido?—pregunto.

Lo sigo, nerviosa.

—Más tarde.

Me lleva a la cama, me sienta, se sienta a mi lado. No lo puedo mirar. Estoy demasiado asustada. Me toma la muñeca, y pone un dedo sobre ella para tomarme el pulso.

—Rápido—dice—. Rapidísimo.

Estoy sudando. Normalmente no sudo. Pero ahora sí. André me suelta, y se dirige pausadamente a la cocina, vuelve con una botella de champán y dos copas altas y finas.

—No—protesto.

—Sí—dice—. Lo necesitas.

—¿Ah, sí?

Se ríe, abre la botella, y sirve.

—Yo sí lo necesito, de verdad—me dice André cuando me acerca la copa—. Esto es por Maine, y por nosotros.

Brindamos, y tomo un pequeño sorbo. Pienso en Brad, en mis padres, y en todas las cosas que Lauren dijo de mí. Ya no quiero ser esa persona. Y no lo voy a ser.

Termino la copa entera y pido más.

El sol empieza a ponerse, el cuarto se llena de una luz calurosa, anaranjada. El champán me hace sentir que el sonido de las ranas coreando al borde del estanque forman parte de mí.

—¿Te encuentras mejor?—pregunta.

—Sí.

—Bien. ¿Ya puedo sentarme a tu lado?

—Sí.

Y me mudo a la cama.

André se sienta cerca, me besa suavemente, cuidadosamente, con los labios cerrados. Me besa los labios, luego las mejillas, el cuello, los labios de nuevo. Tiernamente. Sus labios son suaves y carnosos. Su cara bien afeitada. Nada que ver con besar a Brad, cuyo olor me ofendía y cuya barba me pinchaba. Podría respirar André para siempre y nunca me cansaría. Le mordisqueo el labio inferior y siento que me sonríe.

—Eso está mejor—me dice.

Me aparto. Esto es casi perfecto, pero quiero que las cosas sean como me las he imaginado. El champán me da calor, y la confianza que me faltaba hace unos minutos.

—En unos minutos—digo—. Me quiero cambiar de ropa.

—¿Por qué? Si estás bien.

—Es que tengo algo que quiero ponerme—digo.

Cuando me aparto, gimotea un poco, se cuelga. Cuando me separo de su abrazo, se derrumba en la cama con una risa exasperada, da patadas como un bebé con una rabieta.

—¿Sabes? Eres muy dura—dice—. Nunca he visto una coraza como la tuya.

Recojo mi bolso y me lo llevo al baño. Hay un espejo de cuerpo entero detrás de la puerta. Abro la maleta, y saco la ropa interior roja. No abulta mucho. Abro la puerta, encuentro mi copa de champán, y termino lo que queda. Me sirvo más, y también lo termino. André está apoyado en los almohadones de cuadros y me mira divertido.

—¿Pero qué estás haciendo?—pregunta.

—Lo que siempre he soñado—digo.

Las palabras suenan raras. Estoy un poco mareada. Me río tontamente y vuelvo al baño, cerrando la puerta detrás de mí.

Me quito la ropa, utilizo una toallita para limpiarme las partes que lo necesitan, entonces recuerdo que limpiar tiene un significado distinto para André que para mí. Esto me hace sonreír. Tomo el sostenedor rojo, y me lo ajusto sobre el pecho. No son grandes, pero tampoco pequeños. Soy una copa «B», y el relleno del sostén me convierte sin pasar por el quirófano en una copa «C». Después me pongo la tanga roja de encaje. A mi madre le daría un ataque si viera lo que estoy viendo en el espejo. Me siento en el borde de la bañera con patas de león, y me subo las medias rojas hasta los muslos, primero la pierna izquierda, luego la derecha. Finalmente comprendo como funciona el liguero, y me engancho las medias. Ahora saco los zapatos rojos de tacones alto y finos del fondo de la maleta y me los calzo. Me pongo de pie y me miro en el espejo. Me veo muy bien. Parezco una modelo de catálogo, con los pechos un poco más pequeños. No tengo nada de grasa en el cuerpo, pero no he perdido las curvas. Parezco saludable, sexy—es como una experiencia de fuerade-cuerpo—, porque no estoy acostumbrada a verme así. Me gusta mi apariencia. Pero no estoy segura de poder enfrentarme a André así, incluso con todo el champán que fluye por mis venas. Me lavo los dientes, me pongo desodorante y perfume, pero continúo sintiéndome insegura.

Cojo el móvil de mi bolsa y marco el número de Lauren. Contesta.

—¡Lauren!—susurro—. Soy yo, Rebecca. Necesito hablar contigo.

—¿Rebecca?—pregunta.

Parece que está asustada.

—¿Estás bien?

—Estoy en un baño en Maine con ropa interior roja.

—¿Qué, qué dices?

—Estoy aquí con André, pero no puedo hacerlo. Me puse la ropa interior pero tengo un susto de muerte. ¿Qué hago?

—Por Dios, Rebecca ¿Hablas en serio?—y la oigo reírse.

—Sí, hablo en serio.

Riéndose todavía, dice:—Es fantástico.

Fuera, en el dormitorio, André me llama y me pregunta si estoy bien.

—Sí, estoy bien—digo.

Entonces le susurro a Lauren:—Lo deseo tanto, pero nunca he hecho esto. Necesito tu ayuda.

—Está bien, Rebecca. Escúchame. Eres sexy, ¿no? Lo eres. Y vas a hacer esto. Vas a salir de ese baño y vas a asombrarlo con tu poder sexual. ¿Me oyes?

—Sí. ¿Cómo lo hago?

—Sé tu misma, Becca. Es lo único que tienes que hacer.

—¿Yo misma?

—Olvídate de tus complejos. Suéltalos, como una pesadilla. Vive el momento. ¿De acuerdo?

—¿Me pinto los labios?

—Sí, de rojo.

—Bien.

Busco en mi bolsa de maquillaje, saco un lápiz de labios rojo, y me lo pongo.

—¿Lauren?—pregunto.

—¿Sí?

—¿Soy guapa?

—Ay Dios mío. ¡Por supuesto que sí! Eres guapísima. Ahora vete. Deja de hablar conmigo. Sal.

—De acuerdo.

—Usa un condón.

—De acuerdo.

—Ten confianza en ti misma. Eso es lo más sexy. No esperes que él haga todo. Atácalo. Ponte encima.

Me escucho reír como si estuviera muy lejos:—De acuerdo, lo haré.

—Llámame más tarde y me lo cuentas todo—dice Lauren—. Quiero decir *todo*.

—Me tienes que prometer que no vas a escribir sobre esto en el periódico.

—Te lo prometo.

—Está bien. Adiós.

Cuelgo, me miro en el espejo de nuevo. André está tocando a la puerta.

—¿Estás hablando por teléfono?—pregunta.

—Lauren. Tenía que hablar con Lauren.

—¿Todo bien?

—Sí, vuelve a la cama.

—Si insistes.

—¿Estás en la cama?

—Sí.

Respiro hondo, y me digo que soy sexy y tengo poder. Me meto la mano entre las piernas y estoy húmeda. Dejo mi mano allí un momento para darme confianza. Estoy mareada por el champán y la emoción del momento. Quiero que todo salga perfecto. Olfateo mi dedo y mi propio olor me excita.

Abro la puerta. André está sentado al borde de la cama leyendo el menú de un restaurante chino de comida para llevar, con los codos en las rodillas. Me mira, y se le cae el menú de las manos. Se le abre la boca. No puede hablar.

No sé cómo andar con estos zapatos. Nunca ves a ninguna mujer andar con ellos, sólo los llevan cuando están tumbadas. De alguna manera tengo que llegar de la puerta del baño a la cama. Camino y trato de mover las caderas. El champán ha hecho su efecto y ya no tengo miedo. Creo de verdad que soy sexy, porque lo soy. Soy una mujer. Una mujer normal. Tengo el mismo cuerpo, los mismos deseos, y las mismas fantasías.

—Madre mía—dice André—. Estás preciosa.

Esta vez soy yo quién se pone un dedo en los labios.

—Shhh—digo—. No hables. No hemos hecho nada más que hablar desde que nos conocimos. Cállate.

Sonríe abiertamente por un lado de la boca y se echa hacia atrás en los codos. Con las piernas colgando fuera de la cama. Todavía tiene los zapatos puestos. Sin apartar mi mirada de él, me arrodillo y se los quito. Sus párpados tiemblan, se moja los labios con la lengua. Acaricio lentamente el interior de sus pantorrillas, rodillas, muslos, y me detengo justo antes de lo-que-tú-sabes. *¿Lo-que-tú-sabes?* No puedo creer que ni siquiera pueda pronunciar las palabras. *Justo antes de las bolas. Y el pene. Ya lo he dicho.*

—Rebecca—dice—. Ven acá.

—Shhh—digo.

Me monto encima de él. Todavía está vestido, tumbado boca arriba. Me arrodillo encima de él. Me gusta. Siempre ha sido parte de mi fantasía que él estuviera vestido y yo no. Intenta incorporarse, pero lo empujo hacia atrás.

—Todavía no—digo—. Espera.

Se le ve divertido, y excitado. Puedo sentir su excitación.

Utilizo el mismo dedo con el cual me había acariciado antes para dibujar sus labios, su nariz, y el contorno de sus bonitos ojos. Le meto el dedo en la boca, siento los dientes y la lengua. Entonces le beso apasionadamente. Me acerca poderosamente hacia él, y me voltea de manera que quedo debajo de él. La cama cruje con el movimiento.

—Te toca a ti—me dice entre besos.

Recorre sus labios ligeramente sobre mi cuello, una mano en el pelo y la otra en mi pecho.

—Llevo soñando con este momento—dice, mientras me desabrocha el sujetador—. Desde que te conocí llevo soñando con esto. Estoy loco por ti.

Mientras me besa los pechos, lo miro. Su oscura piel contrasta con la mía. Con Brad, mi piel era la oscura. Odiaba que Brad hablara de eso y no quiero decir nada de André. Recuerdo una frase que aprendí en la clase de historia de arte: «claroscuro». Claro contra oscuro. ¡Qué bonito!

Nunca había oído los ruidos que ahora salen de mí. André me acaricia los pezones como ningún hombre lo ha hecho antes. Los muerde, los besa, los acaricia, y los dibuja. Arqueo la espalda.

—Quítate la camisa—le digo.

Está de pie y se quita el suéter. Yo también estoy de pie, y lo miro. Quiero sentir su pecho contra el mío. Me alegra ver que tiene poco pelo en el pecho, y ninguno en los brazos o en la espalda. Tiene los músculos bien definidos y fuertes. Y, además, no tiene nada de grasa.

—Qué bien estás –digo—. No puedo creer lo guapo que eres.

—Gracias—dice.

Me encanta su acento, y su pequeña sonrisa. Me vuelve loca.

Estamos de pie abrazándonos, besándonos. Es apasionado y consistente, como me lo imaginaba. Empuja su pelvis contra mí, y para mi sorpresa yo también empujo. Le acaricio los pantalones, y me alegra descubrir que es bastante ancho, suficientemente grande para ser agradable y no hacer daño.

—Dios mío—digo.

Suelta un pequeño gemido. Me acaricia entre las piernas, y aparta la tanga. Sabe lo que está haciendo, no como Brad. Grito de placer. André se arrodilla, y me besa el vientre.

—Eres tan fuerte—dice—. Eres increíble.

Me abre bien las piernas, y me besa allí. Sus dedos, su boca, concentrados en el mismo sitio. Casi no puedo sostenerme. Es tan bueno que tengo miedo de explotar demasiado pronto. Lo detengo, me arrodillo a su lado, repito el favor mientras se tumba en el suelo. Patea hasta quitarse los pantalones, y allí está, desnudo. Es increíble en todos los aspectos.

—Quédate allí—le ordeno.

Voy a buscar mi bolso del baño, saco un condón. Cuando me reúno con André de nuevo, se está acariciando, moviendo la mano a lo largo del pene. Se detiene cuando me ve.

—No—digo—. Sigue. Quiero verte hacerlo.

Nunca he visto a un hombre masturbarse antes, aunque siempre me hubiera gustado verlo. André me concede este deseo, y me pide que haga lo mismo. Me siento, abro las piernas, cerca de él, y aparto la tanga hacia un lado con una mano, con la otra me acaricio. Me mira. Lo miro. Hasta que ya no podemos mirarnos más.

Le pongo el condón, le pido que se quede en el suelo. Entonces me subo encima y bajo despacio hacia él, dejándole que me llene. Nos miramos a los ojos, y es tan bonito que lloro.

—¿Estás bien?—pregunta.

—Sí—digo.

Empieza a moverme. Sonrío. Estamos cogidos de la mano.

—Más que bien. Esto es asombroso.

—Sí. Lo es.

Cambiamos de postura varias veces, por toda la habitación, y finalmente terminamos en la cama, él dándome por detrás. A Brad esa postura no le gustaba, pero yo la encuentro embriagadora. Al final, grito. De mi boca salen años de frustración reprimida, y me corro una eternidad.

André me sostiene. Nos besamos, suavemente.

—Increíble—dice.

—¿Crees?

—Sí. Lo creo.

Descansamos, dormimos un rato. Pedimos comida.

Empezamos de nuevo.

Pasan dos días antes de ir de compras.

El vestido de dama de honor es una de las mayores trampas inventadas
contra las solteras. El mío acaba de llegar por correo, diez días
antes de que mi amiga Usnavys se case, y casi lo confundo
con un vestido de baile de los años setenta. Gracias, Navi.
Así seguro que vas a ser la más bella de la boda.
—de *Mi vida*, de Lauren Fernández

lauren

Cerca de mí, bajo las sábanas, Amaury se frota sus definidos músculos del estomago. Acabamos de hacer el amor con el canto de los pájaros de música de fondo. Fatso está sentada en el marco de la ventana, molestándolos como si fueran a caerle en la boca porque lo pide como comida para llevar. Nunca han acusado a esta gata de ser inteligente. Amaury lleva un mes quedándose todas las noches y ya se ha acostumbrado a él. Yo también. No quiero que se vaya. Ni siquiera para ir a clase.

En los tres meses que llevamos juntos, he aprendido a quererlo.

La ventana del dormitorio está abierta, y ese jugoso e increíble aire primaveral de Boston corre por nuestros desnudos cuerpos, caluroso y salado. Me siento libre, por primera vez en mi vida, realmente libre. Y feliz. Anoche, antes de dormirnos, me miró con miedo en los ojos y me preguntó:—¿Te importaría escuchar algo que he escrito?

Era un pequeño cuento, a lo García Márquez. Me quedé de piedra. Mi español no es nada del otro mundo pero con Amaury he mejorado mucho. Este chico sabe escribir. Aunque *sea* camello. Hay música en sus palabras. Merengue. Y no merengue de Puerto Rico, que ahora lo distingo del dominicano. El merengue dominicano *mola*. ¿El merengue puertorriqueño? No.

Las temerarias creen que estoy loca. Creen que un tipo tan guapo, con largas pestañas, con esa forma chula de andar, oliendo a CK-1, con un beeper barato, que lleva los cordones atados y desatados como si tal, que conduce por Centre Street despacio y chévere, y que conoce a todos los sospechosos por el camino; mierda, todas pensamos que un tipo *así* no es recomendable. Realmente no puede ser muy recomendable. Se ríen de hombres como él. Y no sólo las temerarias. Cuando paseamos por Stop and Shop agarraditos de la mano, todas las latinas profesionales se ríen de nosotros. Los de su calaña también se ríen. Sus amigos creen que ha perdido el juicio, por salir con una mujer independiente y con estudios como yo.

—Te quiero—le digo.

Se agacha, me besa los párpados.

—Yo también te quiero.

—No vayas a la escuela. Quédate aquí todo el día. Juguemos.

Amaury se ríe:—Ojalá pudiera, pero no puedo.

Sale de la cama y observo el corazón que tiene en la espalda. Está fuerte, hace pesas. Sólido.

—Voy a bañarme—dice en inglés. ¿Vienes, Mami?

—Quiero dormir—digo, soñolienta—, un poquito más.

—Está bien—dice.

Cierro los ojos y floto de felicidad mientras escucho correr el agua.

No tenía intención de amar a Amaury Pimentel, el camello. Admito que cuando empecé a salir con él, estaba de rebote de ese cabezón vaquero mexicano. Pero pasó. De repente, me vi mirando fijamente el pulsante cursor verde sin poder escribir ni una frase porque Amaury bailaba en mi cerebro. Y un día, Jovan vino a verme como siempre hacía, con sus trenzas al aire, queriendo coquetear. Y ya no me interesaba. Ni Jovan, ni Ed, ni nadie.

En lo único en que podía pensar era como Amaury doblaba cuidadosamente su ropa con las manos llenas de cicatrices. Soñaba con la cicatriz de bala en su hombro que le dispararon desde un carro del tamaño de un penique y de como llora cuando escucha una canción triste. Pensaba en las cuentas multicolores que lleva en el cuello, y cómo las sujeta en la mano como si fueran una única y fláccida flor cuando se desnuda. Se santigua con ellas, se las lleva a los labios con la cabeza inclinada en una oración por su salvación y seguridad en la calle, y por la salud y bienestar de su querida madre. Siempre dice «Que Dios la bendiga».

Amaury me sorprende constantemente. Hace cuentas en su cabeza que yo ni siquiera soy capaz de resolver con papel y lápiz. Tiene más sentido común que he tenido en toda mi vida, y nunca tiene miedo de decirme que estoy siendo poco sensata. Lee cuando yo veo la téle, dice que la vida es muy corta para «la caja estúpida», como la llama. Ahora lo único que quiero hacer es entregar mi columna e irme a casa, porque dentro de unas horas, Amaury llegará a la puerta, tocará el timbre, y entrará en mi mundo como el más bello, desafiante enigma. Y me encanta la manera como se mueve en la cama, el poder de sus brazos, y la intrepidez de sus exploraciones. Nunca piensa que huelo mal, aunque sea así. No parece que le moleste cuando no me he afeitado. Nunca piensa que estoy gorda. Sabe encontrar el clítoris; es más, conoce mi cuerpo mejor que yo. Es el mejor amante que he tenido.

¿Sigo llamando a Ed varias veces al día y colgándole? Sí, sigo. ¿Me llama de vuelta y me dice que sabe que soy yo y que si no dejo de molestarlo me va a denunciar? No estoy orgullosa de ello, pero es verdad. No me importa. Lo odio tanto que podría matarlo con mis propias manos.

Amaury vuelve al dormitorio, se pone los calzoncillos de diseñador, sus jeans anchos, su camiseta y cazadora, sus cuentas, sus botas, sus gafas de sol. Su colonia. Olor a hombre. Me encanta ese olor a hombre. Me da unos golpecitos en el hombro para despertarme de mi sopor.

—Me voy—dice.

Me besa. Lo agarro, lo bebo, cierro los ojos y recorro su mejilla y cuello con mis labios.

—¿Vas a regresar?

—Después de clase. ¿Quieres que compre algo?

—Copos de avena—digo.

Estoy comiendo mejor, y por primera vez no he engordado a pesar de estar enamorada. Amaury me sugirió que comiera más a menudo, pequeñas porciones, y que bebiera mucha agua. Está funcionando. Si me olvido, él está allí para recordármelo, con un vaso de agua y una tostada de pan integral. ¿Quién lo hubiera pensado?

Amaury toma un curso de inglés como lengua extranjera y uno de literatura española en el Roxbury Community College por las mañanas. Cuando se lo dije a las temerarias, no lo podían creer. Es muy listo. No entienden.

Oficialmente, Amaury vive con su hermana, aquí en Jamaica Plain, no muy lejos de mí, del lado de Franklin Park en la calle Washington. Ella vive en ese pedazo de barrio miserable, donde todas las casas de tres pisos se parecen a la de su familia: desmoronadas, astillosas, y tristes, como si alguien se les hubiera sentado encima. La madera del porche cubierta de graffiti se cae a pedazos. Las latas vacías y las envolturas de caramelos parecen brotar de la tierra oscura del patio. Hay unos cuantos arbustos desmirriados, pero no están allí por razones estéticas, son para esconderse cuando viene la policía buscando a los matones. Hemos pasado por allí, pero todavía no me los ha presentado.

Para su información, Amaury *no* vive en casas de protección oficial, como piensa Usnavys, y tampoco tiene ningún *niño*. Le pregunté todo eso, y parecía desconcertado.

—Ella cree que soy *árabe*—dice—. Hay un tipo en el barrio que se parece a mí y nos confunden todo el tiempo. Nos parecemos mucho, y me causa muchos problemas. Es un idiota. Lo odio. Allí me paran todo el tiempo porque piensan que les debo dinero, pero es el otro tipo al que buscan.

* * *

Más tarde ese día, Amaury me recoge del trabajo en su Accord negro con el ambientador manzana verde colgado del espejo retrovisor.

—Tengo que ir a ver a mi hermana—dice—. ¿Quieres venir?

—Está bien.

Nunca me había invitado a conocer a su familia. Me siento halagada.

El viaje es tranquilo, el carro huele bien. Nunca he visto a alguien cuidar mejor su carro que como Amaury cuida este trasto. Creerías que es un ser viviente, la manera en que le habla, le acaricia, le alimenta, le riega, le limpia, y le pasa la aspiradora: una pequeña y vieja aspiradora de mano que guarda en el maletero.

Está escuchando una cinta y canta acompañando una canción que siempre le pone triste. Creerías que un gran macho dominicano como él, un tipo de un país donde los hombres creen que es su (puto) derecho enrollarse con cuatro mujeres a la vez, no se pondría a llorar por cualquier cosita. Pero Amaury es diferente. Llora todo el tiempo.

Conduce a casa de su hermana, cantando esa canción, con una mano en el volante y parece abatido. Sacude la otra dramáticamente, como si estuviera actuando para una gran multitud. *Los caminos de la vida, no son como yo pensaba, no son como imaginaba, no son como yo creía.*

—Era tan joven cuando vine para aquí—dice cuando termina la canción—. No es justo.

En ese momento, pasamos por el refugio de los sin techo, donde Jamaica Plain se junta con Franklin Park, y Amaury mira a los tipos sentados fuera en una mesa de cemento fumando cigarros y vestidos con ligeros abrigos.

—Ay, Dios Mío—me dice, mientras los señala—. Eso, sí, me da mucha vergüenza.

Verlos le pone tan triste que casi empieza a llorar. En español, me pregunta: —¿Lo ves ahora? ¿Ves cómo es para la gente como yo? Es la única opción que hay.

Cuando llegamos a la desvencijada casa marrón de tres pisos donde vive su hermana, veo a un muchacho de pie en el balcón del primer piso, mirándonos. Está en camiseta y ropa interior, y empieza a saltar cuando ve a Amaury.

—Eh, Osvaldo—dice Amaury, caminando del carro a la puerta principal—. Métete dentro antes de que cojas frío. ¿Qué haces aquí afuera?

Sólo he estado en apartamentos así por trabajo, normalmente cuando han herido a alguien o lo han arrestado. Cruzamos la puerta principal que no se puede llamar así porque le falta la puerta. Es un agujero en la pared con las bisagras oxidadas donde antes había una puerta. El vestíbulo comunal huele fuerte a lejía y orines, y es oscuro. Se ve el viejo papel que se ha despegado de la pared y los restos de lo que estoy convencida es pintura de plomo cayendo por los escalones.

—Ese propietario cabrón todavía no ha arreglado la luz—dice Amaury, pegando un puñetazo a la pared—. Deberían meterlo en la cárcel por la manera como trata a la gente que vive aquí. Cree que somos animales. Le digo a mi hermana que no pague el alquiler hasta que arregle las cosas, pero de todas formas, ella le paga. Le tiene miedo.

La hermana de Amaury vive en el primer piso. Cuando llegamos, está barriendo el pasillo cerca de la puerta de su casa. Su ampuloso cuerpo está embutido en un par de jeans rojos muy ceñidos y lleva una sudadera blanca con una desvaída calcomanía de Santo Domingo. Lleva el pelo estirado, recogido en una coleta, y parece la joven más vieja que jamás he visto, con ojeras oscuras bajo unos bonitos ojos color de avellana.

—Hola, Nancy—dice, y le da un abrazo.

Ella lo abraza también.

Entonces, en español, le dice:—Quiero presentarte a mi novia.

Extiendo la mano para estrechársela, y ella parece sorprendida. Extiende una de las manos que tenía detrás, tratando de deshacerse un nudo y me la estrecha insegura.

—¿Cómo le va?—le pregunto.

—Allí—ella contesta.

Es una respuesta triste, de una mujer triste.

Osvaldo cruza la astillosa puerta que comunica el pasillo con el balcón donde lo vimos antes. Lleva calcetines con su camisa y ropa interior y sostiene un gatito llorón en una mano. Tiene un ojo lleno de pus. Quiero llorar. En la otra mano sostiene un juguete robot de plástico, le faltan los brazos. Sonríe, y observo que este muchacho va a ser aún más guapo que su tío.

—¿Qué te dije?—le chilla Amaury, alzando la mano como para pegarle—. ¡Entra en casa! ¡Te vas a poner malo!

Y, a su hermana: ¿Pero qué haces dejándole andar así? Hace frío. Le he comprado ropa, úsala. ¿Pero qué coño te pasa?

Nancy lo ignora y sigue barriendo. Si esta mujer alguna vez tuvo energía o felicidad, hace tiempo que la perdió. Amaury y yo entramos en el apartamento.

No hay casi nada, sólo un largo y torcido pasillo con una serie de habitaciones a cada lado. Hay tres dormitorios, un salón, una cocina, y un baño. Un chico mayor, gordo y jadeante, está sentado en el suelo del salón jugando a las canicas. Las tira al suelo y mira como ruedan hacia un lado del cuarto. No tiene que empujarlas para que rueden; lo hace la gravedad. El apartamento se inclina hacia un lado, y me da la impresión mareante que he entrado en una caseta de feria.

—Jonathan—Amaury regaña el chico—. Levántate y ve a limpiar tu habitación. ¿Has hecho la tarea?

El chico lo mira con ojos anodinos húmedos de vaca. No tiene pinta de ser muy inteligente, siento decirlo. Respira con la boca abierta, y me mira:—¿Quién es la guapa señorita?—pregunta.

Amaury levanta la mano de nuevo, como si fuera a pegarle:—No seas atrevido—dice—. Esta es Lauren, mi novia. Ahora vete a hacer tus deberes.

Jonathan se levanta y camina lentamente a la cocina en su chandal ajustado y camiseta de Bugs Bunny. Lo seguimos. De pie al lado de una cocina diminuta y estrecha y removiendo un par de ollas de comida aromática, hay una mujer mayor con pelo rojo brillante, raíces grises y negras, pantalones cortos negros, y suéter de leopardo. Su arrugado pecho se le sale por el escote. Sonríe con labios pintados de rojo, el lápiz de labios decora sus dientes amarillos.

—Cuca—dice Amaury, mientras se inclina para darle un beso—. ¿Cómo estás?

La mujer le devuelve el beso con un cencerreo de pulseras baratas y vuelve la cara hacia mí.

—Ésta es mi novia, Lauren—dice Amaury.

—Encantada de conocerla—dice Cuca en español. Tiene la voz tosca de fumadora empedernida.

—Igualmente—contesto, en español.

—¿Eres americana?—pregunta.

—Mi papá es de Cuba—digo en español acentuado.

Ella y Amaury se ríen a carcajadas.

—Tú eres americana—dice Cuca, dándome una palmadita condescendiente en el brazo.

—Mi pequeña belleza americana.

Me besa.

Jonathan está de pie delante de la nevera abierta, comiendo lascas de queso de la palma abierta de su mano, masticando con la boca abierta. Es un muchacho gordo. Amaury le aparta del camino y cierra la puerta de un golpe.

—Dame eso—dice quitándoselo—. Deja de comer tanto. Te estás poniendo gordo. Vete a hacer los deberes.

El chico ríe, aunque veo en su mirada que está dolido.

—No tienes que decirle eso—digo, cuando el muchacho sale del cuarto.

—Sí tengo que hacerlo—dice Amaury—. Está gordo. Míralo.

—Estás hiriéndole su autoestima. «Autoestima». Aprendí esa frase mirando un programa de televisión en español.

Amaury no me hace caso.

—¿Quieres beber algo?—pregunta.

Abre uno de los armarios, y me asusto de ver la calle.

—Uy, ¡qué horror!—digo—. Hay un agujero en la pared.

—Sí—dice Amaury con una sonrisa de sabelotodo—. A eso me refería antes. El propietario es un hijo de puta.

Nos sirve un refresco de uva sin marca en un par de frascos que sirven de vasos, y volvemos al salón. Aparece una muchacha adolescente hablando por el teléfono inalámbrico. También es muy guapa. Habla en inglés, riéndose tontamente con un amigo. Se acerca al sofá de piel negra y se sienta. Lleva jeans holgados, un suéter ajustado de rayas y pendientes de oro grandes, algo en ella me recuerda a Amber cuando la conocí por primera vez en la universidad. Su pelo largo y oscuro tiene mechas gruesas rubias y rojizas en la parte de delante. Tiene los ojos grandes y bonitos. No lleva nada de maquillaje. Tiene la piel lisa y perfecta. No sé qué pasa en la República Dominicana, pero qué gente bella viene de allá.

Los muebles de la habitación son bonitos, al estilo del nuevo inmigrante. El mobiliario de cuero, mesita de café de cristal, parecido al mobiliario de Usnavys. ¿Por qué será que los inmigrantes, no importa de dónde vengan, siempre compran los mismos muebles y los cubren de plástico? Pueden ser de cualquier parte del mundo, pero siempre tienen esas vitrinas llenas de figuritas cursis y lámparas de pie que parecen flores con largos tallos, que abren sus brotes a una bombilla. Siempre tienen los juegos de dormitorio de madera barnizada con bordes dorados. Las cortinas son rosadas, de encaje, y todo está limpio y ordenado. Hay un mueble para el televisor, que está apagado, con estéreo. Amaury lo enciende, se escucha altísimo un merengue de Oro Sólido.

—Bájalo, estúpido—chilla la adolescente, en un inglés áspero y torpe que la defenderá algún día en la calle, pero que nunca le ayudará a encontrar un trabajo bueno o a entrar en una buena universidad, o ni siquiera a acabar la secundaria. Se cubre la oreja en un esfuerzo por escuchar mejor lo que le están diciendo por el teléfono.

—Vete a tu cuarto—dice Amaury—. Y deja el teléfono. Hablas demasiado por teléfono.

Le quita el teléfono y habla con la persona que está al otro lado de la línea. Contrae la cara con furia y cuelga.

—¿Pero qué haces?—chilla la jovencita, tratando de agarrarlo con sus delgados brazos y unas uñas largas arregladas, llena de anillos y pulseras.

—Ya te dije, no quiero verte hablando con chicos. Ningún chico, ¿me oyes? Eres demasiado joven. Concéntrate en tus estudios.

—Te odio—dice, tratando de arrebatarle el teléfono.

Él se lo sostiene por encima de la cabeza.

—¿Qué es lo que te he dicho? Vete a tu cuarto.

La chica obedece, pero con una mirada de enfado que no he visto desde hace mucho tiempo.

—¿Siempre eres tan recto con ellos?—le pregunto en inglés.

Me contesta en español:—Esto es una de las cosas que más odio de este país. Aquí levantas la mano a un niño, y terminas en la cárcel. En Santo Domingo, los niños te tienen respeto. Aquí, no hay respeto porque no se les puede disciplinar.

—Pegarle a un niño no le enseña más que miedo—digo.

—Bueno, aquí es donde vivo. ¿Te gusta?

Otra cosa que me asombra de Amaury: Nunca discute, o te guarda rencor. Suelta las cosas. Acepta que no estés de acuerdo con él. Te permite discrepar de él.

—Sí, me gusta—digo.

—Ven acá.

Me lleva al dormitorio delantero, un cuarto diminuto con tres camas individuales.

—Aquí es donde duermo—dice—. Comparto el cuarto con Osvaldo y Jonathan. ¿Te parece bien eso?

No, no me parece bien. Es triste, y pequeño. Pero limpio. Hay cientos de libros en español amontonados en una esquina. El apartamento entero está muy bien cuidado, decorado dentro de sus posibilidades, lleno de olores de rica comida, y música.

—Podría ser peor—digo.

—Tonta, ¿por qué crees que estamos aquí?—pregunta—. Venimos de *mucho* peor. ¿Esos niños allí afuera? Piensan que esto es un palacio. Es todo lo que conocen. Nunca han visto las casas dónde viven mis clientes, en Newton. Nunca han visto un apartamento como el tuyo.

Volvemos al salón, y Nancy reaparece, arrastrando los pies hacia su dormitorio. Sale vestida con el uniforme de guardia de seguridad puesto y el pelo mojado y pegado a la cabeza.

—Me voy—nos dice, suspirando de agotamiento y sonando las llaves.

Llama a Cuca:—Me voy. *Ya me voy*.

Cuando se marcha, Amaury me cuenta que tiene dos trabajos, uno seguido del otro, todos los días menos el domingo. Limpia una oficina por las mañanas, viene a casa durante una hora para hacer los quehaceres domésticos, y se va de nuevo a su trabajo de tarde de portera de un edificio en la Universidad Northeastern. Llega a casa a medianoche.

—Su marido hace lo mismo. Así y todavía tuve que comprarles estos muebles, y hasta comida. También tengo que ayudarles a pagar parte del alquiler todos los meses. ¿Ves lo que te estoy diciendo? Este país es muy despiadado.

—Uf, qué horror.

—Nancy estudia informática e inglés en su tiempo libre. Pero como ellos no están nunca, los chicos hacen lo que quieren. Por eso soy tan duro con ellos, mi amor, porque exceptuando a Cuca, no tienen a nadie que les enseñe un poco de disciplina—y se pone a cuchichear—. Cuca es la suegra de Nancy, y está un poco loca.

Hace un gesto para demostrar lo que dice.

Osvaldo entra en el cuarto con una caja de pasas vacía. Le ha quitado la parte de atrás para podérsela colgar en el cinturón de los pantalones que se acaba de poner. Con apenas ocho años, entra pavoneándose a la habitación y se detiene delante de nosotros con una gran sonrisa. Finge que la caja de pasas es un pager, y se lo quita tal y como lo ha visto hacer tantas veces a Amaury.

—¿Qué lo que . . . —dice, como si estuviera en el teléfono.

Pone su diminuta mano sobre su diminuta bragueta.

Amaury agarra la caja de pasas y la tira lejos.

—No hagas eso—dice, arrodillándose para estar a la altura del niño—. No tiene ninguna gracia. Te lo he dicho antes, no me copies. ¿Entiendes? ¿Dónde están tus deberes?

Osvaldo se ríe y sale corriendo, gritando palabrotas en inglés. Pega un portazo a la puerta de su habitación. Amaury se sienta a mi lado en el sofá, apoya los codos en las rodillas, y reposa la cabeza en sus manos.

—¿Ves cómo son las cosas?—me pregunta—. ¿Qué se supone que haga con todo esto? Piensan que soy chévere, ¿sabes? He intentado escondérselo, pero saben a lo que me dedico.

Me mira: A Osvaldo lo expulsaron el otro día de la escuela por hacerse el narcotraficante en su clase. El maestro lo descubrió con una bolsita llena de jabón en polvo, y creyeron que era cocaína. Pensaron que estaba vendiendo cocaína a otros de la clase. Dijeron que esto ya había pasado antes.

—Vaya por Dios.

—Sí.

Se recuesta en el sofá, se coloca las manos detrás de la cabeza, y respira hondo por la boca.

—Ven aquí—dice, abriéndome los brazos.

Hago lo que me pide y nos quedamos así sentados en el sofá de su hermana, escuchando música, hasta que Cuca nos llama a todos a cenar.

Nos sentamos en una mesa tambaleante en la pequeña y fría cocina, y comemos en cada uno platos distintos. Cuca cocinó *mofongo*, un puré de plátanos, chicharrones, y ajo, y un grasiento estofado de pollo con arroz blanco y frijoles. La comida está deliciosa, y Amaury parece haberse ablandado un poco con los niños en cuanto ha comido algo. Los muchachos le cuentan sobre su día, la chica le habla de una obra de teatro escolar en la que quiere participar.

—Qué bien—dice—. ¿Ya has leído el libro que te di?

—No—dice.

—¿Y por qué no?

—Estaba ocupada.

—He estado ocupada—la corrige.

—Cállate—le dice—. Sé como se siente.

Le echa una mirada de duda, y termina su comida. Cuando todos terminamos, la joven quita la mesa y empieza a fregar los platos en el fregadero con agua fría. Cuando abre el grifo, la pared emite un gemido que despertaría a los muertos y las cañerías resuenan. Me ofrezco a ayudarla, pero Amaury me aparta.

Vámonos—dice.

Al salir, el marido de Nancy llega a casa de su primer trabajo de mecánico, está tan cansado como su mujer. Me saluda y sube tambaleándose por las escaleras.

—¿Cuántos años tiene tu hermana?—le pregunto cuando volvemos al Honda.

—Veintiocho.

—¿Sólo veintiocho? ¡Si tiene mi edad! ¡Parece que tiene cuarenta!

—Es cierto.

—¿Cuántos años tienen los niños?

—La chica tiene catorce años, y los chicos tienen ocho y diez años.

—¿Tuvo la niña cuándo tenía catorce?

—Eso no es extraño en Santo Domingo—dice.

—Dios mío. ¿Con el mismo tipo?

Me imita:—Dios mío. No, no con el mismo tipo. No quiero hablar de eso.

—No tenía ni idea.

—Lo sé. Por eso quise traerte aquí. ¿Me entiendes ahora? ¿Entiendes por qué hago lo que hago?

—Sí.

—Está bien.

—Pero tiene que haber una salida.

Se encoge de hombros:—Quizá. Si la encuentras, me lo dices.

—¿Cuánto ganas a la semana?

—Quinientos dólares, limpios.

Yo me río al oír «limpios». Gana mucho menos de lo que esperaba. Entonces se me ocurre una idea.

—Tengo una amiga que acaba de conseguir un contrato discográfico—le digo.

—¿Sí? Te felicito.

Estacionamos cerca de mi apartamento en un parquímetro. Amaury tendrá que mover el carro a las seis de la mañana, o se lo llevará la grúa. Andamos en silencio el resto del camino a mi apartamento. Una vez dentro, nos sentamos en la mesa del comedor y continuamos hablando.

—Me llamó el otro día y me preguntó si conocía a alguien que le ayudara a formar su grupo callejero.—¿Un grupo callejero?

—Es algo que hacen en el mundo discográfico, tienes que preguntarle a ella. Creo que dan fiestas, tocan sus discos, das ejemplares de sus discos a tus amigos, e intentas despertar interés en la calle por su música.

—¿Te pagan por eso?

—Te lo juro. Sí que lo hacen.

Se ríe:—Me encanta este país.

Se ve intrigado.

Llamo a Amber a su casa. Contesta el teléfono en un idioma que nunca he escuchado antes, me imagino que es Náhuatl. Oigo a Shakira cantando de fondo.

—Eh, Amber, soy Lauren.

—Por favor llámame Cuicatl—dice—. Es mi nuevo nombre. No soy una india a tiempo parcial, así que no me trates como a una.

Como siempre, no tiene ningún sentido de humor.

—Te llamaría por tu nuevo nombre si pudiera pronunciarlo, ¿comprendes, chica? Pero no puedo. Por lo tanto eres Amber para mí.

No se ríe. Desde que empezó con todo este movimiento mexica, parece haber perdido su sentido del humor. Como la vez que hablábamos por teléfono y estornudó, y dije «¡Salud!». Se puso en plan tonto y me soltó tan fresca:— No estoy enferma. Por lo tanto no digas eso.

Oookaay.

—Mira, te llamaba sobre lo que hablamos el otro día de los grupos callejeros para promocionar tus discos.

—¿Ya has encontrado alguien?

—¿Cuánto pagan?

—Depende de las horas.

Le cuento toda la historia de Amaury. Me escucha tranquilamente y dice:— Lauren, me encantaría ayudarle. La Raza está siempre expuesta al crimen. No es nada nuevo. Es parte del plan de los europeos para destruirnos. ¿Cuánto ha estado ganando?

—Mira—le digo—. Mejor que hables con él. Está aquí conmigo.

Le doy el teléfono a Amaury, y habla con Amber en español por lo menos quince minutos. No puedo entender la mitad de lo que está diciendo, porque habla muy rápido. Pero oigo que le da su dirección y deletrea su nombre antes de devolverme el teléfono.

—Hola—digo.

—Ya está en mi nómina—me dice—. Voy a pagarle lo que ha estado ganando, pero quiero que te asegures que hace lo que necesita hacer. Te enviaré un correo electrónico con la descripción de trabajo de un callejero a jornada completa.

—Gracias, Amb-Cuiiiiiitel, o lo que sea.

—De nada. Me alegro de poder ayudar a los *nuestros*. Parece buena gente.

Parece buena gente. Me gusta escuchar eso. No creo que ninguna otra «temeraria» hubiera dicho eso de Amaury.

Colgamos. Amaury sonríe. Se ha quitado el buscapersonas, y lo está desmontando con una navaja, rompiéndole las tripas.

—¿Qué haces?—le pregunto.

—Se acabó.

Se le ve feliz. Se levanta y me besa.

—Estoy haciendo lo que tú siempre me has empujado a hacer—dice—. Voy a empezar una nueva vida.

¡Feliz Cinco de Mayo! El otro día me puse a pensar en lo que significa
ser inmigrante. Con tanto racismo hacia los inmigrantes últimamente,
nos olvidamos del valor que se necesita para dejar casa, idioma, familia y
amigos, y cuánto miedo y desesperación tienes que tener para hacerlo.
Son impensables las dificultades que pasan cada día tratando
de empezar una nueva vida, cuántos desafíos para lograr las
cosas que nosotros damos por hechas: Hablar con la cajera en
la tienda, mandar una carta, pagar una factura, pedir un
margarita en el bar de la universidad en Boylston.
—de Mi vida, de Lauren Fernández

elizabeth

Por fin me despiden. Pasó cuatro meses, justo lo suficiente para ver si mi escándalo afectaría de verdad los índices de televidentes. Lo hacen, y no dudan.

John Yardly esperó hasta que terminé de dar las noticias de la mañana, andando de un lado para otro como un animal enjaulado, nervioso y goteando, y me pidió que fuéramos a su oficina.

Se para al lado de la ventana y observa un grupo pequeño de chiflados dedicados que aún mantiene una vigilia de odio en la calle abajo. Hacen acto de presencia todas las mañanas. ¿Acaso no trabajan? Esto también se ha convertido en un contra-ritual para un grupito de gente igualmente desequilibrado que me apoya, y que se presenta al lado opuesto de la calle con *sus* pancartas. Soy el foco de una guerra moral entre la más extrema derecha cristiana y la más extrema izquierda gay, en el centro de Boston. La historia ha salido incluso en las noticias nacionales, dejando entender que los grupos son más grandes de lo que realmente son. Lo que más odio es el grupo de reinas travestís que han decidido presentarse disfrazadas y se ven como las mujeres más gordas, peludas, y feas del mundo; esto no ayuda mi causa.

Cada vez pienso más en Colombia, y tengo un feroz deseo de volver.

Yo no sé protegerme de la mirada que se pone John. El grasiento, escurridizo, y defraudado director de las noticias. ¿Qué puedes hacer con un hombre así?

—Los índices televidentes—dice.

Tiene los informes de Nielsen de los últimos cuatro meses en una pequeña pila ordenada encima del escritorio.

—Liz, si hicieras un gráfico, iría en dirección derecha al infierno.

—No hace falta que me digas eso—digo.

—Sabes, no tenemos prejuicios contra ti, Liz, nos caes bien. Somos tus amigos. Estaba bromeando contigo.

—Ah.

—¡Sí, coño, somos tus amigos! No te hemos abandonado, sobre todo cuando se toma en cuenta de como son las cosas.

—¿Tomar en cuenta cómo son qué cosas, John?

—Los índices, Liz. Eso es *todo* a lo que me refiero. Si quieres ir a casa y singarte un perro, me da igual, ¿está bien? Acuéstate con lo que *quieras*. Dirijo un departamento de noticias. Lo único que me interesa es la cantidad de televidentes. Y los índices de televidentes están malos. El público ha hablado, ¿sabes lo que quiero decir? No sé si también se debe a tu sexualidad o a tu beatería que muchos te quieran. Liz, estamos en Boston: la capital del liberalismo. Sea lo que sea, están diciendo que les cae bien. No les pregunto por qué, a veces me lo dicen y otras veces no. No les gusta a muchos por tu acento Puede ser que no les gusta porque te tiñes el pelo de rubio.

—Sahemos que no es esto.

—No. Eso yo no sé. ¿Te gustaría ser productora?

No tengo que pensarlo mucho. A estas alturas, sería un alivio no tener que aparecer más por aquí. Las musas me han estado inspirando para que haga otra cosa algo más grande que esto, con mi vida. Quiero escribir poesía. En Colombia. Quiero volver a mi país.

—No, gracias—digo—Te lo agradezco. Pero no. Necesito salirme de este negocio.

—¿Qué?

—Lo siento. Pero no.

—Mira, Liz, sabías que en algún momento tendrías que ponerte al otro lado de la cámara, ¿o no lo sabías? No puedes ser presentadora para siempre, ¿verdad? Empiezan las arrugas, la doble papada, unas cuantas canas, ya sabes como es. A menos que seas Bárbara Walters o Katie Couric, así es como es.

—Lo sé—digo—.

—Entonces acepta el puesto de productora. De verdad que necesitamos a alguien como tú en el otro bando. Si te vas, lo vas a sentir.

—¿Alguien como yo?

—Tienes mucha experiencia y buenas ideas. Y hablas español.

—Lo siento, John. Creo que es hora de hacer otra cosa con mi vida. Me he sentido así desde que pusimos esos anuncios con esa profunda voz diciendo «Cubrimos el tiempo como si fuera noticia . . . porque el tiempo *es* noticia». De todas formas, gracias.

—O sea, ¿qué nos dejas?

—Me imagino que sí.

Suspira: Coño, Liz, siento mucho que te vayas. Eras una buena presentadora. La mayoría de la gente tiene mierda en vez de sesos.

—Sí.

—Habla con Larry en recursos humanos y te calculará tu último pago. Puedes contar con un par de meses de sueldo por lo menos. Te lo arreglaremos.

—Gracias.

Me levanto y le doy la mano:—Eh—dice—. ¿Sin rencores?

—Sin rencores—le digo—. Te deseo sólo lo mejor. Ha sido una experiencia *interesante*.

—Si alguna vez necesitas una buena referencia, te la puedo dar—dice.

Decido hablar más tarde con Larry. Ahora lo único que quiero hacer es salir de este edificio. El aire está cargado con el olor dulce de la muerte. Ni siquiera me quito el maquillaje. Agarro mi abrigo y mi sombrero, y me dirijo al ascensor del parqueo, sin escolta de seguridad. No quiero seguir aquí de ninguna manera. Como es mi costumbre, salgo en la camioneta a toda velocidad del parqueo subterráneo para alejarme de los locos que gritan con la boca abierta. Cuando ya estoy en la autopista, llamo a Selwyn a su oficina.

—¿Recuerdas el año sabático que me has dicho podías tomar cuando quisieras?—pregunto.

Estoy jadeando como si hubiera corrido la carrera de los cien metros.

—Claro—dice—. ¿Qué?

—¿Cuándo puedes tomártelo?

—Ahora. Las clases de verano no empiezan hasta dentro de unos días, y además, no doy muchas clases. Este semestre me tienen investigando, quieren que publique libros. Así es la vida académica. ¿Por qué?

—Entonces tómate el año sabático. Nos vamos a Colombia.

—¿A Colombia?

—Puedes escribir allí, ¿no?

—Puedo escribir en cualquier parte donde haya papel.

Se lo explico mientras conduzco. Voy a toda velocidad, volando por el camino de mi vida, libre por fin. Quiero irme de esta tierra baldía, fría, y gris, de esta cultura odiosa donde las personas sólo te abrazan si quieren hacer el amor contigo, de esta dura y congelada tierra con sus golpes y heridas. Quiero sentir de nuevo la brisa tropical en la piel. Quiero ver las caras de mi gente otra vez, oír el ritmo de nuestra lengua. Me cuesta explicarlo, pero necesito volver a Colombia. Le cuento que me han echado y le cuento mi sueño.

—Necesito intentar escribir poesía—le digo—, en Colombia, en español, sobre mi vida, para hispanohablantes.

—Está bien—dice—. Pensémoslo bien. Asegurémonos que eso es lo que quieres hacer.

—Lo es. Lo he pensado, y necesito extender mis alas y volar, Sel, intentar ser el poeta que siempre quise ser. Pero no en inglés. No en tu idioma. Quiero escribir poesía sobre mí y sobre quién soy en mi propio idioma. Quiero escribir en español la experiencia de ser lesbiana, un idioma que nunca ha aceptado a las mujeres como yo. Quiero tomar mi hoz y cortar la jungla de la ignorancia. Aunque parezca de locos, quiero regresar a Colombia.

—¿Estás segura? Ahora mismo la cosa está del carajo allá.

Lo estoy. Iremos por un año, y espero que Selwyn llegue a comprender quien soy. Aprenderá a bailar a mi ritmo como yo aprendí a bailar el ritmo suyo americano.

Selwyn, como es Selwyn, hace lo que necesita hacer y acepta la oportunidad de experimentar algo nuevo en su vida. Hacemos las maletas, comemos pizza, y bailamos al ritmo de Nelly Furtado, su artista favorita. Alquilamos nuestras casas a unos universitarios cuyos padres pueden costeárselo, y guardo la camioneta en el amplio garaje para cinco carros de la casa de Sara.

A través de una compañía inmobiliaria colombiana, alquilamos una casa amueblada para todo el año en la costa de Barranquilla. Sara nos lleva al aeropuerto en su Land Rover con los niños.

Cuando llegamos a Barranquilla, el aire está azul con sal marina y las flores emanan su perfume por cualquier sitio que vayas. Selwyn se viste con una falda y gafas de sol, se mete el diccionario español-inglés bajo el brazo, y empieza a explorar los mercados y las cafeterías.

Abro la ventana de mi pequeño estudio con el escritorio y la máquina de escribir. Abro la ventana y doy la bienvenida a mis musas que vuelan con alas diáfanas y empiezo a escribir.

En casa.

Cuando lean esto, estaré en San Juan, humillada bajo este horrible traje
de dama de honor. Aunque sea de Vera Wang. Sigue siendo atroz.
Deséame buena suerte. Voy a intentar coger el ramo.
—de *Mi vida*, de Lauren Fernández

usnavys

is sobrinos, vestidos con esmóquines infantiles, sacan las jaulas de palomas del Blazer de mi tío hasta los peldaños de entrada a la iglesia. Como ensayado, las colocan en el suelo al lado mío y de Juan. Las palomas blancas arrullan y cloquean como las palomas comunes, mi'ja. Le toco a Juan en el brazo y le digo:—Oye, ¿cómo es que las palomas blancas suenan igual que las comunes? ¿No deberían hacer un ruido más elegante?

Juan pone los ojos en blanco y me besa los labios otra vez:—Sólo a ti se te ocurriría algo así—dice con una sonrisa.

—¿Qué?

—Las palomas blancas *son* palomas comunes. Es el mismo pájaro, pero con un agente mejor.

—De eso nada, no mientas—y le pego en el brazo y se me cae la manga del vestido del hombro.

Juan finge que le duele el golpe justo cuando sale el cura y me mira con horror. Es el hermano del marido de la prima de mi madre, pero no le he gustado desde que le dije que *merecía* ir de blanco, porque los médicos casados no deberían contar. Necesita relajarse.

—¡Mira todos nuestros invitados! Cientos de personas, mi'ja. ¿Quién iba a pensar que tenía tantos amigos?

Cuando empiezan a tocar las campanas de la torre, mis sobrinos abren las jaulas. Las palomas se quedan quietas un instante como si no supieran qué hacer. Pego una patada a la jaula con la punta afilada de mis sandalias de seda Jimmy Choo.

—¿Palomas, qué están esperando?—les pregunto—. ¡A volar, ya! ¡Sean libres!

Una por una, las tres docenas de palomas salen revoloteando de las jaulas y se elevan hacia el cielo azul cobalto de San Juan, hacia las pequeñas nubes blancas y algodonadas. Los invitados las miran pasar protegiéndose los ojos con las manos y vitoreando. Los idiotas me tiran arroz al pelo. Les *dije* que no hicieran eso. ¿Saben lo que tardo en alisarme el pelo y conseguir que las extensiones de rizos rubios queden bien puestas? No quiero pasarme mi luna de miel sacándome el *arroz* de mis rizos de Sissi, mi'ja.

Juan y yo corremos a la limusina, y juraría que el pobrecito está a punto de tropezarse con esos pantalones demasiado largos del esmoquin. Intenté que le hicieran una prueba, pero me dijo que estaba demasiado ocupado. Me sostiene la puerta y ruedo dentro. Juan mete la larga cola detrás de mí, salta dentro, y me acomodo. He nacido para las limusinas, tía. Todo este espacio, el champán, y el pequeño televisor. Podría vivir aquí detrás. Aprieto el botón para bajar la ventana y grito a mis amigas:—¡Nos vemos en la playa! Y temerarias más vale que tengan hambre, ¿entienden?

Allí están, de pie en la acera, saludando con esos vestidos fluorescentes, Rebecca con el nuevo y guapísimo tipo que tiene, sonriendo en ese nuevo y escotado vestido rojo. ¿Pueden creer que cogió el ramo? Es guapo y rico, aunque no signifique nada. No puedo creer la forma en que esta chica se frota contra él, parece otra persona. No la culpo; tiene carisma y es sexy, sobre todo cuando la mira. Ya me hubiera gustado haberle conocido ante que ella. *¡Estoy de broma!* Ha sido muy bueno para ella. Esta tía necesitaba un poco de carne encima de esos endebles huesos.

Sara está aquí con sus padres. Tiene a sus hijos con ella. Mira como los levanta y los cubre de abrazos. Así es el amor. Fue Roberto quien se marchó, y eso es abandono, mi'ja, y la ley no ve eso con buenos ojos. Él también es un fugitivo, entonces sin duda alguna, a ella le corresponde la casa, y todo lo demás. Mientras tanto, las temerarias hemos establecido un fondo para Sara, y, además, todas hemos invertido en su nueva empresa de diseño de interiores. Siempre pensé que ella debería estar en este campo.

Allí están Lauren y Amaury. No puedo creer lo limpio que va, mi'ja. Y hasta tiene clase, salvo por ese rengueo mafioso. Me alegro que haya venido con él. Le debo disculpas. Es increíble, todo lo que ha pasado con las fiestas que dio a todos sus amigos, y Amber ha vendido todos esos discos en Nueva Inglaterra gracias a él. ¡Guauuuu! Siento todo lo que dije de él. Creía que era el *árabe*. Hasta que Lauren me contó que había publicado una historia en esa revista literaria y le habían aceptado becado en el programa de estudios latinoamericanos en la Universidad de Massachusetts en Boston, y que quería especializarse en vender a Latinoamérica y a las comunidades latinas. Me tendría que haber mordido la lengua, tía.

Hablando de Amber. La tía parece una hippie con todo ese lío de gasa. Esa rata de hombre con el que salía no está aquí. Es historia, dijo, y fue *todo* lo que dijo. Supongo que tuvo un divorcio azteca real. Amber no se anda con chiquitas. Parece feliz, aunque ahora tengo la impresión de que vive en una torre, sola. Pensarías que se compraría ropa y gafas de sol de diseño, o que iría por esos andurriales, pero no. Los guardaespaldas la siguen a todos lados. ¿Qué tipo de vida es ésa? Tenemos que asegurarnos que el disco no se le suba a la cabeza. Que mantenga los pies en la tierra. Cuando acabe todo esto, la invitaré a que pase una semana conmigo y daremos un largo paseo sin los guardaespaldas.

Liz está aquí con esa poeta suya. Resulta ser que no se pueden quedar en Colombia debido a la nueva costumbre de su gobierno de matar o encarcelar a los gays y a las lesbianas. ¿Es cierto o no que el drama sigue a esa nueva poetisa? Parece que están tranquilas, y Selwyn no está tan mal bronceada. Yo no me la comería, pero ya saben. Ahora soy una mujer casada.

Juan me cubre de besos. Siempre quise casarme en Puerto Rico, y lo he hecho, como siempre quise en la iglesia del viejo San Juan. No puedo creer que pude subir los escalones de la Catedral con esos zapatos y con la larga cola sin tropezar.

Todas las temerarias, menos Rebecca, han sido mis damas de honor. (Tuvo que trabajar hasta el último minuto y acaba de llegar.) Sé que no se deben tener tantas. Pero a veces una mujer tiene que romper con la tradición. Fue *difícil* escoger el color correcto para sus vestidos ¿Qué color puede combinar con todos esos diferentes tonos de piel y pelo? Me decidí por el melocotón.

Compré mi vestido en París, mi'ja. No soy una de esas mujeres que hace cola toda la noche a la puerta de Filene's para comprar un traje de novia de rebajas. Ay, no, mi'ja. Para mí, París. No obligué a Juan que me acompañara; fue él quien *pidió* ir. ¿Pero crees que me permitió pagarle el viaje? No. Le dije que ya no importaba, porque lo que era mío iba a ser suyo pronto.

—Y lo que es mío será tuyo—dijo, en plan cursi.

Me tuve que reír. No quise herir sus sentimientos, pero no me va a cambiar nada el que pueda tener acceso a los veintitrés míseros dólares de su cuenta corriente. ¿Saben lo que te digo?

—Se me acerca caliente y excitado.

—Abajo, muchacho—le digo, dándole una palmada en la muñeca—. ¿No puedes esperar?

—No, no puedo. Te *deseo.*

—Por Dios—digo, mirándole fijamente—. Tranquilo, niño.

Se ríe y me mordisquea el labio inferior. Le devuelvo el mordisco. Amo a este hombre.

Después del discurso que me dio en casa el año pasado, no sé exactamente qué cosa, pero algo me sucedió. Todo lo que pasó con Sara me afectó. Ay, no, mi'ja. Me tuve que dar cuenta que no se trata sólo de dinero. Los hombres ricos también te dejan, sabes. Quizá los hombres ricos vienen con todo otro juego de problemas. O, peor, quizá tanto los hombres ricos como los pobres vienen con los mismos problemas y nosotras *actuamos* como si fueran diferentes. Palomas blancas y palomas comunes.

El chófer espera a que todos los invitados estén en los carros, y conducimos tocando el claxon como si fuéramos una gigante serpiente a la playa, fuera de la ciudad, donde he reservado mi lugar en la arena.

Las blancas carpas se mueven con la brisa, rodeadas de exuberantes palmeras verdes. Mientras caminamos del parqueo a la blanca arena, aumenta el sonido de las congas. No puedo creer que Carolina Laó, mi cantante favorita, estuviera disponible, o que Rebecca, sintiéndose culpable por no poder estar en la ceremonia, le pagó para que actuara en mi banquete. Desde que sale con ese tipo suyo, se ha vuelto muy generosa. Le tendré que dar las gracias más tarde.

Entramos en las carpas con los suelos portátiles de madera, y circulo para asegurarme que todos encuentran su asiento. Me detengo en una mesa, sin

—¿Qué piensa la gente latina, la comunidad latina, de todo esto?—m preguntó.

Se puso nervioso, piando y gorjeando con toda la brillantez de un pequeño canario amarillo.

—No lo sé—le dije—pero tan pronto como celebremos nuestra conferencia diaria esta tarde, les preguntaré, y después te lo diré.

Asintió con la cabeza y me dio las gracias. De verdad que me lo *creyó*. No sólo creyó que todos los latinos piensan igual, sino que hablamos por teléfono a diario para conspirar nuestra próxima corta, oscura, misteriosa, y mágica movida. Puede que haya mencionado que nos queda un largo camino que recorrer en este país, y que a veces incluso me parece que vamos marcha atrás.

Me siento en el bar. Esta noche no estoy tomando nada. No he vuelto a beber desde hace dos semanas, cuando Usnavys se casó en San Juan y todas las temerarias se unieron en contra mía y me dijeron que era una borracha. No lo soy, ¿me entienden? Yo no soy ninguna borracha, y ellas, como siempre, reaccionaron exageradamente. En aquel entonces no me sentía contenta tomando sólo una copa. Y la tristeza puede llevar a una chica a hacer tonterías. Pero ahora estoy contenta.

¿Sabes lo más asombroso? Cuicatl está vendiendo más discos en Nueva Inglaterra y Nueva York que en otras regiones, a excepción de California y Texas, primera vez para un álbum de rock español. SoundScan muestra que las cifras empezaron a dispararse desde que Amaury, ella, empezó a trabajar para mi. Nunca he visto a nadie trabajar tanto como él. Organiza fiestas todas las noches en algún sitio nuevo. Parece como si todos los dominicanos se conocieran. Dice que es fácil, porque las fiestas forman parte «del alma dominicana». ¿Lo sabías? ¿Sabías que los dominicanos fueron el grupo inmigrante más numeroso de Nueva York en la década de los años noventa? Llegaron millones de ellos, y hasta ahora nadie en la industria de la música les hizo caso. Aun no la habrán visto en el *Gazette*, pero los dominicanos están por todas partes. Estoy demasiada cansada como para que me importe.

Jamás ni me imaginé que Amber le debería su éxito mexica a un montón de afro-dominicanos. Da risa. Ha escuchado más merengue y bachata. En su próximo disco, Cuicatl dice que quiere introducir más influencia dominicana. Me gusta Amaury. Lo que no sé es si le quiera. ¿Esta malo?

El director de marketing latino de Wagner llamó ayer a Amaury, ya que

No conseguí el ramo. Pero culpo a Usnavys.
Esa ama de casa puertorriqueña
tira como una niña.
—de *Mi vida*, de Lauren Fernández

lauren

n honor de su reciente compromiso con el millonario de software André Cartier, esta vez le permitimos a Rebecca escoger el restaurante para la reunión de las temerarias. Muy de acuerdo con su carácter, escoge Mistral, en el South End, cerca del increíble edificio que Sara ha hecho aún más increíble, decorándolo en un estilo que denomina «Yanqui chic». Es lo suficientemente victoriano para nuestra pequeña estirada, pero muy chévere, aunque no puedo explicar este tipo de cosa, ya me conocen, el barullo constante que soy, pero es fantástico arte moderno, alfombras persianas y, además, huele a limpio.

Llegué temprano, como siempre, porque si llegas tarde, te pierdes la historia. Y si pierdes la historia, te arriesgas a que un tipo blanco; bueno, me parece que ya he contado todo eso. En los últimos seis meses han cambiado muchas cosas. Pero desgraciadamente, ésa no es una de ellas.

Sin ir más lejos, esta mañana, uno de los redactores vino a mi oficina para hablarme de las manifestaciones en contra del *Boston Herald*, porque uno de sus periodistas fue tan ignorante que escribió que debíamos detener el flujo migratorio de puertorriqueños a este país. Por si no se acuerdan, los puertorriqueños son ciudadanos americanos desde 1918, y para bien o para mal, Puerto Rico es territorio americano. Supongo que te hablé de *eso* un par de veces. Perdón.

hablar. Mi madre y mi padre se sientan juntos, aunque ese no era el plan, y hablan de los viejos tiempos.

Ay, mi'ja. Así ha sido en gran parte como ha sucedido esto. Encontré el número de teléfono de mi papá en Internet y lo llamé y le dije como me sentía sobre todo lo que nos hizo, y después lo *perdoné*, mi'ja. Fue liberador. Me dijo que estaba borracho cuando nos abandonó, y que más tarde encontró a Dios y la sobriedad, pero estaba demasiado avergonzado de lo que había hecho como para buscarme. No sé si creo esa parte o no, pero me sentí muy bien después de soltarlo todo, perdonarlo, y dejar de castigar a Juan por todo lo que ese hombre nos había hecho a mí y a mi mamá.

Mi padre vino a mi boda.

Ahora sólo tengo que decirle a Lauren que aprenda de él y deje esa tontería del trago, antes de que le cause verdaderos problemas. No cree que tiene un problema, y yo no puedo asegurar que lo tenga. Pero todas hemos hablado de ello, y hemos decidido que haríamos una intervención, o algo así. Ella es nuestra «temeraria». Y no quiero que ninguna de nosotras se haga más daño.

Nos sentamos todos en nuestras mesas, Juan y yo en la que está sobre una pequeña plataforma con faldillas en el bajo. Uno por uno, nuestros amigos se ponen de pie y brindan. Sé que es romper las costumbres, pero cuando todos terminan, me pongo de pie y hago mi propio brindis, por las temerarias.

—*Todas* saben que esta boda no se habría celebrado sin ustedes—digo—. Aportaron mucho dinero para esto.—Y quiero darles las gracias.

¡Entre todas me dieron veinte mil dólares! En los Estados Unidos hubiera costado el doble. Ya sé, ya sé, Puerto Rico es parte de los Estados Unidos, no soy tonta. Pero si eres puertorriqueña, profundamente puertorriqueña, llamas Puerto Rico una nación porque así es como lo *sientes*. Lauren, con todos sus sermones, no lo entiende.

—Ustedes son una banda de cochinas tías ricas, ¿lo saben?—bromeo—. ¿Cómo pasó eso?

—Eh, *yo* no soy rica—dice Sara sonriendo—. Todavía.

Todos se ríen.

—¡Y ahora, todos a comer!—ordeno.

Ataco. Tengo caviar, langosta, y pastelitos de hojaldre. También hay comida tradicional puertorriqueño, ya me conocen, pero por lo menos conseguí que la sirvieran unos tipos con grandes gorros blancos, en platos de porcelana. No puedo tener una fiesta sin mi arroz y habichuelas, ¿saben lo que te estoy diciendo?

Después de la cena, Juan y yo cortamos la tarta. Me da a comer tarta, y yo se la doy a él. Los flashes brillan. ¡Sonríe! Bebemos champán. Y entonces, sorprendentemente, mi padre se acerca a la mesa.

—Es costumbre—dice con la cabeza agachada como un perrito—, bailar el primer baile con el padre.

Mis ojos se inundan de lágrimas cuando tomo su mano, y bailamos. Su cuello todavía huele a madera:—Papá—le digo—. Te he extrañado mucho.

—Perdóname—dice mi padre—. Por todo. Has salido muy bien. Estoy orgulloso de ser tu padre.

Miro a Juan cuando pasamos cerca de él, y tiene los ojos húmedos. Sonríe y murmura:—Te quiero.

Estoy llena de tranquilidad de saber que Juan nunca me abandonará. No me importa si acaba viviendo en mi renovada pequeña casa victoriana, en Mission Hill, el resto de nuestras vidas. Yo le quiero. Es lo único que importa. Por favor, si todas esas estrellas de cine pueden casarse con técnicos humildes, o lo que sean, entonces yo me puedo casar con este maravilloso hombre a quien he adorado durante diez largos años. Eso es. Diez años. Ah, tenía corazón, mi'ja, todo este tiempo. Tenía corazón. Sólo que estaba hecho añicos.

Me han escuchado bien. A ese hombre, con perilla y amplio esmoquin enrollado, capaz de arreglar cualquier cosa en la casa, cegato, necio de buen corazón, le he amado durante diez largos, estúpidos, y locos años.

Y ahora lo he hecho.

Ahora tengo que amarlo hasta que me muera.